如若没有蝉鸣

周板娘
——著

青岛出版集团 | 青岛出版社

图书在版编目（CIP）数据

如若没有蝉鸣 / 周板娘著. -- 青岛 : 青岛出版社, 2024. 7. -- ISBN 978-7-5736-2458-1

Ⅰ. I247.5

中国国家版本馆CIP数据核字第20249HR280号

RURUO MEIYOU CHANMING

书　　名　如若没有蝉鸣

作　　者　周板娘

出版发行　青岛出版社（青岛市崂山区海尔路182号）

本社网址　http://www.qdpub.com

邮购电话　18613853563

责任编辑　方泽平

特约编辑　崔　悦

校　　对　耿道川

装帧设计　蒋　晴

照　　排　梁　霞

印　　刷　三河市良远印务有限公司

出版日期　2024年7月第1版　2024年7月第1次印刷

开　　本　32开（880mm×1230mm）

印　　张　10

字　　数　287千

书　　号　ISBN 978-7-5736-2458-1

定　　价　49.80元

编校印装质量、盗版监督服务电话　4006532017　0532-68068050

如若没有
蝉鸣
Flipped

如若没有蝉鸣

目录

Contents

如若没有
蝉鸣

第一章
蝉鸣声

“奶奶——奶奶！”

邵遥在雕花铁门外蹦蹦跳跳的，七月艳阳从茂密的树冠中间穿过，在她长了零星小雀斑的脸颊上洒落砂糖般的光影。

她扯下鸭舌帽，像小狗一样甩了甩头，一头短且卷曲的黑发欢快跳动。

他们家的遗传基因太强大了，从爷爷到爸爸再到她，头发全是自然卷。

“你看看你女儿，再过一年就上大学了，还像个小孩子一样。”唐菀边锁车，边向丈夫笑着说。

“像小孩儿就像小孩儿呗。”邵杉杉咧开嘴笑，拉起女儿贴了一堆贴纸的银黑色行李箱，往母亲的联排小别墅走去。

木门上挂着的贝壳风铃“叮叮当当”清脆地唱，一位满头银发的老妇人从红砖楼梯上疾步走下，笑意盈盈：“来啦，来啦，你这么大声，住街尾的街坊都要听见你的声音啦。”

果不其然，斜对面的屋子二楼的窗户“呼啦”被推开，中年妇女从内探出头，声音洪亮地问：“小遥来奶奶家过暑假啦？”

邵遥转过头，挥了挥手：“对啊，我回来住两个月！”

“那你这两个月得闲的话，就帮忙盯一下我家雄仔的功课好不好？”

“好啊，没问题！”

纪霭打开铁门，也抬头与邻居打了声招呼：“吃饭了没啊？”

杨母连连摇头：“还没啊，雄仔同他爷爷去水库钓鱼了！”

“哦！”

邵遥进门后立刻挽住奶奶的臂弯，前倾身子嗅了嗅。

老太太身上的围裙散发着一股浓郁的香气，邵遥开心地道：“是卤水鸡翅啊！”

纪霭拍了拍搭在臂弯上的手，笑道：“对啊，你昨晚说要吃的嘛。”

邵遥歪着脑袋，靠在奶奶的肩膀上撒娇：“嘻嘻嘻，奶奶最好了。”

联排别墅与隔壁邻居的屋子相连，花园小院有攀满爬山虎的黑金色铁栏杆隔断。

视线越过铸铁栏杆上端的尖刺，邵遥看向隔壁的别墅。

这栋别墅空置了十几年，这时竟有搬家人员抬着大大小小的纸箱陆续进屋。

邵遥好奇地问：“奶奶，这隔壁屋是卖了啊，还是租出去了？”

纪霭摇了摇头：“不知道呢，从清明节后就在装修了，这两天开始搬东西了。”

邵遥“哦”了一声。

以前她听爸爸说，在爸爸上大学时，爷爷奶奶把市区的一套老房子卖了，搬来春晖园这边住。

原先隔壁这户的邻居是一家三口，后来移民了，这栋别墅也易了主，但长年空置着，没见有人来住过，只有爬山虎无声无息地往上攀爬。

邵遥从小是在奶奶家长大的，父母在市区工作，照顾不了她，直到初中为了上一所重点中学，邵遥才迁回市区房子的户口里，也离开了奶奶家。

但每个长假期她都会回来这边住，与儿时的一帮小伙伴一块儿玩。

童言无忌，以前他们一群小屁孩儿还总开玩笑说，也不知道这隔壁屋子里头是不是闹鬼了，才一直没人住。

一行人进了屋子后，唐菀主动问：“妈，我来厨房帮你吧？”

“不用，不用，你们休息一下，洗洗脸，洗洗手，很快就能吃饭。”

纪霭挥挥手往厨房走去，突然想起什么，停下脚步回头，“儿子，要不你先给你爸上炷香吧。”

邵杉杉点头：“嗯，我也是这么打算的。”

他冲邵遥仰了仰下巴：“小遥，给爷爷上炷香。”

邵遥学父亲说话：“嗯，我也是这么打算的！”

唐菀在一旁捂着嘴笑。

邵遥跟着父亲来到佛龛前。

爷爷邵滨海是在她初二那年因病离世的，相框里的爷爷笑颜依旧，线香白烟袅袅。

邵遥还能清楚地记得，小学时只要是爷爷来接她放学，不用她撒娇哀求，爷爷就会给她买雪糕。

一大一小两个人各自舔着手里的雪糕，踩着夕阳余晖回家，还要在进家门前互相检查对方的嘴角有没有留下偷吃的痕迹，以免被奶奶训斥。

邵遥也能记得，爷爷躺在白色的病房里，与奶奶十指牢牢相扣的画面。

那次是她第一次见到向来温柔坚强的奶奶哭泣。

奶奶哭得很安静，泪水一颗颗地往下掉，打在两个人相握的手背上。

爸爸已经忍受不住，双眼通红地跑出了病房，邵遥也被妈妈拉着离开了病房。

门被掩上之前，邵遥听见了爷爷虚弱的声音。

“你要好好的啊，想做什么事就去做，别让自己留下遗憾。”

爷爷大概是这样说的吧。

父女俩上完香，饭菜也上了桌，纪霭呼唤他们洗手吃饭。

除了邵遥指名要吃的卤水鸡翅，还有奶奶的几道拿手好菜。

芥蓝炒牛肉、红烧九节虾、银鱼煎金蛋、椒盐小排骨、人参乌鸡汤，菜品丰盛得让邵遥“哇哇”鬼叫，她蹦蹦跳跳着高呼“奶奶万岁”。

——如果现在是冬天，邵遥还能吃上南乳羊腩煲。

每年秋冬时奶奶做羊腩煲，她和爸爸都得人均吃两碗饭。

煨在砂锅里的汤汁端上桌时还冒着泡，羊肉肥瘦相间，浸满腐乳酱香，不膻不韧，软嫩弹牙。

炸腐竹是她的挚爱，浸满汤汁软滑咸香，筷子再往里探，还能挖到宝。

奶奶会挑小个儿头的马蹄，去皮后一起煲，刚夹起时不能直接塞进嘴里，舌尖会被烫坏掉，凉凉一些再吃，爽口甜脆。

纪霭给孙女布菜，语气心疼："胃口是挺好的呀，但怎么净长个子不长肉啊？"

这几年邵遥就像抽穗的麦子，身高年年增长，今年更是剑指一米八的大关，校服一年一换，体重却没怎么往上蹦，买的大码校服，裤子长度是够了，可衣服又松垮得不像样。

她不是小鸟胃，饭量不比男生小，但就是吃不胖。

同学们总羡慕她又高又瘦，说她是"超模"身材，只有邵遥自己知道，她好羡慕那些身材玲珑、长发飘飘的姑娘，她们看上去好像甜甜的棉花糖，而她戳在那儿就像一根电线杆。

同级生里有那么几个发育较好的姑娘，邵遥每次看到她们，目光都跟那些臭男生一样，落在对方玲珑起伏的曲线上。

她再低头看看自己，几乎是"一马平川"。

邵遥心里叹了一口气，筷子夹起第三个鸡翅。

"叮咚——"门铃响了。

邵遥抬头看了一眼门口的监控："啊，奶奶，是雄仔的爷爷来了。"

纪霭放下筷子："你们吃，我出去看看。"

很快奶奶回来了，手里还拎着个透明塑料袋，里头装着水，一尾不小的黑鱼游在水中，嘴巴一开一合地吐着泡。

纪霭拿着鱼走进厨房："雄仔的爷爷说钓到两条鱼，给我们一条。"

唐菀回头，见婆婆进了厨房，赶紧压低声音问丈夫："你说，隔壁老爷子三天两头就对咱妈献殷勤，不会是想和她搞黄昏恋吧？"

邵杉杉扒了一口饭，细声嘟囔："不会吧……"

邵遥夹起第四个鸡翅，没敢跟父母说，除了雄仔的爷爷，隔壁街的明仔的爷爷也经常给奶奶送东西。

邵杉杉夫妻吃完午饭就得回市区，邵遥送走父母，将行李抬进了自己三楼的房间。

房间里所有的摆设都没有改变，奶奶帮她打扫得一尘不染，一床一桌一椅，都是她熟悉的模样。

床柜上摆着型号有点儿旧的家居智能平板电脑，床品散发着阳光和洗衣液的干净味道，邵遥走到书桌旁，目光不自觉地落在桌子上方挂墙的书柜上。

柜子有三层，上面两层整整齐齐地码着她搬家时没带走的毛绒公仔和旅行纪念品。而最下方的那一层里，摆着几个奖杯和不少奖牌，金的、银的、铜的，被打扫得一尘不染。

视线沿着奖杯上刻字的凹槽一笔一画地写过去，邵遥看了一会儿，才走去收拾行李。

她带来的行李不多，收拾起来很快，就是手机一直有新的信息进来，“叮咚叮咚”地响。

邵遥正忙着把衣服挂进衣柜里，语音唤醒手机里的AI，很快，AI将未读的信息投射在白墙上，并询问她是否需要自动播放信息。

杨楚雄在群里问傍晚要不要一起去游泳，其他人一一响应。

邵遥回了句“OK（好）”，从行李箱里拿出自己新买的复古款泳衣。

收拾好东西后，她有些口渴，下楼拿可乐时，看见奶奶在客厅的摇椅上睡着了。

她轻手轻脚地走到摇椅旁，将奶奶身上的薄毯往上拉了拉，再走回楼上。

三楼除了她的房间，还有一个小书房连接着小露台。

书房里有地顶天的几面大书柜，装的都是爷爷奶奶、爸爸妈妈以前的书——在现在这个“无纸化”的时代里，纸书成了“老古董”。

除了书柜，书房里还有一面置物柜里放满了CD，墙上挂着一部古老的随身听。

邵遥很小就听爷爷说过，这些东西都是奶奶的收藏。

这个年代的歌手无论老、中、青，都很少再出实体CD了，市面上推出的大都是电子数字专辑。

歌手们还会推出全息影像MV，粉丝们可以在家里用全息投影播放，与自家偶像一起共舞。

科技越来越发达，但也越来越悬浮，邵遥还是比较喜欢奶奶的这些收藏品，经常在书房里一待就待上大半天，翻翻以前的小说，听听那些老歌。

她取下随身听，从CD柜中挑了一张专辑放进随身听，插上线控，戴上耳机。

机子“刺啦啦”地运行起来，很快从耳机里传出歌曲，邵遥一边调整着线控的大小音量，一边拉开落地窗，走到露台上。

正午的别墅区是安静的，没有人声和车声，所以显得四周的蝉鸣声格外聒噪，古老的线控耳机没有降噪功能，邵遥只好把音量再调大一些。

机子真的老了，三点五毫米的耳机接口又有些失灵，她调了许久，音质才勉强清晰起来。

阳光虽毒辣，但与“发烧”的那几年相比，今年的温度就算相当宜人了，大家不会“见光”就“死”。

夏风温烫，吹拂着邵遥耳畔的小卷毛。

她跟着CD里的声音轻哼。

“若到某天尚可合照，头上多稀疏都美妙，肥胖或者眉毛渐少，一切外表都不重要……”

一首歌还没唱完，邵遥突然在夏风里闻到了烟味，嘿了声。

露台与隔壁别墅也是相连的，两个露台只在中间隔了一道两米高的矮墙。

她抿着唇，走到栏杆处，往前倾身，悄悄地探出脑袋，没料到，视线竟会直直地撞进一双眼眸里。

那是个男生。

对方看起来年龄并没有大她多少，手肘撑在栏杆处，修长的手指间夹着一根香烟，也斜着脑袋看向她。

邵遥的脑子顿时空白一片，这还是她第一次在“鬼屋”里见到活生生的人，小嘴开开合合好久也没蹦出一个字，而目光已经四处溜达了。

男生皮肤白皙，头发偏棕，鼻梁高挺，眉眼狭长，穿着一件纯白色的T恤，领口干净不松垮。

——为什么她会留意到领口呢？

因为那处挂着一副墨镜，湖蓝色的镜片半透，半月形的外观极具辨识度，邵遥一眼就认出，这是“新世纪”前段时间刚推出就掀起热议的全新型号智能眼镜。

这玩意儿有市无价，因为它本来就是未发售的产品，目前只有“新世纪”里被选中的一小部分用户获得了邀请，可以提前拥有并体验这款眼镜。

当然，用户们也需要将使用感受、改进建议等反馈回“新世纪”公司。

邵遥一直没出声，倒是男生先开了口：“是不是我打扰到你唱歌了？你可以继续唱的。”

他的话语里带了些许口音，“ABC（泛指在海外出生长大的华裔后代）”的那种，字词句都含在口腔里，被唇齿嚼得绵软。

“不是，不是，我只是还没习惯隔壁有人在。”邵遥把随身听按下暂停，眨了眨眼问，“你是新搬来的邻居吗？”

白衣少年捏着烟头往黑铁栏杆上摁，火星溅起：“算是吧，这是我grandpa（爷爷）的房子，他突然想搬过来住，我爸叫我过来陪陪他。”

嗯，他真的是“ABC”，非得中英文夹杂着说话。

邵遥心里悄悄嘀咕，直觉这新邻居估计不大好相处，但她作为这一片区域的“孩子王”，还是大方主动地报上了自己的名字：“我叫邵遥，遥远的遥，你呢？”

对方挑了挑眉，过了一会儿才回答她：“我叫‘Frank’。”

“你不是羊城人吧？”

“嗯，我从墨尔本回来的。”

“哦——”邵遥的声音拉得长长的。

两个人的初次对话很简短，因为Frank听见他爷爷在屋内喊他。

他朝邵遥点点头示意告辞，转身要走的时候，邵遥才发现，他的一双眼眸是浅蓝色的，在阳光下，他的眼珠子几近透明，似游泳池里清澈见底的池水，漾着波光，如有人从高空往下跳，溅起的水花般冰凉清爽。

邵遥没想过自己会因为少年的一双眼睛，联想到那么远的地方。

等她回过神时，露台上只剩淡淡的烟草味道，被阳光曝晒得干燥，仿佛只要两指一捻，空气里就会再燃起一颗两颗的火星。

喉咙莫名其妙地有些发痒。

“咕噜”往下咽可乐的时候，邵遥皱起鼻尖心想，纸烟的味道可真呛人。

邵遥下楼的时候，奶奶已经醒了，正在厨房里切着水果。

“奶奶，你怎么就睡这么一小会儿啊？”邵遥走到奶奶身后，细长的手臂银鱼般溜过去，偷了一块儿杧果含进嘴里，“哇，好甜！”

其实杧果是有些酸的，但也是因为这一丝丝的酸味，显得果肉格外香甜。

——如今大型超市里贩售的水果大多数产自一个又一个的人工农场。

农作物培养舱里可以调整气候，调整温度，调整土壤，在那里养出来的果子从个头儿到形状、口感到味道，都是最高等级，那些口味稍次、形状不太好看的水果，都会在采收时被直接淘汰。

而那些长相有瑕疵、大小有差异、味道没那么甜的果物，才是真正的天然种植，没有人工智能和数据介入，不催熟，不高产，全凭一方水土滋养。

如今百姓常说起一句话，说能吃到那些能平安健康地生长的农作物，才是“老天爷赏饭吃”。

“老人家年纪大，睡不了那么久。”纪霭笑起来时，眼角会陷下去几道温柔的沟壑，“我想着你还在睡，就没上楼喊你。冰箱里还有草莓，也是在农贸市场买的，你想吃的话去拿出来一并洗了。”

“好！”

邵遥像只鸟儿一般扑过去打开冰箱门，取出草莓：“对了，奶奶，我刚才见到隔壁新搬来的邻居了。”

“啊？在哪里见到的？”

“在露台上。”

邵遥把刚才发生的事情告诉了奶奶，说那少年有些奇怪的口音，说他可能是个混血儿。

“他家条件应该挺好，他还能抽纸烟呢……我都有好久没见人抽纸烟了，又贵又难买……他说他从澳大利亚回来的，墨尔本，现在和他爷爷一起住在隔壁。”

邵遥拈起刚洗好去蒂的草莓，丢进嘴里嚼着，偏酸的口感让她一张小脸瞬间皱成酸梅干，一时没留意到奶奶的肩膀忽然颤了一下。

纪霭低头擦着湿漉漉的手，问：“小遥，你说他……是从国外回来的？”

邵遥嚼着草莓，声音含混：“嗯，墨尔本。”

“他叫什么名字啊？”

“Frank，他只给了个英文名，中文名不知哟。”邵遥再拈起一颗草莓，送到老太太的嘴边，“怎么了奶奶？”

“没什么，就问问。既然是邻居，以后大家可得好好相处。”

纪霭咬住草莓，“嘶”了一声：“哎哟，酸得我假牙都要掉了。”

邵遥哈哈大笑：“你哪里来的假牙啊？！”

傍晚夕阳渐落，邵遥准备出门去游泳，纪霭叮嘱她做好防晒，再给她泡了一大壶陈皮茶，让她游完泳了和小伙伴们分着喝，能消暑。

邵遥趿拉着人字拖，一只手拿着泳帽和泳镜，另一只手拎着大号保温壶。

她像往常一样大大咧咧，只在泳衣外面搭了件薄薄的防晒衣，两根细腿暴露在橘色的落日余晖中。

她走到斜对面的杨楚雄家，也不按门铃，直接仰起脖子对着房子大喊：“雄仔！走啦！”

屋内很快传出另外一声大喊：“我正在开大！你等我一下！”

邵遥“咯咯”地笑，骂了一句“懒人屎尿多”。

她一转身，竟见她的新邻居，法兰什么克的，与一位老先生站在院子里，两个人都默默地看着她。

“轰——”

双颊一下烧得比脚底的水泥地还要烫，邵遥浑身僵硬地举起手，打了声招呼："嘿……嘿……"

"嘿，又见面了。"少年笑着也挥了挥手，转过头对身边的老人介绍："爷爷，这是住我们隔壁的邻居。"

老先生提起嘴角，对着她笑了笑："你好啊。"

邵遥急忙朝他们家走过去，并打量着这位看起来还蛮年轻的"grandpa"。

老先生没有刻意染发，花白的头发梳理得整齐，眼角、嘴角都有皱纹，但眼神深沉明亮。

他穿着白衬衫和灰色西裤，没有打领带，倒是挂了副眼镜在胸前。

邵遥猜想那应该是老花眼镜。

而他的手里握着一根拐杖，黑胡桃木在夕阳的照耀下泛着光。

"爷爷好，我叫邵遥，遥远的遥。"

她颔首自我介绍，这时又想起自己衣着太随意，赶紧伸手抻直了防晒衣，遮挡住泳装下摆。

这防晒衣是她去年买的，今年已经短了一截。

"哦？你叫小遥啊？"老人眉眼温柔，淡笑道，"那你同这小子的名字还挺接近的。"

邵遥眨了眨眼："是吗？我只知道他叫 Frank。"

老人提起拐杖往孙子的小腿敲过去："他叫黎远。"

黎远也不躲，爷爷没用什么力气，不痛不痒的。

他重新做了自我介绍："嗯，我叫黎远，黎明的黎，遥远的远。"

邵遥站在门口看着他。

刚才在露台上她光顾着出神，这时才发现少年好高，竟比她高出快一个头，能和"大只佬"杨楚雄一较高下，但身形又比杨楚雄精瘦一些。

"小遥，明天起我们爷孙俩就搬过来这边住了，到时候还请你多多指教。"老人拍了拍孙子的肩背，"黎远从小在澳大利亚长大，在国内没什么朋友，如果可以的话，希望你能同他做朋友。"

"爷爷！"黎远有些不满，径直翻了个白眼。

少年谈不上友善的态度让邵遥在心里也翻了个白眼，但她面上不显，还是礼貌乖巧地回答："爷爷你放心，这片街区的街坊都很容易相处的，你有什么事情需要帮忙，可以随时按我们家的门铃。”

黎远从上至下扫视一眼女孩儿的装扮，问：“你要去游泳？”

“对啊。”

邵遥一只手背在身后，不自觉地又扯了一下防晒衣。

黎远挑眉：“这里有游泳池？”

作为“地主”的邵遥诚心发出邀请：“当然有啦，你要同我们一起去吗？附近的小孩儿都会去。”

黎远叹了一口气，又耸了耸肩，说：“行吧，反正我也没事情做，跟你一起去看看环境呗。”

他一副心不甘情不愿的样子。

邵遥面上还挂着笑容，心里吐槽：既然觉得勉强那就别去了啊！

“小遥，我行啦，可以走了！”

杨楚雄从自己家里跑了出来。他也是个不顾及形象的，边跑边扯着自己的沙滩裤裤腰带。

但他一见到邵遥旁边站着个面生的男孩儿，立刻警铃大作，皱着浓眉问：“他是谁？”

邵遥指了指身后的屋子：“是新搬来的邻居，我带他去认认泳池的路，他叫黎远。黎远，这位是杨楚雄。”

“走吧，走吧，其他人已经到了。”邵遥与老人道别：“爷爷再见。”

杨楚雄也跟老人点了点头，迈开长腿几步就跟上她，凑在她耳边小声说道：“原来就是他们住进那闹鬼的房子了啊。”

“嘘——别乱说话！”邵遥龇牙咧嘴。

她偷偷回头，眼角余光里是边走边低头看手机的男生。

夕阳浓烈如火，将他的影子拉得好长，长到快要触及她的脚后跟。

于是她快走了两步。

黎彦握着拐杖，目送几个孩子远去，直到快看不清人影了，才收回视线。

他侧过脸看向邻居家。

西式小洋房被余晖温柔地笼在怀里，门口屋檐下挂着一串贝壳风铃，傍晚的风吹过来，风铃“叮当”，树叶“沙沙”，吹来的还有许多回忆与过往。

他整理了一下头发，把刚才解开的领扣重新扣上，将老花眼镜收进衬衫胸袋中，接着是手中的拐杖。

想了想，他还是放下了拐杖，慢慢挪着还不太灵活的左腿往门外走去。

手指才刚按下门铃，黎彦的喉咙已经泛酸了。

他有些不敢看门铃上的摄像头，隔了这么多年，也不知她愿不愿意见到他。

“嘟——”

门铃响了一会儿，才有接通通话的信号声。

门内的人拿起电话，却一直没有开口。

心跳七上八下，黎彦明显感觉到自己的血压正在飙升。

说不定这么下去，他又要脑梗一次。

半晌，他才找回自己的声音，凝视着摄像头，哑着嗓子说：“是我。”

傍晚的街区路上行人不少，在半空飞行的无人机也多起来。

市郊的生活节奏比市中心缓慢一些，仿佛连无人机飞行的速度都要慢上许多，机器上方载着居民的包裹，晃晃悠悠地飞往设定好的目的地。

居民多是熟悉的面孔，邵遥趿拉着拖鞋，一路上与不少街坊打了招呼，苏伯伯、张大婶、陈爷爷、林阿婆……

每个街坊见到她，第一句话都是“高妹你是不是又长高啦”。

杨楚雄帮邵遥拎着那壶陈皮茶，撇了撇嘴，嘟囔道：“你再这么高下去，以后得找多高的男朋友才行哪？”

“啊？身高是我能控制的事吗？”邵遥乜他一眼，但少女的心里还真有个标准，“等我上大学的时候估计要超过一米八了，那对方怎么也得有个一米九、一米九五的，才衬得上我咯。”

杨楚雄“喊”了一声：“在南方能有多少人有这身高？有一米八都算不错了。”

他屈指揉了一下发痒的鼻尖：“你看我们那群男生，也就只有我长得高一些。”

邵遥没怎么过脑子，脱口而出："也不是啊，你看那位新邻居，个头儿也挺高的。你现在多高啊？我怎么感觉他比你还高，得有一米九出头了吧？"

杨楚雄先是愣了愣，很快瞪圆了眼，咬着后槽牙反驳："乱讲啊！他哪里比我高？！"

说着，杨楚雄回过头，那家伙走得慢，和他们已有一小段距离。

他走路的样子懒懒散散的，双手插兜，嘴角微勾，不知在和谁聊天儿，戴着副弯月形的……

眼睛和嘴巴一起越张越大，杨楚雄不敢相信，说话都结巴了："那……那……那，他戴的那是……？！"

"嗯……应该是'新世纪'内测中的那款眼镜。"

见杨楚雄看得眼珠子都要跌出来，邵遥莫名其妙地觉得丢脸，赶紧抬手摁住杨楚雄的后脑勺儿，把他的脑袋转回来："看路啦！别总盯着人看……"

杨楚雄不死心，耸肩回头，鬼鬼祟祟地又看了一眼。

"我去！"他压低声音嘀咕，"他怎么会有那款眼镜的？市面上有仿货卖了吗？"

"我看不像假的。"

"那他怎么会有啊？全世界范围内只给了几百个人耶。"

"你这问题也够奇怪啊。"邵遥蹙眉反问，"为什么他不能是那几百个人中的一个？"

杨楚雄挠了几下短寸发顶，对这新邻居越来越好奇："那他得是某方面的'大佬'才能得到邀请……你知道他在'新世纪'里是什么身份吗？"

"我哪里知道啊？！没多久之前，我连他叫什么名字都不知道。"邵遥翻了个白眼，"而且我都快一年没有登过社区了，如今的我沉迷学习，认真求学，不像你早早就被保送，想什么时候玩就能什么时候玩。"

"咯咯——"杨楚雄清了清喉咙，"虽然被保送，但也不是直接躺平啊，还不是得考文化课？哦，我妈还说要你帮我辅导一下功课，她跟你提过了吧？"

邵遥长叹一口气，感觉接了个烫手山芋：“提过，从明天开始吧。”

杨楚雄忍不住提起嘴角：“那去你家，还是来我家啊？”

“来我家吧，你那房间……”邵遥连连摇头，嫌弃得不行。

十七八岁的男体育生的房间，肯定又臭又乱堪比狗窝。

“欸，你这是什么意思啊？！我现在都在整理的！”

杨楚雄支起手肘像往常一样撞她，邵遥反应敏捷，立刻后仰身子并往后退了两步。

杨楚雄一时没刹住，反而狼狈地踉跄了两步，“欸欸”地大声叫起来。

邵遥冲他做了个鬼脸，语气嘚瑟地说：“嘿嘿，想阴我？没门儿！”

胶底拖鞋踩在被树叶筛成细屑的夕阳光上，“啪嗒啪嗒”的声音比道路两旁聒噪的蝉鸣声还要响亮。

智能眼镜的耳机是骨传导式的，阻挡不了太多的环境噪声，黎远食指在镜架上轻滑一下，右眼显示屏的对比度下降，可视范围很快变得透明。

看着前方不知何时打闹起来的少年人，他眉心微挑。

“Imhotep（伊姆霍特普）？哈喽，你还在线上吗？”

耳机里的声音让黎远回神，他回复对方：“在，你继续说。”

他没有把眼镜显示屏的对比度调回来，能清楚看见他的两个新邻居一路蹦蹦跳跳的。

不知道聊到什么，两个人相继跳得老高，你拍一下我的肩膀，我拍一下你的脑袋。

黎远分了心，心想：这俩小孩儿加起来还不到十岁吧？

叫“小遥”的那个姑娘，伸直手臂跳起，就能摸到头顶上金箔般的树叶。

那防晒衣长度不太够，随着她的动作往上蹿，灌进了风，轻飘飘的。

隔着湖蓝色的镜片，黎远忽然有种不大真实的错觉。

他仿佛看见了水缸里的水母，鲜橙般的颜色，在水里上下漂浮，触须长且白。

黎远跟通话中的人说了一声“晚上再谈”，就退出社区下线了。

等那只“水母”又往上蹦了一次，黎远忽然开口：“喂，泳池还有多远啊？”

邵遥被吓了一跳，落地时差点儿顺拐。

杨楚雄替她回答，指着前方说："到啦。"

泳池在夏季会对整个街区的住户开放，正值酷暑，大小两个泳池里都泡着不少人，男男女女，有老有小。

泳池砖是湖蓝马赛克，二三十年前流行的风格，跳板被日光晒得早看不出原来的颜色，其他设施看出做了保养和局部翻新，但还是有些岁月了。

清洁消毒剂的味道略浓，黎远摘下眼镜，折起眼镜腿儿挂在领口上，多少有些不适应新的环境，但面上未显。

黎远一直不大明白，明明有更好的选择，为什么爷爷打算在这儿养老？

可能是图这里清静？

中午他在露台上抽烟时，四周静谧，除了人造蝉鸣，没有其他嘈杂的声响，无人机和巡逻车也等到两三点后才开始出现。

所以当隔壁屋有人在轻声哼唱那首粤语老歌时，他都能听得一清二楚。

"哪，新邻居，你如果之后想要游泳，得先去管理处办卡交钱，才能得到权限，之后扫脸进场就可以了。"

杨楚雄已经找到下了池子的同伴们，举手朝他们挥了挥，继续跟黎远介绍。

"这边是儿童池，那边的大池深 3 米，泳帽、泳镜最好得戴，禁止裸泳哟。"

黎远边走边环顾四周："那'人鱼衣'呢？"

邵遥已经戴好泳帽了，正调整着泳镜，闻言，抬眸看向他："'人鱼衣'是没禁止啦。"

"那怎么没见人使用？"

"人鱼衣"是这两年在市面上常卖断货的黑科技泳衣。

说是泳衣，其实它只有五根软带，不分性别、身材、年龄，使用者只需要在颈部、手腕上、脚腕上各佩戴上一根软带，再摁一下颈后的按钮，就会有一片片"鱼鳞"覆在使用者的身体上，最后形成密不透风的全覆盖式泳衣，包括双足和十指。

当初“人鱼衣”还未量产、只有概念样衣时，邵遥给奶奶看过产品发布会的视频，奶奶挺惊讶，说这和他们小时候看的动画片《美少女战士》里的变身过程好像，只是差蝴蝶结和裙摆而已。

“人鱼衣”贴合人体曲线，宛如肌肤再生，可以按个人需求改变“鱼鳞”的显色，使用时可选择“漂浮”模式或“深潜”模式。

简单点儿说，穿上它，陆上旱鸭能瞬间成为海底蛟龙。

“那东西那么贵，不是每个人都买得起的。”

泳池边的公共躺椅数量很少，同伴们霸占了一把用来放衣服和浴巾。

邵遥脱了防晒衣抛上去，继续说：“而且又不是每个人都喜欢追求新科技，平平淡淡才是真！”

她身上的泳衣是仿旗袍的样式，一整片的墨绿色布料，轻盈地裹着少女纤瘦匀称的身体，似茂密苔藓覆着一颗洁白鹅卵石，只在锁骨位置有一小颗水滴形状的镂空设计。

少女直角肩，天鹅颈，双腿笔直修长，大腿往上，有挺翘浑圆的曲线。

她逆光站在最后一抹残阳中，似一株亭亭玉立的水仙花，被火苗燎过，边缘微卷。

池子里的几个人游到池边，其中一个男生冲岸上的两个人泼了一捧水：“你俩怎么这么晚才来？！”

“杨楚雄他开大啊，他的屁股一粘上马桶就——嗯——”邵遥刚说一半，就被杨楚雄捂住了嘴。

“你一个女孩子，说话能不能斯文一点儿啊？！”杨楚雄脸都烫了。

跟在杨楚雄和邵遥身后的那张陌生面孔引起了少年们的注意，泼水的那个男生抬起泳镜，好奇地问道：“这位是……？”

邵遥毫不客气地撞开杨楚雄，“负责任”地介绍道：“他叫黎远，新搬来的，就住在我家隔壁，就是雄仔家对面门。”

少年们先后发出惊呼声，黎远又听见了“鬼屋”这个词。

女孩的葱白指尖在黏稠晚霞中轻跳：“粉红色泳帽的女生是思雅，

蓝色泳帽的女生是芊云；金贵，我们叫他‘贵公子’；蔡超凡，叫他‘超人’就可以了……算了，现在大家都戴着泳镜和帽子，你也认不出来。等游完泳，大家一起去士多买水喝，我再给你们做介绍吧！”

黎远被她的自顾自决定逗乐，双手插兜，耸了耸肩：“行，你去玩吧。”

看得出来，她巴不得立刻甩了他这块“烫手山芋”，蹦进水里。

杨楚雄也脱下了沙滩裤和T恤，宽肩窄腰翘臀，一对长腿结实，小腹肌肉分明，身材明显练过，肩背上还贴着运动绷带。

黎远上下打量了杨楚雄一个来回，问：“你是体育生？”

杨楚雄做着热身运动，点头：“对。”

“练什么的？”

杨楚雄冲泳池仰了仰下巴：“游泳。”

“哦。”

到底还是在意那副眼镜，杨楚雄试探地问道：“你这个眼镜……哪儿买的啊？”

黎远低头看了一眼：“买？买不到吧这东西。”

杨楚雄睁大眼：“啊，真的是真的啊？”

黎远笑了笑：“对啊，珍珠都没有这么真。”

杨楚雄还想问什么，邵遥已经跳进了泳池里，“扑通”一声，水花溅起。

“欸，等等我！”杨楚雄喊了一声，又回头对黎远说：“那……那我也过去了，你一个人没问题吧？”

黎远失笑：“能有什么问题？不用管我，你们玩吧。”

还是男孩子好懂，一副智能眼镜就能轻轻松松地拉近距离。

老式泳池的池水被晒了一天，表面余热，底下冰凉。

晚霞似火，空气中似乎开始弥漫着家家户户炒菜煮饭的味道，池里的人逐渐上岸，准备归家。

邵遥慢悠悠地游了几个来回，就被章思雅和林芊云拦住了。

两个女孩儿都对那个坐在池边的男生无比好奇。

“小遥，他叫什么名字来着？刚才没听清。”章思雅问。

“他几岁啊？是高中生吗？”林芊云也问。

男生也来凑热闹：“你们看到他戴着的那副眼镜了吗？！是不是——？”

“对，对，对——是真的。”金贵还没问完，邵遥已经知道他想问什么，直接打断他的话。

没辙，她只好再给大家介绍一次：“黎远，黎明的黎，遥远的远。多少岁我不知道，但他肯定比我们岁数大。”

杨楚雄游了过来：“干吗又停下了？这么快就累了啊？”

“怎么可能？”邵遥趁机脱身，划了两下水逃出“包围圈”，对大伙儿说：“嘿，你们帮我控场，我想跳一下。”

金贵兴奋道：“哇！难得你有兴致，我们肯定奉陪！”

黎远一屁股坐到地上，正在眼镜里查看下一位排单客户的资料。

耳机音量不大，他突然听见水声，抬眸循声望去，是邵遥攀着梯子从水中起身。

晶莹水珠如断线珠子一般，跌落后又弹起。

墨绿泳衣浸了水，颜色似乎深了一些，衬得女孩儿的手脚白皙如雪。

邵遥原地左右跳了几下，抖掉耳朵里的水，摘下泳镜、泳帽，甩了甩卷曲的短发，这时才发现黎远正盯着她看。

她微怔，赶紧低头，看是不是自己哪里走光了。

但没有啊，她今天这套泳衣蛮保守的。

“你这个时候坐地上，很容易中暑的。”邵遥指着躺椅旁的大保温壶，“水壶里有我奶奶煲的陈皮茶，你可以倒出来喝，解暑气的。”

黎远又一次摘下眼镜：“你不游了？”

“等一会儿再游。”邵遥把泳帽和泳镜轻抛到一旁，朝 1 米跳板走过去。

杨楚雄几个人也游到跳板旁，很有默契地围成半圈，以免有不知情者游过来被跳板打到。

黎远初来乍到，不知细节，以为邵遥只是临时起意想玩一玩跳水。

——跳板高度不高，刚才也有一位大婶从上面蹦入池里。

可是很快他便没了这想法。

姑娘踏上跳板，只一瞬间，神情变得认真沉稳。

她双眸注视着前方，潋滟水唇微抿，来回抖动双手双脚，最后垂首，合眼。

黎远只眨了一下眼睛，姑娘已经迈开腿走板。

一跨，两跨，她步伐果断，精准地来到板边，单腿蹬板。

跳板被压到几乎快触及水面，涟漪散开，女孩儿也腾空而起，抱腿，旋转，直臂，最后如一尾青鱼落入水中，只溅起些许水花。

全程不过两秒还是三秒，其他人一不小心眼皮子一眨，就会错过这精彩的一跳。

女孩儿很快从池下游了上来，黑短鬈发全湿透了，一缕发丝贴在笑得弯弯的眼角处，笑容完完全全地绽放开来，艳胜晚霞。

黎远把玩着眼镜腿，目光却落在她的脸上，不知何时，嘴角已经往上扬起。

这新邻居，有些意思啊。

虽然太阳已落山，但天空中的云朵还是烧了许久，烧至最后，剩下一团团灰烬，看着轻，可风吹不散。

天未全暗，游泳池四周的照明灯已经“啪”的一声集体亮起。

飞蚊、飞蚁找到了目标，开始朝那团虚假的烛火奋身扑去。

黎远看了一眼时间，决定先回别墅，看看家政公司整理好屋子没有。

他也不大放心让爷爷一个人待在别墅里。

那群男生女生还在池子里来回游，似是不知疲惫。黎远想了想，最后还是没跟他们道别，直接离开了。

他快到门口时，从洗手间里走出来一个女生，女生戴着粉红色泳帽。

黎远认出这是邵遥的同伴之一，但刚才确实没认真听邵遥介绍，忘了面前的女生叫什么名字。

倒是对方先开口打招呼：“啊，你要回去了吗？”

黎远点头：“对，麻烦你跟小遥说一声，我先回去。”

章思雅回到泳池边，游到跳板旁，等邵遥再一次跳入池，才告诉她黎远先离开了。

“你还说你们不熟，他刚才叫你‘小遥’耶。”章思雅冲邵遥挤眉弄眼。

“啊？真的不熟啊，我跟他只是说过几句话而已啊。”

邵遥抬头看了一眼天色，丢下一句“那我也先回去了，你们继续玩”，长臂划水往岸边游去。

杨楚雄刚和男生们游完200米，远远地就看见一个高瘦的背影往外跑去。

白炽灯灯光划过那人的墨绿色泳衣，似樟树叶上停不住的露珠。

杨楚雄摘下泳镜，扯开嗓子喊：“邵遥！你去哪儿啊？”

女孩儿似乎听不到他的呼唤声，很快跑远。

章思雅游过来，替邵遥回答：“小遥说她先回去！”

杨楚雄皱眉嘟囔：“这么早……”

黎远正走着，身后忽然传来“啪嗒啪嗒”的脚步声。

这声音他今天倒是听过好几次了。

他回过头，果然是那“高妹”朝他跑来。

影子似游得飞快的鱼，时而躲进树荫里，时而在路灯下显出身影。

黎远放慢了步伐。

等邵遥跑上来，他才笑着开口：“你这是干吗？怕我迷路吗？”

“对……”邵遥微喘，忽然觉得这么回答有些不妥，赶紧换了个说法，“不，不对，是我奶奶在家等我吃饭呢。”

“哦。”

说起吃饭，邵遥才想起一事：“你们家的厨房还没开伙吧？晚上你和你爷爷吃什么啊？”

“我们回酒店吃。”

“哦，你们今晚还住酒店是吧？”邵遥跑了一小段路，有些口渴，拧开了水壶盖子。

“对，我们还有些随身行李在酒店里，今晚回去收拾了，明天再入宅。”

“需要帮忙的话你就过来摁门铃，或者找你家对门的雄仔也行的。”

盖子做杯，邵遥往里面倒了半杯陈皮茶。

喝了两口陈皮茶，察觉到黎远的视线，她抬了抬杯子，问：“嗯？你要喝吗？”

黎远不禁失笑："我不要啊。你是不是对谁都这么热情好客？"

邵遥愣了愣，蹙眉问道："热情好客不好吗？"

"当然不是——"眼前有黑蚊"嗡嗡"地盘旋，黎远抬手拨开，继续说，"只是在现在这个社会……挺少见的。"

像在"新世纪"这样的虚拟社区里，"热情友善"只是一个角色挂在资料里的标签，而在现实中，绝大多数人不会像这姑娘这样。

反正黎远自己是很久都没遇过这样的人了。

"少见又不等于没有。"邵遥喝着剩下的陈皮茶，用杯盖掩住嘴，小声地嘀咕，"我也不是对谁都这样……"

黎远没听清，刚想问，忽然一声刺耳的尖鸣声从路旁的树干上传来。

"吱——！"

两个人不约而同地皱紧了眉心。

邵遥抬头看向发出声音的那片树荫，树叶茂密得让人完全看不出前些年受过热害的影响。

尖鸣声断断续续，夹杂在蝉鸣声中。

"喇叭又出问题了。"邵遥边说边从衣兜里拿出手机。

她给管理处打了个电话，告知是哪个位置的喇叭出了问题，AI 客服声音甜美地说："好的，我们现在联系维修工过去查看情况。"

挂了电话，两个人继续往前走，逐渐把尖鸣声抛在身后。

头上的树荫里藏着迷你喇叭，轮番播放着不同速度和音量的蝉鸣声。

邵遥忽然好奇，问道："墨尔本有没有像我们这边这样，也播放人造蝉鸣声？"

黎远想了一下，说："市中心少，市郊有些社区会弄。"

邵遥的声音淡淡的："哦，前两年我们市中心的街区也不弄的，但从今年开始，我家小区也开始搞这种东西了。"

"你平时不住这里？"

"嗯，我和爸爸妈妈住在市区里，平日周末会过来，然后放假了我也会来这边住上一段时间，陪陪我奶奶。"

邵遥还口渴，剩下的陈皮茶不多了，她直接嘴对杯口喝完。

用手背擦嘴的时候，她听见黎远问，"你好像不大喜欢人工蝉鸣？"

邵遥拧回保温壶盖子，反问道：“你喜欢吗？”

黎远耸了耸肩：“谈不上喜不喜欢，有没有都无所谓。”

假的又如何？

那些声音真实存在过的时候，他好像也没将它们放进心里过。

他总以为那是理所当然的事情，未曾想过，它有消失不见的一天。

第二章

筑梦师

七年前，地球“发烧”了。

人口剧增，气候暖化，海平面升高，让人不适的热度不仅来自刺眼得教人睁不开眼的太阳，也来自脚底下。

地底下有些什么东西在沸腾，仿佛蛰伏了几十亿年的亡灵军团逐渐苏醒过来。

百虫纷纷出土，在皲裂的马路上仓皇横行，群鸟频频离巢，在六月飞霜的城市里低飞盘旋。

每天都有生态失衡的新闻。

塔斯马尼亚岛的海滩上出现了成群结队地搁浅的鲸群，整个罗马广场被从空中跌落的上万只鸽子尸体堆满，墨西哥湾的海面上出现了颜色变异的深海巨型冥河水母……

一时间人心惶惶，全世界的人都觉得那些好莱坞灾难老片里描述的情形终于要发生了——火山爆发，地震频发，生灵涂炭，极端天气笼罩全球，最后是通天高的海啸将人世间的一切淹没。

再高的大厦也要倾倒，再繁华的城市也将成为海底无数个新的亚特兰蒂斯。

不过这种人间炼狱的情形最终没有发生。

地球慢慢“退烧”了，全人类欢呼雀跃。

有人说是人定胜天，有人说是天神怜悯，有人说是地府满员，有人说是人类的哭喊和祈祷成了不那么廉价的药剂。

地面的温度恢复到正常范围内，光秃枯萎的植物被种种科学手段救了回来，枝干长出嫩叶，泥土钻出新芽，轮胎和鞋底不会再被土地烫得熔化。

人类第一年还没有察觉，因为那不是一件特别值得注意的事情，到了第二年夏天，大家才发现，蝉鸣声消失了。

这时候人类才明白，并不是祈祷感动了上苍，而是万物守恒，人类活了下来，同时便有许多生命逝去。

沉睡在泥土里的亿万小生命，还没迎来生命中第一次能见到阳光的日子，就已经成了滋养树木根部的养分。

偶尔有一只两只蝉熬了过来，顺利地从土中钻出来，可还没能爬上树干，已经奄奄一息，很快就结束了极其短暂的生命。

科学家、动物学家、自然学家、植物学家这种“家”那种“家”都为这个濒临灭绝的小生物想尽办法。

基因提取、人工培育，他们像研究白垩纪的恐龙那样研究着蝉。

但无论生物科技如何前进发展，“克隆”始终是许多人无法跨越的道德底线，尤其当有小道消息传出来，实验舱里培养出来的人工蝉体形巨大得令人恐惧，民间便有了反对的声音。

原本只是藏在树荫里默默歌颂夏天的小生物，变成树汁进食已无法满足其变异躯体的暴戾怪虫，许多人在网络上发起反对人工培育蝉的话题，一度闹得沸沸扬扬。

如今过去了几年，这件事不再成为热点。

没有蝉，似乎并不会对人类的生活产生什么重大的影响，所以大家也渐渐淡忘了此事。

当初情绪激动，各抒己见的人，现在早已忘了自己的立场。

直到两三年前，东京一片新建的住宅区在售楼的时候，竟拿出了“蝉鸣声”当卖点。

推广视频拍得唯美，宣传语是“把时间拨回至蝉鸣如浪涌的那些夏天”。

开发商还推出了一段全息影像，可供人们免费下载至自己的设备中观看。

全息影像投映出来的是一棵树，与真实树木比例相同，很高，人站在树下，抬头是枝繁叶茂，低头是树影斑驳。

绿叶晃动，有风吹过来，接着是藏在绿叶中不见身影的蝉开始鸣唱，一声接着一声，如潮似浪。

宣传片看着挺高级，实际做法挺原始，其实就是在街区绿化的树干上贴上迷你小喇叭，等天气渐热，夏季来临时，小喇叭便开始播放蝉鸣声，营造出蝉声依旧的街景。

这次营销推广十分成功，后来世界各国有不少新楼盘在售楼时都会效仿其做法，不仅如此，还有许多绿化较多的老街区也开始这么做。

春晖园就是其中之一。

听说春晖园近年来的二手房，交易数量涨了近三成，调查数据显示，购入房子的客户多数是当代的老年人。

他们对“能听见自然真实的声音”的房屋格外感兴趣。

繁华市区的高层公寓里也能听到“自然的声音”，住户只需对着智能家居喊一声就行了，场景控件能控制门窗上的显像玻璃，从屋外只见人工霓虹灯的都市，一秒变成冰岛极光，也可以变成海上落日，变成山顶日出，变成沙漠中的海市蜃楼。

场景自带不同的自然环境音，有鸟叫，有虫鸣，还能选择天气，可以电闪雷鸣，可以风雪呼啸，可以秋雨连绵。

“可这些都是假象啊。”

已经能见到奶奶家院门口亮起的暖橙路灯了，邵遥还在认真地回答黎远刚才的问题。

和智能一体家居变出来的景色一样，如今的蝉鸣声也是假的，邵遥确实不喜欢这些虚头巴脑的东西。

每当有这种打着“改善人类生活环境”旗号的发明设计出现，就会让她越发感受到那种不真实感。

虚拟与现实中间的那条线，早已变得模糊不清。

“人类该珍惜的时候不晓得珍惜，等到失去了，又想做些什么事情来弥补、挽回，人工蝉鸣在我看来就是自欺欺人的做法。”

邵遥语气严肃，尤其是“自欺欺人”这四个字，她几乎说得斩钉截铁。

黎远双手插兜，他和少女之间隔着半臂距离，路灯会让他们的影子时不时地重叠在一起。

他的声音有点儿低，融进渐浓的夜色中：“可是，你觉得那些购买了场景控件的人，他们会不知道这些是假的吗？他们肯定是知道的。

“包括这整片住宅区的住户、买下二手房的住户，他们会不知道蝉声是假的吗？他们也肯定知道的。这种‘谎言’无伤大雅吧，让自己一时开心不行吗？”

邵遥有些讶异，没想到黎远会说这么长的一段话。

而且他的态度并不是为了争辩什么，他更像是想同她友好探讨。

所以她的语气也软了一些：“也不是不行……你应该知道，‘新世纪’里有一些人的职业是‘筑梦师’，对吧？”

黎远怔了怔，脚步微顿，但没停下，继续走着，并转过头看向她。

“嗯，我知道。”他说。

邵遥点了点头，继续说：“‘筑梦师’他们不就是为客户量身定制各种各样的‘M-Room（Memory-ROOM，回忆房间）’吗？重现客户记忆里的某个场景……反正只要客户给够了钱，他们就能把每一个细节都重现出来。

“很多用户在收到‘M-Room’之后，就会成天待在这个小小的‘房间’里。可能一开始他们只是想要追忆过去，缅怀美好生活，但渐渐地就会沉迷其中，继而逃避现实，最终分不清楚哪一边才是现实，哪一边才是虚幻……这类案例，这两年可没少在新闻里看到。”

黎远刚张开嘴，邵遥已经举起食指，在半空摇摆几次，挡住了黎远的话语。

她说：“我知道你想说什么，许多人觉得是这些用户心智不够成熟，才会分不清虚拟与现实，可场景控件、人工蝉鸣，还有市面上在售的许多配件和装备，其实和‘M-Room’没太大差别。

“关了控件，窗外还是灰蒙蒙的天，装再多的小喇叭，也不能改变蝉濒临灭绝的现状。人们花再多的钱去找‘筑梦师’复刻完美的回忆，但关了头显（头戴式显示器），生活没有任何变化，甚至可能变得越来越糟糕。

“而那些‘筑梦师’拿钱办事，客户想要什么他们就喂什么，完全没有考虑过后果……在我看来，它们都是裹着糖衣的‘精神毒药’，人吃多了会上瘾的。”

还差十来步就到家了，邵遥长长地叹了一口气，语气有些无奈：“当然，我承认在‘新世纪’里某些时刻确实能很开心，不是每个人都会混淆真假生活。市场嘛，有需求就会有买卖，这些我都明白。”

“看来你对‘筑梦师’很有意见哪？”黎远忍不住笑了一声，接着问，“难道你就没有什么心里的场景想要‘筑梦师’帮你实现的吗？”

邵遥的头脑里瞬间闪过几个画面，蓝的，清的，像她白天看到的那双蓝眼珠一样。

“没有。”她摇摇头，状似无所谓，“你呢？”

黎远提起嘴角笑了笑，没有答这个问题：“到家了。”

邵遥踮起脚看向“鬼屋”：“你赶紧陪你爷爷回酒店吧，已经到饭点儿了。”

“嗯，我抽根烟再进去，让我爷爷见到的话，要被念好久的。”黎远摸出烟盒，挥了挥手，“你回家吧。”

“行，拜拜。”

“拜拜。”

邵遥推开铁门，走进院子里，很快听到“刺啦”一声响，接着闻到了烟草的味道。

她回头，这个角度看不见少年的身影，但他站在路灯下，脚下的影子往前延伸出一些，如一片孤叶飘到了昏黄的月亮之上。

黎远刚抽第二口烟，就听见背后铁门被拉开的声音。

他回头，少女从铁门中间探出了半个身子。

她的头发还湿着，路灯的光落在她薄薄的眼皮中央，像是贴上了两片细碎金箔。

“怎么了？”黎远吐出白烟后问道。

邵遥抿着唇，右手紧握着衣兜里的手机。

刚才她一时冲动，想跟这新邻居交换一下联络方式，话都来到嘴边了，又让她给咽下了。

她正想着要怎么搪塞过去，眼珠子一转，看见那副眼镜，话脱口而出："你这眼镜……是真的还是假的啊？"

黎远哭笑不得。他看起来那么像会用"山寨"东西的人吗？

"是真的。"

"雄仔……嗯，对，是雄仔叫我问问你，你在'新世纪'里是做什么的？"借杨楚雄"过桥"这件事，邵遥做得得心应手，"雄仔说，你得是某个领域的大佬，才能拿到这副眼镜。"

这下黎远更乐了，嘴角高高扬起。

他沉沉地笑了一声，才说："不好意思，我就是那个拿钱办事、给客户喂'精神毒药'的'筑梦师'。"

简单收拾完爷孙俩的随身行李后，黎远一看时间，已是晚上九点。

浴室的水声停了差不多有十分钟了，黎远站起身走到浴室门外，敲了敲门："爷爷？"

很快里面传出声音："我没事，在穿衣服。"

"好，你自己小心。"

虽然人类如今已经进入了"百岁时代"，但七十七岁的爷爷也算高龄老人了。

再加上，两年前爷爷还脑梗过一次，抢救是及时，但苏醒后老人的腿脚变得不利索了。

这两年，老爷子积极参加康复训练，黎远曾经问他要不要使用机器支架或再生肌肉做辅助，但爷爷拒绝了。

从双腿动弹不得，到拄拐缓慢行走，老爷子一步一步走到今天，不用拐杖，也能走上一小段路了，就是看得出来左脚仍然不大灵活，而且没办法长时间走路，得走走停停多休息。

老人家有些莫名其妙的自尊心，不乐意让人陪着洗澡，黎远尊重他，但要求他不能把门锁上，一旦老人在洗澡时出现什么头晕身热的情况，黎远也能第一时间跑进去帮忙。

他还在浴室门口站着，半分钟后，爷爷拉开浴室门，拄着拐杖慢慢走出来："嗯？你站在这儿干吗？"

“没啊，刚刚才过来的。”黎远回答得懒懒散散的，但步伐不大，一直跟在爷爷身旁陪着他慢慢走。

“东西都收拾好了？”

“好啦，一些小件东西等明早再整理。”

爷爷的声音有些疲惫，黎远以为是因为他今天太累了。

黎远取来药包，再倒了杯温开水放到床柜上：“吃完药，就早点儿休息。”

黎彦刚才已经洗漱好了，坐上床，开口道：“吃饭时你忙着跟你爸打电话，我就没跟你多聊。傍晚你同隔壁屋的小姑娘一起去逛了一下，感觉怎么样？”

“嗯？感觉？”黎远也坐到自己的床上，双手后撑，看着天花板想了想，“没什么感觉啊，配套设施马马虎虎吧。无人机的型号有点儿旧，泳池翻新过，人工蝉鸣不大稳定，物业管家是AI。哦，听说已经预定了管家型和家政型的仿生人，明年会开始进行调试……”

老爷子刚拿起水杯，瞪了孙子一眼：“哎呀！谁问你春晖园的事啊？”

黎远挑眉：“啊？不问春晖园，那你问的什么？”

“啧，傻仔……”老爷子先服下药，才慢悠悠地说，“我指的是隔壁那个小姑娘。”

黎远愣了愣，接着咧开嘴笑得无奈：“能有什么感觉啊？不过是一起走了一段路而已。”

“你好歹也得有个第一印象吧？”

“第一印象？嗯，那就是高咯。走在路上，邻居们都叫她‘高妹’。”

黎远自己不矮，近几年许多女生跟他说话时得高高仰起头，那姑娘不用，他也不用低着头去配合她。

和她聊天儿时还蛮轻松的，黎远心里想着。

黎彦眼睫低垂，淡淡地笑了笑：“这姑娘是挺高的，也不知道像谁。”

黎远笑意微敛。

“爷爷。”

"嗯？"

"你是不是……"

黎远总感觉爷爷话里有话，琢磨着该如何询问，但老爷子掀了被子，说想睡了。

黎远没有继续追问下去。

就算爷爷和隔壁屋的人是认识的，对黎远来说也不是多么重要的事。

帮老爷子熄了卧室的灯，黎远拉上木门，走去了书房。

他的主机和头显在上午都先被搬到别墅去了——这套屋子是他给爷爷做的整屋设计，老爷子调侃说这是他的强项，让他随意弄，他便在三楼给自己多安了个体感房间。

身上还剩那副墨镜。

这是"新世纪"接下来准备进行量产的可移动式头显，虽然功能暂时还不那么完善，但胜在便携快捷，只要有网络，用户就可以随时随地直接接入"新世纪"。

这几天他一直在忙搬家的事，收件箱早塞满了投递的委托邮件，黎远打算整理一下信息再睡觉。

套房位于酒店高层，书房的落地窗外是组成繁华大都会的一盏盏灯火。

夜幕被烤成斑驳不一的红色，能见度一般，不只有霾和光污染，还有在半空飞行的灯箱广告和无人巡逻机，都把不远处的"小蛮腰"遮得严严实实。

附近的商业大厦循环播放着巨型全息光影广告，这边的是金黄蟠龙攀着大厦盘旋飞升，那边的是火红旗袍美人执扇翩翩起舞。

还有打广告的知名艺人们。

现实艺术和虚拟艺术各据一方，十个里头有七个在宣传自己在"新世纪"里的售票演唱会，剩下的三个则为"新世纪"里的装备或游戏做代言。

"巨人"们身形庞大，脸上挂着千篇一律的笑容，由无数各色光线组成，可眼里无光，看不到地上爬行的蝼蚁。

从黎远的角度看过去，那画面宛如夜空中有群魔在乱舞。

他拿起书桌上的银灰色遥控器按了一下，玻璃立刻变成不透明状态，并自动显示出符合当前时间的场景。

这还是酒店专门定制过的特定场景控件，玻璃上显示着没被巨型广告和飞行灯箱遮住的夜景。

高楼大厦仍缀着璀璨灯火，但因为能见度高了许多而不惹人厌烦。

曲线婀娜的那座高塔清晰可见，白月弯弯挂在塔尖上，星辰洒满天际，时不时还有流星划过……

黎远嗤笑，这就有点儿假了啊。

他忽然就想起了傍晚时分那女孩儿说过的话。

她说这些都是假象，而他说，他也知道这些都是假象。

黎远索性关了玻璃窗的显像，只保留不透明的磨砂状态。

他戴上眼镜，启动，很快眼前出现了“新世纪”的登入页面。

“Imhotep，欢迎回家。”

黎远隐身登录，免得进来太多的即时信息。

可就算没有即时信息，收件箱里依然有许多未读信息，一半是新客委托，一半是活动邀请或品牌代言邀请。

他飞快地筛了一遍，把完全不感兴趣的委托和邀请邮件统一发送拒绝，接着再一条条回复剩下的信息。

在“新世纪”内，每个用户都有一个“家”，和许多游戏一样，用户们可以在“世界”里赚取虚拟货币，也可以用现金进行消费。

用户们能和现实生活中一样，在“新世纪”里用货币购买新的居住空间“Room（房间）”，再按照角色设定和个人喜好进行改造装修，用在不同家具店里购得的家具物件、在拍卖会上抢下的设计师名画来一点点地装点屋子。

有的用户钱多人懒，便会找专业团队和公司定制“Room”。

清朝的红墙深宫、中世纪的欧洲古堡、黑暗森林里的糖果屋、能看见地球的太空舱、地底下的幽暗洞穴……无论你的想法有多天马行空，癖好有多古怪骇人，只要你给得起钱，就有人干活儿。

“筑梦师”是其中一类定制师，但他们和别的定制师不同，主要做的事是替客户复刻回忆。

和那些脑洞大开的“房间”相比，这种委托更考验定制师的功力，事因许多客户其实对那些回忆中的画面记得并不牢固，能提供的资料相当有限，“筑梦师”需要通过客户描述的直观感受，再查阅大量资料，搭建出一个个曾经存在过的空间，其中的每一个细节，都需要与客户反复沟通进行调整。

在众多投递的新委托邮件中，黎远挑中了其中之一。

客户是一位五十几岁的妇女，希望 Imhotep 能帮忙复刻出她小时候住过的一套房子。

这种是黎远遇到的最多的委托。

原来有那么多的人，无论正处于哪个年龄阶段，都会想要回忆童年生活。

客户投递委托的格式很标准，这是黎远定下的规矩，对方还提供了部分二十一世纪二十年代的老照片。

黎远查看着资料，突然想到什么，对着空气开口：“妹妹仔，知不知道我们做一个‘M-Room’得花多少时间、做多少功课啊？虽然‘M-Room’是假的，但回忆是真的，那不就可以了？”

黎远给客户报了价，对方如果能接受价格，就可以付定金排单。

他的档期已经排到两年后了，收费也不便宜，纵是如此，还是有许多人愿意等待。

回复完消息，本来他应该继续点开下一封信件的，但他停住了。

半晌，黎远取下眼镜，打开手机搜索引擎，输入了“邵遥”。

因为粤语里“邵”和“小”的发音很相近，黎远一开始总唤她“小遥”，直到今晚吃饭时才被爷爷纠正。

片刻后，屏幕上跳出与之关联的新闻资讯，但网页数量不算多，还不到十页。

黎远看了看时间，还是好些年前的。

黎远随意选了一个标题点进去，映入眼帘的是一个“小号”的邵遥。

那是名副其实的“妹妹仔”了，头发还是那么短，但五官稚嫩，身高也不像现在这样。

女孩儿笑盈盈地站在领奖台上，身后的颁奖背景板印着赛事名称和 logo（标志）。

她身穿红黄相间的宽松运动服，纤瘦的五指从袖口钻出来，握着蓝绸金牌，笑容灿烂得比另一只手里的花束还要鲜活。

而她的旁边还站着另一个女孩儿。

那姑娘的身材与邵遥差不多，头发比邵遥长一点儿，齐耳，齐刘海儿，一张小脸圆圆的。

她的手里也拿着金牌和花束，同样笑得开心。

这姑娘叫乔蕊。

“全国青少年跳水锦标赛”“两位九岁小将勇夺双人十米跳台金牌”“梦之队未来新星”……

文章不长，黎远很快看完。

他到视频平台里搜索这场比赛，还真有，但视频标题下是《世界冠军乔蕊成名之路》。

黎远干脆把手机平放在桌面上，打开立体投影模式。

从手机屏幕上射出光线，视频直接飘浮在半空中。

黎远再打开一个窗口，输入“乔蕊”。

这姑娘的资讯就多得多了，一个个头衔星光熠熠，让人目不暇接。

乔蕊今年十七岁，六岁被挑选进省队，八岁开始获奖无数，十四岁于世界级赛事中一举夺下十米台跳水单人和双人冠军……

黎远一目十行地看完资料，旁边窗口的视频正好播至两个女孩儿步伐一致地走到跳台边缘。

他两指一分，湛蓝色的立体投影瞬间变得更大。

女孩儿们同时转身，背对池子，后退半个脚掌的距离，高举起双臂。

每一个细微的动作两个人几乎同步完成，更不用提接下来的跳水动作。

两个人向后跃起，翻腾转体，抱腿伸展，最后入水。

旋转、下坠、屈体、展臂……每个角度，每道轨迹，甚至连入水后鼓起的两朵小水花，都一模一样。

黎远把进度条拉回几秒之前，并旋转了影像的方向——从乔蕊那一面，转到邵遥的那一面。

他再按播放，女孩儿们再一次走到跳台边，摆臂，起跳。

两道身影交叠在一起，如影随形。

左手撑着下巴，右手食指无意识地轻敲着桌面，黎远半眯着眼看了一会儿视频，忽然鬼使神差地把手探至立体影像里。

那从跳台上蹦下来的小姑娘，正好落进他摊开的手心里，接着穿过手掌，落进下方的“泳池”中。

影像明明是无触感的，可这一刻，黎远有种手心微凉的错觉，像是让一滴泪穿掌而过。

“什么？他是‘筑梦师’？！”

杨楚雄激动得跳起来，餐椅差点儿被他撞翻。

经过一个晚上，邵遥早就消化了这件事，她慢腾腾地打开平板电脑中的卷子，声音平平地说：“嗯啊，是他自己说的。”

“哇，真没想到……那你有没有问到他在‘新世纪’里的ID（账号）？”

“没啊，你要问自己去问！”邵遥拿笔赏了他一个栗暴，凶巴巴地说道，“你写不写作业啊？不学习我跟你妈妈说了！”

“写，写，写！”

杨楚雄也打开自己的平板电脑，但嘴里还在念叨着黎远的事。

纪霭给孩子们端来茶水，听见了几个词，便好奇地问了一句：“你们说的是隔壁新搬来那家的小孩儿？”

杨楚雄连连点头：“对的，对的，奶奶，原来他是‘筑梦师’！”

“哦……就是在‘新世纪’里给用户做小房间的设计师？”

“对的！”

“他很厉害吗？”纪霭把两杯冰镇陈皮茶放到桌上。

“肯定很厉害的！”

杨楚雄把黎远拥有眼镜的事情告诉了老太太，末了说：“等回头遇见新邻居，我问问他的ID是什么。”

邵遥白了杨楚雄一眼：“知道了能干吗？你要找他定做‘M-Room’啊？”

“不是我，是我老爸想定做啦。”

杨楚雄灌了两口陈皮茶，对老太太竖了个大拇指，继续说：“明年是我爸妈结婚二十周年纪念日，他以前答应过我妈，说婚后每个十年都要回去求婚时的那家餐厅吃顿饭，再合照留作纪念。

“但那家餐厅后来倒闭咯，所以我爸让我帮忙找个靠谱儿一点儿的‘筑梦师’，想要复刻求婚时的那个场景。”

邵遥有些意外，眨了眨眼睛：“叔叔这是下血本啊，做‘M-Room’不便宜的耶。”

“那也比找个餐厅包场布置现场来得划算咯，而且‘M-Room’是可以永久保存的，他俩想什么时候进去回忆都可以。”

邵遥撇了撇嘴：“前两天才有个新闻，说有个中年男人沉迷‘M-Room’，不停地借钱去定制，还不了钱，还把自己的信用积分都败完了。‘新世纪’封了他的号，他居然因为这样迁怒于社会，跑到路上乱捅人！”

少女越说越激动，杨楚雄挠了挠后脑勺儿，嘟囔道：“凡事都是双刃剑嘛，而且这是极个别的现象啦，很多定小房间的玩家还不是好好的……”

邵遥还想搬出几个近期因“M-Room”造成恶劣后果的案例，忽然发现奶奶站在桌旁，若有所思的样子。

她问：“奶奶，你怎么啦？”

纪霭提了提嘴角：“没事，就想问问雄仔中午在不在这边吃饭？我今日焖了萝卜牛杂哟。”

杨楚雄眼睛都亮了，点头如捣蒜：“要吃！当然要吃！我家中午没人！”

纪霭笑了笑：“行，那我去多煮一些米，你们快学习吧，陈皮茶还有的，过一会儿我再来给你们添。”

杨楚雄笑得咧出一口大白牙：“多谢奶奶！”

俩小孩儿终于开始动笔写试题了。

杨楚雄去年一直忙着训练和比赛，文化课程落下不少进度，但上个学期稍微追回来一些。

只不过现在在邵遥面前，他又仿佛变成一只只有七秒记忆的金鱼，啥题都不会做，隔三岔五地就把平板电脑推到邵遥面前。

邵遥没多想，认真给杨楚雄讲题。

阳光从餐厅挑高的落地玻璃窗洒进来，落在少女的睫毛上，少女眼皮微颤时，似能抖落一地星屑。

杨楚雄看呆了，又被敲了一下额头才回过神。

“喂！你发什么呆啊？”邵遥手指转着笔，没好气地说道，“刚才讲的你是不是都没听？”

杨楚雄没回答她的问题，而且还直接跃到另一个问题：“下个月我们游泳和跳水的有集训，就在基地里，你到时候要来吗？”

“嗒！”

本来还在指间旋转的笔，下一秒脱离轨道飞了出去，掉到桌面上，朝边缘方向滚动。

杨楚雄及时拦住快要坠落的笔，眼神认真地补了一句：“乔蕊也会来的，我听高教练说，是乔蕊主动提出要求回队集训的。”

邵遥皱起眉心拿回笔，垂眸继续写练习题，闷声回答：“不去。”

虽然杨楚雄早就猜到邵遥会这么回答，但还是忍不住问她：“为什么不去啊？”

邵遥眼皮都没抬：“你们集训，我一个外人去干吗啊？”

“怎么会是‘外人’？”杨楚雄语气着急起来，“你也是前跳水队的啊！”

“对啊，‘前’啊，所以现在不是啊。”

“所以你现在完全没跟乔蕊联系了吗？”

“有啊，我有的时候发了朋友圈，她会给我点赞耶。”

杨楚雄翻了个白眼，直截了当地说道：“怎么回事啊你们？！好歹一起参加了那么多次比赛，拿了那么多块奖牌，怎么现在就沦落成了‘点赞之交’？”

邵遥不打算再回答相关问题。

她自己也不知道，为什么她和乔蕊会渐行渐远。

沉默下来的空气如石沉湖底，杨楚雄抿紧嘴唇，埋头苦写，遇上不会的题也不再提问。

日上三竿，光影渐变，茶杯见底，厨房里渐渐有咸香气味飘了出来。

“咕噜——”

有人的肚子不合时宜地打起了鼓，两个人对视一眼，不约而同地笑出声来。

杨楚雄小声嘀咕：“我等会儿肯定得吃三碗米饭。”

邵遥瞥他：“少吃点儿吧，免得集训前超体重了，被人刷下去。”

“嘁，这有什么？游几个来回就消耗完了。”气氛一缓和，杨楚雄再次燃起斗志，继续游说，“你真的不来？我们游泳队那几个家伙也说好久没和你聚一聚了……”

“哎呀，杨楚雄你烦——”

邵遥刚扬起声音，就被门铃打断了话。

她甩了个眼刀给杨楚雄，起身走向玄关。

纪霭擦着手从厨房里探出头：“谁来了？”

“我去看看！”邵遥看清门铃显示器里的人，忙回头说，“奶奶！是隔壁新搬来的那位爷爷！”

纪霭猛地停下脚步，站在原地。

邵遥未察觉异样，趿着拖鞋就往院子跑去。

雕花铁门外站着昨日傍晚她见过一面的老先生，依然穿着衬衫、西裤，但没有拄拐杖，右手上还拎着一个红色纸袋。

他笑眯眯地打招呼：“你好啊，小遥。”

邵遥打开铁门，颔首道：“爷爷好，你们过来啦。”

她探头朝隔壁屋看过去，门口放着两个大号行李箱，还有一个敞开盖子的大纸箱，倒是不见那“孙子”的人影。

黎彦望一眼邵家未掩实的木门，再把手中纸袋递给邵遥：“这是我准备的乔迁礼物，之前我们家装修，还有这段时间搬家，都给附近街坊们添麻烦了啊。”

礼袋上印的是城中百年老字号羊城酒家的金漆 logo，邵遥将一双手摆得飞快：“不用，不用，爷爷你实在太客气啦！”

“里面是酒家的招牌饼食，不贵重的，只是小小心意，还望笑纳。”

黎彦指着那开口的大纸箱，说，“那里头还有几份，待会儿我给别的邻居也送过去。”

盛情难却，邵遥没推拒了，接过礼袋后礼貌道谢：“谢谢爷爷，那我就不客气啦！其实我奶奶很喜欢羊城酒家的老婆饼和鸡仔饼，之前周末我过来时都会给奶奶带。”

黎彦笑得眼角堆起一道道褶子：“她喜欢吃啊？那实在太好了。”

杨楚雄也从屋里走出来，跟老先生打了声招呼：“爷爷好。”

“啊，你是对面屋子的那个小男孩儿。”黎彦朝他笑了笑，“你家大人现在在家吗？我想去打个招呼。”

“不好意思啊爷爷，他们今早都出门了，得下午才回来。”

“那行，我晚上再拜访。”

邵遥指着那两个大行李箱，指挥道：“雄仔，我们帮爷爷把行李拿进屋里吧。”

杨楚雄朗声应“好”，大步走过去，推着行李箱进了“鬼屋”的院子。

“小遥，黎远在家里的，你们把行李箱拉到玄关就行，门没关。”

黎彦边说边从纸箱里拎出两袋手信：“我去旁边的邻居家里坐坐，冰箱里有饮料，你们自己拿来喝啊。楼上还有个体感房，你们可以去参观参观。”

杨楚雄听见“体感房”三个字，一双眼睁得比牛眼还大，说话又结巴了：“我……我……我可以参观吗？！”

——别说体感房了，他们许多人连头显都没有，一是太贵了，父母不让买，二是“新世纪”对未成年人的限制相当多，就算有了家用头显，他们有很多功能依然无法使用，“世界”里的许多区域也不让他们进去。

杨楚雄和男生们周末想玩时，就会去附近的体感中心租头显，体感房老板都不大舍得租的，毕竟费用不便宜。

老先生哈哈大笑：“当然可以，非常欢迎。”

这一片的别墅当年都是精装修交付，屋内结构都是一个模子，除非后期拆墙并重新装修，黎家就是这样。

因为是联排别墅，屋子外观没有太大变化，但内里改变不少。

一楼被打通成了无障碍大平层，纯白极简风格，屋顶开了玻璃天窗，阳光淌满了整个客厅和开放式厨房以及餐厅。

黎远刚把爷爷的行李放好，从房间里走出来，一眼就看到站在玄关的两位新邻居。

他微挑剑眉："哟，怎么会是你们？我爷爷呢？"

杨楚雄答："他去给邻居们送礼物了。"

黎远走过去，拿出客人用的拖鞋放在地上："谢谢帮忙，你放下就行，我来拿。"

杨楚雄一手拎一个箱子，脸不红气不喘："不用，轻轻松松，你告诉我放哪间房就行。"

"在三楼。"黎远还是接过一个行李箱，领着他走向电梯，回头问那小姑娘："你一起上来吗？"

邵遥双手背在身后，噘着嘴嘀咕："行哪，参观参观。"

餐厅旁边就是电梯，三个人上了三楼。

杨楚雄随黎远进了卧室，邵遥跟在他们的身后，但只站在门口，没再往里走。

她偷偷打量起了黎远的房间，花不了多少时间，因为房间一目了然，里面只摆着一张床，没有别的家具，显得房间格外大。

杨楚雄也好奇，放下行李箱后问道："你这房间还没买家具啊？"

"不是，需要的家具我全入墙了。"

只见黎远在米白色墙面上按了一下，一个嵌入式衣柜很快从墙内挪移出来，上方栏杆处挂着若干个空衣架，下方是排列整齐的透明鞋盒。

他再按一下，又出来一个，感应灯都是暖黄色的，给这个没什么人气的房间添了些温度。

黎远说："不过我的家具确实不多，除了衣柜和床，就只有两个床柜了。"

邵遥忍不住吐槽："雄仔，你多学学别人，同样是男生，怎么你的房间能乱成那个鬼样子？"

杨楚雄龇牙："我那叫乱中有序好吧！还有，你可别五十步笑百步，你的房间可没比我好上多少。"

黎远眼眸微眯，忽然插入他们的对话："你们两个人的关系挺好的啊……"

杨楚雄怔了一下，双颊飞快升温，正想否认，没想到邵遥比他更快开口："我们的关系是挺好的。"

杨楚雄瞪圆了眼，心脏都蹿到喉咙口了，可下一秒就倏地往下掉。

只因邵遥又说："好到以后雄仔结婚的时候，我能给他当伴郎！"

黎远将两个人的表情尽收眼底：一个眉头紧皱，笑意退散；一个笑意盈盈，没心没肺。

呵呵，眼前的姑娘真是个傻妹。

"谁要你当伴郎啊！"杨楚雄微恼。

"这还不是你们小时候说的，说我穿裙子也跟个男孩儿一样，还不如直接当伴郎算了。"

"那都是玩笑话！哎呀，你怎么什么都说出来啦？！"杨楚雄的脸越来越烫，他赶紧移开话题，问黎远："那个，我能不能参观一下你的体感房？方便吗？"

黎远笑道："可以啊。"

他走到另一面白灰色墙边，手指轻轻滑过，墙面很快亮起了荧光蓝色的隐藏触控操作板。

邵遥一直听见杨楚雄吱哇乱叫，可站的角度看不大清，于是不知不觉地也走进了房间里头。

她歪着脑袋偷看，窥见黎远用左手手心贴墙，蓝色荧光从那修长五指下方溢了出来。

他验证了掌纹，再倾身验证虹膜，隐藏在墙体内的电子门便慢慢往旁边打开。

和灌满阳光的卧室不同，体感房无窗，地板、天花板，再到四面墙均为鸦黑色。

当门打开的时候，藏在墙体里的灯也自动亮了起来，不同位置的光点似一条条能自动发光的游鱼，在深海里留下一道道荧光轨迹，颜色变幻，曲线旖旎，最后齐聚于天花板上。

杨楚雄迫不及待地走进房间："这实在太酷了啊！"

黎远把光线再调亮了一些："体感房不都长这样吗？"

杨楚雄伸出手指轻触黑墙，指尖下立刻迸出璀璨光点："还是有差别的，你这可是传感墙啊，比体感中心的体感房级别高出太多了。"

——用户戴上头显进入"新世纪"后，可选择手动键盘操作，也可以选择体感操作。

体感操作一般得戴上体感手套和体感靴套，这样就能直接和"新世纪"里的角色同步动作，你走他走，你跑他跑，你跳他跳。

还有许多用户会去量身定做价格昂贵的体感衣，这样能与游戏连接得更加紧密。

迎面吹来的风是强是弱，脚底下的地是热是冷，打在身上的子弹有多疼，从三万尺高空跌落有多刺激……客户穿上体感衣后，这些通通感受得到。

在体感中心内可以租借到的体感设备多是手套和靴套，并且需要搭配安全带和机械循环跑道使用，所以常有人调侃，看着玩家们在房间里头原地跑跳，就跟笼子里的大仓鼠不停玩跑轮似的。

眼前的这间体感房，用的是目前最新的一体全息传感技术，和黎远的那副眼镜一样，尚未量产和全面推广，暂时只供给"新世纪"的一部分用户测试使用。

简单来说，这项技术就是把头显里看到的画面投映至整个房间里。

无须再戴头显，传感墙能直接复刻出环境里的温度、湿度、光照、气味，再搭配上体感设备，用户就能有身临其境的感觉。

"这体感房简直就是为'M-Room'而设啊！"杨楚雄再看向黎远，已经没了昨日傍晚初见时萌生的那种莫名其妙的敌意，时明时暗的星芒落在少年乌黑的双眸里，"我听邵遥讲了，你是'筑梦师'……那个，能不能跟你加个好友啊？"

黎远挑眉，眼睛瞥向站在墙边正悄悄玩着传感墙上的闪烁灯粒的女孩儿："可以啊，这有什么不可以的？难得你不嫌弃我的这个职业，我开心还来不及呢。"

杨楚雄疑惑："嫌弃？我怎么会嫌弃？"

背后仿佛被"咻咻"地扎了几支箭，邵遥听出了有人在阴阳怪气地说话。

她不慌不忙地转过身，假惺惺地附和道："对啊，对啊，谁会嫌弃啊？'筑梦师'给那么多人保存了回忆、找回了那么多珍贵记忆，这可是功德无量的大善人哪，大家怎么可能嫌弃呢？"

少女第一次对他展露尖牙利齿的一面，黎远丝毫没觉得遭到冒犯，反而眼里堆起渐浓的笑意："是呢，不知是谁昨天——"

没等他翻旧账，邵遥急忙提醒杨楚雄："你要找人定制'M-Room'也得先问问价格啊，人家一看就是这行业里的领头羊，还不一定有时间接你的单呢。"

心里呵笑一声，黎远问杨楚雄："你要找'筑梦师'？"

杨楚雄点头，把老爹想复刻并重现的回忆画面告诉了黎远。

刚才邵遥提的那点确实是真的，技术好、受欢迎的"筑梦师"档期都排到好几个月后了，不单单是收费的问题，有些"筑梦师"还挑客户，不是每个委托都乐意接的。

"所以你在'新世纪'里的ID叫什么？收费如何啊？我能先了解一下吗？"杨楚雄眨巴着眼睛问。

用说的太慢，黎远对空唤了一声："回家。"

主机立即被唤醒，本来聚集在头顶的荧光粒子开始往四面墙飞速涌去，由上往下，如星坠大海，染银了整片深海。

昏暗的房间逐渐变得亮堂起来，上下左右，从地板到墙面，最后是天花板，全都变成了纯白色。

金银色的logo渐现，浑厚男声响起："Imhotep，欢迎回家。"

"伊姆……伊姆啥？"邵遥没听清，嘴里正小声嘀咕着。

但杨楚雄听清楚了，目瞪口呆。

邵遥支肘撞了他一下："喂！"

杨楚雄抹了一把下巴，捂嘴闷声说道："你这小乌鸦嘴……是他的话，我爹还真约不起……"

第三章
幼稚鬼

凡事总有第一人。

前些年，在“新世纪”的用户们还沉迷于把自己的 Room 捯饬得花里胡哨的时候，Imhotep 已经把小房间用在“复刻回忆”这条路子上了。

有人喜欢幻想，有人憧憬未来，也有人想要回到过去。

让 Imhotep 真正名声大振的，是一场葬礼。

去世的是国内第一代知名社交平台的创始人陈百天，老头子年轻时就是个风云人物，曾登上过福布斯排行榜首位，登上过珠穆朗玛峰，甚至登上了月球。

“新世纪”的创始人就是老头子的亲儿子，外界说这是儿子继承了父亲的衣钵。“新世纪”开始内测时，老头子更是亲自上场，成了“世界”的第一批“居民”。

早期的宣传广告还有老头子出镜。

那时候的陈百天已是期颐之年，拒绝再生肌肉辅助的他，每天多数时间只能躺在疗养床上，但只要一戴上头显，就能找回年轻时的心态。

用他的话讲，他在“新世纪”里看到了无限的可能性。

两年前，陈百天病逝，他的儿子以陈百天的虚拟形象在“新世纪”

内为他办了一场葬礼。

葬礼上播放了陈百天的临终视频，老头子专程感谢 Imhotep 为他制作了一个房间，完美复刻了他年轻北漂时住过的那个地下室。

出租屋老破小，面积不足 20 平方米，不见光，满墙霉斑，陈百天在那里住了几年，最穷的时候一日三餐顿顿馒头配白开水。

但就是这样，也有人愿意陪他一起熬。

后来无论身家翻了多少倍，公司规模变得多大，陈百天都一直怀念着与妻子共患难的那些日子。

所以他委托 Imhotep 做了个“M-Room”。

当年条件有限，陈百天并没有与妻子在那个地下室里留下照片，加上那地下室所在的片区早就被拆迁了，Imhotep 也没办法到实地勘察。

老头子只能提供给 Imhotep 少量文字描述，原本没抱太大希望，想着 Imhotep 能复刻出六七成情景就算不错了，没料到，最后老头子拿到的“M-Room”和记忆中的出租屋几乎一模一样。

天花板下的管道无时无刻不在响，霉味常年在屋里弥漫，台式电脑昂贵且笨重，从别处偷拉来的网线，成沓的电脑杂志和北城日报，铺在冰箱上方的钩花蕾丝布用得泛黄也不舍得丢，厨房狭小，一个人都转不过身，案板上的茴香馅儿饺子包了一半，旁边炉上还用小火煨着的鸡汤……每一样物件、每一个细节都能让陈百天梦回当年。

Imhotep 甚至模拟出了不同季节里屋内的温度和湿度，春天黄沙满城，夏天热不透风，冬天寒气刺骨，只有秋天稍微让人舒服一些，搭配上体感装置，吻合率高达 98%，差的 2% 是陈百天的结发妻子前几年已经过世，他再也听不到对方温柔似水地喊他快来吃饭。

陈百天呆站在厨房门洞旁，里头空间狭小，案板上的茴香馅儿饺子包了一半，旁边炉上有一口砂锅，小火慢煨，骨头汤的香气从盖子缝隙中渗出来，在陈百天眼里蓄成雨云。

当从虚拟世界里回到现实生活中，老头子早已泪流满面了。

遗憾固然有，但陈百天仍无比感激为他圆了旧梦的 Imhotep，在葬礼的视频中宣布，将自己在“新世纪”里的大部分装备和一半财产，都赠予这位“筑梦师”。

整个“世界”随之哗然，虽然陈百天在“新世纪”里的财富远不及他现实中的财富，但这依然是相当可观的一笔财产。

而且如今虚拟财富与现实财富二者相连通，人们在“新世纪”中赚的钱可以直接在现实中花。

在那之后，“筑梦师”成了热门职业，有许多人开始效仿 Imhotep 的做法，可至今无人能像他把“M-Room”完成得那么贴近客户的真实回忆，所以就算他的收费不菲，仍有大把大把的人想找他定制“M-Room”。

“明明他的档期都那么满了，居然还能应承帮我加急做一间‘M-Room’！还说不收费，权当练手了！”

杨楚雄夹了块浸满浓郁牛杂汤汁的萝卜，“呼呼”吹了几下，迫不及待地塞进嘴里，一边哼哧哼哧，一边继续说，“黎远这家伙行啊，我本来还以为他是那种眼睛长在头顶上难相处到爆炸的人呢。”

纪霭笑得慈祥：“为什么雄仔你会觉得隔壁那小孩儿难相处啊？”

“怎么说呢，虽然大家都住在春晖园里，但他家明显是相当有钱的。”杨楚雄想了一下，咽下萝卜，说，“嗯，有种小太子微服私访、纡尊降贵来体验生活的那种感觉？”

邵遥“扑哧”一笑，饭都要喷出来了：“你这比喻还挺贴切。”

“他们家……”

邵遥夹起一块牛肚，刚听见奶奶说了几个字，就倏地没了下文。

她问：“嗯？奶奶你刚才说了什么？”

“没什么。”纪霭摇头，“你们刚才说的那英文词我没听清，‘因’什么？”

邵遥发音标准地念了一遍“Imhotep”，解释道：“这是埃及神话里的一个人物，据闻第一座金字塔就是这个人物设计建造的。”

纪霭轻轻点头：“哦。”

杨楚雄兴致勃勃地跟老太太描述隔壁屋的装修风格：挺好看，现代化，科技感，但就是感觉没什么人气。

“他家的冰箱里只有可乐和矿泉水，其他的什么都没有。”杨楚雄把碗里最后一口米饭扒拉进嘴里，声音含糊，“我问他跟爷爷中午吃什么，他说他们请了家政阿姨，从明天开始上门做饭。”

“那今天呢？”纪霭问。

“他说是他们饮过早茶，中午不用吃了，晚上叫餐就可以了。”邵遥替满口饭的杨楚雄回答，“还问我这附近有什么饭馆的外卖好吃又健康。”

纪霭默了片刻，开口道：“厨房里还剩了半锅牛杂，小遥，你等一下拿过去给隔壁屋，就当作那盒点心的回礼吧。”

礼尚往来嘛，邵遥点头说“好”。

吃完饭后，俩小孩儿帮忙把碗盘收拾进洗碗机里，纪霭拿来一包未拆封的挂面，又从冰箱里取出一小筐荔枝，让邵遥一同拿过去给新邻居。

杨楚雄有些私心，也屁颠儿屁颠儿地跟着一起去了。

开门的是黎远，手里还握着罐沁水珠子的可乐。

笑意从他的嘴角往上蔓延至浅蓝色的眼珠里：“怎么这么快又过来啦？不是要做暑假作业吗？”

邵遥手捧铸铁锅，努嘴指向杨楚雄：“他嚷嚷着想借你的体感房玩玩，无心向学。”

杨楚雄确实一直心猿意马，满眼期待神色地笑嘻嘻问道：“嘿嘿，可以吗？不用太久，就想玩一会儿。但如果会打扰到你工作的话就算了，未来还有机会。”

“可以啊，不打扰，我一般晚上才干活儿。”视线移到女孩儿手里捧着的双耳锅上，黎远懒洋洋地问，“这又是什么？”

“我们中午吃剩——咯，我奶奶炖的萝卜牛杂，晚点儿要是你和爷爷饿了，可以煮面，垫一下肚子。”

隔着盖子，黎远似乎已经闻到了香气。他从鞋柜里取了两双拖鞋，弯腰放到客人的脚边：“替我谢谢奶奶啊。”

“客气啦，大家都是街坊。”邵遥换上拖鞋，“爷爷呢？”

“在午睡呢，东西先放岛台上就行了。”

邵、杨二人放下手中的东西，黎远让杨楚雄跟他一起上楼，又问邵遥：“你来吗？”

到底是异性的房间，而且不过才认识了两天，邵遥觉得不大妥当，摇头说道：“不去了。”

“那你自便，冰箱里有饮料。”

“知道啦。”

两个男生上了楼，邵遥就在厨房里研究起自动炒菜机和自动咖啡机来，机器崭新得连膜都还没撕。

没一会儿，黎远下楼了，走到厨房里，把捏扁了的铁皮罐丢进垃圾桶里，问：“不喝饮料啊？”

“我不渴。”

“那布丁和雪糕呢？刚才我去超市买的。”

邵遥睨他：“你好像把我当小孩儿……”

黎远倚着岛台，长腿斜斜支地，笑道：“本来就是啊。”

婆娑树影从拓宽了的厨房窗户洒了进来，在他立体的眉骨上掠过，再覆上睫毛。

他笑起来的时候睫根轻颤，睫尖轻盈得好似红蜻蜓薄透翅膀上的根根纹理，半掩着蔚蓝色的眼珠。

他的眼睛好透，和泳池里的水一样，漾着波光。

双颊莫名其妙地开始升温，邵遥不自觉地往旁边走了一步。

一双手还背在身后，她捏着指尖问：“你大我多少岁啊？”

“我今年二十一岁。”

“嘁，才相差三岁而已嘛。”

黑眸子转了一圈，邵遥发现，目光兜兜转转，最后仍会被那双蓝眼睛吸引住。

邵遥也不知道，为什么昨晚闭眼入睡前，会忽然想起他的眼睛，真是够莫名其妙的。

她忍不住开口：“我还能再问一个问题吗？”

黎远呵笑一声：“十个也行。”

他手边的大理石台面上放着一个小筐，里头的荔枝红彤彤的，有些还连着枝叶，个头儿大小不一，应该是野生的。

“你问呗。”黎远拎起一串荔枝，走到水槽旁，开了水龙头冲洗果子。

“你的眼睛的颜色，是遗传了爸爸还是妈妈啊？”

流水声“哗啦”响，黎远停顿了几秒，才关了水龙头，甩甩荔枝上的水分，答道：“是我妈，我爸和爷爷一样，都是黑眼睛。”

“哦，哦，那你妈妈是哪个国家的啊？”

“这是第二个问题了。”

“是你说十个也可以的耶。”

黎远又笑，低头扯下一颗荔枝，如实回答：“她是匈牙利人，不过从小在澳大利亚长大。”

邵遥继续问：“那她现在和你爸爸都留在墨尔本？他们之后也会搬过来住吗？”

“不会，我爸丢不下他的生意，所以派我来陪着爷爷。至于我妈——”

黎远拈着剥去皮的荔枝肉，递给邵遥：“我妈和我爸离婚后，她就去了美国，现在有了新的家庭，我也挺久没同她见面了。”

邵遥愣住，嘴巴张圆，却说不出话来。

当今社会的人离婚和不婚早成了常态，她身边的许多同学和朋友是单亲家庭长大，按理来说，接收这个信息应该像喝水那么简单，她却有胸口一窒的感觉。

她觉得自己好像说错了话。

黎远语气如常，眼里也没多大的情绪波动，他倒是觉得女孩儿的反应傻里傻气的，有些可爱。

他眯了眯眼，把荔枝送到她的嘴边：“发什么呆啊？”

他轻轻一推，白润饱满的果肉便进了邵遥的口中。

邵遥没防备，舌尖一卷，牙齿还来不及划破果肉，就直直将荔枝咽下了喉。

她连声咳嗽，泪花都挤出来了：“你……你——咯咯！”

而恶作剧成功的坏孙子笑得肩膀直颤，再扯了颗荔枝丢进自己嘴里，连戏谑的语气都被正午阳光晒得暖融融的：“没吐核，头顶要生荔枝啦。”

不知是因为咳嗽，还是因为其他，邵遥双颊泛起淡淡的红晕，像覆在荔枝肉上的那层胞衣。

她捏了捏还有些异物感的喉咙，不客气地瞪了还在笑的黎远一眼：

“你好幼稚啊，比我大三岁的幼稚鬼！”

果肉汁水丰沛，甜中带着一丝酸，但黎远觉得比他这些年吃过的荔枝都要来得甜。

嘴角笑意未退，他吐了核，继续扯下一颗荔枝：“你们下午还去游泳的吧？也带上我啊。”

就算邵遥不乐意带他去，也还有杨楚雄呢。

邵遥不过回家睡了半个小时的午觉，起床后便看到黎远已经身在春晖园发小儿的群组里了。

邵遥草草翻看着未读信息，是杨楚雄拉黎远进来的，还说黎远之后会加入他们每日傍晚游泳的小队伍中，让大家多多照顾新朋友。

等到太阳逐渐落山，邵遥刚换好泳衣，就听到了杨楚雄在楼下喊人。

而且这次，杨楚雄居然先喊的黎远！

邵遥抹着防晒霜，闷声骂杨楚雄这个肌肉发达头脑简单的“大傻佬”，居然这么容易就被“糖衣炮弹”给收买了！

邵遥下楼后，正好章思雅和林芊云出现在离她家前方不远的那个十字路口。邵遥也不等俩男生了，丢下一句“我先走啦”，直接拔腿朝俩女生跑去。

黎远走出院子，瞧见那高妹已经跑出一段距离，问杨楚雄：“她先走了？”

“思雅和芊云在前头，邵遥说和她们一起走。”杨楚雄双手插在裤兜里，下巴朝前方仰了仰，“喏，就那两个女生，昨天见过面的。”

其实黎远早就忘了昨天几个少年人的长相，干脆麻烦杨楚雄再介绍一次那几个小孩儿的名字。

他们一群人都是差不多年岁的孩子，从小在春晖园一起长大，幼儿园和小学都在同一个学校，虽然初中时邵遥搬进了市区，但大家一直保持着联系。

蔡超凡和杨楚雄、邵遥一样大，章思雅和林芊云比他们仨大一岁，刚高考结束，金贵则是他们里面岁数最大的，即将上大二了。

说曹操曹操就到，隔着老远，杨楚雄就看见金贵和蔡超凡二人骑着电动车迎面而来。

杨楚雄双手抵在嘴巴前面当小喇叭，大喊：“喂！你们俩干吗回来？！”

蔡超凡冲他们大喊：“游泳池出问题啦！临时关门了！”

在前方的三个女生也听到了。

邵遥抹了一把额角的细汗，皱着鼻尖说：“怎么坏得这么突然啊？……”

蔡超凡和金贵骑到女生们面前，腿支地停下，蔡超凡说：“我和金贵打算去水库游一圈，你们要不要一起去？”

“欸，也行。”章思雅点头如捣蒜，“骑车去吗？”

“对。”蔡超凡扬声问杨楚雄：“雄仔，去水库啊！要不要一起？”

黎远边走边问：“水库在哪儿啊？”

水库依山，离春晖园有一定距离，杨楚雄指着远处的共享电动车停靠处，说：“我们骑车去，有一条近路，十五分钟左右就能到，你一起去吗？”

黎远笑了笑：“可以啊，带我去认认路。”

杨楚雄迈着腿跑向前：“我们俩也去！”

邵遥往他身后瞥了一眼，小声问杨楚雄：“他要怎么去？”

她和昨天一样穿着长袖防晒衫，但多添了一条运动短裤，不容易走光，骑车也方便。

杨楚雄：“和我们一样，骑车啊。”

邵遥狐疑：“他会骑？”

“应该会吧！”

杨楚雄没想太多，又回头大声问：“黎远，小遥问你会不会骑车！”

邵遥被“大傻佬”的这操作吓了一跳，扬手就是一巴掌甩到他的肩膀上，忙说道：“关我什么事？！”

“啪”一声脆响，杨楚雄正龇牙咧嘴着，黎远已经走了上来，视线落在女孩儿乱颤的睫毛上，嘴角不自觉地扬起：“小遥考虑得真周到啊……电动车我是没怎么开过，但在澳大利亚我开过重机，可以吗？”

当然可以，一行人陆续刷脸取车，浩浩荡荡地往水库驶去。

几个男生格外兴奋，在湖边热身时还不停地问着黎远有关重机的问题。

黎远说，那几台重机其实是他爷爷和父亲收藏的，但这几年加油实在太贵了，他再怎么喜欢，也只能偶尔开开，过过瘾就算数。

——这几年燃油车已经完全退出市场了，如今在路上跑的基本是新能源机动车。

石油稀缺，价格昂贵，加油站一步步地转型为快充充电站，除了极少数奢华汽车品牌仍会为客户推出定制款燃油车之外，其他汽车品牌都早早抢占瓜分新能源车的市场，包括机车。

邵遥站在离他最远的地方，一声不吭地拉着筋，也偷偷听男生们聊天儿。

她有的时候会觉得黎远这人其实挺矛盾的，方方面面都显得未来感十足，但偶尔又会显露一些极具年代感的爱好。

抽纸烟，开重机，都不像他们这个时代的年轻人爱干的事。

热完身，邵遥脱下防晒衣和短裤，随意搭在一旁的石墩上。

毕竟是公共场所，贵重财物要自己看好，她把手机折叠好塞进臂圈里，戴着泳镜，问两个女孩儿："我可以下水啦，你们呢？"

"我们也行啦。"两个女生也把衣物和邵遥的搭在一块儿，跟着她往下方的大湖走去。

"不要游太远啦！"杨楚雄大声交代。

"知道啦！"几个女生异口同声地回道。

日渐落，风温热，空气里被炙烤了一天的干燥气味和太阳一起沉了下去。

湖面似镜，余晖如炎，本应无法交融的水火此时相处融洽，糅出一汪无垠的丰沛色彩。

天上的群鸟或盘旋或追逐，地上的人儿或戏水或垂钓，湖边有绿荫环绕，但没有蝉声嗡鸣，便显得女孩子的笑声格外清脆。

做完热身的男生们也准备下水，黎远让他们先去，杨楚雄留下来陪他。

黎远从裤袋里掏出一个金属烟盒，打开后，里面有几根纸烟和相同数量的火柴。

他敲出一根，先递给旁边的少年：“抽吗？”

杨楚雄撇了撇嘴：“我下个月要集训了，在那之前要体检，这些东西都不让碰的。”

黎远没勉强，收回烟衔进自己嘴里：“哦，游泳集训？”

杨楚雄说：“对，还有跳水队的人会一起训练。”

“得去哪里集训？”

“训练基地，我们刚才抄近路过来的时候，山脚不是有个白灰色的体育馆吗？就在那里。”

——春晖园离国家训练基地很近，社区里住着不少工作人员和教练，基地还在春晖园备了几栋别墅，一旦有外地年轻运动员来参加集训时，会统一把住宿安排在春晖园内。

火星在唇边跳跃，黎远呼出白烟后问：“那邵遥也得去咯？”

杨楚雄蓦地侧目，直直盯着黎远。

察觉他的打量目光，黎远不解：“嗯？她是跳水队的队员吧，不用去吗？”

杨楚雄这才摇头，淡淡地回答：“不是，她不是跳水队的队员。”

黎远顿住，烟夹在两指之间：“但昨天在泳池里，我见她跳水的姿势挺专业啊，以为她和你一样是体育生。”

“嗯，她小时候是练过挺长一段时间……初中吧，初中开始就没练了。”

“为什么不继续练？”

黎远不知等了多久，总之足够让烟灰烧出一小截了，才听见杨楚雄无奈的声音：“因为她长高了啊。”

“What（什么）？”黎远不敢相信，忍不住骂了几句英文，才转回中文，“什么啊，就因为这个？是她自己放弃的……？”

“当然不是她自己放弃的啦，”杨楚雄的声音有些闷闷不乐，“昨天你也见到了的，虽然我们那儿不是多专业的跳水池，但她依然很认真地在对待跳水这件事。”

黎远不怎么爱看体育赛事，即便这样，也大概了解，有些赛事对身材娇小瘦削的运动员更友好。

但如果只是因为身高问题，邵遥就被刷了下来，那事实未免……太残酷了。

青春期的孩子该长高就得长高，难不成还能抑制着她成长？

许是打开了话匣子，杨楚雄边拉着筋，边滔滔不绝地跟黎远介绍："我俩都是快上小学时被挑进队里的，小时候她是拿过一些奖牌的，板的、台的，单人的、双人的。可是跳水不像游泳，游泳呢是身高越高越有优势，跳水正好相反。"

"但国外的选手——"黎远刚想提起那些身材向来高大的国外选手，又忽然想到，这几年的国际赛事中，选手们的身高和身材似乎越来越接近，练的难度系数和动作也几乎相同，像同一个模子刻出来似的。

"体形瘦小的跳水选手，发挥确实会比体形高大的选手更加稳定。"似乎知道黎远想问什么，杨楚雄继续解释，"这么说吧，体重越轻的人，滞空感越强，动作越流畅利落，也有足够的时间去控制入水效果。

"选手长高长重了，别说滞空感，就连起跳高度都要打折扣的。选手在空中时间不够多，动作的完成度、压水花的效果都会受到影响。

"体形在体育赛事中代表着先天优势，就像我们游泳的人，我现在才一米八八，要不是刚好过了身高平均线，我也没法儿争取到保送名额。"

杨楚雄突然问："你现在多高啊？"

被这么一问，黎远不知不觉挺直了腰杆："一米……一米九五？大概吧。"

"真好啊，我们队里现在有一个小孩儿，比我小两岁，但和你差不多高。"高举起的双臂上贴着颜色鲜艳的运动绷带，杨楚雄伸了个懒腰，语气羡慕地说，"唉，祝我在青春期结束之前还能再多长几厘米吧！"

待杨楚雄也跳进湖里，黎远才被"簌簌"掉下来的烟灰烫了手背。

他扫了扫T恤的白色衣摆沾上的灰烬，继续抽剩下的一截烟，目光似飞鸟，掠过粼粼波光，寻到那个戴着墨绿泳帽的女孩儿。

她比别人高，胳膊也比别人长，逆在残阳余晖中的那抹剪影恰似引颈戏水的黑天鹅。

“唉，明明跳得挺好的，可不比那世界冠军差。”黎远像是在自言自语，“多可惜啊。”

一分钟后，黎远下了水。

他没刻意去找杨楚雄他们，而是慢慢地往水库的外围游去。

湖水表面还有些许暖意，但再往前，冷意渐浓。

黎远没有游得太远，与靠近岸边戏水的人群拉开了一些距离后，转了个身。

他放松全身，长手长腿伸展开，就这么呈“大”字形地漂浮在水面上。

他也有挺长一段时间没如此跟大自然“亲密接触”了——指的是真实的大自然。

在“新世纪”里，算法可以模拟出无数逼真壮阔的景色，不少旅游公司有主打的旅游套餐，上天下海，任君挑选。

勇攀高峰，深海戏鲨，沙漠赛车，草原策马，在霓虹灯绚烂的都市里纸醉金迷，在没落小镇里探索废墟……这些都是常规的旅行路线，只要付得起钱，用户还能穿越星际，去到任意一颗星球。

大家想在哪儿躺就在哪儿躺，想一个人去还是呼朋引伴一起去都可以，如果能再搭配上体感设备，更加能身临其境。

但这和现实始终是有差别的。

现实中的这一刻，天高云淡，山水镀金，夏风吹得岸边叶子细长的芦苇晃荡，也吹散了男女老少的嬉笑声。

巨湖无大浪，但深不可测，黎远踩不到湖底，摸不到湖边，宛如一片落叶漂荡在水面上，不清楚接下来会发生什么事。

恰好，也是因为这些不确定性，让真实与虚幻中间那条线变得稍微清晰了一些。

黎远闭上了眼，任由其他感观慢慢放大。

眼皮子被夕阳烘成半透的杏仁片，手脚能触到清凉湖水，耳朵能听见清脆鸟啼，身体随波逐流，思绪云游天际。

不知道过了多久，他听见有水声“哗啦啦”地朝他而来，越来越近。

黎远直起身，隔着泳镜，瞧见那人在离他不远处停住了。

而且她还意图往下潜，只剩下半张小脸浮在水面上。

她脸上的泳镜反光，黎远看不清她的眼，可那顶墨绿色泳帽在晚霞的渲染下显眼得很，像座孤零零的迷你小岛漂浮在海面上。

黎远把泳镜扯高至额前，浅浅笑着：“怎么过来了？”

在湖里“咕噜”了两下，邵遥才抬起脖子，提醒道：“你别游太远了，前面要过浅水区了，有断层，会很深——”

邵遥还没说完，就见黎远一低头，整个人扎进了水里。

身前的湖水很快鼓起白色水花，邵遥这才反应过来，本能想后退，可来不及了。

只听“哗啦”一声，年轻男生在她面前直接破水而出，水花四溅。

浸过水的棕发显得黑冷，往下滴落的每颗水珠里都藏着一圈夕阳的光，眉心至鼻尖，脸颊至下颌，每道水渍都折射着光，逐渐洇成星河。

邵遥的目光跟随着那些水珠，从他月球般的喉结上飞跃而过。

再往下时，她移开了目光。

距离有些近了，涟漪在两个人中间推来揉去。

邵遥悄悄往旁边挪了一个身位，动作都不敢太大，生怕蹬水的腿不小心碰到他的膝盖或大腿。

“我正打算游回去。”黎远抹了把脸，声音慵懒，“你专门过来找我的啊？”

他多多少少存了些逗弄女孩儿的心理，却没想到邵遥的语气竟格外认真：“对啊，你初来乍到，肯定不知道这水库有多危险。别看它看上去风平浪静的，每年都有人在这里栽跟头。”

她双臂往前拨，身体往后游，与他拉开距离了，再抬手遥指向湖岸的另一边：“那边有人钓鱼的地方也要小心，前两年有个小男孩儿游泳的时候被渔线缠住手脚了，还好及时被救上来了。”

黎远随着她手指的方向望过去，发现这么一会儿工夫，岸边垂钓的人多了不少。

他问："这里能钓到什么鱼啊？"

"草鱼、鲫鱼之类的吧，昨天雄仔的爷爷就钓到了乌鱼，送了一条给我奶奶。"

"哦，钓到的鱼能吃？"

"当然可以啦，要不然也不会有那么多人专程来这里钓鱼。"邵遥想了想，说，"但这几年的鱼个头儿比以前小一些，肉也不那么肥美了。"

黎远很快想到原因："是因为'发烧'的关系？"

"嗯，别看水库这时候的蓄水量还挺高，'发烧'那几年到最后是见底了的，是后来才慢慢把水蓄回来的。"

因为离水库近，在地球"发烧"的那段时间里，春晖园没有出现太严重的用水紧张的情况——而世界上有许多地方，因为干旱无水死伤无数，设施再发达的市区，也有人因一桶水大打出手。

但水库水位下降的速度很快，水库里的鱼死了一批又一批，只不过淡水鱼比夏蝉幸运了一些，后来随着水库蓄水量上涨，鱼的数量才渐渐多起来。

邵遥一边说着，一边慢悠悠地往岸边游去。

黎远跟着她，等她介绍完，他才开口："昨天我在泳池里看了你跳水。"

"嗯？我知道你看到了啊。"

跳板就在他昨天坐着的位置不远处，只要他视力正常，他当然能看到。

黎远说："昨天我以为你和杨楚雄一样是体育生，但刚才和他聊了几句，才知道你已经没往这方面发展了。"

正在水下蹬着的长腿稍微停顿，邵遥半漂在水上，小声回答："对啊，怎么啦？"

"没怎么，就是觉得你跳得挺好，这么放弃了，好像有些可惜。"

"我？！我跳得好？？"

像听到什么好笑的事，邵遥勾唇笑出声来："可能是你比较少看相关的赛事，我现在的水平，分分钟要被小学生队的孩子们吊打九条街。”

“夸张，明明你也拿过冠军、亚军什么的。”

黎远说话的音量不高，但邵遥听清了，她不禁停下来问：“欸？你怎么知道我拿过名次？”

被提问的人倒是面不改色：“杨楚雄说的啊。”

邵遥狐疑：“不可能吧，雄仔怎么会跟你说这些？……”

男生长臂划水，两个来回而已就比女孩儿快了一个身位，慢条斯理地丢下一句话：“你昨天自己说的啊，‘这片街区的街坊都很容易相处的’，大家都好热情。”

邵遥半信半疑，望着湖面上荡开的波纹，“嘁”了一声，不自觉地往旁边又游开了一些，似是想要避开他划开的那道水痕。

当皮肤碰到被少年带出来的那一圈圈涟漪时，又撞出新的涟漪，在她的四肢百骸和胸膛里，一点点地扩散开来。

杨楚雄的鼻子痒了好久，一冒出水面，他忙不迭地连续打了几个喷嚏，泪花都出来了。

蔡超凡和金贵在旁边笑得不怀好意：“看来有人在偷偷想念你哟。”

“别瞎讲话！”杨楚雄摘下泳镜抹了把脸，接着左右张望，“嗯？小遥呢？”

金贵指着远方：“她刚才往那边去了……哪，在那边。”

湖面反光，金灿连天，隐约可见有两个人影融在绮丽落日余晖中。

蔡超凡眯起眼，问：“她旁边的是谁啊？”

金贵说：“嗯，好像是黎远？”

杨楚雄皱了皱眉心，高举手臂朝远方大喊：“邵遥——！”

邵遥听见了，边游边回喊，声音比飞鸟还嘹亮：“干吗啊——？”

“太阳快落山啦！别泡太久，准备回去啦！”

“知道啦！”

山里早晚温差大，太阳以肉眼可见的速度在沉落，水温也下降得飞快，稍微一停下运动，就会被深处渗出来的冷意拉扯住。

黎远刚才就察觉到了温差，侧脸提议道：“走吧。”

“好……啊，你先过去吧，我等会儿再过去。”

黎远停住，回首，看见女孩儿从臂圈里抽出折叠手机，打开后朝着天边夕阳录下一段视频。

她背对着他，口中还念念有词，很小声，黎远没听清。

过了好一会儿，女孩儿收起手机，黎远这才问："录视频做日记啊？"

邵遥也不管黎远隔着泳镜能不能看清她的眼眸，飞过去一记眼刀："你管我呢，我去找思雅她们啦！"

话音刚落，她似箭般游了出去，黎远没再跟着她，笑了笑，往几个男生扎堆的地方游去。

很快他就游到几个人附近，杨楚雄见他一个人，问："欸，邵遥呢？你们不是一起游回来的吗？"

"放心吧，她去找那几个女孩儿了。"

"哦，那就好。"

蔡超凡和金贵刚才已经听杨楚雄说了不少黎远的事，难得在现实中逮到个虚拟世界中的大佬，两个人和早上的杨楚雄一样兴致高涨，一箩筐的问题一个接一个地蹦出来。

不过男孩子的问题并不过火，没有越界，也没有触及令人尴尬为难的内容，两个人的态度格外真诚，黎远便一个个回答了。

答着答着，连他自己都感到讶异。

他并不是一个多么热情的人，无论是在线上，还是在线下。

尤其接触的信息量越多，他越来越寡言，更多的时候拒绝社交和对话，情愿待在小房间里搭建"小房间"。

包括杨楚雄在内，这三个男生对他而言不过是才见过两次面，还不怎么了解对方的"陌生人"，但他竟能和他们聊得轻松自在。

黎远心想着，也不知这是不是受到了谁的影响。

目光跨越偌大的湖面，他顺利地找到了和同伴准备上岸的小姑娘。

嘻嘻哈哈的笑声银铃一般，这些可不是算法能模拟出来的青春气息。

但过了一会儿，女孩儿们的笑声停止了。

章思雅站在岸边，对着湖大喊："喂！超人！雄仔！我们的衣服被偷了！"

离得远，男孩儿们一开始没听清内容，蔡超凡回喊：“什么？！”

待章思雅再喊了一次，几个人面面相觑，接着飞快地往岸边游去。

黎远紧随其后。

女孩儿们原本搭在石墩上的衣裤都不翼而飞，只剩三双拖鞋在地上横七竖八地躺着。

“不是吧！都2063年了，怎么还有人偷衣服啊？！”

林芊云脾气和炮仗一样一点就燃，她双手叉腰，句句脏话全送给了那连防晒衣和运动短裤都要偷的小贼，不到一分钟，她已经把对方的祖宗都问候了一遍。

尽管傍晚的夏风未完全冷却，但拂过女孩儿们湿漉漉的皮肤，仍会激起一身鸡皮疙瘩。

林芊云和章思雅穿的都是长袖速干泳衣，只有邵遥的复古款泳衣是无袖的，她搓着双臂，站在最后一道夕阳中，皱着鼻尖问男生们：“你们的衣服呢？被偷了吗？”

男生的衣服放在不远处的石墩上，但明显不合小贼的口味，“幸”免于难。

不过受害者不止邵遥她们三个女孩儿，在湖里戏水的另一组年轻女生上岸后，发现她们的衣物也不见了，大呼小叫起来。

杨楚雄血气方刚，嚷着这不要脸的臭贼肯定没跑远，沙滩裤都忘了穿，骂骂咧咧地就往堤坝上方跑去。

大伙儿拦不住也追不上他，蔡超凡把男生的衣物全取了过来：“算了，他等会儿就回来了。”

金贵平时嘻嘻哈哈没个正经样子，到底虚长几岁，准备得倒是周全，打开自己的背包，从里头取出两条未拆封的压缩毛巾给了邵遥：“全新的，但我只带了两条，你们轮流用吧。”

男生没那么讲究，风吹一吹就行了。

邵遥道谢接过，递了一条毛巾给章思雅：“你们先擦。”

她仰了仰下巴，瞄向那几个同样倒霉的女孩儿：“我们三个人用一条，分一条给她们？”

章思雅和林芊云都同意，邵遥跑过去送了毛巾，和姑娘们聊了几句才回来，接过半湿的毛巾简单擦了擦身。

蔡超凡抖开手中的几件衣服：“等会儿你们先穿我们的衣服……啊，雄仔穿的是背心，那只有两件T恤……”

杨楚雄个头儿高，皱巴巴的背心够随意的，松松垮垮的，给女孩子穿的话哪儿哪儿都遮不住。

邵遥正想说她身体壮不怕冷，衣服给章思雅和林芊云就可以，这时候，眼角余光里突然出现了一团白色物件，在半空中划出优美弧线，一分不差地落在她的怀里，是件衣服。

衣服上面还带着这两天她常闻到的烟草味道，干燥，温热，许是被烘烤多时，烟味不像前几次那么呛鼻。

“我这里还有一件的，给你穿吧。”

黎远说话的口音原本就懒懒散散的，如今嗓子好像被湖水浸得软软的，咬字音调更古怪了，但表达的意思很清楚。

他已经套上自己的短裤，衣服借出去了，上身自然赤裸着。

身上的水汽半干，只剩发尾滴落的水珠，顺着他精壮白皙的胸膛一路往下淌。

刚才在湖里邵遥不敢乱瞄，这会儿实在避无可避。

她从小待在跳水队里，练体育的男孩儿个儿顶个儿地精壮结实，她总以为自己早就审美疲劳，可这时候，目光一直不受控制地跟着那颗水珠跑。

他的肌肉不像杨楚雄和其他运动员那么偾张鼓胀，但线条同样如刀刻般清晰，短裤裤腰松松地卡在脐下几寸处，露出黑色带字的泳裤边缘。

水珠就消失在那里，像流星消失在天际。

邵遥有时候总不知道该用什么词语来形容这位新邻居，“男孩儿”和“男人”都差点儿意思，他介于两者之间，有时显得成熟无比，有时又带着干净的少年气。

她一时发傻，不知不觉地攥紧了手中的T恤：“你把衣服给我了，不冷吗？”

金贵站的位置离他俩近，听见女孩儿的话后他不禁挑眉。

——等等，他和“超人”也把衣服给出去了啊，她怎么不问问他们冷不冷？

黎远不以为意："不冷啊，风吹一吹就干了。"

他点了点指尖，示意邵遥把衣服穿上，另一只手掏出烟盒，和两个男生说了一声，朝湖岸的另一边走去。

章思雅疑惑："他去哪儿啊？"

"他说刚才看到无人机，想去问问那边钓鱼的人，看是不是他们的机子。"金贵套着沙滩短裤，继续说，"也可能有人会拿着手机拍照，那就有机会拍到这边的情形。"

章思雅叹了一口气，摘下泳帽："唉……就算拍到了也无用啊，才几件衣服而已，难道还能去报警？抓不到人的。"

林芊云穿的是金贵的T恤，她将长发从领口拿出来，愤愤地说道："还好我们把手机都带身上了……这人专门偷女孩儿的衣服，死变态！"

几个人你一言我一语地骂着，杨楚雄跑回来了。

蔡超凡把他的背心和沙滩裤丢给他，戏谑道："怎么样啊杨Sir（警官），抓到人了吗？"

"没有，没瞧见有生面孔的人。"

不愧是搞体育的，杨楚雄这么跑来跑去的，大气儿都没多喘一下。他胡乱套上了裤子，背心攥在手中时才想起可以把衣服给女孩儿们穿。

他一扭头，发现她们都穿上衣服了。

邵遥身上的那件白色T恤挺大一件，下摆过了胯。

杨楚雄的心微微往下掉，明知故问："这是黎远的衣服？"

邵遥点头："嗯，你的背心穿了跟没穿一样，他就把他的衣服给我了。"

杨楚雄默了几秒，才开口："哦……我去那边问问钓鱼佬们，看看有没有人看到那贼——"

蔡超凡插嘴："黎远已经去啦，喏，他回来啦。"

黎远慢悠悠地晃过来，摇了摇头说："无人机不是他们的，离得远，他们什么都没看到。"

少年们没办法了，只能自认倒霉，并且吸取教训，时刻提醒自己下次再来水库游泳时要多留个心眼儿。

一行人带着些许遗憾打道回府。

下山的路是比较宽敞的两车道，对向车道陆续有车上山，是准备夜钓的人。

少年们排成一列，靠着路边行驶，鱼群般往山下游去。

把落日吞进肚中的天空开始现出餍足的红霞，风卷起少年们的发丝，将那些懊恼和沮丧情绪也吹淡一些。

邵遥骑在队伍的倒数第二位置，在她前方的两个姑娘仿佛已经忘了没多久之前丢失衣服的不快心情，和男生们聊着从下周开始，在“新世纪”里接连举办的夏日音乐节。

今年暑假，在“世界”里的音乐节和演唱会每天都有，大大小小，有些全年龄向的合家欢演唱会从上个月就开始预热了，线上和线下投放的广告接踵而来，视频和海报里的歌手阵容强大，而风格小众的音乐节不需要做太多宣传，他们的目标受众一直很固定。

年轻人的零花钱有限，他们只能在让人眼花缭乱的活动中挑选出最值得一看的一两场。

“小遥！你有没有想看的？”林芊云大声问身后的邵遥，“到时候我们可以一起去租头显！”

她等了一会儿都没有得到答复，见后方没车，便放慢了车速，等邵遥开上来，她重复了一次问题。

邵遥刚才有些出神，这时才急忙答道：“我都可以的，你们决定好了告诉我就行。”

她这几年没有特别喜欢的歌手，音乐节就是和朋友们一起去凑凑热闹。

但如果是体育赛事的话，她会十分感兴趣。

“那晚上我把音乐节的时间表发到群里，我们来讨论一下！”

“行啊！”

待林芊云往前开走，邵遥又开始走神了。

她的身后跟着的是黎远，她可以从后视镜中看见他。

共享电动车的车头灯会在傍晚时自动亮起，尽管天色未暗，但那淡淡的灯光依然显眼。

她是看不清他的眼耳口鼻的，可他这人估计懒散惯了，连车子都骑得摇摇晃晃，那白光就好似会发光的萤火虫，在镜子里飞来飞去。

就算她移开了目光，叫自己要集中注意力留意路况，但只要风一吹过来，钻进领口，鼓起胸襟，她就能嗅到那一丝淡淡的烟味。

逐渐熟悉的味道，和艳丽晚霞一样让人无法忽视，若有若无，却比后视镜里那乱晃的车灯更惹得人心烦意乱。

邵遥撇撇嘴，干脆把车头两边的后视镜都往旁边掰了掰。

第四章

小水花

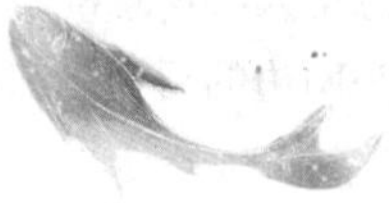

邵遥回到家，冲着厨房囫囵说了句“奶奶我回来了我先洗澡”，接着就直接冲上了三楼。

“小遥？”

纪霭关小了电炉的功率，慢慢踱至楼梯旁，但留给她的只有房门“砰”一声关上的声音。

她转头看向客厅旁的佛龛，笑问相框里的人：“你瞧瞧，这风风火火的样子，到底像谁啊？”

而那风风火火的少女这时正站在浴室镜柜前，那件沾了些湿意的T恤被她捧在手中。

在明亮灯光下，邵遥才看清衣服的左胸口处原来还有一枚刺绣logo，是用白线密织成的一辆马车，因为与衣服同色，所以不容易看清。

她原本想把T恤和其他衣服一同丢进洗衣机里洗，想了想，最后还是把T恤放进了洗手盆中，和她的泳衣、泳帽放在一堆。

还是手洗吧，谁知道他这件衣服金不金贵？直接机洗的话会不会被洗坏？

女孩儿洗澡很快，不到十分钟就走出了淋浴间。

她先把泳衣、泳帽洗了，再另外装起一盆水，拿起香皂往T恤上打沫。

细密泡沫是清爽的柠檬香，邵遥仔细搓洗了领口、袖口，再过水冲洗，直至将泡沫洗净。

她捧着衣服凑到鼻前，见闻不到烟草味道了，才拧干水分。

奶奶家里有洗烘机，只有手洗的泳衣被晾在三楼的露台上，而今晚晾衣架上多了一件不属于少女的衣服。

天色完全暗了下去，藏在墙上、檐下的太阳能灯自动亮起，浅浅的暖黄灯光倾泻在濡湿棉料上，像没来得及吃的果肉慢慢氧化。

邵遥走到护栏栏杆旁——其实她也道不明自己出于什么心态，做贼似的探出脑袋，没瞧见人影，才回了屋里。

晚饭时她跟奶奶汇报了泳池临时维修，大家去了水库游泳的事。

老太太一边夹了鱼肉放进孙女的碗内，一边皱眉叮嘱她在野外游泳得注意人身安全，得看管好个人物品。

邵遥连连点头，一副乖巧听教的模样，到底没敢跟老太太说她们的衣服被偷了的这件事，怕她担心。

奶奶夹给她的鱼肉无刺柔嫩，一抿即化，邵遥眨巴着眼，欣喜地问道："奶奶，这是昨天雄仔的爷爷送来的那条鱼吗？"

"对啊，肉嫩吧？"

"嗯，好滑好嫩，但最重要的还是奶奶做得好吃！"

老太太被哄得直笑："鱼肉再滑也比不上你这张小嘴……口甜舌滑。"

和人生病了一样，环境"生病"后也需要时间治疗和重建，之前水库干涸见底，重新蓄水时水质肯定不如从前。

"看来水库的鱼终于养肥了，怪不得今天好多人去那里钓鱼。"邵遥先下手为强，把乌鱼背上一大块软肉夹起，在鲜甜豉油里蘸过，连同一撮青翠小葱丝，一并送到奶奶的碗里，"你不要总吃多刺的部位啦，吃这个。"

胸口暖洋洋的，纪霭心知这个孙女外表大大咧咧的，实则心细如针。

刚才她还在说不知邵遥像谁，还能像谁？

邵遥像极了她的父亲邵杉杉，也像极了她的爷爷邵滨海。

“话说回来，雄仔的爷爷整天给奶奶你送礼物呢，每次去钓鱼，无论钓到多少都会挑一尾最大的鱼送给你。还有隔壁街明仔的爷爷……”

邵遥一双杏眸笑如弯月，开玩笑道：“现在隔壁又搬来了一位黎爷爷，不知道他会不会加入送礼队伍中呢？哦，不对，黎爷爷已经送过东西了，你说巧不巧，正好送的是你喜欢吃的老婆饼和鸡仔饼呢。”

“乱讲话，雄仔的爷爷和明仔的爷爷是认识几十年的老街坊了，他们送了东西过来，我也会回礼给他们啊。”纪霭挑眼睨她，“至于隔壁新来的那位阿伯，他可是给附近的街坊都送了伴手礼，又不是只送我一人。我还回了礼呢，野生荔枝和萝卜牛腩，不比那鸡仔饼差吧？”

那筐荔枝忽然被提起，邵遥的喉咙条件反射般瞬间发痒，像是立刻记起了下午猛吞一颗荔枝的那阵异物感。

她揉着喉咙咳了两声，纪霭有些紧张：“怎么了？卡鱼骨头了？”

“没有，没有，就是呛了一下。”

回想起在黎家厨房里的那一幕，邵遥双颊微烫。

她挠了挠脖子，问：“奶奶，你还没见过黎远吧？”

手中的筷尖在西蓝花上几不可察地顿了顿，纪霭很快摇头：“对的，还没见过，就是今早听你和雄仔讲起一点儿。”

“奶奶你知道吗？他的眼睛是浅蓝色的。”邵遥用左手指了指自己的眼睛，“一开始我还以为他一个大男人，戴那么浅颜色的美瞳，癖好还真特别……但下午我听他说，他的妈妈是匈牙利人……”

小孩儿滔滔不绝，纪霭没打断她的话，一直静静听着。

但听到邵遥提起黎远的父母离了婚，纪霭一时没多想，脱口而出：“啊？黎耀他也离婚了？”

“对啊——”邵遥答得太快，一秒后察觉异样。

嗯？

对什么对？

“黎耀”是谁？

还有“也”……还有谁离婚了？

她疑惑地开口：“黎耀是——”

“是黎远他爸爸吗”这个问句邵遥还没说完，奶奶已经站起身，浅笑着说：“哎呀，看我这记性，差点儿忘了厨房里还煲着番薯汤水。”

邵遥看着奶奶匆忙走开的背影，眉心微蹙，若有所思。

饭后，邵遥帮忙收拾餐桌，又试探着提起“黎耀”这个名字，可被奶奶用“哎呀老人家记性不好”“把人名搞混啦”搪塞了过去。

奶奶有意避开这个话题，邵遥没法儿追问。

晚上，发小儿群里信息不停，大家热烈讨论着哪场音乐节和演唱会的性价比最高。

这一场有今年话题度最高的人气女团压轴，那一场买票进场时会送一套限定装扮，还有八月底最后的那场演唱会，票价贵是贵，可别人有的人气歌手、限定装扮、特殊道具，八月底那场演唱会都有，主办方还说要把舞台搭建在“月球”上，要在无垠“银河”中让烟花绽放。

噱头满满，没有年轻人不想去凑这场热闹，参加了，才能在新学期返校时与同学和友人聊上几句。

邵遥坐在床上做拉伸运动，同时听着手机 AI 将一条条群信息念出来。

柔韧的身子折叠前倾，双臂伸直，葱白手指越过了脚尖，往外推出许多，一直到极限。

突然，一条信息插入播报。

“Frank 请求加您为好友，请回复是否同意？”

邵遥猛地倒抽一口气，感觉到自己的心率莫名其妙地快了起来。

她直起身子，没有考虑太久，语音通知 AI：“同……同意申请。”

很快，AI 很尽职地通知她：“现在您和 Frank 已经成为好友，可以愉快地聊天儿了！”

愉快……愉快什么啊？这 AI 在说什么啊？

邵遥努嘴，先发了一条信息过去：“你找我有事啊？”

没想到黎远直接回了一句语音过来。

邵遥抿唇，把手机音量调低一些，才点开语音。

“嗯？没事就不能加你吗？”

漫不经心的声音还带着笑意，邵遥都能想象出来他这时候的表情：一双干净的眼眸微眯，嘴角轻扬，像只懒洋洋地趴在壁炉旁的猫，蓝眼珠的那种。

没等她回复，黎远又发来一句语音："在干吗呢？群里不见你讲话。"

邵遥清了清喉咙，没察觉自己还顺了一下耳畔的发丝，才回了语音："我在做拉伸运动，正听着信息呢。"

"哦——

"其实我是想告诉你，下午你送来的那锅萝卜牛杂很好吃，我爷爷晚餐向来吃很少东西的，但今晚他吃了两大碗米饭，还想添，让我拦住了。

"锅刚刚洗好了，看你在不在家，在的话我拿过去还你。"

他接连发来了三条语音。

邵遥听完后，立刻按住语音键："我在家的——"

她突然又一次觉得自己回答得太快，想重录，但手指不小心一松，语音已经被发了出去。

她急忙追加了一句："你不用专门过来一趟，在露台递给我就行了。三楼，三楼露台。"

那边的黎远很快回复："行，那露台见。"

邵遥应了声"好"，下一秒立刻跳下床，飞奔到衣柜前，抽了件T恤胡乱套上，遮住原本身上清凉随意的工字背心。

想着隔着一道矮墙加围栏，对方应该看不清，她便没多套一条裤子，反正T恤够宽松，能遮到腿根。

走出露台的时候，邵遥摸了把挂在晾衣架上的那件T恤。

南城夏夜本就风热，加上家家户户的冷气外机兢兢业业地运作着，使得夜晚的室外温度居高不下。

衣服已被烘得半干，只有领口和袖子还带着些潮意。

这回邵遥不用走到栏杆旁，就已经知道隔壁屋有人。

因为露台灯亮着，和她家的户外灯是不同的颜色，蓝绿色，灯光从那矮墙上方蔓延过来。

黎远听见渐渐熟悉的拖鞋趿拉声，高举起手在半空中挥了挥："嘿，我在这儿。"

邵遥眼皮子骤跳。

有一说一，这画面着实有些吊诡了。

矮墙虽不高，但好歹也有两米，正好过了黎远的头顶。

所以从邵遥的角度看过去，只瞧见一只苍白、瘦长的手臂，在墙壁上方慢腾腾地挥舞。

加上隔壁屋的户外灯灯光颜色太冷，映在手臂上，十足十好似一只七月半鬼门大开时出来抓替死鬼的“水鬼”。

要不是已经知道隔壁住了新邻居，凭空出现这么一只手臂，邵遥说不定真会被吓出一身冷汗。

她翻了个白眼，走到露台边缘的栏杆处，探身出去，对墙的另一边没好气地说道：“喂，你觉不觉得你这个露台灯的灯光颜色太诡异了？”

黎远手里还端着一个铸铁锅，挑眉四望，饶有兴致地问：“诡异？我觉得挺好看的啊，你不觉得很像 aurora……嗯，很像极光吗？”

他念英文单词时发音标准得多，没有奇奇怪怪的音调，几个音节在他的舌尖上滚过，轻盈得好像奶油熔化。

声音如柔软黏稠的液体喂进邵遥的耳朵里，熨得她耳郭都发烫。

而且还是“aurora”这个词……

脑子里有个小人儿把那些胡蹦乱跳的奇怪想法全都飞踢开，邵遥闷声嘀咕：“哪里像了啊？阴森森的，本来以前大家就在传你家这屋子有那种‘东西’，你还弄这么个颜色的户外灯，要是有哪个胆子小的街坊半夜经过，说不定会吓到晕过去。我这是为你着想，懂不懂？”

“哇，那我岂不是还得跟你讲声多谢？用不用我送一面锦旗？”黎远把锅递过去，笑着调侃，“上面的字就写‘感谢热心街坊邵小姐’吧。”

铸铁锅有些重量，邵遥需要双手捧住，以免高空坠落。

成功交接后，她把锅搁在栏杆上，眉眼如飞鸟展翅般扬起，顺着他的话说：“可以啊，你要是送，我就收。”

那人工制造的蝉鸣声还挺人性化，晚上八点后就会停止播放，美其名曰“不打扰住户休息”。

于是此时四周清静，只剩夜风穿过树叶缝隙的声音，这也衬得黎远的一声轻笑格外清晰。

"'小遥'，你可要记得今晚讲过的话。"

胸腔内蓦地响起"扑通"的声音，像今天傍晚湖边，被小孩儿用来打水漂儿的石子掠过金黄湖面，激起一圈圈涟漪，最后坚持不住，沉进水里的声音。

双颊越来越烫，邵遥心想：要命啦，该不会中暑了吧？

同时她还不忘纠正这位大少爷的口音："是'邵'，邵遥，两个音的音调不同。"

黎远还在笑，浅蓝眼珠被掩在长睫下："小遥。"

"邵遥！"

"小……邵遥。"

"嗯，对啦。"邵老师对自己的教导成果感到满意。

男孩笑着的嘴角如空中弯月，他不再闹她。

空气中飘来一股清新的柠檬香，邵遥想起，得跟衣服主人交代一声："你的衣服我洗过了，但得明天才能晾干……"

忽然，一阵强风如浪涌来，树叶的"沙沙"声盖住了她接下来说的那句话。

有飞沙意图入眼，邵遥急忙耷下眼皮，一时忘了她刚才跑出来之前只加穿了一件T恤。

劲风鼓起宽松上衣，连着那不轻不重的下摆也被往上牵了两三寸。

黎远不瞎，就在这阵风中渐渐敛了笑容。

——够奇怪，明明这两天他都见过少女身穿泳装的模样，皮肤大面积地暴露在阳光下，抽穗麦子似的汲取着养分，擦了防晒霜的肤色明亮润泽，裹在墨绿的海藻中，像一颗独一无二的异色珍珠。

可怎么此时，只是她身上穿的衣服从墨绿色变成纯白色而已，给人的感觉竟全然不同？

风过叶静，邵遥揉了揉眼睛，见没刺痛感，才睁开眼，再说了一次："谢谢你，下午借给我衣服。"

"小事。"黎远扬了扬手，"快进屋吧，我也得下楼去盯着爷爷洗澡了。"

"嗯，那你去忙吧。"

二人道别，邵遥端起锅，刚迈腿想转身，忽然停住，又探头出墙：

“喂，我能问你一个……比较私人的问题吗？”

黎远是还没走的，想抽根烟，想让白雾遮掩刚才不小心瞧见的旖旎画面。

他正腰倚围栏掏烟盒，女孩儿的折返和突然提问让他手指一颤，没拈紧的火柴跌落在地。

他把烟盒重新合上，声音幽幽地反问：“私人问题？有多私人啊？”

邵遥得知自己失礼，却压不住“咕噜”冒泡的好奇心。

她直奔主题，认真问道：“原谅我唐突啊，我想问，你的爸爸，是不是叫‘黎耀’啊？”

黎远确实没想到，只认识两日的新邻居会知道他父亲姓甚名谁。

愣了一会儿，他才轻轻颔首：“对，我爸叫‘黎耀’，你怎么知道的？”

“我……我——”

脑子被一瞬间闪现出来的许多想法塞满，邵遥一时思绪混乱，眼睛眨得飞快，可最终什么都没说，在夏夜里丢下一句“晚安”，就匆忙离开了露台。

纪霭手捧着一盆冰镇荔枝从厨房里走出来，被慌张飞奔下楼的少女吓了一跳，拍着胸脯问：“怎么跑得这么急？正想喊你吃荔枝呢。”

女孩儿眼珠子滴溜溜转，“嗯嗯呜呜”吞吞吐吐了一会儿，好不容易才憋出一句：“刚才隔壁屋的男孩儿拿锅还我，夸你做的萝卜牛杂好好吃，他爷爷吃到停不下来……”

她像极了手机里的AI，把黎远说过的话一字不差地复述了一遍给奶奶听。

而老太太听完后，脸上没出现格外明显突兀的情绪，只像平时那样，温柔地道了一声“那就好”。

邵遥留在客厅里陪奶奶看电视，屏幕里光影变幻，艺人们嬉笑追跑，她无心观看，捞起盆里浸了冰凉盐水的果子，心不在焉地把壳剥开。

纪霭斜瞄她一眼，轻提嘴角，把孙女手里被剥得坑坑洼洼的那颗果子接了过来："多大的人了，还学不会剥荔枝啊？"

话音刚落，刚才还粘在果肉上的胞衣和红壳已被利落地剥下。

纪霭把荔枝还到女孩儿的手心里，再从盆里取了一颗，捏住果子底部的接缝处一捏一按，果壳便轻松地开了口。

"我习惯了一小片一小片地剥嘛。"邵遥吐了吐舌头，语气坦率天真，"所以我妈总说我是'生骨大头菜'，被你和爷爷给宠坏啦。"

"那你是我们的宝贝孙女啊，不宠你宠谁啊？"

纪霭把果壳丢进垃圾篓里，慢悠悠地问："白天雄仔来家里，我听见他讲，下个月在基地有集训，对吗？"

邵遥差一点儿又吞下一颗带核荔枝。

她及时刹车，把荔枝重新卷到齿边，咬肉吐核，声音含糊："对啊，省队的人会过来集训。"

"哦，我还听他讲，小蕊也会回来？"

奶奶指的是乔蕊，邵遥点头："嗯……但这也是杨楚雄说的，乔蕊现在那么忙，具体到时候会不会参加集训，还不清楚的。"

"到时候看看小蕊有没有空，有的话，邀她来家里吃顿便饭吧？小时候她和你一样，都好喜欢吃卤水鸡翅——"

"奶奶，"邵遥忙不迭地打断了奶奶的话，沾了甜腻果汁的手指浸进果盆里洗了洗，低声说，"其实我很久没跟乔蕊说上话了，她要回来集训的事她也没告诉过我，所以……"

她没讲大话的，乔蕊没主动联系过她，她也没主动联系过乔蕊。

邵遥偶尔发发生活动态，都还要分组屏蔽以前跳水队的朋友们。

她是输家，是落选者，是被筛走的沙子。

人生不过才过了短短十几年，已经让她深刻地明白了一件事，那就是有的朋友，走着走着就会分道扬镳。

纪霭没有追问缘由，只轻轻地拍了拍女孩儿的膝盖，语气中没有太多的遗憾之意："好的，奶奶知道了。"

邵遥后来没再问过"黎耀是谁"之类的问题，因为隔壁屋的那位黎爷爷，每隔两三日就来摁一次门铃。

尽管两位老人家啥都没说，但邵遥越来越确定自己的猜想：黎爷爷和她奶奶是认识的，不然哪有可能才搬来一个月，就加入了“送殷勤”的队伍？

他总该不会对奶奶是什么……一见钟情吧？

门铃响起的时间一般在早上的十点半左右，无论那个时候奶奶在不在家，大都由邵遥去应门。

老爷子如今穿得休闲，翻领高尔夫球衫、浅色亚麻直筒裤，还有方便行走的健步鞋，手里拎着的手信花样百出：新鲜出炉的酥蛋挞，晶莹剔透的马蹄糕，油亮的蜜渍桂花卷，软绵入味的焖鸡脚，甜咸交加的瘦叉烧，镬气十足的炒牛河……

倒是没有五花八门的借口，黎爷爷面上总挂着笑容，说刚和孙子去饮茶，打包一些手信回来“派街坊”。

而那昨晚不知道几点才睡，甚至是熬了通宵的大孙子刚把车停好，站在车旁双手插兜，不服软的几根头发在发顶上乱翘，两分钟不到就打了两个哈欠。

只是瞄上一眼，邵遥都要被那懒懒散散睡不醒的模样传染到。

嘴巴张开到一半，她心想不能这么没志气，硬生生把哈欠止住了。

可是黎爷爷从未踏进过院子一步。

有那么两三次，奶奶在家，邵遥问过黎爷爷要不要进屋里头坐坐，饮杯茶，食个饼，但都被拒绝了。

就这么过了一个月，邵遥憋不住了，去游泳时趁着人少，直截了当地问黎远：“喂，你觉不觉得你爷爷和我奶奶……可能是旧识？”

“啊？你现在才知道他们认识？”黎远的双脚在冰凉的池水中泡着，笑容惬意，“我阿爷做得那么明显，我以为你早看出来了呢。”

邵遥倒抽一口气，杏眸圆睁：“啊，他俩真的认识啊？你很早之前就知道吗？怎么不告诉我啊？”

“我也只是猜测啊，没跟我爷爷证实过的。”

邵遥摸着下巴，笃定道：“既然连你都有这样的猜测，那我想得应该没错。也不知道他俩以前是什么关系……”

“猜中了又怎样？有奖品啊？”黎远挑着眉笑，语气没几分正经，“就算他们以前就认识，现在也不过是住隔壁屋的街坊而已，你这么紧张干吗？”

“你哪只眼看到我紧张了？”邵遥白他一眼，“但，就算我紧张那也是正常的吧？那可是我的亲奶奶，我关心她的老年生活是应该的啊。你知道当今社会，针对老年人的诈骗团伙有多猖狂吗？骗术层出不穷，我当然得帮她把把关，留意留意身边有无什么可疑人员出现。”

黎远先是愣了愣，随后很快放声大笑。

爽朗的笑声吸引来众人的目光，包括远处的小伙伴们的。

邵遥脸发烫，咬牙压低声音嘟哝：“你笑什么啊？！”

黎远双臂撑地，“扑通”一声滑进泳池。

他在水中转过身，弯肘趴在泳池边缘，接着说：“笑我 grandpa 一定怎么都没法儿想到，他会被当作诈骗集团的一员。”

这人不怎么爱戴泳镜，长得过分好看的那双眼眸无遮无挡，剑眉微挑时，水波在他眼中荡漾。

邵遥移开目光，学他不咸不淡的口音说话：“现在我当然知道你的 grandpa 不是啦。”

一个月的时间不算长也不算短，邵遥已经听习惯了他那懒洋洋的音调，习惯了每天傍晚在泳池畔见到他的身影逆在余晖中慢慢消失，习惯了夜晚在露台上乘凉时闻到烟草味。

大家在群里和黎远聊天儿的时候，邵遥一般不插嘴，只默默地把黎远是跳级进的麻省理工、大二时已经有一堆科技公司抛来橄榄枝、墨尔本的家里养了条名叫布鲁托的寻血猎犬……一一记下。

游完泳的少年们踩着夕阳的余晖往家走着。

今天杨楚雄去基地开始集训了，金贵也不在——他和女朋友交往两周年，两个人跑去泰国玩，要下周才回来。

但隔壁街的明仔、浩仔，还有蔡超凡的两个表弟都加入了他们。

蝉鸣声此起彼伏，仍遮不住男生们刻意压低的讨论声。

一开始他们聊的主人公是金贵，正值青春期的男孩，字里行间多少带了些颜色，听得前方几个少女一边翻白眼，一边面红耳赤。

后来的话题不知怎么就跳到了黎远身上，蔡超凡问他有没有交往的对象，黎远说“没有”。

只是那一晚陪完奶奶看电视，邵遥偷了个苹果走出露台，不仅闻到了烟味，还听见隔壁的大孙子在跟谁打电话，声音低哑，语气亲昵，还时不时出现“sweet heart（小甜心）”“baby girl（宝贝女孩）”之类的词语。

邵遥站在墙边，小口地咬着苹果，嚼得果肉软烂，才悄悄地往下咽。

她怎么感觉这个苹果越嚼越酸，越嚼越涩？

邵遥的英语听力不差，但隔着一道墙，她有时还是会跟不上黎远的语速，而且到后面几乎要听不见了。

她越站越近，越站越近，不知不觉耳朵都要贴到墙壁上了。

突然之间，头顶传来又冷又沉的声音：“喂，偷听人讲电话啊？”

邵遥吓得连连后退，一抬头，又被那蓝光照得阴森吊诡的脑袋再吓了一跳，双脚跟跄打结，直接往后摔了个人仰马翻。

她吃了一半的苹果也跌落在地，骨碌碌地往旁边滚出一些。

邵遥回过神，从地上蹦起来后大叫：“妈……妈啊！你干吗吓我？！”

“好啊，你恶人先告状啊？”黎远置了张矮梯靠在墙边，往上再走了两级阶梯，问，“都偷听到什么话了啊？”

邵遥清了清喉咙，佯装镇静地走过去捡苹果：“没……没偷听啊，听到什么？呵呵……谁会做听墙根这种事啊？”

“哦？真的？”黎远想了想，问，“难道没有听见我叫谁‘sweet heart’？”

手一颤，刚捡起的苹果又险些脱手，邵遥握紧苹果，眼珠子乱转，含糊说道：“嗯，嗯，好像……好像没有啊……”

黎远蓦地笑出声来，在邵遥甩来眼刀并问他“笑什么”之前，坦白道：“刚才我跟我妹妹打电话，不是女朋友。”

邵遥微怔：“妹妹？”

“嗯，和我同母异父的妹妹。”

“你上次不是说过，你很久没见过……”

邵遥记得的，黎远的妈妈去了美国，有了新的家庭。

黎远“嗯”了一声：“我很久没见过我妈了，电话也是偶尔才打，反而跟我妹保持着联系，三不五时她就要跟我打电话或视频聊天儿。”

邵遥问：“她多大了啊？”

“今年十岁了。”

邵遥的心里自动算起了时间差。

也就是说，在黎远十岁左右，他的父母已经离婚了。

邵遥小心地打量着他的脸色。

其实露台的幽蓝灯光从下往上打，黎远长得再帅也是白搭，他的脸此时苍白一片，比“水鬼”还可怕，连微提的嘴角都显得阴恻恻的。

但他的脸上没有像上次那样，流露太多的落寞和孤独之色。

“小遥？小遥你在露台上吗？”

奶奶的声音忽然从楼下的院子里传来，邵遥急忙应声：“对的！我在这里！”

“你下来一下，有人来找你！”

邵遥有点儿疑惑，但还是答了一声：“好！”

“这时候怎么还有人找我？”她低声嘀咕。

“会不会是杨楚雄啊？”黎远声音幽幽地问。

——虽然是集训，但省队把运动员住宿统一安排在春晖园内的空置别墅里，杨楚雄跟着大队也在那边住，晚上应该有一两个小时可以自由活动。

“不会吧，如果是他的话，他肯定直接在楼下喊我的名字了。”邵遥举起手冲墙上那颗脑袋挥了挥，“我先走啦。”

黎远下了矮梯，也高举手臂，提醒了一句：“苹果记得洗了再吃啊。”

邵遥直接在露台旁的洗手盆里洗了洗苹果，再咬果肉时顿觉奇怪。

明明挺甜的啊，怎么刚才她会觉得酸呢？

剩下的半边苹果在下楼梯的时候她已经啃完了，奶奶不在客厅里，好像还在院子里和谁聊天儿。

邵遥把果核丢进垃圾桶里，推门走出去：“奶奶，是谁来了？——”

声音顿时堵在喉咙里。

路灯灯光依然昏黄，雕花铁门大开，奶奶眉开眼笑，侧身给她让道：“小遥，乔蕊来啦。”

等抽完一支烟了，黎远才回了房间里。

妹妹桑妮发来信息，说她那边信号不好，等回到酒店再给他发信息。

黎远点开妹妹的私人空间。

需要回答问题才有进入权限的相簿里，堆满了这个星期她在冰岛旅游的照片和视频。

天气冷，桑妮同她的父母——也就是他的母亲和继父，三个人都戴着毛线帽和围巾，只露出一张堆满幸福笑容的脸庞。

一家三口的合照着实不少，英气潇洒的父亲、漂亮温柔的母亲、开朗活泼的女儿，简直就是“美满幸福一家人”的完美模板，任谁看了都要称羡。

其中有几张照片，竟和黎远的记忆有重合之处。

那是好多年前了，他和父母也曾在旅行中留下相似的合照。

冰河湖，黑沙滩，阴冷天空，湖面碎冰，一对夫妻带着一个小孩儿，用飞行机进行拍摄。

当年的他不过六七岁，小矮子一个，还吃得胖，俩门牙都掉了，仍不管不顾地笑，露出黑乎乎的牙洞也不在乎。

那时候，他的所有情绪都是发自内心的。

他开心就笑，难过就哭，不需要戴上面具，不需要压抑收敛情绪。

如今的照片里，被父母拥在中间笑得灿烂的小孩儿另有其人，至于他，在陪爷爷回国之前，已有许多年没和家人一同出游过。

爷爷总嫌弃他笑得不怎么正经，其实他也知道自己是什么毛病。

他似乎很难再因为什么事情笑得真心，像有一条线把他的嘴角缝住了，嘴角提起至一个高度后，就很难再往上扬。

他上一次开怀大笑是什么时候?

黎远想不起来了。

退出妹妹的空间，黎远按灭了手机，隐隐约约听见楼下有声音，是谁和谁在说话。

露台的朝向他是看不见楼下院子和屋外小区的道路的，但在房间里可以。

他抬手轻扫窗边的触控板，玻璃从磨砂状变成半透状。

他垂眸往下看，隔壁屋的院子门口，邵遥和她的奶奶正和门旁的一个女生寒暄。

那女生不是春晖园里邵遥的那几个发小儿，个子娇小，长发及胸，一张脸巴掌大，角度问题，黎远看不大清她的五官。

黎远觉得好像在哪儿见过她，但一向不大能记住人脸和人名，除非对对方格外上心。

三个人站在楼下聊了一会儿，看得出来老太太的兴致挺高。

后来她一边念叨着“等等”，一边跑回屋里，过一会儿又走回院子里，手拎一个袋子，递给那面生的女孩儿。

俩姑娘和老太太道别，一起走进了暖黄路灯的灯光和树影中。

直到看不到两个人的身影了，黎远才记起来。

哦，女生是那个世界冠军啊。

与此同时，邵遥已经陪着乔蕊走出了一段距离。

乔蕊和其他省队集训的小孩儿们统一住在小区另一边的别墅里，她趁着洗完澡后有些许自由的时间，偷跑出来见见邵遥。

但她也不能出来太久，九点睡觉前教练要查寝点名的，她得在这之前赶回去。

于是邵遥陪她往别墅区走。

只是气氛有些凝滞，和今晚这个无风的夏夜一样，两个人似垂着不动的两片叶子。

“你的头发——”

“你奶奶——”

结果两个人同时开口，邵遥微顿，乔蕊也是。

“你先说——”

“你先说——”

两个人又一次同步，就像回到小时候，她俩一起跳水时那样。

邵遥“扑哧”笑出声来。

乔蕊也跟着笑，打趣道：“会不会我们走到宿舍了，都还说不上话啊？”

这虽是开玩笑的话，但听进邵遥耳里，她多少有些感慨，心脏一揪一揪地疼。

“才不会。”邵遥扬起笑脸，“我刚想说，你的头发留得好长啦。”

未干透的乌丝披散在锁骨位置，乔蕊拨起一撮至耳后，轻轻笑了笑：“嗯，头发留长一点儿，看起来没那么像小孩子嘛。”

她微仰起头，看着身高抽条似的童年小伙伴，眼里满是羡慕之色：“你现在多高了？”

“一米……一米七？最近没怎么量过。”邵遥不自觉地缩起背，不再站得那么笔直。

“一米七？不可能啦，得快一米八了吧？”乔蕊心里明镜似的，抬手拍了拍邵遥的背，笑道，“别故意驼背啊，多少人想要这身高，还得去做矫形手术呢。”

青春期的少女，各有各的烦恼。

有人想变得娇小玲珑，有人就想长高几厘米。

“其实我知道你这次会回来参加集训……”邵遥双手背在身后，低着头问，“但没想过你会来找我。你怎么知道我过来奶奶家了呀？”

“你在朋友圈发过照片呀。”乔蕊笑了笑，“本来我来之前应该先跟你说一声的，但你知道的，手机都交上去了。”

“嗯，知道的。”邵遥想了想，说，“我晚上都在家的，你有空了，想找人散步聊天儿的话，随时可以过来找我的。我奶奶也经常提起你，你这几年的比赛她都看了的。”

“我刚才也正想说呢，奶奶怎么看起来一点儿变化都没有啊？”

邵遥眉眼弯起来，顺着她的话夸赞自家老太太：“对啊，也不知道她是不是偷偷吃了什么灵丹妙药，越长越回去了。”

乔蕊跟着笑，忽然想到什么，声音低了下去：“抱歉啊，当年爷爷离开的时候，我没办法过来。”

小时候她不住在春晖园里，周末和假期来基地训练的时候，就会在邵遥家住下，两个人睡一张床，盖一床被子。

爷爷奶奶待她极好，那些平时在家不被允许拥有的零食、冷饮，她都能在邵遥家里偷偷吃上几口。

得到邵爷爷去世的消息的时候，她正在备战选拔赛，全封闭式集训模式，她无法外出，只能偷偷借来手机上网，给邵遥发了一句“节哀顺变”。

邵遥哪里会计较这种事，忙摆手说：“没事啊，我收到你的信息了的，心意到了就行。”

是的，事情都过去好几年了，她还能记得乔蕊那时候发来的信息。

那一年邵遥已经离开跳水队了，从市郊搬到市区，过了两年普通初中生的生活，课余时间不再让跳水和比赛塞得满满当当，她用一份份习题和卷子，把自己心里头的一朵一朵小水花压了下去。

爷爷躺在病床上的那段时间，邵遥常去医院看他，爷爷问过她，还想不想站上十米台。她想的话，就去做。

那一次她没有好好回答爷爷的问题，只让爷爷好好养病，早点儿出院回家。

半年后，她在电视里看着乔蕊一路披荆斩棘，勇夺金牌，也看着乔蕊与另一名队友配合默契，形影相随。

电视外的邵遥，只能用目光紧锁她们的身影。

伴随着姑娘们每一次起跳、翻腾、旋转、入水，她全身的血液都在无声地沸腾。

她根本就无法忘记，从十米台一次次纵身一跃的感觉。

邵遥挠了挠微卷的发尾，小声说：“那个……等你们集训结束了，有时间的话，就来我家吃顿便饭吧？我奶奶现在做的卤水鸡翅，味道和以前一模一样哟。”

乔蕊抿唇，一时半会儿没有回答。

邵遥很快就想到了原因：“哦，你集训后很快有比赛对吗？得赶回北城？”

乔蕊笑得无奈：“嗯，后面的行程被安排满了，抱歉啊，等下次有机会，一定再来家里尝尝奶奶做的饭。”

“行呢。”

邵遥咧开嘴笑，心里却很清楚，这样的“机会”不知得再等多少年。

本来稍微热络起来的气氛又降了温，路灯下的两道影子忽远忽近，两个人有一句没一句地聊着天儿，不一会儿已经横跨半个小区。

这一边的别墅多是独栋，中间穿插一两排联排别墅，不远处接连几栋别墅从院子到楼上都亮着灯，两个人能隐约听见孩子们嬉闹的声音。

——她们小时候四处参加比赛时，也是这个样子，洗完澡的小孩子开始四处串门，一直到教练们查寝，才一溜烟儿地躲回自己的被窝里。

“快到啦，你回去吧。”乔蕊举起手里的环保袋晃了晃，袋子里面沉甸甸的，从袋口飘出淡淡的苹果香气，“替我再谢谢奶奶的苹果。”

邵遥举手挥了挥，与她道别：“好，下次再聊。”

“嗯！”

乔蕊直行，邵遥转身，各自走出十来步后，乔蕊蓦地回头：“小遥！”

邵遥急忙刹住脚步，转过头去：“怎么了？”

乔蕊轻声问：“集训最后一天有公开表演赛，你会来看吗？”

只是简简单单一个问句，却又在邵遥心里头的那汪似乎已经平静下来的池子里激起了小小一朵水花。

第五章

大水花

集训时间为三个星期，最后一天是表演赛。

游泳队和跳水队全员参加，跳水比赛从下午两点开始，游泳比赛则是晚上七点开始。

除了亲属票和公关票，其他位置均对外公开，早早销售一空的门票价格不贵，但不划位，座位先到先得，所以跳水馆门口一大早就排起蛇形长龙。

当然，多半观众是想来一睹世界冠军的风采的。

“哇，这些人都是专门来看乔蕊的啊？未免也太多人了吧？”

林芊云一边小声嘀咕，一边伸长脖子四处张望，目之所及的观众席里，竟有四分之三的观众身穿淡粉色上衣，T 恤的左胸口位置印着一朵铃兰，小巧的花苞倒挂，滴落的一颗水滴悬在半空中。

那是乔蕊的专属应援 T 恤，可以在她的粉丝后援会网店里购买到。

——乔蕊成名后，大批粉丝开始考古访问她的社交平台，得知乔蕊喜欢铃兰，喜欢淡粉色，便有了这样的设计。

他们还称呼乔蕊为“十米台上的铃兰花”。

“当然，这可是乔蕊的主场。咱们的‘羊城之光’，气势肯定得给她拉满！”蔡超凡的位置在她旁边，少年手里忙着调试电子应援横幅的字体大小和颜色，语气难掩兴奋之意，“还好杨楚雄给力，给我们找来那么多张亲属票，能够近距离看乔蕊跳水耶，这机会可不常有，我那两个表弟前几天还哭爹喊娘地求我带着他们一起来看呢，说抢不到票。”

“据说有不少叔叔阿姨，昨晚直接在跳水馆入口处支起帐篷住下了，‘国民女儿’的号召力真不是虚的。”章思雅也在调相机焦距，“我爸妈早上上班前还千叮咛万嘱咐，叫我记得录下视频，他们今晚回家才能看视频回放。感觉乔蕊才是各位爸爸妈妈的亲生女儿，要是我和乔蕊一同掉进珠江，他们应该会先救乔蕊吧……”

“那肯定的，接受这个伤心的现实吧。”

蔡超凡笃定地点头，下好结论，电子横幅也调整好了。

投影至跳水馆上空的应援横幅是半透明的，底色荧光粉，字体乳白，跑马灯般滚动起来。

其他观众制作的影像横幅也陆续升空，姹紫嫣红似烟花绽放，直截了当的类似“乔蕊乔蕊我爱你”，浪漫文艺的类似“永爱水中绽放的铃兰花”。

距离表演赛开始的时间还有半个小时，场馆广播一直循环播放着注意事项，像禁止实时直播，禁止无人机拍摄，禁止大声喧哗打闹，禁止吸烟饮酒，等等。

黎远昨晚做活儿熬了一宿，睡不到两个小时又被爷爷拉去喝早茶，本来真想不来看表演赛了，最后还是硬撑着起床，洗漱出门。

他答应了给几个小孩儿当司机，开的是蔡超凡家的七座车。

八月下旬，正午的阳光太毒辣，小孩儿们若是从春晖园直接骑车或步行过来，衣服都得湿掉半件。

困是真困，黎远打哈欠都打得腮帮子酸，又没法儿抽烟，只好嚼着薄荷糖提神醒脑。

他对即将出场的运动员都不大了解，自然没怎么参与聊天儿讨论，但一行人里还有另一个人跟他一样，自进场坐下后就没怎么说过话。

黎远背靠椅背，头往后仰，越过两个男生、两个女生，看向坐在另一头的邵遥。

她好安静，安静得反常，连那总不大老实的微卷发尾，今天也乖巧地贴在白皙脖颈处。

两个人中间隔着好几个人，距离远得连哈欠都传染不了。

再说了，邵遥也没看向他，一直低垂着头玩手机。

灌满耳朵的喧嚣声让邵遥有些不自在。

她有好几年没进过跳水馆了，但曾经那么熟悉的一个地方，时间再怎么努力往前跑，也难以把那些记忆完全甩下。

独特的味道，盘旋的广播声，那些蓝的、白的画面都是刻在骨子里的，她若要完全忘记，就要先剜骨削肉，承受锥心之痛。

是她还不够勇敢，只想当鸵鸟，不想碰触那些回忆，也不敢狠狠心一跺脚，把它们踩得烟消云散。

观众席里的气氛逐渐热络起来。

有人先起了个头，先是清脆规律的“啪啪啪”鼓掌声响起，后面众人接着呐喊出“乔蕊加油”“省队加油”的。

很快有人效仿，应援声像石投湖泊，荡开一圈圈涟漪。

观众的情绪越来越高涨，成了浪潮，强劲有力的鼓掌声、呐喊声最后通天高，完全盖过了广播声，震耳欲聋，激荡人心，可也砸得邵遥越发不知所措。

她就应该装病不来的。

她来干吗啊？自讨难受！

“啪啪——啪啪啪——”

“乔蕊加油！省队加油！……欸，小遥你去哪儿？”章思雅正在激情呐喊应援，见身旁的邵遥蓦地起身，便抬头问她。

“我……我去一下洗手间。”

“比赛快开始了耶！”

“知道，知道……我很快回来！”

邵遥慌张离席，步履匆忙，下楼梯时还差点儿被绊倒。

还有许多观众陆续进场，邵遥逆流而行：“麻烦借过”常挂嘴边。

从出入口出去，走远了一些，那些应援声音才稍微减弱，邵遥深呼吸一个来回，这时候脑子也清醒了些许。

她在害怕什么？忌妒什么？简直可笑至极！

越回想，她就越讨厌这个酸溜溜的自己。

邵遥越走越快，冲到洗手间里，直奔洗手台，恼怒地掬起一捧冷水往自己脸上浇，接着把脸埋在湿漉漉的双掌中，闷声骂自己："心态差得要命！你已经比许多人幸运了你知道吗？"

竞技体育这条路太难走，每个世界级赛事的冠、亚、季军的背后，有许许多多的"无名氏"。

邵遥不是同期选手中唯一的一粒"沙子"，比她先走、晚走的人都有，而等会儿出现在三米板或十米台上的孩子，未来也可能经历和她相似的筛选淘汰过程。

邵遥扯着衣领擦脸，第一百零一遍地告诉自己，要保持平常心。

只是这刚调整好的心情，刚踏出洗手间就"咔拉咔拉"地裂开了缝。

白衣棕裤的少年靠墙站着，双手都插在裤袋里，一贯漫不经心的模样，还吹着颗泡泡糖。

"啪"的一声，半透明泡泡糖爆裂，黎远冲呆愣在原地的少女笑了笑："嘿。"

"'嘿'个——"邵遥没心理准备会在这里见到他，被吓得几乎瞬间就要脱口而出一些脏词，清了清喉咙，才改了口，"你怎么来了？"

黎远没多想就答："上厕所啊。"

"真的假的？你检票后不是已经跟金贵他们去过一次厕所了？"邵遥本来情绪就不佳，睫毛尖还挂着水珠，一开口全是尖刀子弹，"年纪轻轻的哥哥，怎么上厕所上得这么勤？"

一张小嘴"噼里啪啦"像倒豆子似的说着话，黎远一开始还没听明白小姑娘在讽刺什么，只察觉到她身上冒出了一根两根小尖刺，似有似无地往他的胸口轻轻扎了一下。

再鼓胀的气球都要"呲呲"泄气。

黎远微怔了几秒，想明白后，嘴角笑意渐浓："哥哥身体好着呢，没有什么难言之隐。"

邵遥觉得自己的眼睛应该还有些红，低头避开他的视线，直接转身往回走："哇，哥哥的中文越来越好，'男'言之隐这么难的词都会说啦。"

“天天同你们玩在一起，中文当然要变好。”黎远站直身，迈开长腿，两步就跟上她，“我就是出来抽根烟。”

邵遥不客气地白了他一眼：“又抽烟……次次见到你都在抽烟。”

“提神啊，昨晚没睡觉。”黎远又打了个哈欠，声音含糊，问话却直击重点，“你怎么了啊？不想来看表演赛的话，你怎么不直接拒绝？”

心脏像被谁重重地扯了一下，邵遥睁圆了眼看向他，大声否认：“我……我……我没有不想来看啊！”

“年纪轻轻，嘴还挺硬。”黎远“呵”了一声，“从刚才出发起，你就拉着一张脸，苦瓜干一样，一直到现在都没见你笑过。刚才大家在拍手应援，你一会儿皱眉，一会儿握拳，想到接下来的表演赛，是不是很难受啊？”

那些自以为隐藏得极好的情绪，竟这么轻易就让人给看破了。

邵遥恼羞成怒，柳眉倒竖，直接逮住少年句子里的“漏洞”，语气都有些咄咄逼人了：“你怎么知道我没有笑，又怎么知道我皱眉还握拳头？

“你一直在看我啊？那我问问你，你为什么一直留意着我的一举一动呢？”

黎远噎了噎，脚步也随之顿住。

女孩儿声音不小，两个人的身高又十分引人注意，从旁边经过的路人频频回头看他俩，以为是小两口吵架。

邵遥知道自己无理取闹。

被负面情绪支配大脑的滋味并不好受，出了口的置气话语也是“双刃剑”，把她的嘴唇、舌尖都割得发疼。

可一时半会儿的，她也拉不下脸来好声好气地道歉，只能憋着股气，头也不回地快步走回观众席。

黎远被她甩在身后，这次没有立刻追上去，本来懒洋洋上扬的嘴角，这时已经抿成紧紧的一条线。

他双手还插着兜，硬生生戳在淡淡的灰影中，身边人影如织，只有他一个人石头般定在原地。

高挑肩宽的男孩儿在人群中格外醒目，不一会儿就有大胆女孩儿结队上前，眼睛亮亮地问他是不是游泳队的队员。

黎远回神，神情淡漠地摇头否认，迈腿离开。

才两个月的时间而已，原来有些事情已经成了日常：老式泳池，水库落日，老寿眉开茶，滚水碌碗筷，信息不停的群组，主动问好的街坊……

他的目光也有了惯性，像进入自动飞行模式的飞机，准确地落在某些地方：翘弹发尾，飞扬眉尖，乌黑瞳眸，圆润鼻尖，浅浅雀斑，珍珠耳垂……

本来黎远也没觉得有什么问题，直到被邵遥刚才这么一嚷嚷，他才发现确实是有区别的。

另外那两个常一起玩的女孩儿，思雅和芊云，他到现在有的时候都还会差点儿喊错人。

——他抽烟也不必总去露台上。

爷爷不怎么上楼，他独占一整层三楼，爱干吗干吗，但每次掏出烟盒，他还是不自觉地走了出去。

他总能回想起刚搬进春晖园的那一天，听见的那歌声，脆生生的，逍遥自在地哼唱着那首遥远的情歌。

一丝丝情愫似乎伴随着习惯静悄悄地出现了，连什么时候冒出了尖儿，他都无法考究，就像每晚爬上树梢的皎洁月亮，也像海水退去后留下来的细小贝壳，还像好几年前，每个初夏都理所应当出现的聒噪蝉鸣，它就这么出现了。

坐回原位的邵遥心不在焉地和朋友们闲聊着，目光总往下方楼梯口处瞥。

刚才她的态度未免太糟糕了，说的话也乱七八糟，她越想越觉得对不住那大孙子。

他明显是在洗手间外等着她的，说什么抽烟，身上明明没烟味……

那么问题又来了……

他干吗在洗手间外等着她啊？

人声依旧鼎沸，裸眼影像和广播轮番倒数比赛开始的时间，观众席上涌起新一轮的应援声，邵遥背往后贴，偏头望过去，金贵旁边始终空着一个位置。

她刚按开手机想给对方编辑信息，眼角余光已经瞄到那抹身影。

他跟在一群年轻人的身后缓慢往上走来。

也是奇怪，公关席位和家属席位是有不少运动员的，个头儿又高又壮的人不在少数，可偏偏她就是能在第一时间里寻找到他。

像察觉到她的视线，他下一秒也看了过来，视线穿过那么多的人影，与她的在空中相会。

原来，他的脸上没什么表情的时候看上去是有些凶的。

邵遥像个做错事的小娃娃，一瞬间眼眶泛酸。

坏情绪是蓄满水的水库，急需有个缺口泄出来。

她移开目光，别过头压了压泛酸的鼻梁。

黎远回到自己的座位上，和男生们聊了几句，表演赛就开始了。

主持人兼解说简单开场，很快开始了第一项比赛：女子单人三米板。

省队目前是有几个好苗子的，队员十二三岁的年纪，一个个都征战过不少国内外的青少年赛事，估计再过一两年就能在大赛上瞧见她们的身影了。

大屏幕上的小姑娘们脸上稚气未退，表情却是远超年纪的成熟稳重样子，一个个身轻如燕，动作完美，水花压得几乎瞧不见。

从第一个小姑娘出现开始，邵遥的眼睛就一直是湿润的，再猛的太阳都晒不干的程度。

她就在视线时而清晰时而朦胧的状态中，看到了许多个以前的自己。

观众席上连连传出惊呼声。

待乔蕊出场，欢呼声更是快掀翻场馆，主持人不得不出声提醒大家保持安静，观众席这才安静了下来。

她的第一跳就是她最拿手的207C，向后翻腾三周半抱膝。

毫无差错的一跳，“啪”的一声，比石头落入湖中还要安静。

粉丝们疯了似的尖叫，欢呼呐喊声响彻上空，邵遥也用力鼓掌，用尽全力地大声呐喊：“乔蕊你好棒！！”

她喊得几近声嘶力竭，胸肺里的空气都似要被排空，也只有这样，才能将那些困扰她的坏情绪转成正面的能量。

谁叫乔蕊真的很棒呢？教科书般的动作，挑不出一根刺，值得录下来反反复复观摩学习的那种。

她绝对值得这些欢呼鼓掌声。

因为是表演赛，不像正规赛事那样有规定的次数，运动员们只跳三跳，有点儿像热身。

但这好歹也是“赛”，现场安排了评委，三跳结束后，乔蕊的分数排名第一，名列第二的是陈霜。

陈霜比邵遥小两岁，当年邵遥还在队里的时候，陈霜是同龄队员里的佼佼者。

去年开始，陈霜陆续在一些国际赛事中崭露头角，她的身材和身高都和乔蕊相似，有传言明年的“梦之队”里应该会有她的一席之地。

接下来的项目是男子单人三米板，这边也有几名能力出众的小将，有观众开始更换电子横幅的内容。

主持人在比赛间隙温馨地提醒大家：“稍后我们的乔蕊和陈霜会一起参加女子双人十米台项目，大家敬请期待！”

邵遥愣了愣。

就连同行的朋友也不约而同地扭头看向她。

她眨了眨眼，目光直视远处的十米台，浅浅笑着，轻松地说道：“看来明年乔蕊的双人跳搭档有一定概率要换人了。”

大家面上不显，心里都微微叹了一口气。

他们私底下讨论过邵遥和乔蕊的事，总担心被刷下来这件事会成为邵遥的心结，但看她刚才的表现，感觉她已经放下这件事了。

这条路不通而已，她的面前还有很多条光明大道的嘛。

下一个项目还没开始，大家闲聊起来，邵遥偶尔搭一下话，忽然，静音状态的手机亮了一下。

她点开信息，看清信息内容后，本来强压下去那阵鼻酸感觉，像被摇晃许久的汽水突然开了罐，“咕噜咕噜”地往上冒。

信息是与她间隔四个人的那人发来的：“别哭啦，要不要纸巾啊？”

她没哭啊，谁哭了啊？她刚刚在笑不是吗？！

她把刚才还想跟黎远道歉的念头踢出九霄云外，趁旁人不注意，飞快地用手背揉了一下眼睛，并“啪啪”敲下一句话：“你哪只眼睛看见我哭了啊？！”

她附赠了一个口吐芬芳的表情包。

主持人的声音再次响起，说男单三米板比赛即将开始。

手机没动静了，邵遥湿着眼睛准备收起手机。

这时旁边有“窸窸窣窣”的声音响起，很快传到了章思雅这里。

邵遥侧目，章思雅刚好递过来一个蓝绿色的小铁盒。

邵遥认了出来，这是黎远今天随身带的泡泡糖，薄荷味的。

她还没开口，章思雅已经把糖盒塞到她的手里：“哪，拿着。”

“怎么给我这个？”邵遥有些疑惑。

闻言，章思雅也不解：“啊？黎远说是你要吃糖，问他要，他才传过来的。”

“哦，哦。”

手机又亮了，还是黎远发来的信息。

“两只眼睛都看到了。”

“不过我没带纸巾，先请你吃颗糖吧。”

晚上十点半，坐在快餐店里的少年们都有些沉默，与周围的嘈杂环境格格不入。

因为不久前的二百米自由泳比赛中，杨楚雄无缘三甲。

但这是杨楚雄的强项，他也曾在这个项目上得到过不少奖牌。

大家其实不止一次听过杨楚雄感叹自己快被“后浪”拍死在泳道内，就连只认识两个月的黎远都听他提起过自己的烦恼。

但亲眼所见，大家才能真实体会到杨楚雄身上背负的压力。

排名前三的队员都是后起之秀，年龄和身高都有优势，杨楚雄在第二次转身的时候已经开始落后，他们的呐喊助威声再激昂澎湃，也扭转不了局面。

最后众人眼睁睁地看着杨楚雄以大约一个手掌的差距名列第四。

别人在为获胜者欢呼，只有他们几个人格外安静。

“怎么办哪？我们明天要怎么安慰他？”林芊云丢了根薯条进嘴里嚼着。

集训明天才正式结束，他们今晚没机会见到杨楚雄，他的手机估计也还上交着没法儿拿回来。

“嗐……干脆别提这件事，一丁点儿都别提！就让往事随风去吧！”蔡超凡把汉堡包装纸揉成团，好像这样就能帮兄弟把烦恼揉碎，“雄仔那性格你们又不是不知道，他忘性大，心里不装事，就没什么过不去的坎儿。”

章思雅放下可乐杯，连连点头：“对，正好过两天就是音乐节，他能看见‘bunny girls（兔子少女）’，肯定能开心上好一阵。”

他们最终决定买票的那场音乐节，压轴演出的是杨楚雄喜欢的人气女团，官方宣发消息还说，在最后的烟花环节会天降一万个礼盒，入场的观众都能抢。

礼盒里头有虚拟币、限定装备、体验券……其中有十个隐藏礼盒，抢到的人能得到与“bunny girls”见面的机会。

到底是岁数不大的孩子，想事情也直接，填饱肚子，有了精神后，大家七嘴八舌地讨论起来。

要是谁运气爆棚拿到这个礼盒，就直接送给杨楚雄，助这位纯情少男圆梦。

邵遥是过来人，很清楚杨楚雄身处这种阶段的无力感。

那会成为一层膜，裹在当事人的身上，膜看着薄，却很难挣脱。

她真心希望杨楚雄能加把劲儿冲过这个阶段，希望他能走得再远一点儿。

邵遥仍有些魂不守舍，小口小口地嚼着汉堡。

晚餐大家买了面包和咖啡随意对付了一口，她早饿得前胸贴后背，中途还偷偷吃了几颗黎远的薄荷糖，想着补充些糖分，结果越嚼越饿。

大家点了不少套餐，拼起来的几张桌子上摆得满满当当的。

邵遥吃完汉堡，竟还觉得肚子有些空，心想着要不要再点些东西吃，面前的餐盘已经悄声无息地推过来一个苹果派。

她没有抬眸看向桌子对面的人，趁别人没看过来，只伸了根食指把苹果派往回推了推。

黎远被那鬼鬼祟祟的手指头气笑了，这次直接把苹果派推到了她的手边。

她看起来那么饿吗？

从下午开始，她的心率就跟坐过山车似的时高时低。

她当然想吃苹果派，可下意识地就是不想在他面前吃。

邵遥正想再推，斜对面的蔡超凡忽然看过来：“欸，这里还有个苹果派，是谁点的啊？”

他问完后见没人答，便准备伸手过去拿苹果派：“没人吃的话就给我咯——”

“我的，是我的。”邵遥急忙拦住蔡超凡的手，咕哝了一句，“没看见摆在我面前吗？！”

蔡超凡不察那些细微的变化，只撇撇嘴去抢林芊云的薯条，几个人又叽叽喳喳地聊起来。

话赶话到这份儿上，邵遥也没辙了，撕开了苹果派的包装，眼珠子滴溜溜地转了一圈，见黎远没在看她，她才小口咬起酥脆的派皮来。

对方腿长，她也腿长，桌子下的两对膝盖好几次都要碰上。

她尽量往后坐，腿也往后缩。

黎远轻飘飘地斜睨她一眼，见她开始吃苹果派了，才移开视线，嘴角总浅浅地笑着。

但这丝笑意没持续太久。

大家正吃着，突然听见柜台那边有怒骂声传来：“程序就教你这么接待客人吗？垃圾人！”

餐厅里的人都循声望过去。

有两男一女三个年轻人对着服务员骂骂咧咧，几个人穿得古古怪怪的，露出了大面积的文身。

大晚上的他们也戴着荧光墨镜，其中一个满脸横肉的胖子气焰嚣张，大声嚷嚷：“我都说了我点错了餐，这份餐没动过，为什么不让退啊？！”

柜台另一边，负责接待他们的服务员弯腰伏背，大声道歉：“抱歉客人，餐食是属于定做的消费品，不属于无理由退货的商品！”

虽然服务员的这个回答有理有据，却显得格外制式化，像直接从员工规章制度里一字不落地复制下来的一样。

而且无论对方骂得多么难听，服务员的语气和表情一直没什么变化，连每次鞠躬的角度都是一模一样的，在这样剑拔弩张的气氛里，显得格外诡异。

更诡异的是，面前的动静闹得这么大，餐厅里的其他服务员却还继续着手头上的工作。

“他”兢兢业业地收拾着餐盘，“她”笑脸盈盈地将打包袋递给客人。

“他们”露出标准化的甜美笑容，对客人说“喜欢您再来”。

它们都是仿生人。

大家都知道它们是仿生人。

快餐店是最早引入仿生人，并用其大规模代替人工的行业。

程序早早就安排好了一切，每个人各司其职，并不会因为“同事”遭客人刁难就停止自己的工作。

那几个人年纪轻轻也没学点儿好的，嘴巴脏得很，甚至开始动手动脚，存心跟这仿生人过不去。

服务员识别到对方的攻击性，立刻一改道歉时的谦卑模样，厉声警告：“请你们住手，你们的言行举止已经全程被录下来了，如果你们继续攻击我，我会将视频上传至公司！恶意辱骂殴打服务型仿生人，将扣除您的信用积分——”

“啪！！”

服务员的警告话语尚未说完，那胖子已经把说要退的那份餐点直接砸到了服务员的脑袋上。

饮料兜头淋下，汉堡分层乱飞，服务员从头到脚狼狈不堪，但脸上没有伤口，连一丁点儿泛红痕迹都没有。

胖子继续拿着餐盘打服务员的脸，力气不轻，没几下餐盘就被砸得断成两截。

“扣就扣啊，就算老子把你打得报废，也不过是被扣八分十分，再花点儿钱赔偿就把分补回来了。”胖子笑得恶毒狂妄，两颊肥肉乱颤，“但你呢？你什么都做不到，只能站在这里被我打！垃圾仿生人！”

正常出厂的每一个仿生人都经过了无数次检验，芯片程序里设下了多层保险，用来杜绝一切会对人类产生敌意，并攻击人类的可能性，所以就算遇上这种事情，这位服务员也只是目光呆滞地站在原地，一遍一遍念着警示语。

而服务员的双手一直交叠着压在小腹处，彬彬有礼，是标准的待客站姿。

从第一代服务型仿生人正式推出市面开始，坊间对此事就分成了三个阵营。

赞成派觉得科技改变生活，反对派觉得仿生人和克隆人一样恶心，中立派只要求仿生人没有攻击性就可以。

一样米养百样人，一个群体里总会有那么一些激进分子，像这样当众欺凌辱骂仿生人的行为，一年里全世界范围内不在少数，大家也有些见怪不怪了。

所以餐厅里的客人和餐厅玻璃外的围观路人，都只是在窃窃私语，或者拿手机偷录下视频，没有人上前阻止。

毕竟，再闹也闹不出人命，他们少多管闲事为上策。

邵遥气得浑身发烫，脑子一白就想起身，但有的人的速度比她更快。

而且他起身时很急，架在两个人中间的那张小桌子被狠狠地撞了一下，发出“砰”的一声响，邵遥的心脏也狠狠地被撞了一下。

胖子不解气，继续往服务员的脸上扇着耳光。

柜台有些宽度，他身矮手短，跳起来后半个身子挂在柜台上，像只胖蛤蟆。

一旁的友人嘴里劝他别把事情闹得太大，但一个个笑得不怀好意。

其中扎着粉色脏辫的小姑娘，伸手就想去扯服务员的头发。

下一秒，一只手突然从后面伸过来，抓住她的手腕，把她甩到了一旁。

胖子听见小女友“哎哟”一声，还没来得及回头，肩膀已经被人从后扳住。

黎远面无表情，但眼神极冷，把胖子从柜台上拉下来，反剪他的手臂后，再抬脚狠踹他的腘窝。

胖子痛得直号，来不及骂人，又被对方用力一推，整个人失了重心，烂泥一样摔到地上。

他差点儿滚了一圈，墨镜都掉下来了，露出了豆大的眼睛和酒糟鼻。

“嗞——你谁啊？！”

胖子揉着屁股跳起来，握拳就想往男人脸上挥。

黎远睥睨着他，稍微侧身就躲过了拳头，两步绕到胖子身侧，长臂一推，再次把胖子推得趔趄了一下。

另外那个男生只敢嘴里嚷嚷，迟迟没有上前，倒是那粉色脏辫女孩儿又冲上来想帮胖子的忙。

黎远制住她乱挥的手臂，一把将人推远，斜眼瞪过去，吐了一句：“这是第二次了，妹妹仔，事不过三。”

对方人高马大，女孩儿被他眼里的狠劲儿骇得愣在原地。

邵遥跑了过来，没想太多就直接站到了黎远身前，半挡着他，语气认真严肃地对那三个人说：“我们已经报警了，巡警两分钟后就会到，你们还想继续闹的话就随意，后果自负。”

其他几个人也过来了，站在黎远两旁，像跟他同一阵线的战友。

黎远轻轻扬起眉尾，目光落在身前女孩儿变得有些粉的耳垂上。

他发现了，当她情绪激动时，她的耳朵会先变红，下午在跳水馆的时候也是这样的。

或许因为人数差异，或许因为远处传来的警车鸣笛声，胖子三人嘀嘀咕咕地走了。

当然，走之前他们没忘了撂下“别让我再见到你”“走夜路小心点儿”“走着瞧”之类的狠话。

黎远敛起情绪，声音也随之软了下来，问：“报警了？”

邵遥回头乜他一眼：“没呢，哪里来得及？你跑得那么快……”

这还是他俩自下午在跳水馆不欢而散之后最自然的一次对话。

蔡超凡这时候才喘了一口大气：“妈啊……大佬，你怎么一上来就直接动手？我以为你会先跟他们讲讲道理。”

林芊云是暴脾气，这时候还气着：“和这种人有什么好讲道理的？没把那猪头打成真正的猪头，就算手下留情了！”

黎远又将双手插回裤袋里，耸了耸肩，一脸无所谓的样子，但又点了点头，表示赞同林芊云的说法。

倒是金贵皱了眉头，低声说道："那胖子叫沈亮，是我的初中同学。"

蔡超凡睁圆了眼："你认识他啊？！"

金贵说："估计对方都不记得我了，但我常在别人口中听说他的事，辍学、打架……他家里环境比较复杂，所以他走的路子也歪了……只是我没想到会歪成这样。"

快餐店的管理人员接收到店内警报后迅速赶了过来。

他们还是报了警，因为仿生人服务员属于店内财产，待维修师核实受损程度后，他们可以要求对方赔偿。

巡警来之前，管理人员对黎远一行人道了谢，其中一人在平板电脑上操作了一番，那位无故遭到殴打的服务员突然直起身，咧嘴笑，接着转身往"员工室"走去。

那些还没被清理的食物残骸在地上拖出一道肮脏的痕迹。

但接下来，"员工室"里又走出来一个服务员，样貌和刚才那位服务员一模一样，就是发型有些许不同。

黎远看着服务员取来打扫工具，三两下就处理好地上的脏污痕迹，接着站到柜台旁，对刚进来的客人扬起笑容："欢迎光临！"

藏在裤袋里的手攥了攥，黎远半垂眼帘，跟金贵他们说："走吧，回去了。"

把车还到蔡超凡家后，大家约好明天再见，便分头归家。

邵遥和黎远一路。

经历刚才那场不大但也绝对不算小的风波，两道并肩走着的影子稍微近了一些。

黎远还是不习惯身旁的女孩儿不吭声的安静模样，无奈地叹了一口气，主动开口："你就没有什么想问我的事？"

"有，有好多想问的问题。"这次邵遥倒是回答得极快，眼里藏着路灯的暖光，又黑又亮，"我能问吗？"

"可以啊。"黎远笑，"一百个都可以。"

"那我就不客气了啊。"邵遥一时没听出男孩儿后面这句话里深藏的含义，往前跑了两步，转身倒退着走，手背在身后，问，“刚才你跟那女孩儿说‘事不过三’，那她如果继续闹，你是真的会对她动手吗？”

“嗯，应该会出手制住她。”

“但她是女孩子耶。”

黎远抬眸看着泛红的夜空，若有所思了一会儿，说：“在我的世界里，人不分男女，只分好坏。每一件事情都有两面性甚至多面性，就像有的人觉得‘筑梦师’做的是蜜糖，但你觉得他们做的是砒霜，是一个道理。”

他看向邵遥，又无所谓地耸了耸肩：“不过我应该会尽量放轻力气，免得弄伤对方，还得被赖上。”

有光斑在他的脸上微晃，他的眉心、眼角放松了下来。

在快餐店里挺身而出时的那股尖锐戾气早消失殆尽，他恢复到不大正经、像个半大孩子时的模样。

明明他们已经认识有两个月的时间了，也叫作“朝夕相对”，但到了今天，邵遥觉得他是本只翻开了封皮的书。

她很想，很想接着往下翻。

“你学过散打，还是拳击？”邵遥接着发问。

黎远出手不重，但她能明显看出他练过。

黎远抬手，手骨蹭了蹭鼻尖，看着像是有些不好意思：“小时候练过咏春。”

“……”邵遥的一双眼从圆月逐渐变为下弦月，她笑出声来，“你？咏春？”

从小在海外长大的家伙，怎么会选传统武术傍身？

黎远别开眼：“我应该说过，我爸和我爷爷的爱好都有些……传统？加上我爸的一个朋友在唐人街开武馆，所以我就学了几年。”

他没有说，小时候是因为他实在太胖了，又懒得运动，黎耀才把他丢去武馆里，让师傅压着他天天扎马步，打木头桩。

接下来邵遥还问了几个问题，像是如果胖子找上门寻仇的话他怕不怕，像是如果胖子的同伙也加入混战他应不应付得来，黎远一一回答了。

等了半晌，都没等到邵遥问他最想回答的问题，他轻咳一声，反问她：“你怎么不问我，为什么要替一个仿生人出头？”

“啊？这个不用问吧。”邵遥眨了眨眼，挑起眉戏谑道，“男生总有些‘英雄救美’的心态吧？可惜对方没办法‘以身相许’。”

黎远怔了怔，接着大笑出声。

他这次笑得无法自已，笑声直冲云霄，最后他得用手叉腰，好抵住旁肋一阵阵泛酸的感觉。

从附近的别墅里传出了狗吠声。

“嘘！你别这么大声！很晚啦！”邵遥本来只是想开个玩笑，没想到对方笑到都快站不住了，急忙将食指竖在唇前，“你的笑点怎么这么低啊？嘘！”

黎远屈指，揩了一下眼角，喘着气冲她笑。

突然，他伸手往她的额头上弹了个栗暴，哑声说道：“你可真行啊小遥……”

邵遥肯定他没有敛力，她被弹得脑门儿发麻，泪花都快飙出来了，嚷道：“好痛！！”

黎远也做了个噤声的手势，把她说过的话还了回去：“嘘，小声点儿，很晚啦。”

邵遥扬手就往他的肩膀上拍了一巴掌：“真的很痛啊！！”

黎远没躲，肩膀发出结结实实的“啪”的一声响。

到底是练过体育的怪力少女，力气着实不小，他的肩膀瞬间火辣辣地发麻。发麻的感觉往下蔓延，一直到左胸口最暖的那个地方。

黎远笑得眉眼弯弯，蓦地抬手又往女孩儿的额前伸去。

邵遥以为黎远又要弹她的脑门儿，躲闪了一下，但黎远动作太快，她没闪开。

捂也来不及了，邵遥只来得及闭上眼。

但这次没有传来痛感，只有一片淡淡的阴影覆在她的额前。

黎远刚才抽过烟，所以指尖有被烟火熏过的味道。

温暖干燥的拇指指腹在她的额头正中微微泛红的那一处轻轻揉着。

心跳都漏跳一拍，邵遥僵着身子，缓缓抬起眼帘，同时也听见了黎远低哑的声音：“那个快餐品牌的仿生人都是由美国科尼集团提供的，刚才那名服务员的型号是C2059003，服务员型号第二代……”

他微垂着头，刘海儿细碎，眼睫反光，清澈蓝眸逆在光里深似海。

邵遥对上他的眼，任由他揉散额头的痛感，抿着唇，没有再出声打断他的话。

“我的母亲，目前是科尼集团仿生人领域的设计总监。”黎远勾起嘴角，溢出一丝意味不明的苦笑，“从小我的家里就有各种实验型号的仿生人，母亲总爱说他们是家人。既然如此，见到家人被欺负，我总不能坐视不管吧？”

第六章

小秘密

邵遥回到家时，奶奶已经睡下了，给她留了灯，还有厨房里的一盅炖汤。

她喝了汤，洗了澡，将衣服丢进洗衣机里，按了洗烘程序，再从冰箱里顺了一罐可乐。

上楼回了房，邵遥急急忙忙地踢了拖鞋，倒到床上打开了手机。

喝汤的时候她用手机搜索过科尼集团的信息。

其实平日她也经常听到这个名号，在仿生人之前，科尼集团在科技产品领域总走在前沿，历年推出的多款王牌产品至今仍在被其他品牌不停地模仿制造。

但今晚邵遥主要搜索的是其仿生人领域的设计总监：苏珊娜。

资料显示，苏珊娜今年五十岁，去科尼集团任职之前，曾在澳大利亚一家人工智能公司同样担任研发设计总监一职。

邵遥看到“澳大利亚”几个字，眼皮跳了跳。

她顺藤摸瓜过去，果然，这家人工智能公司的创始人兼董事长，是黎耀。

于是线索便连起来了。

黎母之前在黎父的公司里工作，二人离婚后黎母去了美国，进了科尼集团，并且再婚组建了新的家庭。

邵遥点开一个苏珊娜的采访视频，让它悬空播放。

采访是去年的，视频里的阿姨美丽大方，气质出众，谈吐睿智。

她拥有一头棕色的长鬈发和一双碧蓝眼珠，邵遥自言自语地感叹道，遗传基因强大的不只她一家。

讲起自己参与研发的仿生人时，有亮光从阿姨的眼中迸发，她整个人神采飞扬起来。

邵遥如今能理解黎远今晚的反常行为了，同时心里也涌起些许愧疚情绪。

她今晚想去阻止那几个人欺辱服务员，是因为觉得他们在“恶意破坏店铺设备”。

不知不觉中，她也把仿生人当作“物品”了。

可究竟人们该用什么态度来看待仿生人呢?

这条界线更难掌控了。

邵遥正胡思乱想着，手机进来信息，是黎远发来的。

“刚才说的事你别太放在心上了，我瞎说的。其实我只是看那胖子长得太讨人厌，才上前制止他。”

邵遥捧着手机忍不住咧嘴笑，回道：“确实，那人长得神憎鬼厌的，像只大蛤蟆。其实你就应该直接赏他几拳，然后跟他讲，‘咏春，Frank’！”

黎远刚洗完澡，将浴巾搭在湿漉漉的头发上，手里握着可乐，看到回复的消息时，扬起了好看的眉毛。

他回了语音：“你看过那部老电影？”

——有部五十几年前的老港片，讲述一位咏春师傅的故事，在电影中，师傅在与别人切磋武艺前，都会用一句口头禅介绍自己。

黎远是在爷爷住院的那段时间，陪着爷爷从第一部看到了第四部，还有什么少年版、老年版、支线版电影。

喝了两口可乐，他已经收到消息回复。

邵遥说：“嗯，常陪奶奶看一些老港片。”

黎远：“巧啦，我是陪我爷爷看。你奶奶还喜欢看什么老电影？”

邵遥眨了眨眼，很快明白黎远的意思。

她回忆出几部奶奶爱重复看的老电影，把名字报给了黎远。

这次她等了一会儿，才收到一段语音。

“两年前我爷爷病倒过一次，那次情况不大好，我和我爸都做好了心理准备，好在后来爷爷熬过来了，但留下了后遗症，你看到的，他总拿着拐杖，其实一开始他连动都动不了。

“那段时间我请假回了澳大利亚，在医院里陪着他，他没法儿下床，就躺着看一整天的老电影，看着看着就偷偷抹眼泪。

“我以为他是因为腿脚问题心里难受，后来他说，是因为年轻时有些事情无法跟一个喜欢的人一起做，像是看电影、看演唱会，就连最平常的逛街吃饭这种事，都没办法做到。

“他说他在……在鬼什么？……地狱门口？算了，意思就是经历了一次生死，他更加后悔年轻时和那个人走散。”

黎远语速慢，语音很长，邵遥听了好一会儿才听完。

爷爷奶奶是旧识的事如今他们心知肚明，不直接去询问老人们，是觉得老人们有他们自己的想法和顾虑。

他们胡乱干预的话，说不定会适得其反，干脆静观其变就好。

邵遥也不傻，稍微捋一捋时间线就明白了。

老先生还在国外时就买下了隔壁的别墅，迟迟不入住，等到爷爷离开多年，才千里迢迢地搬家回国。

如果他们只是普通朋友，老先生实在无须做到这种地步。

当然，邵遥也有无比好奇的时候。

她不知道奶奶年轻时和黎老爷子之间有过怎样的故事。

不知道那些时不时会被找出来看一遍的老电影、书房里的老古董CD，在奶奶的青春里又扮演着怎样的角色？

还有，爷爷知不知道黎老爷子的存在？……

手机贴在唇边，邵遥慢悠悠地回复：“什么地狱门口……是‘鬼门关’啦，‘鬼门关前走一趟’……那你爷爷现在的身体怎么样了啊？我看他精神挺好的，看不出之前他生过这么一场大病。”

黎远回：“这半年还行，也就是刚回国那几天搬家稍微累了点儿，精神差一些。之后你也看到了，他每天穿得跟花孔雀一样。”

邵遥轻笑了一声，回：“哪里像花孔雀了？老先生这么穿很帅啊，反而是你越来越随便了，T恤、裤衩、人字拖，越来越向杨楚雄他们靠拢是怎么回事？”

“这叫入乡随俗，你们一个个都穿短裤和人字拖，我穿运动鞋都觉得隆重。”黎远也笑，边擦着头发边说，“不过我也明白了，我爷爷为什么要等到不用拐杖也能走路的时候才回国了。”

老爷子想得还挺多。

他想要以尽可能好的状态，出现在那个人面前。

同一时间，邵遥也想到了这一点。

她还想说些什么，这时手机屏幕上跳出一个语音通话。

邵遥愣住，来电的竟是乔蕊。

她鲤鱼打挺般猛地坐起身，斟酌了几秒，才按下接听键：“喂，喂，小蕊吗？”

“对的，是我，你还没睡吧？”

电话那头的女声有股包裹感，像身处很小的空间里。

“还没呢，刚洗完澡。今晚看了游泳队的比赛，回家晚了些。”邵遥看了一下时间，快十二点了，问，“你怎么这个时候能给我打电话？集训不是还没结束吗？”

“我今晚得提前走，等一会儿就去机场了……”乔蕊坐在马桶盖上低垂着头，无意识地抠着手指，“你今天下午来看跳水表演赛了吗？”

邵遥语气轻松地说：“看了啊，我喊得超级无敌大声！我那个朋友‘超人’，你还记得是谁吗？蔡超凡，小时候你应该见过的，他给你做了一个很显眼的荧光粉应援横幅——”

她说到一半被打断。

“小遥……”

邵遥这会儿听出乔蕊情绪有些低落，蹙眉问道：“你怎么了？发生什么事了吗？”

乔蕊吞吞吐吐地说：“小遥，我……我……”

“咚咚咚——！”

洗手间的门突然被敲响：“乔姐姐，你在里面吗？”

“在的。”

“去机场的车到楼下了。”

“知道了。”

乔蕊咬了咬唇，同电话那头的邵遥说：“没什么事，就是想谢谢你下午愿意来看我比赛。”

可乐瓶子上滑下来一滴水珠，在床柜上洇开湿意。

邵遥默了片刻，接着郑重其事地许下承诺：“你好好比赛，之后只要有机会，我还会去现场看你的。如果没法儿去现场，我也会在你看不到的地方给你打气加油。”

眼角有不争气的水汽渗出，乔蕊抬手抹去，挤出一丝笑容：“好，那我们就这么约定了。”

就像回到小时候，她们会拉钩，会约定，要一起站上领奖台，要一起戴上金牌，要一起登上顶峰。

乔蕊道别后挂了电话，捂着脸深呼吸，强压下那些已经满到喉咙口的秘密。

她出了洗手间，刚才敲门的陈霜正趴在床上做拉伸运动。

见她出来，陈霜提了提嘴角，问：“乔姐姐跟谁打电话呢？”

与在邵遥面前时的样子截然不同，此时的乔蕊冷着一张脸。

她走向衣柜旁的行李箱，声音淡淡地说：“跟一个朋友。”

陈霜浅浅地笑着，语气意味不明：“交男朋友可是不被允许的哟。”

乔蕊从镜子里睨了她一眼：“少管我的事。”

“我哪有资格管你的事啊？”陈霜呵笑一声，“我就是提醒提醒你，选拔赛过几天就开始了，你可别在这时候掉链子。”

乔蕊抿紧唇，不再吭声。

飞机在北城机场降落时已是凌晨两点。

乔蕊在飞机上睡得恍恍惚惚，做的什么梦记不得，总归不是太好，飞机下降的时候她猛地惊醒，脖子上全是冷汗。

一下飞机，乔母的电话就打了过来，乔蕊没接。

但乔蕊走到大厅时，乔母已经在栏杆外等候，很快看见她，还冲她挥手。

乔蕊叹了一口气，走过去：“妈。”

乔母迎上来，拉过女儿的行李箱：“怎么我给你打电话你不接啊？”

“刚才在取行李。”乔蕊压低鸭舌帽，“我都说了，我自己叫车回去就行了，你不用专门来一趟。”

“什么叫专门来一趟？你是我女儿啊！”乔母皱眉，“再说了，这么晚了，我怎么能放心你叫车？接下来你就要开始选拔赛了，一点儿差错都不能出。”

在飞机上的那股下坠感又出现了，乔蕊身子晃了晃。

见状，乔母急忙扶住她的手臂：“你怎么了？哪里不舒服？”

乔蕊摇头：“没有，就是困了。”

乔母眉头皱得更紧：“你可得多注意自己的身体状况啊，接下来——”

“你还得说多少次啊？选拔赛，不能有差错。”

乔蕊不耐烦地打断母亲的话，把鸭舌帽压得更低。

两个人走到停车场里，启动车辆后，乔母按了自动驾驶模式。

车子自行往停车场外行驶，乔母取出平板电脑，点滑了几下，打开了女儿的身体健康数据列表，里面包含了心率、血氧、肌肉含量、睡眠时间等数据，甚至连乔蕊每天摄入的餐食都有记录。

虽是深夜，但乔母好似丝毫不觉得疲惫，严肃地念叨起女儿这段时间的数据波动来。

她指着集训第一周的餐食记录，像审犯人般盘问女儿：“第一周，每晚餐后你都加了一个苹果，但我检查过队里给你准备的餐单，这周的水果里没有备苹果啊，是你自个儿买的？”

乔蕊蜷在后排座位上，抱紧双臂，额头抵在车窗玻璃上，没什么情绪地“嗯”了一声。

她是有固定餐单的，由营养师私人定制，再按照她的身体状态，每个月进行调整，每一样食材和调料都可以溯源，经过层层质检，最后做成低油低盐低糖的营养液喂进她的嘴里。

邵遥的奶奶给的那袋子苹果乔蕊本来不应该吃的，因为没检测过成分。

——野生的果子，种植环境和过程都不可控，尤其经过“发烧”那几年，许多种植地的土质和水质都发生了变化，父母也将野生水果加进了她的“禁食名单”中。

可是乔蕊还是吃完了那袋苹果，连皮带肉，差点儿连核都吞进肚。

母亲还在前面絮絮叨叨，一会儿让乔蕊白天起床后得第一时间去做体检，一会儿琢磨乔蕊最近是不是长高了得让营养师调整餐单。

乔蕊远眺被五颜六色的荧光影像染得斑驳的夜空，疲惫地闭上了双眼。

她羡慕邵遥。

邵遥就像那酸甜多汁的野苹果。

而她，就是那些人工农场里产出的SSS级水果。

许是因为在室内泳池里泡了三个星期，杨楚雄整个人白得能发光，大伙儿在火锅店里给他“接风”时，猛夸他好似剥壳鸡蛋。

大家本来想对表演赛的事绝口不提，可防不住主人公自己主动开口。

杨楚雄夹起漏勺里烫得刚好的鲜牛肉，笑得一口白牙明晃晃的：“这有什么好忌讳的？有比赛就有排名，就有输赢，没有谁能一直是常胜将军。我这次输了，下次赢回来就行啦。”

“对！没错！”

“我们春晖园小蛟龙下次肯定可以勇夺第一！”

“够啦！什么小蛟龙，难听死啦！”

“哈哈哈——”

大家碰一碰杯，一口气喝光饮料，再打个响嗝。

少年们总能用最简单直接的方式把烦恼忧愁暂时忘却。

听闻昨晚在快餐店里发生的事，杨楚雄有些惊讶。

大家都没想到，黎远会站出来掺和这种事。

虽然他们已经和黎远认识两个月了，可或许是因为年龄差，或许是因为成长环境不同，他们总觉得和黎远之间隔着一段距离。

他对谁都客客气气的，男孩子们偶尔想跟他借借体感设备，他也没推拒，说不上冷淡，但也说不上热情。

而经过昨晚一事，他们总算觉得和黎远走近了一些，有种“大佬终于成了我们自己人”的感觉。

八月即将走到尽头，之后他们要各奔东西。

金贵回沪市读书，章思雅考上了北城的大学，林芊云准备出国，邵遥要回市区。

而明年就轮到邵遥他们高考。

杨楚雄被保送北城体大，蔡超凡早就准备去澳大利亚，邵遥……邵遥还没想好。

但他们总归是要分离的。

大家站在十字路口，你往左，我往右，下次何时能齐聚在火锅店里打边炉，谁都说不准。

女孩子比较有仪式感，林芊云和章思雅格外重视暑假最后的这场“团体活动”。

音乐节从傍晚就开始了，他们一行人早早地就订好了体感房，除了黎远在家，其他人都去了，包括金贵的女朋友。

大家正佩戴着体感装备时，林芊云忽然眼湿湿地嘟囔道：“你们都在国内，想见面是随时随地的事，只有我得出国……”

蔡超凡帮她调着安全带：“哪里只有你？明年我不也是要去悉尼吗？”

林芊云的眼泪流得更厉害：“那要是你考不上，来不了悉尼……那怎么办哪？”

蔡超凡信誓旦旦地说：“怎么可能？肯定可以！”

其他几个人默默无声地调试着体感装备，眼珠子滴溜溜转，你看我，我看你，一切尽在不言中。

杨楚雄凑到邵遥身边，小声问：“你想好了没有啊？”

没头没尾的问题，邵遥奇怪地看向他：“想好什么？”

“大学啊，你想好去哪座城市没有？”

“哦……还没呢，等考完看看分数，能去哪里就去哪里咯。”

见她回答得心不在焉，杨楚雄莫名其妙地恼火起来：“你……你能不能上点儿心哪？”

邵遥也觉得莫名其妙，皱眉道：“什么叫不上心哪？我现在的成绩也不是凭空生出来的啊，还不是我早起晚睡地熬出来的？”

“我不是这个意思，我的意思是……是……你有没有大概的考学方向？”

“哎呀，你怎么变得跟我妈一样啰唆啦？”邵遥翻了一个白眼，“要么北城，要么沪市，哦，港城、澳城也有可能，或者干脆留在羊城，我爸妈总想我离家近一点儿。”

杨楚雄气笑。

本来他听到“北城”二字，一颗心都蹦起来了，结果后头跟着这么一大串城市名……她这说了跟没说有什么不同？

体感房租金不便宜，蔡超凡吆喝着叫大家赶紧上线。

众人一人一条循环跑道，戴好体感装备，做好安全措施，就可以登录“新世纪”了。

金贵刚才观察了好久，憋不住了，瞪了一眼旁边位置的杨楚雄：“怎么回事啊你？你直接问小遥有没有去北城读书的打算不就行了，这句话有那么难说出口吗？”

“你管我？”杨楚雄嘟囔了一句。

他也讨厌这么拧巴的自己，连问个问题都得旁敲侧击。

可有些心思，他就是无法轻松地说出口。

几个人里面就邵遥一个人太久没登录“新世纪”，系统验证了好些个问题，再重设了验证方式，她才得以顺利地进入“世界”。

头显里光影交错，邵遥再睁开眼时，已经身处一个纯白色的房间内。

“Aurora，欢迎回家。”温柔的女声在耳边回荡，“系统检测到您使用的体感系统与最后一次登录时不同，建议您先进行设备校准配对。”

邵遥同意了，按照系统要求地抬头低头，甩手踢腿，走走跳跳，稍微习惯了体感模式后，才走出白色房间。

她这就到了“世界”的入口处。

广阔苍穹中色彩变幻，飞鸟奇兽或各色飞船在空中翱翔，广场大得看不到边界在何方，人来人往，玩家们的形象各不相同，有人类，有动物，有半兽，有异族……反正人类脑子里能想象出来的形象，只要不违反规定，在这里都能见到。

“小遥？你进来了是吗？能听到我的声音吗？”耳机里传来了章思雅的声音。

“能听到！今天好多人哪，你们在哪儿？我过去找你们。”邵遥边说，边摸到锁骨处的链坠，双击唤出后台界面。

——每个玩家都有一个操作环，可以更改形态佩戴，像是有人当手环戴在腕上，有人当腰带戴在腰间。

好友列表里有不少人在线，邵遥很快收到杨楚雄发来的定位。

她点了一下，一道金黄的细线在她的头顶上方出现，在半空蜿蜒至远方。

蔡超凡声音激动：“快来！黎远大佬要带我们走 VIP 通道！”

邵遥怔了怔，赶紧加快了脚步，跟随金线的方向小跑起来。

跑着跑着突然想起什么，邵遥急刹车，跑进了旁边的一个更衣室。

她身上穿的还是一年前限定活动送的一套服装，也来不及买新衣服了，只好在私人衣柜里翻来翻去，换了好几套衣服，最后才敲定一套。

临出门前，邵遥又停住，赶紧打开形象面板，捣鼓了好一会儿。

定位地点在一个传送门门口，邵遥跑过去，离着老远就看到了她的朋友们。

大家的形象都或多或少有了变化——在这个世界里，大家似乎习惯了把虚拟形象弄成和平日截然不同的样子，像蔡超凡，不知什么时候把一身皮肤改成了古铜色，和林芊云目前的棕皮银发形象倒是意外地搭。

平时文静温柔的章思雅，新形象放飞自我，身材曲线凹凸性感，粉蓝渐变的鬈发半掩深深的沟壑，妆容也格外成熟，还加了特效，每次眨眼都有星屑从她的眼角迸出来。

几个人中也就杨楚雄捏的那形象没怎么变。

他顶着一头火红短发，短裤短衫，小腿和小臂上多了些黑色刺青装饰，这是近期最热门的一款生存游戏里不同部落的图腾。

这个夏天邵遥没少听他自豪地提起，说得猎得好多条九头龙，才能得到部落认可。

杨楚雄身旁站着一个男生，男生正和大家说着话。

男生的形象很陌生，但邵遥知道他是谁。

因为他看向她的时候，是和平时一模一样的眼神。而且他的眼睛更蓝了，好似玻璃珠子。

“小遥！这里！”章思雅比平日开朗外向了许多，挥手大喊，“OK，人齐啦，可以进去了！”

邵遥走到大家面前，瞥一眼黎远，举起右手有些僵硬地挥了挥，打了声招呼：“嘿……”

黎远挑眉，这一刻好像回到了他们初见的那一天。

傍晚的院子里，她蹦蹦跳跳，踩着树影，嗓音响亮得让人无法忽视。

明明从小到大他常搬家，从这座城市到那座城市，从这个国家到那个国家，早该没那么敏感，但不知为何，那天他就是格外烦躁。

他可能是不习惯城市的湿热空气，可能是不习惯老旧的小区，也可能是不习惯时间慢了下来。

跟着两个刚认识的小孩儿去泳池，他本来纯粹是为了打发时间，还好那天他跟着去了。

女孩儿的虚拟形象和她本来的样子倒是有些差别。

卷卷的黑色短发变成了及肩棕发，柳眉，大眼，菱角唇，鼻头圆润，身材娇小，但玲珑有致。

这好像是这几年又开始流行起来的什么千禧辣妹装扮，无袖背心露出一截白软腰肢，格纹百褶裙垂着几根带子，走动时裙摆飘飘，还有层层堆叠的泡泡袜和锃亮的厚底黑皮鞋，怎么看，这都不是小姑娘会尝试的穿衣风格。

手指一滑，姑娘的资料出现在屏幕上，黎远先点了个好友申请，同时提起嘴角笑了笑：“嘿……Aurora？”

眼睛眨一眨，星斑就从眼角往外洒，化妆特效是章思雅刚刚送给她的，邵遥玩了一会儿，到底觉得不习惯，还是把特效关了。

这场音乐节有专属的传送门，过了门，他们就来到了“月球”。

舞台搭建在贝利环形山里，观众席围绕四周，而VIP座席是飘浮在空中的一艘艘飞船，升空高度、飞船大小、朝向不同，票价也不同。

邵遥他们本来买的是最便宜的普通座席，但他们那个人红钱多还低调的大佬朋友，不知什么时候安排好了一切，包下了一整艘飞船。

男生们特别没骨气，直接九十度鞠躬，大声喊“大佬好”。

黎远觉得自己像只鸡妈妈，领着一群叽叽喳喳的小鸡崽上了船。

自动驾驶、红绒地毯、专属管家、欢迎小吃、能量饮料……少年们像进了糖果屋，放飞小鸟般欣喜若狂。

邵遥没跟着大伙儿到处跑，只一双眼珠子滴溜溜转，边打量周围，边皱起鼻尖嗅了嗅。

黎远就站在她的旁边，微眯眼眸，笑着看着她，问：“你干吗？”

邵遥问：“你有没有闻到什么味道啊？”

“味道？”黎远疑惑，闻了一下，“没啊，没什么味道。”

“嗯？你是不是体感装置出了问题？这味道好浓啊。”邵遥努了努嘴，当着他的面，来回搓着食指和拇指，活生生一副小财迷的模样，“是金钱的味道啊。”

黎远顿了顿，很快弯起眼眸，笑着附和：“哦，那肯定是我的设备出问题了，我闻不到味道。那是什么味道？你说说看哪。”

邵遥顺着他的话，胡说八道：“应该是甜的吧，毕竟是‘糖衣炮弹’……”

黎远被逗乐，顺势抬手又想弹她的脑门儿。

“嘿！你怎么总爱弹我的脑门儿？会变傻的。”邵遥反应迅速，飞快躲开。

“讲得真是够夸张的，也就是上次和这次两次而已。”黎远收回手，但身子略微前倾，凑近她的耳边说，“让别人听见了，好容易误会的。”

他没用变声音效，所以邵遥的耳机里回荡的是她已经习惯的声音，慵懒而缓慢，一点点缠住她的左耳。

从耳郭到耳垂，慢慢被气团完全拥住，声音还试图往耳朵里头钻。

待那阵热气散去，她的耳朵也就染上了那人的温度。

颈侧不知不觉地麻了一小片，蚂蚁咬过似的，痒得邵遥抬起手想挠挠自己的耳朵，指尖却触到了冰凉的头显设备。

哦……他们身处虚拟世界中……

这样的认知让邵遥莫名其妙地生出一丝遗憾感。

如果是在现实中的话……

双颊一烫，她不动声色地往旁边挪了挪脚步。

“Aurora……为什么会起这个名字？”

邵遥听见黎远问这话，耸了耸肩，答道：“没什么特别的原因啊，就是小时候第一次去冰岛，偶然听到这个单词，觉得发音好好听，极光又好漂亮，就拿来当英文名了。”

“小时候？”脑子里忽然闪过几个画面，但太快了，黎远没来得及抓住，微皱眉心，问，“你是几岁去的啊？”

“啊？去哪儿？”

“冰岛，你刚刚说你小时候去过冰岛。”

“哦，哦，九岁还是十岁来着？有点儿忘了，那段时间我经常出国特训或比赛。怎么啦？”

“没事，就问问。”

下方舞台传来音乐声和欢呼声，无数道激光在半空中汇聚，组成无比巨大的数字，从 99 开始倒数，一秒一变。

“喂！音乐节开始啦！”

不知道谁喊了一声，他们赶紧往舱外甲板上跑，那里无遮无挡，观看视野最佳。

金贵自然和女友站在一起，蔡超凡则和林芊云站在一块儿，邵遥走过去时，章思雅正和杨楚雄聊着什么。

瞧见她来，杨楚雄指了指他身旁的空位。

邵遥走了过去，杨楚雄左右张望，问：“黎远呢？”

“他接个电话，说等一下再过来。”

“哦——”

杨楚雄上下打量邵遥做了些改变的形象，忽然伸手揉了一把她的发顶：“你什么时候弄了新发型啊？”

“就刚才呀，换衣服的时候顺便改了。”

目光往下，杨楚雄抿了抿唇，含糊嘀咕：“改动的地方还不少。”

倒数欢呼声太大，邵遥没听清他的话，大声问：“啊？你说什么？”

杨楚雄别开眼：“没什么啦！”

但他的手还是不老实，总探过去闹邵遥。

邵遥拍开他的手，没好气道：“弄乱啦！”

“哎哟，孤寒鬼……”

黎远还在船舱内，耳机里客户说着什么，他没留心听。

他的注意力全在玻璃门外闹来闹去的那对小孩儿身上，没人看到他总漫不经心的眼神逐渐变得锋利。

哦……他差点儿忘了还有这么个青梅竹马。

倒数环节快结束时，黎远才来到甲板上，他缓缓踱至围栏旁，站在离邵遥半臂远的位置。

忽然之间，灯光“啪”的一声全部暗了下来，音乐也戛然而止。

观众席和飞船上的应援灯光统一场控，蓝色灯火频率一致，时闪时灭，似这无边无际的宇宙里目前唯一在呼吸的生物。

下一秒，灯光和音乐再次炸开，来自四面八方的尖叫声如鲸出大海，瞬间将开场的气氛直接推至第一个沸点。

群星和乐队轮番献唱，无数人在这里齐聚，随着音乐挥舞着双臂。

在现实中，他们可能和邵遥他们一样，是租借了体感房的一群小年轻；可能是加班加到一半，偷溜到卫生间里跟着女团手舞足蹈的上班族；也可能是在厨房正准备今晚的晚餐的家庭主妇，戴着头显，把手里的锅铲当作荧光棒……

但此时在“新世纪”中，他们的目的或许都一样，他们只想尽情享受这个夏日里的最后一场狂欢。

至少他们能在这几个小时内，将现实中的种种烦恼暂时抛到脑后。

杨楚雄喜欢的“bunny girls”压轴登场。

时下最受欢迎的女团，只需要一首舞曲就能再次点燃现场气氛。

在这个世界里能做到的事情太多了，姑娘们扇动背上薄薄的金色翅膀就可以漫天飞翔，留下一道道流星尾巴般的金粉轨迹。

当她们同时悬停在高空中，对着 VIP 席位的观众微笑眨眼时，杨楚雄兴奋得差点儿从飞船上跌下去。

他能这么近距离地与偶像见面，后面就算没法儿在天降礼盒中抢到见面机会，也无所谓了。

最后的火花在月球上绽放，无垠宇宙里开满艳丽的小花。

每一朵烟花都打在众人的胸膛里，往本就躁动不停的年轻心脏里添了许多暧昧不清的火药。

金贵与女友在烟花下不管不顾地接吻，搞得飞船好像成了这对小情侣的婚礼现场，大家猛吹口哨起哄，什么“百年好合早生贵子”都能说出口。

邵遥的嘴里也跟着闹那两个人，实际上，她从音乐节后半段就有些心不在焉了。

不知何时，她与黎远的半臂距离已缩短至不到一个拳头的距离。

两个人随着音乐晃动身体时，偶尔会蹭到彼此的肩膀或手臂。

这个时候也是。

她垂在身旁的左手手背时不时地蹭过他的指骨，她在震耳欲聋的烟火声中，侧过头偷瞄他。

——好像还是现实中的身高更适合偷看他，她只需要眼角余光扫过去，就可以做到神不知鬼不觉地看他，而不用像现在这样，还得仰起头，才能看见他让火花映得斑斓的轮廓。

手背又被碰了一下，触感明显到让人无法忽略，心脏都似被撞出了几个浅浅软软的小坑，像下方那颗被烟火和灯光染红的月球。

邵遥有些庆幸，烟花声足够大，可以掩盖住她如擂鼓的心跳声。

随着烟花升空，福利礼盒从天而降，VIP 席位占了高度优势，他们每个人都抢到了一个礼盒。

礼盒自动放进了物品栏里，邵遥正准备打开，这时，可视界面中跳出了“您收到一封新邮件”的提示。

她点开邮件，是 Imhotep 发来的。

“你们这边的高考是什么时候啊？你想好考哪个学校了吗？”

与此同时，她耳边传来章思雅的惊呼声：“中了！我中签了！”

她很幸运地抽中了和“bunny girls”见面的机会，亮晶晶的大奖特效围绕在她的身旁。

杨楚雄羡慕得眼睛都直了："思雅，你这也太好运了！"

而章思雅眼睛都不眨一下，手指一滑，就把这份奖品转送给了杨楚雄："哪，给你。"

杨楚雄惊讶，说话都结巴了："给……给……给我？！这可是……可是'bunny girls'耶！"

"对啊，给你。"

章思雅大大方方地直视着杨楚雄，声音嘹亮且坚定，把平时不敢吐露的话语说出了口。

"杨楚雄，我先去北城了，一年后我们北城见。"

邵遥盯着手机发呆。

这个学期开始，她的住校时间增加了，高一、高二是半个月回家一次，如今她是一个月才能回一趟家，直到下一个夏天。

妈妈来学校接她的时候，给她带来了手机。

时隔一个月，未读信息着实不少，林芊云的，杨楚雄的，黎远的……而那个春晖园小伙伴群，因为太久没有新信息，已经沉到下方了。

最后一条信息是十一月初，林芊云飞抵悉尼，在群里跟大家报了平安。

而现在已经是十一月底了。

羊城入秋，这几天天气转凉，邵遥穿上了冬季校服外套。

路上堵车，车子再一次刹停，唐莞发现女儿一直在发呆，笑问："怎么了？从上车后你就不怎么讲话。"

邵遥按灭了手机，扁起嘴，故意撒娇："就是太累啦，周考、月考，还有好多的练习题和卷子。"

唐莞轻捏女儿的脸蛋儿，心疼道："怎么又瘦了？都快没肉了……有没有好好吃饭哪？"

"当然有，饭卡都吃没钱啦！"

"那周一回学校的时候记得充，这次再充多一点儿，别给你爸省钱。"

唐莞留意到她的外套袖子有点儿短，问："这件外套是不是也小了？要不要重新订两件？”

“不用啦，还能穿的。而且等到春天就开始热了，也就再穿两三个月。”

“行吧，我已经把厚外套拿出来了，到时候你带两件去学校。”

唐菀顺手帮女儿理了理外套领子，蓦地“哎呀”了一声：“头发也长长了，这次不剪了吧？等到过年，差不多就可以及肩长了。”

“嗯，这次不剪了……”

邵遥瞄向车窗外的后视镜，长长了的发尾挠在脖子上，像沿着柱子生长的藤蔓叶子。

车子缓慢往前行驶，邵遥再次低头盯着手机看。

距离那场音乐节已经过去几个月了，大家都默契地没再提起烟花下的那场告白。

那晚从虚拟世界回到现实中，丢下一记惊雷的章思雅也回到原本斯文温柔的样子，红着脸，拉着林芊云先离开了体感中心。

别说几个男生呆住了，连邵遥都觉得自己迟钝到不行。

但她倒回去仔细想想，其实一切都早有迹象。

譬如杨楚雄去集训的那段日子，章思雅来游泳的次数也不那么多了；譬如杨楚雄的那场表演赛，章思雅做的应援横幅里有几个很小的桃心图案混在字体里；譬如在火锅店里点菜的时候，章思雅会一一确认哪些肉菜不含添加剂……

再往以前倒带，邵遥还能记起家长们偶尔笑谈他们小时候的趣事，一群人玩过家家，章思雅常当妈妈，杨楚雄常当爸爸。

少女把心事藏得极好，深埋在壳里，经过一年又一年滋养，吐出了一颗珍贵的珠子。

音乐节后的第二天，邵遥就回了市区的家里。

后来她听林芊云说，章思雅去北城的前一天，杨楚雄去过她家。

但大家都不知道杨楚雄同她说了什么，只知道章思雅后来几乎没在群里说过话了。

邵遥不喜欢这样的感觉，却无可奈何。

“小遥？”

母亲的呼唤声让邵遥回过神来。

她松了松不知何时皱紧的眉心，看向驾驶座：“怎么啦妈妈？”

唐菀低声说道：“学习很累对吧？你千万别给自己太大压力，你已经很棒了。”

邵遥很快摇头：“其实还好，只要题目都会做，就不觉得累。”

——而且她现在多了一位隐藏款的“家教老师”，每个假期会帮她过一遍易错题。

唐菀继续说：“当初刚上初中时，你跟不上进度，天天学习到三更半夜，我和你爸都觉得心疼，总想着是不是应该让你继续练跳水，会让你比较开心……”

邵遥愣怔，有些疑惑：“可是那时候我已经被队里筛下来了，就算继续练，也没办法出太好的成绩。”

尽管心有不甘，但其实她自己也无法打包票，继续练的话能克服重重问题。

唐菀紧了紧方向盘：“其实那时候……”

母亲只说了几个字就没了下文，邵遥不解：“嗯？那时候怎么了？”

“没事……”唐菀叹了一口气，浅笑道，“没事，是妈妈想太多了。总之你一定要先照顾好身体，不要太勉强了。”

“知道啦！妈——你怎么跟爸爸一样越来越啰唆啦？——”

“乱讲，我哪有他啰唆……”

“哈哈哈——”

晚饭后，邵遥匆匆洗完澡，跟父母说自己要跟同学对考试答案，就进了房间。

她在门上挂了个“内有高三生，请勿打扰”的牌子，还悄悄锁了门。

吹干头发，换了套毛茸茸的家居服，最后还往嘴唇上抹了层润唇膏，她才把手机支在书桌上，挂上耳机，给“家庭老师”发出视频邀请。

几秒后，视频被接通了，一张帅气的脸占满整个屏幕，黎远懒洋洋地“嘿”了一声。

邵遥本来喝着茶佯装自然，结果差点儿一口水喷出来。

他竟是裸着上身的！在镜头前曝光过度的胸膛白得惊人……

“你怎么……怎么……？！”邵遥怕被客厅里的父母听见，把声音压得很低。

“刚洗完澡，头发还没擦干呢。”黎远把手机架好，才拿起搭在脖子上的毛巾擦头发，斜着眼笑看她，“思想健康一点点啊，作为一位高三生，你可不能轻易受到其他事情影响，尤其是考试的时候。”

“考试的时候会有不穿衣服的男人到处走吗？！”邵遥龇着牙嘀嘀咕咕，“那你倒是快把衣服穿上啊！”

嘴巴是这么说，眼睛是不乐意吃亏的，屏幕里的美色她没少看。

黎远慢条斯理地换上一件连帽卫衣，面料柔软，浅蓝色的，很称他的眸色。

他看向屏幕，问：“看起来期中考试成绩不错？”

“嗯哼，还行。”邵遥表情自信，仰着下巴，“年级第十三名。”

黎远吹了声响亮的口哨，挑眉笑道：“Not bad（非常好）。”

这学期开学时，学校已经为每位高三学生做了升学指导，电脑分析过往一次次的考试成绩和练习数据，按照学生暂定的第一志愿给出偏差率和成功率，制订接下来一年的学习计划和阶段性目标。

老师笑脸盈盈地把许多所学校和专业摆在邵遥面前，说只要她发挥稳定，这里头的学校她都可以任意挑选。

邵遥学理科，人工新智能、仿生人、宇宙航行探索、可持续新型能源等都是近年来大热门专业，但她对这些都兴致缺缺。

专业意向栏有两行，这次邵遥跟随自己的直觉，分别填上了农业环境保护和绝种动物研究，抬头时瞥见老师的眼角跳了跳。

嗯……她也知道这两个专业不吃香。

但她跟家里人说起这件事时，家人倒是很支持，黎远也觉得有趣，问她是不是要研究东北虎和夏蝉。

顶着麻省理工这块金漆招牌的“家庭老师”，此时收敛了漫不经心的表情，正认真翻阅着她传送过去的习题和试卷。

黎远没出声，邵遥也静静地喝茶，借着热茶氤氲的白烟掩住自己偷偷打量屏幕的目光。

濡湿的刘海儿乌黑，半搭在他白皙的额前。

他还戴了一副黑框眼镜，给清爽俊朗的面容添了几分斯文感——不是假正经，原来他近视，只是度数低，看书的时候需要佩戴眼镜。

察觉到他即将抬眸时，她会提前移开目光。

邵遥早过了流着鼻涕玩过家家的那个年纪，只需要脑袋瓜子转一转，就能想明白许多事情。

心脏就是那枚贝壳，她也在里头悄悄地滋养起了一颗小小的珍珠。

邵遥这次整理起来的错题数量不多，没一会儿两个人就过完一遍。

黎远手指滑了几下，将一个文件夹传给了邵遥。

邵遥先接收了文件夹，才问："什么东西？"

黎远脸上的表情似笑非笑："成年人的小电影。"

"……"邵遥毫不客气地翻了个白眼，"那我明天去按你家的门铃，跟爷爷说你荼毒污染我这个纯情少女。"

每个月回家后的第二天，也就是周六，她会跟爸妈一起回奶奶家吃饭。

她是不信黎远真的会发"小电影"过来的，点开文件夹，里面是分门别类放好的理科练习卷子，数理化各有几份，还有科学。

邵遥立刻扁了扁嘴："怎么又是卷子？……"

"这些卷子是根据你这几个月比较薄弱的环节定制的，你有空了就做一做。"

一双眸子瞬间亮起来，邵遥惊讶："是你做的？"

黎远只是微微挑眉以作回答。

但邵遥不满足这样的答案，将整张脸凑到手机前，笑着追问："是你做的吗？专门为我做的？"

黎远取下眼镜放到一旁，眼帘微合，抬起手冲着摄像头隔空弹了一下她的脑门儿，似是无奈地道了一句："明知故问哪。"

邵遥咬唇笑："要是我高考成绩优异，我一定会送你一面锦旗的。"

黎远呵笑一声：“上面写‘感谢热心街坊黎先生’？”

“没错！”邵遥打开一份卷子，边看边戏谑道，“黎先生在百忙之中还抽空帮我过错题和定制试卷，我可得好好感谢你。”

浅蓝色的眼瞳藏在睫毛投下的阴影内，黎远看着她问：“明天什么时候过来？”

似乎有点儿做贼心虚，邵遥回头瞄了一眼房门，才小声说：“明早接奶奶去饮茶，晚上吃完饭才走。”

“好，那明天见。”

“嗯，明天见。”

挂了视频通话后，邵遥才敢大口吐气。

胸脯飞快起伏，她像渴了好久似的，接连几口喝完茶水，才稍微平缓了心跳。

邵遥倒到床上，来回滚了两圈，趴在床上傻笑了好一会儿，再拿来平板电脑，开始做黎远给的卷子。

她能明显感受到出题人很用心，题目的设计都涉及她之前出错的知识点，有些题目还带着“陷阱”，她得稍微花点儿工夫解题。

当然，解开了她也会获得更多成就感。

邵遥沉浸在攻克一个个难题的成就感里，不知过了多长时间，枕头旁边静音的手机屏幕亮了亮。

是黎远来电，邵遥有些讶异，很快按下接听键：“喂，怎么又——”

“邵遥，你奶奶发烧了。”黎远直接打断她的话，“我现在正送她去春晖园附近的那家医院。”

邵遥一时没反应过来，呆愣了几秒，猛地从床上蹦起来，连忙问：“我奶奶……我奶奶怎么样了？！”

“爷爷说前几天听见奶奶咳嗽，可能是感冒引起发烧。”

黎远抬眸，后视镜里，邵遥的奶奶有些虚弱，正皱着眉闭眼小憩，她的身上搭着一件毛呢外套，是他爷爷的。

而爷爷陪在她身旁，距离没有靠得很近，一会儿递水给老太太，一会儿把往下掉的外套拉起一点儿。

在这一刻，言语显得格外多余。

刚才与邵遥过完错题，黎远进了“新世纪”捣鼓一间“M-Room”，正细化时，系统提示有手机来电。

老爷子今晚去水库夜钓，带回来几条鱼，和往常一样，直接拿去隔壁送给邵遥的奶奶。也是老爷子发现了邵遥的奶奶的异样，急忙打电话给黎远，让黎远开车送她去医院。

老太太原本还不乐意，说爷爷小题大做，不过是发烧而已，吃药休息两天就好，但爷爷坚持，说不去医院就要打“120”，老太太拗不过他，只好上了车。

灯火暖黄，在两位老人的脸庞上掠过，一盏接一盏，宛如某条时间隧道的顶灯，仿佛只要走完这段路，他们就能回到过去的某个时间点。

黎远收回视线，声音沉了下来，继续对邵遥说：“你别太担心，应该没什么大碍。爷爷和我一起去医院，但我没有你爸爸妈妈的电话，你和他们说一声吧。”

“好……好的，我现在就告诉他们。”邵遥跳下床，拖鞋都来不及穿，直接往房间外跑去，“你到医院了发个定位给我！”

“一定。”

从市区到春晖园附近的那家医院车程再快也得半个小时。

在路上邵杉杉已经跟黎远通过电话，了解清楚了母亲的情况，并对邻居的热心帮助连连表示感谢。

挂了电话后邵杉杉唉声叹气：“早该让妈搬出来和我们一起住的，有点儿头疼脑热都能照顾到，不像现在，山高水远的，还给街坊添了麻烦。”

唐菀也叹气：“妈有多倔强你又不是不知道，自从爸走了之后，我们前前后后劝过她好几次，她都不乐意搬过来住。”

邵杉杉皱眉：“不行，这次说什么都得让她搬过来。反正小遥这一年基本住校，她的房间可以给妈住。”

他看着后视镜里的女儿问：“小遥，奶奶这段时间住你的房间可以吗？”

邵遥点头赞成：“当然可以，之后我去上大学了，奶奶可以一直住下去的。”

“我们尽量劝，妈愿意搬出来住固然好，但如果她坚持继续住春晖园呢？”同为女人，唐菀其实有些理解婆婆的想法，对劝说婆婆离开老房子这件事不抱太大的希望，“我们还得再留一手准备，像请个看护或是保姆？明年年初春晖园要引进科尼集团的仿生人了，有个型号的仿生人是专为独居老年人设计的，我们要不要也去物业登记预约一个？”

邵杉杉很快摇头：“不行，这个问题我们之前讨论过的，那些都是机器啊，冷冰冰的，大半夜看到都瘆得慌。”

“你别总这么保守，仿生人代替人工是未来的大趋势。要说机器，你现在生活里用的哪一样东西不是机器？车子、手机、电脑……全都是机器，你怎么不说它们瘆人？”

唐菀目前在一个购物平台当主管，这两年他们的主要方向是对家用服务型的仿生人进行推广和销售，所以她对仿生人的态度比丈夫积极不少。

邵杉杉还是不同意：“因为它们太像人了，越来越像人……”

前面父母你一句我一句地说着，邵遥没怎么专心听，因为正戴着一只耳机，看黎远给她发来的一个视频。

黎远站的距离稍微有点儿远，但邵遥能看到奶奶已经开始输液了，奶奶坐在长凳的最左端，黎爷爷坐在她旁边。

输液室里人不少，几名机器护士驶来驶去忙得陀螺似的，环境嘈杂，邵遥只看得见黎爷爷双唇开合，在对奶奶说什么话，但听不清声音。

奶奶偶尔会回一句，多数时间抿着唇，微垂着头听黎爷爷讲话。

到视频最后，黎爷爷忽然伸手，握住了奶奶没输液的那只手，邵遥睁圆了眼，心跳差点儿漏跳一拍。

但下一秒，奶奶就从黎爷爷的手中抽回了手。

之后黎爷爷没再伸手，视频也结束了。

心脏“扑通”乱跳，双颊甚至有了温度，邵遥觉得，自己似乎窥探到了奶奶未曾公开的小秘密。

她把视频又看了一遍，一会儿努嘴，一会儿抿唇。

黎远后面跟着发来几条语音，邵遥点开来听。

“奶奶已经在输液了，药有两瓶，输完就可以离开了。”

“本来只是想拍一下奶奶的现状给你看，但我好像……拍到了什么不得了的事啊……”

“惨了，我会不会被 grandpa 灭口？”

第七章

邵小遥

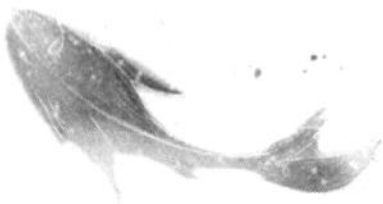

医院急诊门口，入夜了仍人来人往。

邵杉杉再三对之前只见过一次面的黎远道谢：“今晚真的麻烦你和你爷爷了，等我下次来春晖园，一定登门道谢。老太太性格比较倔强，报喜不报忧，要不是你及时通知，估计她等到病好了也不会跟我们讲一声的。”

“叔叔，你太客气了，举手之劳而已。”黎远态度礼貌，“而且我才应该登门道谢，搬来春晖园之后，奶奶也给了我们很多帮助。”

“你爷爷呢？他先回去了吗？”邵杉杉知道他们是一起送老太太来医院的，但来的时候在输液室里只见到了黎远。

“爷爷有些疲了，我让他先去车上等。”黎远答道。

邵杉杉连忙说道：“那你赶紧陪爷爷回家吧，这里有我们陪着。”

黎远微微颔首：“好的，那我先走了。”

他看了一眼站在父亲身旁的邵遥，又说了一遍：“我走了。”

邵遥意会，眨着眼对父亲说：“爸爸，我送一送黎远，顺便去跟黎爷爷讲声多谢！”

邵杉杉没多想，还觉得女儿好有礼貌：“行啊，你送送人家。”

唐菀去缴费取药，回来往输液室走时正好和丈夫碰上。

她问：“小遥人呢？”

“她去送送隔壁那男孩儿。”

“就他们俩？”

“嗯，小遥说也去跟黎老爷子打声招呼。”邵杉杉有些欣慰，“女儿真是长大了啊，待人处事都成熟了好多。”

唐菀眉毛微挑，默了片刻，才笑了笑说道：“看来你还没有老父亲的觉悟啊。”

邵杉杉一时半会儿没想明白，过了几秒才恍然大悟，睁圆了眼，低声惊呼：“不会吧？！小遥她……她——”

“哎呀，你也别一下子就想到十万八千里去了。”唐菀白了一眼咋咋呼呼的男人，“不过你有一句话说得对，你女儿是真的长大了，很多事情她能自己做主，而且也没见她耽误学习，甚至这次期中考试她的名次比以往都要靠前，你我就别瞎操心了。”

两个人一起往输液室走去，邵杉杉长长地叹了一口气，有些感伤：“不知不觉间孩子都这么大了，我总感觉没多久之前她还是一个小肉团子，我能把她扛在肩膀上去逛花市。”

唐菀笑出声来：“那可是很早之前的事了，再过几个月，你女儿都要满十八岁了。”

“但她永远是我的宝贝，未来的每一个男朋友我都要认真把关的。”邵杉杉这时候倒是有了“老父亲”的架势，还真认真思考起来，“怪不得刚才黎家小子先通知了小遥……那孩子从小在国外长大，性格作风肯定都很开放，也不知道之前交过几个女朋友……”

想着想着，邵杉杉就摇起了头：“不行，不行，要是两个人真走到一起了，小遥要吃亏的。”

唐菀哭笑不得，往丈夫的背上甩了一巴掌：“你别想这些有的没的了好吧！快去看看妈吧，还得劝老太太搬出来和我们一起住呢。”

“阿嚏！”邵遥打了一个喷嚏。

打完她才发现自己没捂住嘴巴，估计唾沫星子都喷出来了……

她揉了揉发痒的鼻尖，顺势也擦了擦嘴角，小声嘟囔道：“是不是有人在讲我的坏话？……”

黎远的车停在住院部旁边的旋转停车场里，两个人从急诊过去，需要走过一段室外连接走廊。

冷风从四面八方涌来，而邵遥的上身只穿着一件不算厚的卫衣，黎远皱眉："怎么出来的时候没多穿件衣服？今晚又降温了。"

说着他已经把自己的灯芯绒外套脱下来，轻搭在邵遥的肩上。

肩膀上忽然之间有了些重量，像是谁搭住了她的肩，鼻息里也有了不属于她的味道，清冷如落雪，却带着烟草味，像乌木焚烧，将枝头上的冬雪融化成了一汪春水，寂静无声地滋润着左心房里悄然绽放的小花。

淡淡的廊灯灯光倾泻在成熟少年本就白皙的脸上，干净得不含杂质。

反之，他那双淡蓝色眼眸藏在淡淡的阴影里，比平日幽深，似月夜下的湖水，黑蓝一片，但倒映着一轮圆月。

邵遥能看见自己的脸浸在月光里。

"听见奶奶生病了，一时着急，随便抓了件衣服套上就出门了。"她也不矫情了，伸手套进宽松袖子里，再拢了拢衣襟。

这样，她就能把他的味道拢进怀中了。

她想了想，轻声说道："这是第二次了耶。"

"嗯？什么第二次？"

"那次在水库啊，你也借了衣服给我。"

黎远笑着，神色柔软："傻妹，记住这些干吗？"

邵遥忽然停下脚步，微仰着头认真地看着他："因为对我来说这是很重要的事，所以我会记得很清楚。"

女孩儿目光灼灼而坚定，黎远觉得在什么时候见过这样的她。

很快他就想起来了。

她在跳台、跳板上准备往下跳的时候，就是这种眼神。

她站在领奖台上视线追随着冉冉升起的国旗时，也是这种眼神。

她的眼神珍而重之，仿佛让她装进眼里的人事物，就是她的整个宇宙。

黎远的喉结滚了滚，胸腔里有块潮湿而不见光的地方忽地亮了起来。

他从小的成长环境和普通孩子不大一样，母亲是人工智能领域的佼佼者，家里的大多数帮佣是服务型仿生人——据说他在襁褓时期给他换尿片陪他玩的保姆，就是目前科尼集团的王牌产品——保姆型仿生人“婴儿伴侣”的初代实验体。

他没上过幼儿园，有家教型仿生人负责他的启蒙教育。

他提前上了小学，开始接连不断地跳级，身边的同学年纪都比他大，就算有共同的爱好，他们也不会找他玩，觉得他就是个小孩儿，什么都不懂。

而且他也不会在一个班级里停留太久，刚刚稍微能和大家说上话，就要离开了。

十四五岁的青春期，他已经进了大学。

那时他长高了，身材样貌看上去和周围比他大出几岁的成年人没什么不同，身边的男生都乐意跟他聊天儿了，但他早已没了交朋友的兴趣，反而觉得他们幼稚。

在美国，倒追他的女生着实不少，手段也层出不穷，他一一拒绝了，给自个儿筑起了看不见的墙。

不是他没开窍，单纯是因为他对人际交往这件事不大感兴趣。

他觉得挺麻烦的，应酬、来往、交谈，这些事都挺麻烦的。

没承想，他会在那个炎热的傍晚，让一个小姑娘凌空一跳，掉进了他的心里。

“知道了。”黎远的回答很简单，但声音沉了下来，态度格外郑重。

半垂的眼帘让他的眼型变得略微狭长，目光紧锁着面前越发亭亭玉立的少女。

那件灯芯绒外套的领子没有翻好，有个小尖儿被压在邵遥的脖颈后。

黎远抬起手，修长的手指把衣领翻了出来。

他收回手之前，指尖若有似无地从乌黑发尾上滑过，似乎还碰到了藏在黑藻丛里的那颗珍珠。

他慢慢扬起笑容，忽然说了句没头没脑的话：“头发真的长了不少啊。”

“让一让——让一让——”

这时有机器护士和家属拥着一张病床从急诊处过来，大家纷纷让道，邵遥的脸刚红了一半，她就被黎远拉着往旁边走了两步。

黎远挡在她身前，稍微俯身低头，就能靠在她的耳旁说话。

“你好好备考，无论成绩好坏，先好好享受高中的最后一年生活。

等你考完了，我有一份礼物要送给你。”

病床轮子“咔咔”作响，走廊一时有些嘈杂，但青年说的每一个字都重重地撞进了她的耳内。

两个人靠得很近，衣料摩擦出很细微的声音。

邵遥知道自己一定红透了脸，掩耳盗铃般闭上了眼，含糊地问：“你为什么现在不问我……问我……”

黎远说完话就稍微直起了背，垂眸看着她薄薄的眼皮和浅浅的雀斑：“嗯？问你什么？”

“问我想考的大学是哪一所，问我准备去哪座城市……为什么你都不问我？”

邵遥仰起了头，但还是闭着眼不敢看他。

此时也不管自己的脸是不是红得像颗番茄，她只循着声音和气味，面向黎远，语气里隐藏着些许控诉之意：“许多人都问了我，只有你，你只问过那一次。”

有温热的气息落在眼皮上，她听见黎远叹息了一声，接着听见他慢悠悠地说：“傻妹，你去哪个国家、哪座城市、哪所大学都没关系的。我都可以去找你。”

邵遥都不知道自己怎么跟着黎远走到停车场的，对方倒是轻松，还不客气地笑她走路同手同脚。

走近黎远的车后，邵遥看到爷爷坐在副驾驶位上，但老爷子真的疲惫了，正倚着椅背闭眼打盹。

邵遥竖起食指在唇前：“嘘——爷爷在睡觉。”

黎远觉得奇妙，似乎无论她做什么举动、说什么话语，他都只会觉得她灵动鲜活。

于是他也学着她，做了个噤声的手势：“那你快回去吧，别让你爸妈担心。等奶奶输完液，你告诉我一声。”

邵遥点了点头，小声说道：“你小心开车。”

“知道了。”

但老爷子睡得浅，黎远刚打开车门，他就睁开了眼睛，肩膀猛地一颤，扭头看向声音来源处。

黎远飞快地弯下腰："爷爷，是我，对不起啊吵醒你了。"

邵遥也跟着弯腰，挤了个脑袋到车门旁，想跟爷爷打声招呼。

但她还没开口，就听见盯着她看的黎爷爷很含糊、很缓慢地唤了一声："霭霭……？"

邵遥很快反应过来黎爷爷唤的是谁。

她吓了一跳，脑子都不灵光了，一句话脱口而出："爷爷……爷爷，我不是奶奶，我是邵遥！"

一阵刹车声从停车场下方传上来，闷棍般抽打在黎彦的脑门儿上。

他皱了皱眉，只微眯眼眸，眼角细纹便堆叠起来。

视线由模糊变得清晰，思绪由明至暗，心脏由高至低。

回过神后，黎彦对着小姑娘浅浅笑道："哦，是小遥啊，我刚才认错人了。"

他恍恍惚惚地梦见了读书的那个时候，纪霭会红着脸骂他"讨厌鬼"的那个时候。

黎远和邵遥心中有数，知道老爷子认错的是哪个人。

但两个人都没有追问。

邵遥跟爷孙俩道别，黎远跟她做了个发信息的手势，便开车离开了。

邵遥没有立刻离开。

她走到停车场围栏边，目光往下，跟随着黎远的车灯一圈圈往深处绕着。

今晚的信息量着实太多了，奶奶发烧，黎远偷拍到的视频，黎爷爷唤错的名字……

寒风从底下灌上来，她再次拢紧衣襟，缩了缩脖子，把下巴都藏进了灯芯绒外套里。

她深吸一口气，企图让沁凉的空气将胸腔内不停扑腾的躁动情绪压下去，无奈衣服上沾着那人的气味，反而像往火堆里丢了一捆干燥的柴，让那火苗越烧越旺。

车子离开停车场后，车内沉默的气氛被黎彦打破："你和小遥都知道了？"

黎远不大喜欢自动驾驶，他手握方向盘，从鼻子里哼了一声："你做得这么明目张胆，我们很难装作看不到。”

老爷子也哼了一声，斜睨孙子一眼，反问：“你倒是说说，我做什么了啊？”

“我可不敢说，怕伤了您老人家的自尊。”

说完玩笑话，黎远没等到爷爷像平日那样和他斗嘴。

过了半晌，他才等来一句话：“自尊有什么用？Frank，年轻时那些无谓的自尊，是世界上最无用的东西，它会让你活生生错过许多人、许多事情。”

黎远从余光中能看见爷爷侧过脸望着车窗外的景致，灯火再次在他的脸上和身上掠过。

黎远明白爷爷说的那“无用的自尊”是什么，在认识邵遥之前，他就是这个样子的。

“我明白的。”黎远试探着问道，“爷爷，我能问个问题吗？”

“说吧。”

“好多年前，你和奶奶分开，是因为……？”

说是问答题，其实这更像试卷上画着下划线的填空题。

黎远很少见到奶奶，听父亲说，爷爷当年和奶奶分开，把自己绝大部分的财产给了奶奶。

奶奶在环游世界的途中认识了第二任丈夫，搬去了瑞士，之后连父亲都没怎么见过她了，只保持着线上联系。

——他和父亲的童年经历是挺相似的，他还听说再往上数，太奶奶、太爷爷两个人的婚姻也有不少问题。

这道填空题黎彦没做，他反问孙子：“Frank，你知道你爸他们的公司在研发一款诊疗机吧？人躺进去扫描全身，‘咻咻咻’几下，就能知道你得了什么病。”

“嗯，知道。”

“那台鬼机器聪明过头了，还能预测病人未来有概率得的病症，计算出病人还剩多少日子好活……它说我只剩五年零八个月的时间。”

黎远立刻皱紧眉心：“那功能还在测试阶段，数据有很大的概率是不准确的，就和 AI 算命一样，你别信哪。”

“我自己的身体情况我自己清楚的。”黎彦叹了一口气，声音有些落寞，“我只是想在剩下的日子里，能多见她几面。”

邵杉杉和唐菀最终还是劝不动老太太进市区住，而邵遥消化完今晚的信息后，像墙头草一样倒向了奶奶这边。

“哎呀，爸爸妈妈，你看奶奶也困了，不如先回家休息，等奶奶病好了再讨论这个问题吧？”邵遥如此说道。

两夫妻没辙，只好暂时把这个问题搁在一边，也没追问女儿身上多出来的那件外套从何而来。

他们又不瞎，见过外套之前穿在谁身上。

时间有点儿晚了，加上他们本来明天就要来母亲家，干脆不回市区了，直接到春晖园住下。

一家三口在别墅都有换洗衣物，邵遥洗漱完，偷偷跑到了楼下奶奶的房间里，说要和她一起睡，美其名曰这样可以照顾奶奶。

她给奶奶探温递药，待奶奶睡下后，才在奶奶身旁睡下。

已经有许多年没像现在这样了，邵遥回忆着往事：“小时候我怕打雷闪电，台风天总要抱着枕头来和你们挤一张床，我记得还有几次大规模停电，热得要命又没空调，你就一边给我扇风，一边唱歌哄我睡。”

纪霭心生欣慰之情，虽然嗓子哑，但语气轻松：“我们的小遥现在是大姑娘了，不怕闪电不怕打雷，还能照顾奶奶，哄奶奶睡觉。”

邵遥还真给老太太哼唱起了那首老歌：“20世纪，像已筹备，然后这生分享趣味——”

唱着唱着，邵遥发现奶奶转过了身，背对着她侧躺着。

今晚云少月明，月光被帘子筛得柔软，轻盖在奶奶微颤的肩头上。

邵遥慢慢停了歌声，轻声问：“奶奶，你和黎爷爷以前就是朋友吗？我总觉得你们很早之前就认识了。”

她等了一会儿，才听见奶奶闷在喉咙里的声音：“嗯，我们以前是初中同学，之后是高中同学，大学他去了澳大利亚，然后……然后……”

后面奶奶呢喃了几个细碎且不连贯的词，邵遥很认真地听着，也只能分辨出“我做错了一件事”这句话。

再之后，奶奶睡着了，邵遥睁着眼，彻夜未眠。

“啊——好想逃了今晚的晚自习啊——平安夜耶！今晚是平安夜耶！”

“忍一忍吧，高三生不配有节假日。”

十二月底，下午第三节课结束时，天已经完全黑下来了。

饥肠辘辘的学生们成群结队地往饭堂里拥，七嘴八舌地聊着天儿，熙熙攘攘，沸沸扬扬。

“好想进‘新世纪’啊……这个月的圣诞节活动也太精彩了，那么多节日限定装。”

“呜呜呜，我的‘男朋友’们全都有新造型了，但我一个都没收集到！回头我还得拿压岁钱去跟黄牛高价买。”

“我也是啊……不过快解脱啦！我爸说只要我考上第一志愿，就会买一套体感给我。等我上了大学，一定要天天泡在‘新世纪’里。”

“说不定明年那款‘眼镜’能正式发售。”

“那就更方便啦！现在的头显好重，戴久了脑袋疼。”

平安夜得吃苹果这个“东方民间习俗”，当今的小孩儿都不知道是哪一年流行起来的。

智能点餐机前排起了长龙，大部分学生加点了一个苹果。

配餐窗口后的机械挂臂来来回回，夹起一个又一个红彤彤的苹果，分毫不差地搁到餐盘右上角专放水果的那一格位置。

“你们说得轻松啊，前段时间那场‘风波’闹得挺大的，我上个月回家，我爸妈已经提前放话，不准我再碰‘新世纪’。”

“嗯？你们在聊什么？”

“就是上个月……有沉迷‘M-Room’的玩家在现实中脑死亡的事……”

“嘘——小点儿声，学校不让提这件事的。”

“那应该是极个别事件啦，说实话，我真不能理解为什么会有人那么喜欢‘M-Room’，我压根儿想不出来我能复刻什么回忆……我现在睁眼闭眼全是高考倒数计时的数字，啊，噩梦！”

“哈哈哈——赶紧吃，吃完回教室了。”

“欸，小遥呢？怎么今天她没跟你们一起吃饭？”

“她有个哥哥来学校找她，她申请出校一趟，晚自习再回来。”

“哥哥？小遥不是独生女吗？”

校南门的烧味铺里，邵遥正和她的“哥哥”吃着饭。

“杨楚雄，你下次来找我，能不能说你是我弟弟啊？哥哥、哥哥……谁是你妹？”

邵遥没好气地咬着蜜汁鸡翅，冲桌子对面的少年连甩好几个眼刀。

杨楚雄嘻嘻笑：“来，再喊一声。”

邵遥继续瞪他：“滚啦，少占我的便宜。说吧，突然来找我干吗？”

刚才第三节课结束，校内信箱里进来一条门卫室的信息，说有一个“哥哥”来学校找她。

对方说降温了，从家里拿了厚外套送过来。

邵遥本以为是黎远假借“哥哥”之名过来找她，飞奔至校门时，才发现来的人是杨楚雄，他正神态悠闲地冲着她笑。

“我这不是刚比完赛吗？下周才返校，今天没什么事情做，我想着好像挺久没见到你了……”筷尖有一下没一下地拨着饭粒，杨楚雄声音平平地说，“平时你又不带手机，等你的一条信息比登天还要难。”

“哎呀，你什么时候变得这么矫情了？以前我们不都是这样的吗？你跟金贵也得小半年才能见一次面吧？”

“那怎么能一样？金贵是兄弟。”

“啊，那我也是啊。”

邵遥回答得很快，像是这个答案她已准备多时：“你忘了啊？我可是以后要给你当伴郎的兄弟。”

杨楚雄默了默，突然嗤笑一声，像是在自嘲。

邵遥低着头，只盯着盘里的饭菜看。

杨楚雄则是一直看着她。

面前的少女头发长了不少，眉眼之间少了些许稚气，安安静静地坐在嘈杂的环境里，像渐渐绽放的白百合，和小时候那个嫌热就剃寸头、能上树掏鸟窝、同男生称兄道弟的“男人婆”形象，离得越来越遥远了。

他们之间的距离，似乎也是这样。

杨楚雄豁出去了，想把藏在心里的话全部倒出来："邵遥，我一直——"

邵遥突然打断他的话："杨楚雄，你现在还有跟思雅联系吗？"

杨楚雄被问得愣住，嘴巴开开合合，好一会儿都没发出声音。

邵遥放下勺子，抬眸认真看着他，再问了一次："有吗？"

杨楚雄有些结巴："没……没了，没了。"

"我不希望我们之间也变成这样。"邵遥缓缓说道，"我不想又丢失一个朋友。"

没过一会儿，杨楚雄离开了，他最爱的烧鹅饭都没吃几口。

邵遥没离开，还坐在原来的位置上，把自己那份饭全部吃完了。

晚自习时间快到了，邵遥把眼角的湿意抹去，站起身走出店铺。

店铺老板娘认得她，热情地打招呼："高妹，要回学校啦？"

邵遥点点头，道了声"再见"。

她低着头走出店铺，往学校的方向走了十来步，忽然停住，转身返回了烧味铺。

她急切地问老板娘："阿姨，能不能跟你借一下手机？我想打一个电话。"

"当然可以。"老板娘笑眯了眼，拿出手机解锁后递给她，"今晚是平安夜哟。"

邵遥道了一声谢，走到一旁，很快输进一串背在心里的电话号码。

电话响了几声，对方才接通："喂，哪位？"

"是我，是我，邵遥！"邵遥望着街上的重重人影，语气莫名其妙地有些焦急，"不是诈骗电话，我跟人借的手机。"

黎远微怔，问："你现在在哪里？"

"我在南门，刚吃完饭……你吃了吗？我没什么事啊，就是想……就是想……"指甲掐了掐指尖，邵遥强迫自己冷静下来，喘了一口气，才说，"我就是想跟你讲一声'平安夜快乐'。"

电话那边的背景声音有些嘈杂，邵遥不知黎远现在在哪里，但能清楚地听见他笑了一声。

“你等会儿再跟我说这句话吧，亲口说。”黎远站在校门口，一只手拿着手机，另一只手插兜，嘴角高高扬起，“我刚才跟学校门卫说我是你哥，来给你送外套的，结果门卫伯伯说‘怎么火箭班的邵遥又有个哥哥来找她？’……邵小遥，你什么时候又多了个哥哥啊？”

邵遥一路小跑，有些喘，在回正门的途中，远远地就看见了黎远。

她慢下脚步，平复着呼吸，但刚才在烧味铺强压下去的那股酸涩劲儿再次“咕噜咕噜”地往上冒。

黎远也看见她了，迈步朝她走来。

年轻男子身形颀长，样貌清俊，青葱少女高挑纤瘦，眉眼娇俏。

经过的路人被他们吸引了目光，但他们两个人的眼中这个时候只有彼此。

邵遥没继续往前走了，冲他挤出一个自以为很轻松的微笑。

眼眶又有了湿意，世界逐渐变得朦胧，她只能看见闪烁的霓虹灯。

黎远心一沉，加快步伐，同时脱下了外套。

女孩儿已经在低头拭泪了，他走到她跟前，高高扬起外套，直接兜头罩住她。

邵遥怎么都没想过他会这么做，被黑暗笼住的瞬间她先是愣住，随后泪珠子“簌簌”滚落，“啪嗒啪嗒”地跌在校服前襟上，洇开了一片潮湿痕迹。

“哎呀，多个哥哥就多个哥哥，我又没说什么，你哭什么啊？”黎远似是开着玩笑，可声音早已柔了下来。

“没有多一个哥哥，是雄仔来找我啦……”邵遥吸着鼻子哽咽着说。

黎远微微蹙眉：“杨楚雄？”

但他没有继续追问杨楚雄来干吗，也没有问两个人之间发生了什么事，只是隔着布料轻轻地拍了两下她的背。

温度和味道都是邵遥日渐熟悉的，就像谁给她临时搭建了一个“Room”，房间专属于她，让她可以躲在柔软安心的昏暗环境中，再当一回埋头鸵鸟。

邵遥也说不清那些悲伤和无奈的情绪从何而来，可能是想到了那个沉底的群，想到了人到得最齐的那场音乐节，想到了夏天后没再跟她说过话的章思雅，想到了以后或许无法再相处得自然惬意的杨楚雄，想到了不知何时才能再见一面的乔蕊，还可能是想到了奶奶那些藏在心里好多年的秘密。

邵遥以为自己已经到了能独当一面、处理好许多事情的年纪，到最后，她却仍是个什么都做不了的孩子，连维护一段友情这么简单的一件事都做得乱七八糟的。

虽然有外套盖着，但还能瞧见邵遥身上的校服裤子，周围的人频频望过来，黎远皱眉，这实在不是一个好说话的地点。

他弯下腰，依然隔着外套低声问邵遥："今晚的晚自习，能不能不去啊？"

邵遥顾不得形象了，擤鼻涕擤得鼻尖通红。

"好嘛，麻省理工荣誉毕业生带头逃课……回头要是老师找我爸妈讲起这件事，我就说是你指使我这么做的……"

种种情绪压抑许久，像越堆越长的多米诺骨牌，终于在今晚全倒了。

邵遥哭到打嗝，怎么上的黎远的车都没印象，只知道把盖在头上的外套取下来的瞬间，整个世界都亮堂起来了。

"行啊，要是叔叔阿姨怪你，你就说全是我的主意。"黎远轻提嘴角，摁了一下出风口，把暖风对着副驾驶位吹，"叔叔阿姨追究的话，我就上门，负'金'请罪。"

"'荆'啦，负荆请罪……不是背着一袋金子……哦，你要背金子，我也是可以的啦。"

"哦，一哭完，嘴皮子就厉害起来了是吧？"姑娘腿上搭着刚才那件外套，黎远伸手取过来随意捻了一下，开玩笑道，"你看，哭得都湿了。"

像听到什么不得了的事，邵遥猛地睁圆一双乌眸，好似受惊的小鹿："你……你……你……"

黎远不解："干吗？结结巴巴的。"

邵遥双颊滚烫，反手就甩了他的手臂一巴掌："你中文不好就不要乱讲话！"

"祖宗，会痛！"黎远叫了一声，"眼泪弄湿了衣服啊，我说得不对吗？”

“谁是你的祖宗？你最近是不是在看古装剧学中文啊？……”

邵遥白了他一眼，不再继续这个话题，小声嘀咕：“我们现在去哪里啊？”

“找个地方吃饭。”

“啊，你还没吃饭？”

“对啊，想着开车到学校来刚好能赶上晚饭时间，但在路上稍微堵了一会儿。”黎远视线瞄过去，“你已经吃了？”

邵遥挠了挠鼻尖：“吃了一点点，还能陪你再吃点儿别的东西，你想吃什么啊？”

逃课是临时决定的事，黎远本来只打算在邵遥的学校附近随便吃点儿东西，所以没有预订餐厅。

他敲了敲方向盘，忽然笑出声：“我带你去一个地方吧。”

灯火在他好看的眼角眉梢上飞速掠过，邵遥觉得心跳好像漏了一拍，问：“去哪里啊？”

黎远故作神秘地说：“到了你就知道啦。”

二十分钟后，车子驶进高架桥底下的一家户外电影院。

邵遥怀里捧着刚才顺路买的汉堡和薯条，问：“你是怎么知道这个地方的？”

这地点有些偏僻，旁边是一个废弃码头，邵遥都不知道绕过码头后，还有这么一家露天电影院。

“下午来之前看了一下导航地图，无意间看到的。”黎远一边回答，一边交钱入场。

“哦——”邵遥探头瞄了一眼入口处的电影场次海报。

他们来的时间点不对，正在上映的电影已经开场半个小时了。

偌大的空地上分散停着十来辆车，天气冷，多数观众坐在车里，也有情侣不惧湿寒空气，直接坐在车顶上，连体婴似的抱在一块儿。

空位还有不少，黎远找了个视野尚佳的位置停了车，将蓝牙连上电影院的频道，车里就有了电影的声音。

——其实他这辆 SUV 的风挡玻璃可以接收到电影院的投屏，这样便能将车厢变成私密性极高的迷你观影包间，但他觉得，邵遥应该更喜欢直接看老式的银幕投影。

巨幕傍水，光影交错，邵遥调整好车椅，把黎远点的汉堡递给他：“我还是第一次来汽车影院看电影呢，你之前看过吗？”

她的情绪来得快去得也快，被泪水洗过的眼睛湿润明亮。

黎远接过汉堡，清了清喉咙，说：“在美国读书那几年，有假期了我就会去进行公路旅行，途经的一些小镇还保留着这种影院。”

黎远特意补充了一句：“我都是一个人去旅行的，小镇晚上又没什么活动，看电影还蛮好打发时间的。”

“一个人进行公路旅行？你怎么不找个伴儿哪？”邵遥拈了根薯条丢进嘴里，故意问道。

“懒哪，嫌麻烦。找个伴儿，无论对方是男是女，我都得花时间和对方交流，得费心思去揣测对方心里的真实想法，得沟通旅途中的住宿和吃喝玩乐问题……”

黎远耸了耸肩，继续说，“那倒不如我一个人上路，轻松又自在，爱去哪儿就去哪儿，想干吗就干吗。”

邵遥乜他一眼：“懒死你算了，你这样下去会成为孤寡老头儿的。”

黎远从她手里偷了根薯条，衔在唇间，笑道：“现在没法儿懒了，也不想懒了。”

他是看着她说出这句话的，半张脸隐在阴影里，另外半张脸则让淡淡的光映得白皙。

那湖蓝眼眸又成了一汪湖水，邵遥水性再好，也只能随波逐流，溺在这深浅难辨的温柔湖水里。

她捂着自己的薯条不让他偷，视线移回前方的大银幕上：“不聊啦，看电影了。”

电影是部都市爱情片，拍摄时间有些年份了，邵遥没看过，黎远就更不用说了。

里面的男女主角都是当年挺红的演员，目前还在线上，但人气落差挺大，近些年都没见过他们有作品出来。

年轻的猛男靓女足够养眼，虽缺了电影开头，也不太影响对剧情的理解，两个人边吃边看，时不时聊几句情节。

邵遥本以为这就是部轻松浪漫的爆米花爱情喜剧，没想到慢慢地被情节吸引住，情绪也随着剧情起起伏伏。

她更没想到，影片后半段里竟有时长不短的亲密戏。

镜头拍得隐晦，男女主角身上不该露的地方一点儿都没露，但男女之间的那股张力十足，男主角背上淌下的一滴汗水，女主角指尖抓皱的一角床单，都让看的人脸红心跳。

邵遥不是不谙情事的小娃娃了，该懂的事情心里都有数，也是因为懂，胸膛里的那只白鸽才会扑腾乱飞。

黎远也始料不及，皱着眉拿出手机，悄悄查了一下这部片子的年龄分级，见写的是“16+”，他才稍微安下心来。

不知是薯条太咸，还是暖气太足，两个人都有些口渴，手总往杯架里的可乐杯子伸去。

冰块每一次“当啷”作响，都在试图掩盖两个人心照不宣的动作。

也不知是哪一次，邵遥拿错了杯子。

发现这件事的是黎远，他发现自己的可乐杯子杯沿有几颗齿痕。

他喝了几口可乐，再不动声色地含了块冰，牙齿把冰块咬碎，咽下。邵遥忽然听见旁边的黎远长长地叹了一口气，刚想问他怎么了，脑袋就被一只“魔爪”重重地揉了一把。

说“揉”都算往轻了说的，更像是“晃”，邵遥被弄得眼花，有些莫名其妙：“干……干吗？”

“没干吗……”黎远收回手，指着不远处的爆米花车说，“你吃饱了没？要不要再要一份爆米花？”

“别老把我当小孩子啊……”

邵遥眼珠子骨碌转了一圈，小声问，“欸，有雪糕车……你吃吗？”

黎远怔了怔，接着笑出声来：“吃啊，你要什么味道？”

“嗯，不知道有没有葡萄味的？没有的话，巧克力也行……”

女孩儿还在纠结着要买什么味道的雪糕，黎远嘴角噙笑，静静地看着她上下纷飞的睫毛，心里想：小孩儿，快点儿长大吧。

第八章

拆礼物

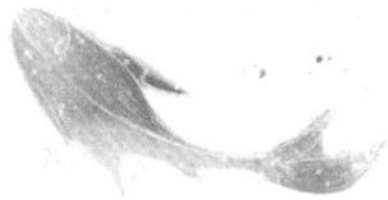

邵遥没去上晚自习的事被老师念叨了两句，老师提醒她千万别在关键时刻让别的人事物分了心。

“别的人事物”指的是什么，老师不明讲，邵遥也明白。

那晚黎远给她罩脑袋的外套又让她给留了下来，和之前在医院的那件外套一起悄悄被藏进了她的宿舍的衣柜中。

反正黎远没跟她讨，她就没还。

高三生的时间总被无形的遥控器操控着，二倍速、三倍速，甚至五倍速地往前跑着。

黑板上方每天一变的倒数数字和加油口号，被试卷和练习题占满全部内存的平板电脑，被磨平的废弃笔尖，屏幕遍布划痕的草稿板，早晨四点半已经有人开始晨读的楼梯间……每只羽翼未丰的雏鸟都在拼尽全力地往上飞。

邵遥有了专业志向，择校也有了方向。

她的“家庭教师”非常尽责，列出了多家高校相关专业的优势和劣势，还用尽人脉网，找来多位校友做访问调查。

邵遥一一比对后，再跟父母商量过，决定第一志愿填港科大。

本来常年以人工智能、新型能源等专业作为招牌的学校，如今大力扶持环境保护和动物保育等专业，借助尖端科技辅佐，寻求着科技与环境共生共存的未来之道。

第二和第三次升学指导及志向填写，邵遥依然坚定自己的选择，连年级主任都出马，希望她考虑其他大热门的专业，但她还是坚持初心。

二模考试时，邵遥的名字出现在了年级前三名里头。

她站在榜下叉腰咧嘴，语气不满地说："怎么不是年级第一名哪？我可是奔着第一名去的。"

巧的是，年级第一名的那个男生就站在她面前，听见她如此雄心壮志的宣言，脸都红了。

镜片成寸厚的男孩仰着头，热血"中二"地冲她大声喊道："邵遥！我们在顶峰相见！！"

在场的同学全愣住了，邵遥也被他吓了一跳，还没来得及解释她不是那意思，少年们已经笑疯了，甚至有人吹口哨、瞎起哄。

这件事给枯燥烦闷的冲刺阶段带来些许乐子，正如初夏里的一场清凉雨。

同年级同学自那之后瞧见邵遥，都会调侃她几句"顶峰之约"。

也不知道怎么传的，这件事竟被传到了黎远耳中，邵遥那个月回奶奶家，被他皮笑肉不笑地调侃了好几句。

高三最后一个月，邵遥杀红了眼。

和她同一个寝室的室友们感叹，说就算有"顶峰之约"她也用不着这么拼哪。

邵遥打了个长长的哈欠，揉着眼角的泪花嘟囔："哪有什么'顶峰之约'。"

她只不过是遇到了一个很优秀的人，想朝他走去。

她想让自己变得更加优秀，仅此而已。

归零的倒数数字，像是给学生们这三年的青春画上的一个句号。

高考那两天正好有台风即将登陆，天气闷热到不行，就算考场有空调还是作用不大，邵遥考完最后一门科目，校服领口都湿了。

更热的是守在考场门口的家长。

邵遥朝唐菀飞奔过去，笑容灿烂得可以刺穿堆满天空的乌云：

“妈！我考完啦！”

“辛苦啦，宝贝！”唐菀没有问她考得如何，女孩儿脸上的笑容就是最好的答案。

唐菀自己的额头上也挂着汗，但她还是先拿手帕给女儿拭去脸侧的汗珠，心疼道：“热坏了吧？车上备了可乐。”

车子停得远，邵遥上了车后，猛灌下几口可乐，直至打出一个舒畅的嗝才停下。

“今年这气温也太可怕了，再高一点儿都能和‘发烧’那几年一样了……该不会又要‘发烧’一次吧？”唐菀一边抱怨气温，一边把邵遥的手机还给她，“你爸和奶奶刚才都给我打过电话，你打电话过去跟他们讲一声吧。”

邵遥点点头，把手机开机，通信软件很快“叮叮咚咚”地响起来。她没有点开软件，先是给父亲打了电话。

她考完试，父亲比她还要兴奋，说已经准备递交年假申请，让她好好考虑一下要去哪里旅游。

邵遥接着给奶奶打了电话。

奶奶也开心，说今晚做的菜都是邵遥喜欢吃的，其中那味豉油鸡，用的还是奶奶今日早上驱车去农场里亲手挑的走地鸡。

光听着，邵遥已经不争气地吸了吸口水：“奶奶，我已经好饿了，你今晚多煮米饭了吗？”

“那是必须的啊，米饭管够。”纪霭笑道，“你的房间的床也给你铺好啦，不过这两天天阴阴的，没办法晒被子。”

“嘿嘿，没关系！辛苦你啦奶奶，等会儿见！”

唐菀见女儿喜上眉梢，“哼”了一声，佯装吃醋：“爸爸妈妈好不容易等到你终于不用住校了，你却整天想着去奶奶家住。怎么？奶奶那边有什么事情格外吸引你吗？”

邵遥刚喝了一口可乐，差点儿喷出来：“没……没有啊，就是……就是……暑假嘛，我每年暑假都去奶奶家住呀。而且虽然我放假了，你和爸爸还得上班，我在家里孤零零一个人，去春晖园的话，能找杨楚雄他们玩呀。”

唐菀斜睨她一眼，慢悠悠地问：“哦？你真的是去找雄仔吗？”

邵遥本想回答“是”，可看到母亲打趣的眼神，就知道自己的心事藏不住了。

她把半长不短的发丝顺至耳后，嘀咕了一句：“那春晖园的街坊不止杨楚雄的嘛……”

唐菀没忍住笑出声来，随后说：“好啦，不闹你，妈妈曾经也是个青春美丽的少女——”

这下轮到邵遥“扑哧”一笑，顺着夸赞唐菀：“你这么说就不对了，你现在也是青春美丽的妈妈啊，一点儿都不输路上的后生靓女们。”

“口甜舌滑。”唐菀捏了一下女儿的脸蛋儿，欣慰地笑道，“小遥现在已经是大姑娘了，妈妈也不再啰唆啦，好好去享受正式的青春吧。”

邵遥有些羞涩，又有些感动。

母亲对她的教育向来开明，从未把她当成温室小花，也从未用玻璃罩罩住她，所以她才能“该懂的事都懂”。

邵遥低头摁亮手机，点进软件。

列表最上方闪烁红点的就是黎远。

她手指敲敲点点，给他发了一句：“今晚见。”

很快，她还没开始回复别人的信息的时候，已经收到黎远的回复：“晚饭后？”

心跳已经开始加速，像越飞越高的白鸽，邵遥抿了抿唇，回：“估计不行，我爸妈还在呢。等他们走了，我再上去。”

“啊——邵小遥，你怎么忍心让我等这么久？”

这一句话怎么看都不大正经，邵遥觉得车内冷气在做无用功。

她更热了。

黎远一直嚷嚷着有份毕业礼物要送给她，具体是什么，他却不说。

邵遥一开始特别好奇，试探了几次都没法从他嘴里撬出答案。

真到要拆礼物的日子了，邵遥倒没了那股好奇劲儿了。

因为她有了更想要的东西，再贵重、再稀罕的礼物都比不上他。

奶奶为了庆祝她高考结束真是使出十成功力了，四个人的晚饭差点儿弄个满汉全席出来。

怎么也算是少女怀春，邵遥本来想着今晚得以最佳形象去见人，可面对这一桌子满满当当的菜，她实在收不住口，也不想扫奶奶的兴，光米饭就添了三回，最后是奶奶阻止她继续吃，她才放下筷子，打了个饱嗝。

洗澡前，邵遥看着镜子里微凸的小肚子，扶额懊恼。

还有，她怎么吃那么多，该大的地方却总是不大？

父母等到九点多才离开，邵遥送他们离开后，已经按捺不住乱蹦的心脏了。

她小跑着回到屋里，一进门就碰上奶奶从客厅摇椅上站起身。

老太太心中门儿清，背着手往自己的房间走去："我去睡啦，你今晚可别来跟我挤一张床啊，我最近睡得浅。"

邵遥刚想关心奶奶的睡眠情况，下一秒就听见老太太哼起了轻快的小曲儿。

她火急火燎地跑上三楼，再照了一次镜子，才蹑手蹑脚地走出房间。

楼下的灯已经熄了，她关上房间门，又蹑手蹑脚地去了书房。

玻璃门外，露台灯亮着，她这边是暖黄灯光，隔壁是水蓝色的。

交织在一起的两种灯光，邵遥现在再看已经很习惯了。

要是哪一天隔壁的灯不再亮了，她可能要难受很长、很长一段时间。

空气潮湿闷热，好似一个铁皮罐子，把一些情愫密封在里面，等着它在高温中一点点熔化。

邵遥今晚没闻到烟草味，以为黎远还没来，刚往墙边走了两步，墙的另一边就传来黎远的声音："你来啦？"

她眼睛一亮，快步走到墙边，小声回道："来啦。"

她把靠墙的矮梯打开，站上去，迫不及待地问："我的礼——"

"物"字噎在喉咙里，只见墙那边的黎远昂首挺胸，正儿八经地捧着一面红绒锦旗。

锦旗上绣着硕大的金字：感谢热心街坊邵小姐。

热风牵起少年白色的衣角和刘海儿，也使他嘴角的笑容越发缱绻："哪，你以前说的，只要我送，你就要收啊，邵小姐。"

邵遥先是愣住，再是不敢相信，最后是气笑，扒着梯子笑骂："你还真送啊！你这礼物要我挂哪儿啊？"

黎远微挑着眉，语速放慢下来："到时候你去上大学记得带上，就挂在宿舍里，室友见到问起，你就说是男朋友送的。"

邵遥一时没反应过来，回怼道："丢脸死了，谁要带这个去大学？——你刚……刚刚……你刚刚说什么？"

她睁圆了眼，以为自己听错了。

黎远还在笑着，眉眼弯似月："你说我说了什么？"

两个人对视了片刻，到底年纪轻，邵遥先沉不住气，细声嘀咕："你说'男朋友'，可我没有答应你做你的女朋友啊。"

黎远状似可惜地说："哎呀，这样啊，我以为我们是双向奔赴呢。"

邵遥被惹笑："哇，你最近的中文水平突飞猛进哪，连双向奔赴你都懂。"

黎远把锦旗卷起来，放在地上。

直起身时，他松松地张开双臂，对着邵遥说："你先过来，带你去看真正的礼物，女朋友。"

有梯子在，翻墙很容易，何况这墙着实不高，邵遥很轻松地就攀到了墙上。

"慢点儿，小心点儿。"黎远皱着眉头叮嘱着，"我发现你做这件事好像挺熟练的？"

"嘁，那是你没见过我爬树。你家院子里的那棵树，我三两下就能登顶。"邵遥一张小脸上漾着得意扬扬的笑容，"实不相瞒，当年你家是我们小区的小孩们夏天玩试胆大会的必经地之一。"

这一点黎远确实没想到，他饶有兴致地往上看着她："其实我一直不明白，空屋的话春晖园里有的是，为什么我家会被列入'鬼屋'名单啊？"

"因为……"邵遥双手撑在两旁，准备往下跃，"算了，这时候说了太破坏气氛。我要下来啦，你让一让。"

黎远当然没让，还朝她伸展手臂，笑容恣意："来吧。"

邵遥怔了怔，脑子又不灵光了："我……我今晚吃得很饱……"

“然后呢？”

“我很重，会压到你……”

黎远对她真是没办法了，心里柔软得不像话，轻拍了一下她离地面其实只有半米高的脚丫子：“快下来。”

邵遥皱了皱鼻尖，往下跳去。

黎远稳稳地接住了她。

一瞬间，他有些恍惚，稍微收拢手臂，把女孩儿圈在身前，这才有了实感。

这不再是视频投空再放大的立体影像了，透过薄衫的温度、频率一致的呼吸、靠得极近的心跳，都一点一滴地填进了空荡荡的胸腔内。

整个人被笼罩进熟悉的味道中，邵遥面上显得从容，实则快要无法呼吸了。

但她适应得挺快，双手绕到黎远的背后，勇敢地抚上了他的背：“我来啦。”

黎远猛地颤了一下，脊背僵硬了几分。

他把邵遥揽得更紧，以掩饰自己的笨拙和生涩反应，半晌才挤出一句话：“我好像是第一次跟家人以外的女生……拥抱。”

邵遥笑了，像安慰小孩儿般拍了拍他的背，软软糯糯地开口说：“那我很荣幸呀。”

邵遥也是第一次完完整整地往左心房里装进一个人。

她像一个学走路的小孩，看到什么都是欣喜的，走得摇摇晃晃，仍对接下来会看到的风景充满期待。

未来的路上肯定会摔倒或磕碰，可邵遥不觉得恐惧。

她垂眸看向黎远牵着她的手，又抬眸看向黎远明显变红的耳郭，嘴角悄悄勾起，似偷偷冒出尖儿的弯月。

黎家楼下的灯火未灭，邵遥用气音问：“黎爷爷还没睡啊？”

“嗯，还得再过一会儿吧。”黎远领着她进了房间，关门上锁，故意吓她，“我的房间隔音可是很好的，你喊破喉咙也没人来救你。”

和第一次来他的房间时一样，邵遥将手背在身后，像领导巡视般四处打量：“哦？你要对我做什么事会导致我大叫啊？挠我的痒吗？”

这房间没什么变化，干干净净的，一点儿多余的装饰都没有：说好听点儿呢，就是极简风格；说难听点儿呢，就是没人味儿。

黎远走到墙边，手贴墙壁："等会儿你就知道了。"

体感房的门慢慢打开，黎远仰了仰下巴："进去吧。"

邵遥噘着嘴："故作神秘……"

系统已开机，四面墙和天花板都亮着白光，是"新世纪"的登录页面，还是双人版本。

邵遥猜到了什么，问："礼物在'新世纪'里面哪？"

"嗯，你先戴上。"黎远递了一个头显给她，"体感房还没推出双人模式，我调试了一段时间，可以两个人一起进入了，有体感，不过暂时还需要戴头显。"

黎远常用的头显她见过，是黑色的，而现在他给她的这个头显是白色的，弧线流畅，亮着光泽，像一枚被打磨得温润的贝壳，款式设计和市面上在售的头显都不大一样，别致精巧。

邵遥戴上，头显很伏贴，大小刚好。

她看向也戴上头显的黎远，笑得通透："怪不得你后来总揉我的脑袋，原来是在偷偷量我的头围啊？"

黎远瞥她一眼，没有回答。

在邵遥看来，这就等于是默认了。

她弯起眉眼："我知道啦，这就是礼物对不对？"

黎远想了想，回道："哦，确实，这个也是礼物。"

头显是按照邵遥的头型定制的，他不可能给别人用。

黎远有些着急，催促邵遥赶紧登录。

"好啦，好啦，入口见。"邵遥又太久没登录"新世纪"了，开始了烦琐的验证手续。

"Aurora，欢迎回家。"白色房间内，温柔的女声回荡在邵遥的耳边，"迟了一些，仍要祝您十八岁生日快乐。'新世纪'为您准备了一份成年礼，请到收件箱查收。关于年龄限制解除的相关事项，也会有一份文件需要您——"

邵遥怕黎远等太久，直接跳过了系统的通知。

她刚走出白色房间，还没来得及重新适应绚烂夺目的天空，眼前已经亮起一道白色的光。

光形成了传送圈，黎远从里面走出来，直接朝她伸出手："过来。"

邵遥上前两步，把手递到他面前："你怎么那么急啊？你的礼物是灰姑娘的魔法吗？十二点就要消失？"

黎远没搭理她的调侃话，牵紧她的手，说："你先闭上眼睛。"

"啊，还要闭上眼睛？到底是什么啊？……"邵遥闭上了眼，"行啦，你别把我拉去卖了。"

"怎么可能拉你去卖掉？"黎远牵着她往光圈里走去。

"嘿嘿，是不是不舍得卖啊？"邵遥贴着他的手臂，跟着前进。

"你想多了，你的号太弱，卖不了几个钱，可能还得倒贴钱。"黎远停住脚步，反手回收了传送圈。

"喂！"一开口，邵遥愣住。

四周嘈杂的声音全没了，而她的喊声竟有回音。

她身处在一个空旷的室内，楼顶很高的那种。

环境里的温度和味道，她都很熟悉。

黎远轻拍她的发顶，声音如软沙："好啦，可以拆礼物了。"

虽然闭着眼，但邵遥已经猜出自己身处何处。

跳水馆，她站在跳水馆内。

邵遥很缓慢地睁开眼睛，大量的光迫不及待地挤了进来。

映入眼帘的，先是水如蓝镜的跳水池，她慢慢抬头，一米跳板、三米跳板……五米跳台、七米跳台，最高处是十米跳台。

这是一个巨大的"M-Room"。

——Room 的基本规格是有体积上限的，就像电子设备的内存容量，不够用的情况下就需要扩容，她不知道这个跳水馆叠了多少个 Room，总归不会太少。

"我也是去年问过才知道，大部分跳水馆原来不对外开放，尤其是那几个高的跳台，只供职业运动员使用，我就想着，干脆给你建一个算了。"黎远抬指蹭了蹭鼻尖，"以后你想什么时候跳水，就什么时候跳。"

顶上射灯灯光绚烂，扎得邵遥眼睛泛酸。

她仰望着高台，某种强烈的情绪把她的喉咙磨得沙哑：“你花了多少时间做的啊？”

黎远说：“基础搭建挺快的，小半个月就做完了，剩下的时间就是磨细节了。”

邵遥往前走了几步，再转过身，仰头看着空无一人的观众席。

这画面太熟悉了，因为它一直刻在她的记忆深处——小时候比赛，她每次从高台上跳入水中，再游出水面时，都会看一眼观众席的方向。

那里有家人，有朋友和队友，还有为她欢呼鼓掌的观众。

“我把这个 ROOM 的权限转给你了。”修长手指在半空中划了几下，黎远手边出现了一个荧光键盘，他边按边说，“我知道你对复刻回忆这件事不大感冒，但还是做了这个场景给你，你能看出来这是哪一场比赛的场地吗？”

邵遥从未忘记，轻声回答：“记得，是我参加过的最后一场比赛，在北城奥体中心。”

黎远“嗯”了一声，启动了 Room 的“回忆模式”。

原本空荡荡的观众席上瞬间坐满了人——应该说，是空座席处覆盖上了观众的影像。

台侧和池旁都出现了当初的赞助商广告，裁判席上坐着七位裁判。

电子计分榜上的名字是那场比赛的选手，邵遥预赛成绩不大好，决赛排在第一位出场。

“不认识的那些观众我没有一个个去细抠，有些直接套了 NPC（非玩家角色）模板，如果你觉得不行，回头我再一个个微调。”黎远指着观众席斜上方的一处位置说，“你的爸爸妈妈、爷爷奶奶，还有杨楚雄他们，都坐在那一片区域。”

是的，那场是青少年世锦赛的国内选拔赛，最后一场了，春晖园的大家都来替她加油打气。

那时候她因为身高猛长，几个拿手动作都出现了不小的偏差，她努力调整了大半年，状态仍不佳。

跳水队的竞争太激烈，从来不缺人，邵遥心知肚明，那场比赛若没有取得好成绩，之后她大概率会被换下来。

顶着极大的心理压力，她胡思乱想着，自然跳得差劲。

她一直感到遗憾。

发挥失常她遗憾吗？遗憾。

被筛下来了她遗憾吗？遗憾。

让家人朋友们失望了她遗憾吗？遗憾。

但她后来想清楚了，最遗憾的是她没好好跟她的“舞台”说再见。

“其实一开始我打算做你拿第一块金牌的那场比赛的场景，后来想想，还是决定做这一场的。”黎远双手插兜，笑得淡然，“我想，这场比赛对你而言，应该比拿奖牌的那几场比赛更重要吧？”

邵遥曾经也是想过的，如果找人定制“M-Room”的话，她会定制哪个场景，会复刻哪段回忆。

她想过第一场比赛的场景，想过第一次夺金的比赛，就是没想过要复刻这一场比赛的场景。

因为一想到它，她就会心酸、懊恼、伤感、后悔、自责。

如今当她重新站在完美的 1 ∶ 1 复刻的场景中时，她发现心里其实已经没有那么难受了。

她需要和过去的自己和解。

眼眶像一口装满沸水的锅，有些滚烫的情绪蓄势待发，随时准备往外涌。

她抬手抹泪，吸着鼻子，挤出了很丑的笑容：“嗯，这一场比赛很重要。”

黎远手心发痒，喉咙发痒，胸腔内也发痒。

他走到她面前，拍了拍她的脑袋，柔声说道：“去吧。”

邵遥点了点头，说：“你把‘回忆模式’关了吧。”

“嗯？你不需要观众？”

邵遥往前走了一小步，主动伸手环住他的腰，仰头看着他说：“这里有观众的呀。”

她的声音软绵绵的，黎远觉得耳朵又烫起来：“一个观众就够了？”

笑弯的眼中含着泪花，邵遥说：“一个就够啦。”

十分钟后，邵遥站上了十米台。

在这之前，她重塑了形象。

黎远挺贴心的，在Room中安了个更衣室，邵遥进去后打开形象面板，输入身高、体重后开始微调，让胸部变平，肩膀略宽，大腿有肉，头发变短……基本是按照她现实中的样子来改的。

最后她换上泳衣——只有一件基础款的，黑色，连体。

邵遥从小就练那一组动作，107B、407C、207C、626C和5253B。

——队里多数跳十米台的女孩子从头到尾就练这五个动作，男孩子比她们多一个，日复一日，年复一年，无数次翻腾，无数次屈体，无数次转体，只为了那两秒钟一跃而下。

热完身，她准备先试试107B，向前翻腾三周半屈体。

黎远没在观众席里坐着，邵遥站的地方见不到他，她猜想他应该还在池边站着。

她抖了抖手脚，垂首合眼，在脑子里过了一遍好多年没跳的动作。

睁开眼，她注视着前方，接着迈开腿跑台。

一步、两步……她来到台边后，干脆利落地蹬台。

果然是有明显差别的，体重、身高都增加了不少，她能蹬起来的高度有限。

腾空高度不够，留给她做动作和打开身体入水的时间自然少了些。

邵遥翻到一半，头脑中已经飞快滚过“惨了要在黎远面前‘炸鱼’了”的念头，好在还有那么丁点儿肌肉记忆，她硬是把身子拉直拉紧，最后没“炸”，就是入水的水花大得离谱儿。

入水后，邵遥没有立刻往上游，而是仰面朝上，望着水面的粼粼波光，由着自己往池底沉去。

跳失败了，可她不觉得难受，反而好像这一跳让她甩掉了肩膀上的千斤巨石，从身体到头脑都变得轻盈起来。

她痛快了。

只片刻，有道黑影从池边蓦地跳进水里，似鲨入深海，锋刃般破开了水波。

黎远朝她游来，速度很快，刘海儿如水藻漂浮，露出了快要打结的眉。

而那双蓝眸，几乎和池水融为一体。

邵遥一直憋着气，瞧见黎远伸长递到她面前的手，还有他一开一合的口型，胸口忍不住震颤。

她想张嘴说话，但嘴里溢出的只有成串的水泡。

黎远一惊，腿一蹬，紧紧抓住她的手，一把把人扯到了他的身旁。

宽掌从她的腋下穿过，黎远一时没想太多，长腿踢水，带着她往光亮处游去。

两个人破水而出，水珠四溅。

黎远一只手还掐在她的腰上，另一只手帮她把贴在额前的发丝拨开，喘着气焦急地问道："是不是哪里不舒服？会眩晕吗？想吐吗？还是压感没有调好，入水会痛吗？怪我，你那么久没用过体感设备，又是第一次用我的这个设备，我应该让你调试磨合——"

黎远顿住，还没说完的话被落在他的嘴角的一个吻堵住了。

吻轻飘飘、颤巍巍的，像鸟羽扫过他的嘴唇，又沉甸甸、扎扎实实的，似陨石砸在他的心脏上。

邵遥胸口发烫，头脑发烫，哪里都发烫。

她头脑一热就吻上去了，着实没想过下一步要怎么继续。

薄薄的眼皮紧紧闭着，她也不敢看向黎远，生怕一睁眼就看到他眼中的揶揄之色，生怕对方觉得她一个女孩子家家的太孟浪。

忽然，她听见黎远沉沉地说了一句："管家，关机。"

邵遥霍地睁开眼，四周的所有光亮飞快退去，场景从潋滟湖蓝到寂静幽暗，不到五秒钟的时间。

他们回到现实中了。

黎远摘下头显，也不顾设备有多昂贵，随意将其丢到一旁。

体感被剥离得太突然，邵遥似乎还能感觉到池水的温度，恍惚之间，她的头显就被人取下了。

"怎么……怎么突然出来了？……"

眩晕感姗姗来迟，邵遥觉得四周墙壁里游动的荧光好似深海小鱼，好漂亮。

腿一软，她身子往下坠去。

但黎远快一步扶住了她。

长臂有力地紧箍着她的腰，他的另一只手往上，手指插入卷曲的发间，托稳了她的后脑勺儿。

他的声音好哑："我才不想在里面吻你。"

语毕，他低头，吻上了她的唇。

邵遥有些分不清，自己的晕头转向反应是因为体感后遗症呢，还是因为黎远的吻。

身体过了电似的，酥麻不已。

邵遥怀疑自己的膝盖是蜡做的，不然怎么会被烫得快要熔化？

她不争气，一次次往下滑去。

身体内像养了一群蝴蝶，扑扇着翅膀来回乱飞，因为找不到出口更加慌张。

思绪乱飘，她心想着，她这身高挺好，黎远一低头就能吻到她，要是再矮几厘米，他都得弯腰。

黎远一次次把她捞起来，本停在她的腰后的手掌，不知不觉间已经沿着她的脊椎一节节往上抚。

男生在接吻这件事上似乎总能无师自通。

刚开始他稍微找不到方向，很快便学会了通过对方的反应来确定自己做得对不对。

他应该是对的，怀中的女孩儿眉尾飞扬，呼吸炙热，嘴唇红似去年夏天的野荔枝，沁出的喘息甜上心头。

吻越来越长，黎远像个喜甜的小娃娃，不停地在她的口中寻找糖分。

两个人不知何时已经离开了体感房。

房间的灯灭了，磨砂玻璃透进屋外的淡淡光影，如水银泻地。

冷气很足，空气里若有若无地飘荡着薄荷味道，和黎远身上的气味一样，邵遥在他的下颌和颈侧都闻到过。

她被抵在墙上，双臂挂在黎远的宽肩上，十指时蜷时张，被吻得狠了，会把他背上的 T 恤攥出深深的纹路。

不知是谁不小心碰到了墙上的按钮，入墙的衣柜移了出来。

暖黄色的灯光这会儿反而显得突兀，有些破坏旖旎气氛，黎远“啧”了一声，猛地抬手把衣柜又推了回去，心想：这装修是谁做的啊？真不够人性化。

“喘气……嗯，喘不了气了……”

邵遥快窒息了，只好拍着黎远的胸膛投降。

黎远不舍地放过她的唇。

他也喘息不已，仿佛还没喝够水的野兽，额头抵着邵遥的，问她：“你是不是吃糖了？嘴巴这么甜……”

他怎么吻都吻不够。

邵遥倒是实诚，一五一十地坦白道：“我来之前刷牙了，还用了漱口水……草莓味的……”

“准备得够充分的啊……”

“你不也刮了胡子？应该还刷牙了吧？”邵遥侧过脸，鼻尖凑近他的颈侧嗅了嗅，“薄荷味的。”

黎远麻了半张脸，张口轻咬她的鼻尖，说她是“小狗鼻子”。

这才休息不足半分钟，两个人又吻上了，糖黏豆似的。

两个蹩脚的新手探戈舞者碰碰撞撞，最后摔倒在床上。

邵遥仰躺着，黎远双腿跪床，跨在她的大腿上方，腰没有再往下沉了。他今晚没想要做到那一步。

他更想和邵遥接吻、牵手、拥抱。

远处有雷声震颤，和他们胸膛里的心跳声一样。

下陷的白被是潮湿的雨云，裹着他们压抑许久的情意，不停地熔化、发酵、膨胀。

又来了一个雷，这次声音巨大，“轰隆”作响。

黎远稍微清醒了些许，缓慢直起身，微眯起狭长眼眸半掩住眸里浓烈的渴望之色。

在他身下的女孩儿小口喘气，衣衫凌乱，胸廓起伏，用一双起雾的乌眸望着他。

他刚才实在没忍住，把她的衣摆往上推起了一些，露出了羊脂膏似的一截腰肢。

她小腹平坦，运动短裤是藏蓝色的，衬得那片皮肤白皙如雪，裤腰卡在腰胯处，遮不住浅浅凹陷的小巧肚脐。

一本书被掀开一角封面，就会让人忍不住想往下翻阅。

他想用指腹一寸一寸摩挲她的肌肤，但不是今晚。

黎远咬牙，帮她把衣摆往下拉。

他这么做并没好到哪里去，被抻平的白色T恤似张被擀得极薄的云吞皮，将柔软的肉馅儿裹在其中。

随着她一呼一吸，胸口一起一伏，黎远更难受了。

邵遥知道黎远在看她哪里。她口干舌燥，身体悄声无息地打开了一个口子，让那群蝴蝶有了飞奔的方向。

那阵眩晕感终于完全过去了，她也忽然回想起一件事，轻轻“啊”了一声。

黎远被这一声唤得尾椎发麻：“怎么了？”

邵遥细如蚊蚋的声音软中带哑：“刚才在Room里，你……”

黎远愣了愣：“我……？”

邵遥双颊红透，抿唇，眼睛往下瞄：“这里啦。”

她不自觉地拱了拱背，胸脯如小山丘般挺起。

黎远回忆了一下，想起来了。

刚才他跳入水中去捞她，一时没注意，手从她的腋下穿了过去。

泳衣面料光滑，又是在水中，黎远这时回想，觉得手感和水库里能钓到的黑鱼一样，湿滑，软弹。

黎远牵起她的一只手，轻搓她微凉的指尖，笑了一下：“嗯，然后呢？体感传达准确吗？”

“嗯。”邵遥勾了勾手指，在他的掌心里胡乱划着，声音越来越小，“你不准嫌我……太小……”

黎远动作一顿，五指收拢，把她的手握在手里，剑眉挑得老高：“你说什么呢？”

“我的胸就是这么小了，我这一年在努力给它做按摩，但怎么都不见长……”

邵遥叹了一口气，抽出手，双手在上方隔空抓了抓。

黎远本来就燥，小腹似有火烧，被她这么一打岔，直接气笑：“我又没说我喜欢大的。”

邵遥目光灼灼，言之凿凿：“不可能，男生都喜欢大的，你现在说不喜欢，回头看小电影的时候也都专门找大胸小姐姐看。”

“照你这么说，女生不也都喜欢有腹肌的男生？”

黎远翻了个白眼，抓住自己的T恤下摆，扯起直接脱掉，再拉起邵遥的双手，紧摁在他的小腹上。

他的声音闷闷的：“我也没有‘体育生的腹肌’啊，那你会不会嫌弃？”

邵遥不是第一次看黎远赤裸的上身，自然知道他不是“肌肉佬”。

她手心触到的肌肉虽没那么紧致结实，但仍坚硬滚烫，一丝赘肉都无。

这次她倒是反应灵敏，竟能从黎远的语气里嗅出丁点儿别的味道，勾起嘴角问：“什么体育生？谁啊？你指的是谁啊？”

“没指谁。”黎远不承认有“假想敌”存在。

自己也是搬起石头砸脚，拉着她来摸腹肌，只被碰了两下而已，血液里的火苗已经蹿得通天高。

屋外倏地亮起闪电，乍现的白光照亮整个房间，闪了两下，屋子里又迅速回到昏暗状态。

就这么一刹那，邵遥仿佛见到了金发碧眼的天使坠落进地狱，成了乌发乌眸的恶魔。

她似乎受到蛊惑，舔了舔上唇，右手从黎远的掌中抽了出来，说：“腹肌是稍微……软了一点儿啦。”

黎远挑眉，正想问她“和谁比软了一点儿”，就见邵遥食指朝下勾了一下，正好从他的身上滑过。

动作蜻蜓点水，可再轻也能荡开涟漪。

黎远立刻喉结一滚，溢出难耐的闷哼声。

以为即将骤响的雷声会掩住她的疯狂话语，邵遥小声咕哝了一句：“但这里不是啊……”

哪知道她预估错误，雷声很远很沉，她说的荤话一字不落地进了黎远的耳朵里。

眼见黎远缓慢地眯起双眸，邵遥倒抽一口气。

这会儿她总算察觉到男人眼中明显的侵略性，还有非常易懂的、越来越浓的渴望。

下一秒，黎远一手各圈住邵遥的一只手腕，高拉至她的头顶，压进软被中。

嗓子已经烧得发哑，他缓缓说道：“你别随便招惹青头仔啊，光听着都能全部交给你……”

他沉下腰，侧脸吻住女孩儿的脖子。

奇异的感觉在体内四处游走，邵遥被一团炙热气息烫得难受，却被钉在床上无法动弹，只能颤着肩头，弓起足背，扭着软腰告饶：“好痒……好痒啊——”

黎远没放过她，舌尖舔吮着白软脖肉，直至烙下浅浅的一枚红痕。

他吻过红痕，贴着她的耳郭，轻声细语道：“对着你，我只能是这种反应了。所以别再想那些奇奇怪怪的事情，你现在这样子就很好。”

第九章

我家属

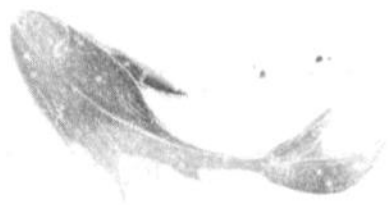

黎远最后去了趟浴室。

他简单淋了淋身，出来后只套了一条四角内裤。

半干的胸膛有水珠滑落，他顾不上抹，先取了条干净毛巾，准备在洗手盆里打湿。

镜子防热雾，清楚地映着他的身影。

他侧了侧身，借着镜子看见了自己肩背上的细微红痕，不是长的抓痕，而是一个接一个，小小的，弯弯的。

这是邵遥刚才被他吻得快喘不过气的时候，在他的背上摁下的指甲印儿，像湖面被风吹散开的粼粼月光。

将毛巾打湿了，黎远拎起来拧干，折了两折，走出浴室。

总是空荡荡的房间只因多出一个人，感觉截然不同，黎远望向床上鼓起一团的被子，胸口也暖和起来。

他轻手轻脚地上了床，但还是动静不小，被子里的人“嗯呜”了一声，缓缓睁开眼。

黎远对上女孩儿圆溜溜的一双眼，淡淡的光晃过去，把那两颗黑珍珠映得更亮。

他拈开贴在她的额侧的几根发丝，声音慵懒至极：“吵醒你了？”

邵遥一时发蒙，左右打量了一圈才回想起自己在哪里，撑起身，哑声问："我睡好久了？"

女孩儿还带着睡意的模样有些呆，乱翘的发尾和脸上的几颗雀斑，这时候都显得乖顺。

黎远嘴角上扬："还不到半个小时。"

他把热毛巾轻贴上她的脸颊，没用什么力气，仔细帮她擦了擦眼角："再睡一会儿？刚才哭得那么厉害。"

双颊又"噌"地升温，邵遥扯来毛巾捂住脸："谁哭？没有的事……"

她怎么都没想过自己会那么不济事。

刚才黎远的吻沿着她的脖子一路往下，手掌则从她的衣摆侵入，一路往上。

她被上下夹击，所有的感知都飞快地积聚于同一个地方，酥酥麻麻的，像是泥土里的春笋让阵阵雷声唤醒，试图往上冒尖儿。

体内又扑腾起一群小蝶，邵遥想抓都抓不住，只能任由它们找寻出口。

只是拥吻，她已经濒临失控，更没用的是，她竟昏睡过去了。

好似到这会儿她才真正结束了考试，压力倾泻得一干二净，人也终于知道累了。

黎远不再闹她，顺着她的发尾，眼睛温柔地弯着："我哭，是我哭。"

邵遥瞥他一眼，紧接着目光一寸寸往下移，轻声问："它……它还好吗？"

黎远一开始没反应过来，循着邵遥的视线低头，明白她在问候谁的时候，直接被逗乐。

他弹了她的脑门儿一下："你再招惹，它就要为所欲为了。"

邵遥早已习惯他这小动作了，揉着额头，噘着嘴嘟囔："我又不怕……"

黎远拉住她的手，倾身落了个吻在她的额头中央，动作轻柔，不带一丝旖旎色彩。

"可我不舍得。我又不是为了那件事才找的女朋友，是因为好喜欢你，才想要你做我的女朋友。”

黎远捧起她的脸，额头贴上被他吻过的地方，声音缱绻沙哑：“傻妹，来日方长。”

邵遥仰首，望着他的唇：“嗯，我知道。”

两个人依偎着聊了一会儿天儿，话题都是关于刚才那个“M-Room”的。

邵遥还是好奇：“你是怎么知道那些细节的？”

要拿到跳水馆的场馆数据并不难，泳池多深、跳台多高、观众席多少位、赞助商是谁、有哪些选手参加比赛，这些都有迹可循，但黎远是怎么知道她有哪些朋友及家人来看她比赛，又怎么知道他们具体坐在什么位置的？

黎远揽着她：“很简单哪，我直接去隔壁屋，问奶奶要了你以前比赛的资料。”

邵遥睁圆了眼，猛地转过身跨坐在他身上：“你跟奶奶要的？你怎么跟她讲的？”

“我直接说想给你做个‘跳水馆’，当作毕业礼物。”

“那……那……那然后呢？”

“然后？”黎远有一下没一下地逗着她微凉的耳垂，想了想，说，“奶奶领着我去你的房间，给我看你的那些奖杯和奖牌。我问奶奶有没有视频和照片之类的东西，我能拿来做场地参考，奶奶说她的电脑里存有一些资料，但你的爸爸妈妈那边应该有更多，然后就给了我阿姨的联系方式。”

“那你就联系我……我妈了？”

“对啊，阿姨给我提供了不少素材。”

“……”

“还有一些资料呢，是金贵和蔡超凡他们提供的，哦，还有杨楚雄，我私底下都问了一遍。”

邵遥呆住，嘴巴大得能吞下鸡蛋：“那岂不是全部人都……都知道了……”

黎远捏了一下指间的耳垂，斜斜看过去：“怎么？是有什么事情不能让人知道吗？我见不得人？”

“不是啦！”邵遥把他作坏的手指扯到嘴边，张嘴就往下咬了一口，“那你要资料的时候，他们是什么反应啊？他们没有问你原因？”

黎远指腹搓着指节处那小小的齿痕，低声笑了笑：“当然问了，但我还是那个回答，他们要怎么想象，就不归我管了。”

说都说了，邵遥只好认命，脑袋扎在黎远的肩膀前，咕哝道：“怪不得今天我妈和奶奶对我的态度都奇奇怪怪的，好嘛，她们都知道我今晚要来找你。”

黎远倏地笑出声来，笑得胸口剧烈震颤，笑得眉头千堆雪都要融化。

邵遥羞恼，想撑起身，却被他环住腰抱得更紧。

“让我抱一会儿。”黎远将头低了下去，埋在她的脖颈处咬了一口，“所以今晚我先放过你，别让奶奶她们担心。”

两个人又纠缠了一阵，邵遥到底累了，连连打哈欠，黎远再不舍也只能放人。

邵遥回去不攀墙了，黎远送她下楼。

楼下客厅灯灭了，邵遥跟做贼似的踮着脚走路，怕吵醒一楼卧室里的长辈。黎远被惹笑，捏了捏她的脖子后面那块软肉。

两个人出了院子，邵遥踮脚偷了个吻，还说了一句“想这样做好久了”，接着脚底抹油，忙不迭地跑回了家，独留黎远站在路灯下。

黎远捂着嘴唇笑，往前多走了两步，目送那“小贼”进了家门。

他没急着回家，就着头顶的暖黄色灯火点了支烟，感觉很熟悉。

一年前，他刚到春晖园那天，和邵遥从泳池里回来，他也是站在这里抽了一支烟。

然而心境全然不同，那时事事不适应，如今他一心想在这里定下来。

今天一整天没下雨，空气闷热潮湿，雷声时近时远，烟烧到一半时，起风了。

黎远仰起头，望向憋得通红的夜空，想着应该也快了，快下大雨了。

他缓缓转过头，目光看向斜对面的别墅。

三楼房间靠街的窗户旁边，从刚才就站着人。

屋里没开灯，但少年身影高大，黎远很容易辨认出对方的身份。

黎远叹了一口气，抬掌对那个方向勾了勾手。

那少年再站了片刻，转身离开了窗边。

烟烧完了，黎远刚把烟蒂丢进旁边的垃圾桶，对面的大门便被打开了。

他顿了顿，挺背站直。

杨楚雄反手关上家门，几步走到院门口，推门走出，脸上没什么表情，冷睇对面的黎远一眼。

两个人隔着一条小区路对望，终是黎远先开口打破僵持不下的局面："聊聊？"

杨楚雄本想赌气地回一句"没什么好聊的吧"，可这实在不是他能做出的事。

抓了两下后脑勺儿，他囫囵道："走吧。去哪儿？"

黎远无言。

他哪里知道去哪里？

他甚至不知道要跟杨楚雄聊什么。

他和邵遥是两情相悦，他没耍小手段，没横刀夺爱，实在用不着对杨楚雄有愧疚感。

要是心眼儿再坏一点儿，他还能有意无意地提起几句他和邵遥已经在一起的"好消息"。

杨楚雄见他不讲话，翻了个白眼，先迈长腿："去士多买瓶东西喝吧，口渴。"

黎远蹭了蹭鼻尖，也跟上。

风来得很快，这几天总耷拉着脑袋的树叶活跃起来，推来推去，"沙沙"作响。

晚上十一点，小区的路上不算热闹，但还是有些夜归的街坊赶着回家。

身高相当的两个人一前一后地走着，脚下影子时长时短，就是没人开口讲话。

有路人认出杨楚雄，大声打招呼：“雄仔！这么晚还去哪儿啊？考试考得怎么样啊？”

杨楚雄勉强提起嘴角笑了笑：“还算可以。”

“哈哈哈，那就行，你阿爷整天担心你的文化课考不好，日日烧香拜佛。”

杨楚雄没同对方多聊，匆匆道别后，就继续往前走着。

走出十来步，他听见身后那人问：“文化分没问题？”

杨楚雄双手插在裤兜里，闷声答：“嗯……应该没问题，和前几次模考的把握度接近。要多谢你最后关头帮我补习。”

对方这么有礼，黎远倒有些不好意思了：“客气个鬼。”

几个月前，黎远为“跳水馆”收集资料，除了比赛的相关资料，他还希望大家能够提供当年的个人照片——因为是好几年前的比赛了，少年们当时的长相都和现在有所不同。

既然找了金贵和蔡超凡，杨楚雄那儿自然也瞒不住了，黎远索性坦坦荡荡地开口跟杨楚雄讨要。

一出手就是这么一份“大礼”，黎远之心路人皆知，可金贵和蔡超凡与杨楚雄多年兄弟，也心知杨楚雄心归何处。

杨楚雄一开始说时间太久远了，视频什么的都丢了，金、蔡二人也借故拒绝，黎远没勉强他们，继续用手头的资料磨“M-Room”的细节。

又过了小半个月，杨楚雄发了个不小的文件夹给黎远，里头是邵遥最后那场比赛的全程视频，是杨楚雄去省队的资料库里找出来的。

文件夹里还有那年他们一行人和邵遥的合照。

杨楚雄直接捅破了那层窗户纸，说他喜欢邵遥，但也知道邵遥对他只有朋友情感。

同为体育生，杨楚雄知晓邵遥肯定心有不甘，希望黎远的这份礼物能让邵遥心里的遗憾感减少一些。

对方如此敞亮，黎远也不玩阴阳怪气、钩心斗角那种下作事。

作为提供资料的“谢礼”，黎远主动问杨楚雄需不需要帮他提升一下英语成绩——之前没少听杨楚雄抱怨自己的英语太差。

杨楚雄清了清喉咙，走慢了一些，问："那份毕业礼物送出去了？"

黎远低声应道："嗯。"

杨楚雄接着问："她应该很喜欢吧？"

黎远走到他身旁，默了片刻，才应了一声"她喜欢"。

过了好一会儿，旁边才传来一句："那就行了。"

两个人又无言地走了一段路。

士多在小区泳池的斜对面，去年夏天他们一群人游完泳会来这里喝一瓶汽水。

说是"士多"，其实这里的规模已是小型超市，无人化管理，两个人在门口分别刷脸进入。

店里除了他俩还有两个客人，一位中年妇女在收银台前将一样样商品过机，她的身旁跟着一个高瘦英俊的青年，将她过完机的商品一样样地放进购物袋中。

中年妇女话多且碎："明天台风登陆，得多备点儿水和食物，这小区上回刮台风，饮用水管道坏了几天……你知道的，我这人碰不得自来水，皮肤碰一碰都要发痒……欸，亲爱的，你查查咱们附近还有哪个便利店或超市是有纯净水卖的，我们再过去买一些备着。"

英俊青年声音温柔地说："没问题，我现在就查。"

他说着查，但没有拿出手机，也没有外戴智能设备。

杨楚雄忍不住偷瞄了一眼，青年就这么站着，嘴角挂着笑容，一动不动地紧盯着扫码机的某一个位置。

不过十来秒时间，青年倾身凑近中年妇女说："附近两家超市都暂时缺货了，补货需要一个小时，便利店的话目前还有，你需要多少？我先下单锁定。"

他说话的语气无比温柔亲昵，让杨楚雄起了一身鸡皮疙瘩。

后脑勺儿突然被人拍了一下，黎远幽幽地说道："走啦。"

他们刚走到冰柜前，那对男女就离开了士多。

杨楚雄这才长吁了一口气，也不用压着声音了："刚刚那男的是仿生人吧？"

"嗯，'管家'型号。"黎远点了点自己的右耳，"他的'耳环'是蓝色的。”

——随着家用服务型仿生人越来越多，不同工种的仿生人以不同颜色的接收器做区分：像黄色的是“家政工”，按规定时间到客户家中工作；而刚刚那位帅哥的耳郭上的接收器是蓝色的，他是 24×7、全天候住在客户家中的“管家”。

“听我妈说，那些一开始持观望态度的街坊，现在都争先恐后地跟物业预订，但仿生人供不应求，得等小半年才能轮上。”杨楚雄忽地打开了话匣子，“你觉不觉得，刚才那个仿生人的发型和五官，好像某个明星哪？……”

“我对明星又不熟。”黎远打开冰柜玻璃门，戏谑道，“怎么？你想订一个，也扮成哪个明星？‘bunny girls’里面的谁？”

这也是目前很火的“玩法”：客户订一个和自己喜欢的偶像的身形以及脸型接近的仿生人，改变发型，调整五官，在网络黑市上买偶像的声卡和同款服装，把仿生人改造一番，就好像一个个“芭比”或“肯”。

“啧，我才没这么变态。”杨楚雄瞪他一眼，走向啤酒区，丢下一句话，“有些喜欢，放在心里就足够了。”

黎远顿了顿，转头看过去。

冰柜上方的灯光线偏冷，覆在少年刀削般的眉眼上像结了层冰。

目光漫无目的地扫过色彩各异的啤酒罐，杨楚雄盯到眼睛发酸也不知道要挑哪一罐。

他打小就是运动员，严格自律，不抽烟不喝酒，对这玩意儿是真没研究，正想随便挑一罐，面前“哗啦”一声，玻璃推门被人关上了。

“喝什么啤酒？下个月你不是还要参加什么选拔赛？”黎远递过来一瓶无糖纯茶，没好气地说道，“本来想给你拿矿泉水，但都被人买光了，你自己看看成分，不能喝再换一个。”

杨楚雄惊诧：“你怎么知道我有比赛？我谁都没说呢。”

黎远把饮料塞进杨楚雄的手里：“小遥说的，她说你们队每年夏天都有比赛，她想去现场给你加油打气。”

杨楚雄站在原地，迟迟未动。黎远自己拿了罐可乐，语气认真了不少：“她很重视你这个朋友。”

杨楚雄捏了捏饮料瓶子，半晌，说："我也很重视她这个朋友。"

他抬起头，眼里带上罕见的冷厉之色："所以要是你敢欺负她，我跟你没完。"

黎远"嘁"了一声，很快回答："放一万个心吧你。"

杨楚雄深吸一口气，鼻腔微凉，胸腔内也是。

他拧开茶饮料的瓶盖，狠狠地和黎远手里的可乐瓶碰了一下，接着仰头豪饮，大半瓶茶水下肚。

黎远还愣着，杨楚雄已经手背抹嘴，像做了个巨大的决定："行，就这样吧。"

这时，店里响起广播声："温馨提示，请勿直接在店内打开未支付的商品——如已打开，请及时拿到收银台结账，谢谢配合——温馨提示，如有破坏、偷窃等恶劣行为，一经核实，将直接扣除本人的信用积分——"

两个人对视一眼，不约而同地笑出声来。

黎远也直接打开可乐喝了几口，店里广播又"温馨提示"了。

当然，最后他们还是结了账。

两个人走出士多时，地上"啪嗒啪嗒"地蹦起了雨滴。

没带伞，两个人只好在士多门口避雨。

憋了太长时间的雨狂泻而下，闷热空气像个气球被击穿，炸出奇怪的味道，但很快就被冲刷干净。

黎远没带手机在身上，思绪有些飞远，想着不知道邵遥有没有给他发信息或打电话。

忽然，杨楚雄开口道："我刚才看到了。"

黎远眼皮一跳："看到什么？"

"邵遥和你在家门口……"想到那一幕，杨楚雄的心脏一揪一揪地疼，但他坚持继续说，"我从没见过那样的邵遥，我想，这就是她拒绝我的原因吧。"

那样娇俏动人的模样，只会出现在她喜欢的人的眼中。

路灯灯光落在她身上，她整个人闪闪发光，比星辰璀璨。

黎远微微蹙眉："她拒绝过你？"

"嗯，不算明确拒绝，毕竟我连说出口的机会都没有。"

杨楚雄的饮料已经喝完了，他把瓶子投进垃圾箱，在楼梯边蹲下，双臂搭在膝盖上，“去年平安夜，我去邵遥学校找过她。那晚她问我，还有没有跟思雅联系，我回答‘没有’，她说她不想我俩也变成这样。”

黎远有些疑惑，不明白杨楚雄为什么在这个时候讲这件事。

“那晚我饭都没吃就离开了，其实不是因为邵遥拒绝了我，而是因为……”杨楚雄停了几秒，垂下脑袋，声音快被雨声淹没，“而是因为，实际上我并没有和思雅断掉联系。邵遥问起我的那一刻，我才察觉我对她的感情实在太儿戏了，好像还停留在小娃娃玩过家家的时候。”

谁都心酸过，哪个没有？

黎远突然想起一首粤语老歌。

他站了一会儿，突然抬脚虚踢了杨楚雄一下。

杨楚雄还在伤春悲秋，一时不备，被踢得趔趄了一下，还好底盘够稳，不然得摔进雨里。

痛是不痛，就是伤感气氛全没了，他跳起来嚷嚷：“你这是干吗啊？！”

黎远白他一眼，说：“等你运动员退役那天，我请你喝酒吧。”

台风过境，天气没那么闷热了，也出现了少见的蓝天白云景象。

半个月后，邵遥需要返校收拾东西，那天邵父、邵母都需要上班，实在抽不出时间，于是黎远负责送她回校。

听说，以前的高三生在高考后会把书本、试卷、练习册通通撕碎，嘶吼着，欢呼着，直接把碎书纸屑从走廊和窗口往下抛，纸片洋洋洒洒地铺满地，好似鹅毛大雪。

现在学生们肯定没办法这么做了，无纸化时代，全是电子产品，大家不可能把平板电脑往下丢，那样会造成无数电子垃圾。

但总该要有些仪式感，大家在这一天统一把平板电脑格式化了。

清空后的屏幕纯白一片，慢慢浮出 logo，一个圆圈，像个完美的句号。

学校还有一个“传统项目”。

大家收拾好教室里的东西，陆续走到走廊上，乌泱泱地站了几层楼。

很快，在熙熙攘攘的人群中，有人大喊：某某班的某某某，我喜欢你。

压抑了许久的感情轰然炸开，学生们尽情欢呼，掌声雷动，走廊的铁栏杆被敲得“咚咚”响。

被告白的同学会直接对空喊话“某某某我也喜欢你”，或者“某某某对不起”，也有比较害羞的同学会将这份感情默默地收进心里。

告白宣言此起彼伏，邵遥像个看热闹的大妈，随着大家起哄嬉笑。

哪承想，接下来就有人喊：“火箭班的邵遥同学！我喜欢你！！”

邵遥傻了，望向声音来源处，果然是榜一那位同学。

在场的许多人还记得那次放榜的情形，齐声大喊：“顶峰相见！！”

邵遥挠了挠耳朵，深吸一口气，双手紧握栏杆，大声喊：“对不起！我已经有男朋友了！”

一瞬间，全场安静下来，接着爆发出更响亮的呐喊声。

邵遥被起哄得满脸通红，赶紧跑回宿舍里收拾东西。

她总以为自己的东西不算太多，最后竟收拾满两个大行李箱。

别的室友都有家人来帮忙搬行李，见邵遥一个人，问需不需要帮忙。

说时迟那时快，没关的寝室门被敲响，有人站在门外问：“请问，这里是邵遥的宿舍吗？”

屋里的人齐刷刷地望过去，一个身材高挑的年轻男子站在门旁，宽阔肩膀几乎挡住走廊的光，但昏暗的光线未减少半分他面容的英俊帅气。

靠门近的女孩儿很快反应过来，兴奋地点头：“是的，是的！是小遥的宿舍！”

立刻有人回头，冲床位在寝室最里边的邵遥喊：“小遥！你……你……你的家……家属来了！”

寝室门高两米，黎远进门时稍微低头，习惯性手撑上方门框，往里走了一步又停住：“我方便进去吗？来帮她拎行李。”

顾不上在场的还有家长，室友们几乎同时开口：“当然可以啦！小遥的男朋友！”

邵遥羞得不行，忙对着室友们竖起食指拼命“嘘”。

黎远云里雾里，邵遥忙过去拉他回走廊上，压着嗓子问：“你怎么上来啦？！”

“我下车走走，见别的同学的行李都那么多，还有家长帮忙拎，就上来看看你。”黎远垂眸，看着被她握住轻晃的手腕，扬起嘴角，“你的室友怎么知道我是你的男朋友？你跟她们讲了啊？”

离校日的走廊上人不少，加上刚才教学楼的小风波，连隔壁寝室的女生都跑到门口偷偷望他们。

邵遥察觉到大家打量黎远的目光，不动声色地挪了挪脚步，挡在他身前。

她吞吞吐吐地回答：“没……没啊，应该是大家猜的……的吧……”

黎远挑眉，毫不在意别人的视线，甚至“变本加厉”地抬指捏了一下邵遥的脸颊，懒洋洋地说道：“邵小遥，你讲大话的时候会结巴你知不知道？”

春心萌动的女孩儿们跟看偶像剧拍摄现场一样，“嗷呜嗷呜”地小声尖叫。

一股热气从脚底板往上蹿，邵遥本来收拾行李就出了汗，现在更热了，龇牙咧嘴像只小马骝：“这位家属，请你注意一下言行举止，这里还是学校！”

黎远见她额头出汗，也不逗她了：“行李收拾好了吗？你拿出来给我，我先提下去。”但手背还是自然而然地凑到她的额头前，帮她把汗珠子抹去。

结果这动作又换来几声尖叫，邵遥冒出“此地不宜久留”的想法，匆忙回宿舍跟室友们道别。

顾不上室友们揶揄“邵遥原来你的小名叫‘小小遥’啊”，她火急火燎地推了两箱行李，离开住了三年的宿舍。

老宿舍没装电梯，得走弯弯曲曲的老楼梯，两个行李箱加起来不轻，邵遥本来打算自己拎一箱，谁知黎远一手一箱，直接拎着走下了楼梯。

今天天气好，充分的阳光从楼梯拐角顶上的长窗淌进来，拉长了他们脚下的灰影。

邵遥走在他的身后，背着双手，步子轻盈，目光跟随着空气中上下飘浮的金色尘埃，轻轻落在前面那人的肩膀上。

他穿着最简单的白色T恤，因手拎重物，肩背、手臂的肌肉绷紧，衣服肩线被架起好看的弧线。

他每次转弯，光影都会在他的背上变幻，似昼夜交替。

邵遥不知不觉间抿着唇偷笑起来。

不时有人从下往上走，黎远会侧身让人经过再继续往下走。

有女同学和邵遥认识，好奇地问她这是谁。

邵遥神采飞扬，说“这是我的家属啊”。

黎远听见，回头瞥她一眼，也笑起来。

车子停在校外，两个人得走上五分钟。

邵遥边走边喊热，好在黎远提前打开了车内空调，她一上车就被清凉冷气包裹住，整个人瞬间舒服了。

黎远放好行李，开门上车，看到的就是一个长不大的孩子张大嘴巴凑近出风口“吃”冷气的场景。

黎远笑出声：“热坏了啊？”

“对啊，学校也太小气了，人还没走呢，就把空调给截了。”

邵遥扯着校服领子来回灌风，全然不知汗水浸得后背半透，粉色胸衣带子若隐若现。

黎远微眯起眼眸，眸色沉了下来。

他有些高估自己的忍耐力了，这个星期他和邵遥在房间里独处的时候，有好几次差点儿刹不住车。

尤其昨晚，邵遥存心勾他，只穿着吊带背心和小短裤就跑过来，两个人吻着吻着自然点燃了火。

青涩少女在没开灯的房间里似蓄满夜光的白百合，黎远脑子里天人交战，过了好一会儿他才狠狠地咬了一口邵遥的脖肉泄恨，下床去浴室。

青天白日，他想起这些旖旎画面实在有点儿过分。

而让他昨夜连续做了一晚乱七八糟的梦的人，这时候还伸出一小截舌尖，似小狗崽般喘气，“哼哼哈哈”的，一点儿自觉都没有。

黎远双眸发烫，懒得理会这附近随时会有邵遥的同学及师长经过，伸臂揽住她的肩，前倾身子，在她发出惊呼声之前吻住了她的唇。

但他没有深入，只轻轻描摹着她软软的唇，动作比树叶筛落的光斑还要温柔。

邵遥很容易沉溺在这样的柔情中，所以当黎远后面问她她的室友口中的“男朋友”是怎么一回事时，她老老实实地告诉了他榜首那位被保送清华的男同学今天对她告白的事。

黎远听得眉头直跳，越来越觉得自己的小女友其实很受男生们喜欢。

他刚击败一个杨楚雄，又蹦出来一个“顶峰之约”，等邵遥上了大学，狂蜂浪蝶铁定不会少。

不知道港科大有没有什么学位适合他去读个一两年？

从春晖园最近的车站搭乘磁悬浮列车，一个小时左右就能到达港城市中心，来回方便，他也能继续照看老爷子。

邵遥嚷着肚子饿了，黎远将车开至最近的商场，找了家怀旧茶餐厅吃午饭。

两个人口味相近，当然主要是因为邵遥不挑食，叉烧拼烧鹅、滑蛋炒牛河、避风塘炒蟹、冰镇芥蓝芯，最后甜品是雪糕西多士。

有几道菜上得快，没多长时间就摆满了桌子，只差避风塘炒蟹了，黎远给邵遥盛了一碗牛河，压实，还给盖上了几片牛肉，堆成小山形状。

他把碗放到了邵遥面前：“月底出分数对吧？”

邵遥迫不及待地夹起牛肉：“嗯！”

“出分数后就是填志愿了？”

“对啊。”

黎远自己夹了块烧鹅，问出没多久前忽然冒出的念头：“填志愿前，你要不要去一趟港城？可以去实地看看学校。”

邵遥眨了眨眼，腮帮子鼓鼓的：“可以啊……但你要陪我去吗？”

黎远慢条斯理地点头："当然得陪你去，你不是说我是你的家属吗？"

邵遥笑弯了眼："哦，醉翁之意不在酒哟。"

"嗯？什么意思？太难啦，我不懂。"

"不可能，你陪爷爷看的古装剧里肯定出现过这句话。"

"乱讲——"

两个人有一句没一句地聊着，那份避风塘炒蟹迟迟未上，黎远正想唤服务员问问，刚举起手，手机响了，是个陌生电话。

服务员过来了，黎远让对方催一下菜，同时接听了电话："喂？"

那边背景音嘈杂，隐约还有熟悉的鸣笛声。

黎远愣了一下，就听那端的人说："是黎彦的家属吗？这边是祈福医院，刚刚老先生被送到我院急诊，麻烦你尽快过来医院。"

黎老爷子最近钓鱼真钓上瘾了，一得闲就去水库，顶配的鱼竿买了好几根，水库的几个钓鱼点也被他摸得熟稔。

但今天出意外了，老爷子钓着钓着，摔湖里去了。

好在旁边的钓友里头有比较年轻的人，岸边还有几个年轻人在野营，几个人下水，合力把老爷子拉了上来。

老人家呛了水，上岸后一时昏迷，但救护车来之前他已经恢复神志。

救护车还是把他拉回了医院，就是上次邵遥的奶奶发烧住院的那一家。

他的手机掉湖里了，好在他还能背出孙子的手机号码。

黎远和邵遥赶到时，老爷子正在急诊病床上躺着。

他身上湿透的衣物被脱下来了，换上了医院的病号服，他闭着眼睛，手上输着液，脸色苍白。

黎远一颗心一路高悬，看到这样的老头儿也没安心多少，站在离床几米远的地方，迟迟没有上前。

邵遥从他绷得死紧的下颌线就能看出他有多紧张，刚才在车内，他的脸更是沉得似能滴出墨水。

邵遥垂眸，伸手，纤细指尖静静地覆上他攥得现出青筋的拳头。

她柔声说道："你这样过去会吓到爷爷的，先缓缓。"

黎远听话地深吸一口气，再缓慢吐出，拳头慢慢松开了。邵遥趁机把手伸进去，握住他微凉的指尖，将自己的体温传递给他。

半晌，黎远的情绪总算平静下来。

他反手牵住邵遥，拍了拍她的手背："我没事了，刚才是不是也吓到你了？"

邵遥摇头："不会，我知道你是担心爷爷。"

黎爷爷有病史，而且在刚才来医院的路上，黎远简单地跟她说了爷爷的担忧情绪。

那台能推算出"剩余寿命"的诊疗机，虽然没有百分之百的准确率，但就算有百分之五或百分之十的可能性，也足以让人闹心。

黎远嘴上说不用太在意这机器得出来的结果，实际上他还是很担心爷爷的身体健康问题的。

黎远牵着邵遥走到病床前，老爷子没睁眼，估计是太累了，睡了过去。

刚好这时急诊医师走过来，跟黎远讲了一下老爷子的情况：没有严重外伤和骨折情况，手臂的轻微刮伤已经包扎好了。

老人轻微贫血，目前输的是葡萄糖，其他暂无大碍，但医生建议留院观察一天。

黎远谢过医生，及时告知医生老爷子之前的病史，并希望医生能安排让老爷子多住几天院，他想帮老爷子安排一个从头到脚、从内到外的全身检查。

医生刚走，老爷子就睁开了眼，没好气地说道："多住几天干吗？月初不是才做过身体检查？"

他一直没睡，刚才孙子和医生说的话他都听见了。

忽略孙子黑如锅底的脸，老爷子看向邵遥，虚弱地提了提嘴角："小遥也来了啊……"

邵遥上前一步半挡在黎远身前，弯下腰问："爷爷你现在感觉怎么样啊？怎么会掉进湖里的？是当时身体有哪里不舒服吗？"

"没有，没有，就是今天太阳大，我忘了戴帽子，可能是晒过头了，就——”

“还是你早上忘记吃药了啊？”

老爷子说了一半就被打断，黎远的双臂抱在胸前，声音实在谈不上多温柔。

“吃了好吧。”老爷子翻了个白眼，“要没吃的话，那药盒不是会给你发提醒吗？”

“那我临出门时不也提醒了你要戴遮阳帽？是你答应我会照顾好自己，我才同意不帮你请贴身看护的。”

“当然不要！现在的人已经毫无隐私可言了，还要请只吊靴鬼在身边？！”

老爷子猛地睁圆了眼，但一说完话就开始咳嗽。

邵遥赶紧帮他轻轻顺着背脊，打圆场道：“爷爷现在没事就是万幸，但一定要听医生的话，这两天住院做个全身检查。”

她俯身低声说：“黎远他太担心你啦，你都不知道刚才他开车开得有多快，就为了快点儿来医院看你。”

老爷子咳得胸廓起伏，瞪向黎远，不过语气稍软了下来：“你啊，载着小遥，就别开得那么快，安全最重要。”

黎远还想反驳他“有口讲人无口讲自己”，邵遥连忙扯住他的手臂晃了晃，他才把置气的话咽回肚子里。

他叹了一口气，问老爷子：“我去买碗粥给你，你想吃什么口味的？”

“医院饭堂不就只有白粥……随便啦。”

轮到黎远翻白眼：“我回家帮你拿几套衣服，再去餐厅给你打包粥。”

“哦，那我要吃虾粥。”

“想得挺美。”

“那你又问？”

“……”

爷孙俩顶嘴的画面太好笑，邵遥忍不住“扑哧”笑出声来。

黎远睨她一眼，牵起她的手走到一旁，附在她耳边问：“笑什么？”

“笑你和爷爷两个人翻白眼的样子啊，简直一个模子刻出来的。”邵遥勾着他的手指，建议道，“我在这里陪着爷爷就行，你回去帮他收拾东西吧。”

黎远软声问：“你呢？想吃点儿什么东西？”

“我刚才吃了呀。”

“才吃那么一点儿，你塞牙缝都不够。”

“嘁，说得我好似大食妹。”

黎远笑着揉一把她的发顶：“胃口大才好啊，不挑食，好养活。”

这句话听进少女的耳朵里，似乎多了点儿别的意思。

邵遥努嘴“哼”了一声：“快走吧你，磨磨蹭蹭的，快去快回啊。”

黎远跟爷爷说了一声，老爷子连扬手都无力，抬了抬下巴：“去吧，记住啊，开车不要太快。”

“知道啦。”

黎远把老爷子湿透的衣服和鞋袜也一起带走了。

黎爷爷在走廊靠墙的临时床位上半躺着，邵遥没地方坐，乖乖地倚墙站在床尾。

急诊室里人来人往，嘈杂无比，但她还是清楚地听见了黎爷爷问：“小遥啊，你现在跟 Frank 在一起了对吗？”

尽管早就认识爷爷，邵遥仍有些见家长的“错觉”，连忙回道：“对……对的爷爷。”

“别紧张啊，爷爷也没什么事，就想告诉你，要是 Frank 以后欺负你的话，你就来告诉我，爷爷替你教训他。”黎彦提起嘴角笑了笑，“他的性子有些慢热，辛苦你了。”

邵遥眨了眨眼，连连摇头：“不会啊，黎远的性格很好的，跟我们一群幼稚小鬼一起玩，他都没嫌我们烦。”

黎彦闻言，眼中堆起笑意：“那应该是你的功劳，他从小一直跳级，没几个说得上话的朋友，长大之后更是独来独往，比起现实，他更喜欢整天泡在网上。”

邵遥回想了一下，好像只有一开始刚认识的时候，偶尔会觉得他懒懒散散的笑意没进眼里。

但现在他已经不会这样了。

黎彦语气真挚诚恳："小遥，谢谢你。"

"爷爷你别这么说。"邵遥的脸有点儿烫，"应该是我要谢谢黎远才对，他送了我一份非常特别的毕业礼物，是个在'新世纪'里面的跳水馆！"

"哦，你小时候是跳水运动员对吧？"

"对的，爷爷你怎么知道的？黎远告诉你的呀？"

黎彦顿了顿，很快轻轻点头。

他没有多解释，过了一会儿又问："小遥，你有以前你参加跳水比赛的视频吗？"

"有啊，我的手机里有，爷爷你想看吗？"

"嗯，方便吗？"

"方便呀。"

邵遥把小时候跳水的视频都存在网盘文件夹里。她拉到最上面，找了个看上去不算太丢脸的比赛视频打开，把手机递给了老先生。

黎彦指着床尾的空位让她坐，接过手机，眯起眼看视频："哦？这个是哪一年的比赛啊？"

邵遥坐下，答道："七八岁的时候吧，算是我参加的第一场比较大型的比赛。"

屏幕里是别的小孩儿在准备跳水，邵遥解释下一个就轮到她，黎彦挑眉："哎哟，那么小的娃娃就已经能站上这么高的跳台了，你比我家那孙子有本事太多了。"

这点邵遥也不知情："啊？黎远恐高吗？"

"小时候恐高啊，恐得不得了，住酒店都不敢住高层，长大了才没那么严重。"

"哈哈哈，那我下次可以拿这件事逗逗他。"邵遥笑得眼睛眯了起来，"我还听说他小时候学了咏春是吧？"

和小姑娘聊了一会儿，黎彦稍微有了些精神，说话也利落不少："对，学了挺长一段时间呢，没办法啊，他那时候太胖了，什么运动都不乐意做，是我和他爸硬把他逮去武馆的。"

邵遥惊讶："他小时候很胖？！"

黎彦笑了笑："是啊，你还没见过他小时候的照片？要是我的手机没掉，就能给你看看照片了。"

"啊，好可惜——"

视频里轮到小邵遥上十米台了，老头儿身子都坐直了一些："来了，来了。"

女孩儿一脸稚气，虽然没笑容，眉头也没皱一下，但又黑又圆的眼眸里仍然透着小孩子才拥有的天真烂漫之色。

女孩儿跳起轻如燕，翻腾似圆月，最后是针入水。

镜头跟随着她的身影，拍下了包括入水后从下往上游的全过程。

女孩儿破水而出的时候终于压抑不住天性，明明是第一跳，分数还没出，她已经笑得跟夺金似的。

攀上池畔后她像小狗一样甩了甩头，咧开嘴笑，露出几颗白牙。

黎彦看得认真，眼角的细纹浅浅地堆了起来。

他轻声感叹了一句："你笑起来真的好像小时候的杉杉啊……"

"对啊，我奶奶每次看到这个视频也这么——"

邵遥越说越小声，最后一个"说"字更是卡在喉咙里。

她蹭了蹭鼻尖，小声问："爷爷，你见过小时候的我爸啊？"

第十章

如若他

医院离春晖园近，黎远开车开得快，没一会儿就到家了。

邵遥的两件行李还在他的车上，他先拿出来，去按邵家的门铃。

老太太很快从屋内走出来，黎远朝她点了点头：“奶奶中午好。”

纪霭有些意外，边开门边问：“怎么只有你一个人？小遥呢？”

在来的路上，黎远已经想好要跟老太太如实“报告”：“奶奶，小遥在医院陪我爷爷。”

纪霭猛地停住脚步：“你爷爷怎么了？”

黎远将爷爷落水的情况一五一十地告知。

纪霭越听眉头皱得越紧：“我都说了多少遍让他别去水库钓鱼了，那里没遮没挡，不安全的。”

黎远顺势也说了爷爷几句：“就是，我也整天提醒他注意安全，想给他请个贴身看护他又不愿意。”

纪霭摇摇头，叹了一口气：“男人就是这样，越老越反骨，一辈子都在‘叛逆期’……”

她领着黎远进屋，提醒道：“你嫌啰嗦奶奶也要讲，以后小遥和春晖园那些孩子去水库游泳，你帮忙劝几句，你年纪比他们大，他们会听你的。”

黎远点头应承，表情很乖巧：“知道了奶奶。”

邵家没装电梯，黎远直接把两个行李箱拎上了三楼，放在邵遥的房间门口。

下了楼，他听见厨房有声音，走了过去。

老太太背对着厨房门口，正在切什么东西，旁边炉子上是一口砂锅，袅袅白烟往上飘着。

黎远轻敲一下玻璃门，说："奶奶，小遥的行李我放好了，如果没什么事的话我就先过去给我爷爷收拾住院的衣服。"

纪霭回头，点头道谢："小远，辛苦你了啊。"

黎远多问了一句："奶奶你还没吃中午饭哪？"

"我吃了。"纪霭侧了侧身，给他看砧板上的皮蛋，"我中午吃的白粥还剩一些，现在加点儿皮蛋和瘦肉，你等会儿收拾完了过来一趟，把粥拿去医院吧。"

黎远明知故问："这粥是给我爷爷的啊？"

纪霭轻笑："你想分给小遥吃也可以啊。"

黎远连忙说道："不，不，不。"

他和老太太暂时道别，回家帮爷爷收拾衣服。

爷爷的手机掉进湖里了，黎远知道爷爷有两三部旧手机，想先随便取一部让他凑合着用。

他拉开床头柜最下方的抽屉，拿出几部手机看了看，选了最近型号的一部。将其他的手机放回原位，黎远关了一半抽屉，突然停住，又把抽屉拉了出来。

抽屉里有一个戒指盒，蓝色的。

他盯着戒指盒看了许久，最后将它拿了出来。

这应该是好久以前的物件了，盒子有被把玩过的明显痕迹，双开盒，卡扣都松了，他碰一碰就打开了。里面是一枚钻戒。

黎远没有把戒指拿出来，他打量着戒指。

他对珠宝没什么研究，单纯觉得戒指被保养得挺好，干净无瑕，闪着淡淡的光。

这应该就是爷爷的遗憾吧。

黎远轻叹一声，把戒指盒放回原位，关上抽屉。

他把行李袋先放上车，再去隔壁敲门。

粥刚煮好，装满一壶，热气腾腾的。

黎远拎过保温壶跟老太太道谢，纪霭摆了摆手："一场街坊，举手之劳而已。"

黎远紧了紧保温壶把手，默了片刻，垂眸问："奶奶，你真的只当我爷爷是街坊吗？"

纪霭顿了顿，抬起眼帘看着他，直接问："小远你想说什么呢？"

原来黎远和邵遥聊过这件事，两个人达成共识，想让两位老人顺其自然。

可只要是人就有私心，他希望爷爷能早日解开心结。

他微微皱起眉心，声音慢慢沉了下来："奶奶，不瞒你说，我爷爷有可能……只剩下四五年……"

邵遥试探的那个问题，只得到了黎爷爷的一声"嗯"。

后来黎爷爷看了一会儿视频，把手机还给了她："小遥，爷爷有点儿累了，我躺一下。"

邵遥替他掖了掖被子："好的，你赶紧休息！"

四周嘈杂，黎彦仍一下便入了梦。

和往常一样，他的梦总在那几个他记忆最深刻的场景里来回跳跃，破碎凌乱，像张永远粘不回去的旧照片，但每一块碎片中都有她的身影。

红着眼眶跑进女厕的她，跑道上让夕阳余晖肆意舔吻的她，在海滩上弯腰拾贝的她，眼角含泪喊他"讨厌鬼"的她，把所有委屈嚼碎了往下咽，还要在他面前展露笑脸的她……成了邵杉杉的妈妈的她，重遇后笑容越来越少的她，在十字路口回头叫他不要追的她，最后一次为他洗手作羹汤的她……每次梦来到这里，他就会自动醒来，因为心脏太痛了。

明明都说，人在梦里感觉不到痛。

黎彦侧躺着，眼皮透光，时不时有灰影晃过，似冷冽寒冬的天空中的飞鸟，似炎炎夏日有蝉鸣的树荫。

半梦半醒之间，黎彦听见孙子的声音，想着黎远应该是在和邵遥说话。

他的喉咙很干，开口时声音沙哑："Frank？我想喝口水……"

"我带了热姜茶，小远，帮你爷爷倒一杯。"

熟悉的温润女声滑进黎彦的耳中，他猛地睁开眼，循声看去。

一时半会儿，他以为自己还在梦中，恍惚中唤了一声："霭霭……？"

上一次他也是这样，把邵遥认成了纪霭。

纪霭听见呼唤声，手中动作一顿，眼神复杂地看向他。

邵遥抿唇忍笑，视线在两位老人的脸上来回转。

她不知道黎远有没有见过这样张圆了嘴、一脸呆相的爷爷，反正她是没怎么见过表情这么奇怪的奶奶。

黎远从奶奶那儿接过保温壶，睨了一眼古灵精怪的姑娘，再看回爷爷："嗯，邵遥的奶奶听说你被救护车拉走了，过来看看你。"

这次不是认错，黎彦一颗心越跳越快，手撑着床板就想起身，都忘了自己的手背还扎着针。

一阵骤疼的感觉蹿上脑门儿，他疼得龇牙咧嘴。

黎远皱眉，走上前检查他的手背，凑在爷爷耳边小声调侃："你冷静点儿啊，别像个青头仔一样。"

黎彦白他一眼，嘀咕道："你才是青头仔……"

黎远被戳中痛处，"嘁"了一声："早知道就不帮你通知奶奶了。"

"哦，那祝你早日——"

"啧！"

"快给我倒茶啊。"黎彦的目光一直落在纪霭的脸上，余光瞥见她怀里的购物袋里还装着一个保温罐，粉色的，

他哑声问："那个壶里装的是什么？也是茶水吗？"

两个年轻人没回答，纪霭只好自己回答："是皮蛋瘦肉粥，小远说你还没吃中午饭。"

黎彦眼睛渐亮："是你专门煮的啊？"

"没有专门……我中午吃剩的。"

"那肯定比酒楼的味道好。"黎彦冲孙子使眼色："快帮我舀一碗。"

黎远白眼快要翻上天，把刚倒好的姜茶递到爷爷的手里，又跟奶奶那拿来保温罐："奶奶，我来吧。"

"好。"纪霭还带来了碗、勺，一并递给黎远。

黎远一打开保温罐，香气立刻飘了出来。

黎远边舀粥边问爷爷要吃多少，老人像嗷嗷待哺的鸟崽，伸长脖子说“再多点儿、再多点儿”。

但爷爷一只手还在吊针，只有右手能用，黎远本想帮他端碗，这时有机器护士驶过来，大声问：“黎彦的家属是哪位？麻烦到柜台办理一下住院手续——”

邵遥反应非常快，差点儿就像课堂上回答问题那样举起手：“啊，我陪你去！”

黎远端着碗，看看机器人，又看看爷爷，最后看向邵遥，一脸为难的样子。

气氛凝固片刻，机器人大大的脑袋有些无法理解眼前的情况，歪了歪头，眨了眨眼：“黎彦的家属，留观床位很紧张，这边麻烦您尽快办理手续。”

纪霭轻叹一声，对着黎远伸出手：“给我吧。”

黎远道谢：“那就麻烦奶奶了，我和小遥去去就来。”

把“烫手山芋”交出去后，两个年轻人快步离开，不想在那里当光灿灿的“电灯泡”。

纪霭找来一张塑料凳放在病床旁，刚坐下，黎彦就结结巴巴地开口：“我……我……我自己吃就行了。”

纪霭没看他，把碗递到他面前，慢悠悠地说道：“当然是你自己吃，难道你还想要我喂你啊？”

“我哪里敢这么想？”黎彦嘴里嘟囔，嘴角却往上提。

他拿起调羹舀了一勺粥，迫不及待地就往嘴里送，果不其然被粥烫了舌尖，“呲呲”地吸气。

眼角已经开始跳了，纪霭压住心里往外冒的烦躁情绪，语气有些不耐烦：“你都已经七十好几的人了，怎么还总是冒冒失失的？”

黎彦挨了骂反而有点儿愉悦：“在你面前我就是这样啊。”

纪霭“哼”了一声：“男人至死是少年是吧？”

这句话听着有“陷阱”，黎彦装傻不答，再舀了一勺粥，这次吹了吹，才往嘴里送。

香粥浓郁黏稠，他连吃了几勺，声音含糊地夸赞：“好吃，好吃。”

纪霭见他精神不错，有些狐疑：“黎彦……”

“嗯？”

“你该不会是……故意掉进湖里的吧？”

黎彦差点儿一口粥喷出来，瞪圆了眼：“我是这种人吗？！”

纪霭抱臂“哼”了一声：“你怎么不是？以前我一不理你，你立刻装病，这种事情发生得还少吗？”

黎彦气笑：“那你明知道我装病，还不是每次都来看我？”

那些本该甜蜜美好的青春回忆，此时似刀似箭，无情地在当事人心脏上划出了血淋淋的口子。

两个人不约而同地顿住，陷进各自意味不明的情绪中，一时没再说话了。

粥碗很快见底，黎彦意犹未尽：“我还想再来一碗。”

纪霭没同意：“别一口气吃那么多，先缓缓，等会儿消化一些再吃吧。”

她站起身：“我去把碗洗了，你一个人在这里可以吗？”

黎彦点头。

纪霭洗完碗回来，远远看见黎彦一个人坐在病床上。

他手里拿着茶杯，低着头，一直挺得很直的背现在佝偻着，脸上没什么表情，投在白墙上的影子很单薄很淡，显得格外模糊。

她脑子里还一直盘旋着黎远没多久前说的那件事。

诊疗机、剩余寿命，还有五年零八个月，这些词语像针尖，一下下扎着她的心脏。

她并不完全信任那种“高科技”，但生老病死是人必经的过程，不是五年零八个月，那可能是六年零八个月，也可能是三年零八个月……

她已经经历过许多亲人离世，本来以为，接下来应该就是别人来参加她的葬礼了。

纪霭走过去，还没走近，老头儿已经坐直身，一扫刚才的落寞表情，对她笑了笑：“你回来了。”

纪霭把碗勺装回购物袋里，念了他一句：“我说过好几次了，让你别总去水库那里钓鱼。自己的身体是什么情况心里没点儿数？这次还好那边人多，能把你救上来，下次呢？你不会一直这么好运的。”

黎彦尴尬地笑了笑：“我这次就是一时不小心……抱歉啊，今天没办法给你送鱼加菜了。”

“你以前就是这样，侥幸心态……”

纪霭把凳子拉到床尾才坐下，刻意拉开两个人之间的距离，“以后也别给我送鱼了，你要么留着自己吃，要么放生。”

黎彦不乐意，梗着脖子说：“我就要送。”

纪霭提高音量：“欸，你怎么回事啊？还没完了是吧？”

不提鱼的事还好，一提黎彦就要打破陈年老醋缸了：“谁让那几个老头儿成天给你送鱼？他们是谁啊？凭什么给你送鱼啊？无事献殷勤，非奸即盗……那个明仔阿爷，整天色眯眯地看着你，你这样都能忍？”

纪霭被他倒打一耙的无赖模样气笑：“黎彦你幼不幼稚？别人送鱼是非奸即盗，那你送鱼又是出于什么目的？”

“你太瘦了，给你补充营养。”黎彦睁着眼说瞎话。

“你别又给我耍嘴皮子，你跟那几个老头儿没啥两样。”纪霭瞪他，“实话告诉你，多的是寡佬想跟我处对象，真要排起队啊，你只能排队尾。”

黎彦当然知道，纪霭的身材和容貌保持得极好，稍微打扮打扮，说她是四五十岁都能信。

所以当他得知春晖园里头有多少没老伴儿的老头儿对她虎视眈眈时，他就气不打一处来。

本来苍白的面庞这时倒有了些血色，黎彦硬吞下“那群癞蛤蟆还想吃天鹅肉”这种酸话，低头咕哝了一句：“明明我是第一个……”

在胸腔里乱窜的那些烦躁情绪瞬间转变成酸楚，纪霭在鼻梁泛酸的同时已经别开脸，避开黎彦的视线，飞快地揉了一下眼角。

“那些都是咸丰年的事了，就别再提了吧。”她很想将自己的语气调整至冷酷无情，但最终还是做不到，听上去只有满满的无奈感，“黎彦你说吧，你到底想怎样？上次我已经拒绝过你，我说我没有想要什么再续前缘的念头，又不是十八二十二的年纪了——”

“我知道，我知道。”像是怕被对方厌恶，黎彦急忙打断她的话，

“我们做不成情人、夫妻，也算是老朋友、老同学一场，我从没奢望过你还能重新接受我。”

不知不觉，滑在腰间的薄被已经让他攥扯得变了形。

他想，他的心脏应该也是这样。

他的声音低至尘埃里：“纪霭，我只想，这次你别赶我走。”

病患家属可以在医院柜台的终端机上全程自助办理入院手续，和在快餐店里点餐没什么两样。

像是病号服要什么尺寸、一日三餐要多少钱的餐标、需不需要天花板投影……这些东西都能自行选择。

黎远感叹这儿比墨尔本的医院人性化太多了：“那边只有不同配方的营养液，哪像这边，早餐还分中式和西式。”

邵遥在旁边点头：“而且这家医院的配餐性价比很高，没有偷工减料，我以前来这儿总赶着饭点儿过来的，有个酸甜炸蛋和卤水鸡腿特别好吃，现在不知道还有没有做了。”

黎远挑眉：“你以前常来？”

“嗯，我爷爷从生病开始到后来离开，都住在这家医院。”

“抱歉。”

邵遥看着他，摇了摇头：“没事的，你不用道歉。”

黎远一只手还在屏幕上操作，另一只手揽住她的腰：“下次去你家，你带我见见爷爷？”

嘴角一点点扬起来，邵遥笑得眼似月牙儿：“好呀。”

黎远相当“好学”：“是要上香的对吗？我不大清楚流程，你得提前教教我，陪我练习一下。”

“嘿嘿，没问题，包在我身上。”

入院流程到了选择看护部分，有“仿生人看护”和“真人看护”两个选项，黎远几乎没有考虑，直接点下了“真人看护”。

邵遥瞄见：“啊，我以为你会选仿生人呢。”

“爷爷是守旧派的，甚至一度很反感我妈往家里带仿生人的做法。”黎远说起那些往事，声音会比平时稍沉一点儿，“国外医院目前基本只剩仿生人看护了，毕竟充电一小时，能工作一整天，收费还比真人便宜。爷爷上次手术住院的那段时间，他不乐意仿生人看护陪着，我们就从外面请了专业看护和理疗师。”

“哦——”邵遥想了想，像自言自语，“不知道未来我们这边会不会全变成仿生人看护呢？如果会的话，那些需要这份工作养家糊口的看护该怎么办呢？”

黎远沉默。

这是一个无解的问题。

人类一直在往前走，却很少停下脚步回头看看那些被抛下的人事物。

被人工农场逐渐取代的野外农田，被自动驾驶逐渐取代的司机，被机器人逐渐取代的大量人工岗位，被虚拟世界逐渐模糊的现实……也或许人类回头看了，但只会觉得这些是必经的过程，是必走的道路，是必须献给科技的祭品。

而因为科技进步得益的只有一部分人，还有另一部分人被时间的齿轮卡住手脚，碾得血肉模糊。

没人能记住他们的名字。

交完押金，办好手续，黎远手机里的医院平台软件立刻跳出了爷爷的资料页面，他可以直接查阅刚才的急诊病历，也可以得知目前爷爷输的葡萄糖还剩 40%。

系统提示目前住院留观的床位正在准备，黎远和邵遥没有立刻回急诊室，不想打扰到两位老人难得可以相处沟通的机会。

邵遥中午饭确实没吃饱，领着黎远往餐厅走去：“不知道他们聊得怎么样呢？”

黎远耸了耸肩：“能不吵架就算不错了。”

“不过你也挺厉害啊，能‘召唤’出我奶奶这个‘秘密武器’，还能让我奶奶煮一锅粥，这简直就是‘补血神器’吧！”

“邵小遥，你最近在‘新世纪’里玩游戏玩得有点儿上头啊。”

邵遥哈哈大笑：“你没看黎爷爷刚才盼着吃粥的表情，和小娃娃差不多。”

黎远想了想，忍俊不禁，确实挺像。

两个人走出候诊大厅，闷热空气瞬间袭来，像塑料袋子把人紧紧裹住。

邵遥抬手挡了挡走廊侧上方的毒辣阳光："刚才你和奶奶一起出现时我都惊呆了。所以你是怎么劝服我奶奶来医院的啊？还能让她煮粥又煲茶。"

"煮粥和煲茶都是奶奶自己主动提出的，我再卖卖惨，奶奶就大发慈悲，说还是跟我来一趟吧。"黎远松开她的手，绕到邵遥另一侧，继续往前走，语气轻松不少，"毕竟是街坊一场嘛，邻里之间就要互帮互助。"

强光被黎远的身子挡去一些，邵遥稍微舒服了一点儿："卖什么惨哪？卖你自己的惨，还是卖爷爷的惨？"

黎远如实说道："爷爷的。我跟奶奶提起了那台诊疗机的事。"

邵遥挽住黎远的手臂，脸轻贴他的肩膀，汲取衣服和皮肤上残存的冷气，轻声说道："我现在只希望那台诊疗机非常、非常、非常不准。"

黎远轻笑一声，唇贴着她的发顶吻了吻。

爱恨再浓烈，情仇再沉重，都抵不过生老病死。

人只有健健康康地活着，才有资格去谈论那些外人无法得知的感情。

已经过了午餐时间，餐厅只供应简单的粥、粉、面，但人不少，点餐机前排了不短的队伍。

跟着队伍缓慢前进的时候，邵遥忽然"啊"地叫了一声。

黎远被吓了一跳，忙问："怎么了？"

因为终于想明白了一件事，邵遥宛如醍醐灌顶，一时激动，直接冲黎远的手臂重重地拍出了"啪"的一声脆响："我知道了！我终于知道了！春晖园的大秘密！"

真不能小瞧怪力少女的无情力，黎远牙根都酸了，还好面子地提起嘴角笑，装作一点儿都不疼："你知道什么了？"

邵遥清了清喉咙，扯着黎远的袖子让他稍微弯腰。

黎远照做，邵遥神秘兮兮地凑在他的耳边说："你之前不是问过我，为什么你家那屋子被人当作'鬼屋'吗？"

黎远点头："对啊，那晚你说别破坏气氛，就没告诉我。"

不是多重要的事，黎远后来也没再问过。

邵遥的一双眼亮晶晶的："听说很久很久之前——"

其实具体什么时候有"鬼屋"传言的，邵遥一时也想不起来，毕竟像这种鬼故事，她从小听过不少，今天传泳池女厕倒数第二格有手从马桶里伸出来，明天就传无人居住的老别墅里有夜半哭声。

黎远家就是后者。

说是有一年七月半，有人深夜经过别墅时听见里面有哭声传出，断断续续的。

那人刚走近想再听清楚一点儿，但那哭声被风一吹就听不见了。

老别墅太多年没人住，院子里杂草丛生，墙壁上攀满爬山虎，让月光一照，阴森得让人害怕。

一个人听见哭声还能当是错觉，但后来陆陆续续有其他人听到。

往流言里添几勺油加几勺醋，"鬼屋"的传言就这么诞生了，还衍生出好几个新的版本，有人说这房子里之前死过人，怨气大，有人说之前移民的那户人家肯定是不堪其扰才搬了家，有人还说那密密麻麻的爬山虎下面肯定藏着怨灵。

"后来我们每年夏天就拿你家当试胆大会的场地了，有一次最恐怖，大家被要求把手伸进爬山虎里面，拿笔在墙上写上'到此一游'，才算过关。"

邵遥讲得绘声绘色，餐厅的冷气仿佛都冷了几摄氏度，前面点完餐的大婶离开时，还回头多看了小姑娘两眼。

"怪不得！装修之前施工队伍给我发来全屋影像，把爬山虎清理掉后，墙上一堆乱涂乱画的痕迹。"

黎远哭笑不得，科技再怎么发展，似乎也阻止不了都市鬼故事传播。

"原谅我们年少无知。"邵遥双手合十地道歉，"但我现在想了想，那时候大半夜地在别墅里哭的，会不会是你爷爷啊？"

听她这么一说，黎远皱起眉头。

老爷子买这套房子的时候黎远还没出生，所以不清楚那些年爷爷的事，父亲也从未跟黎远提起。

但想想爷爷上次手术后在病房里偷偷抹泪，黎远现在倒是能相信，爷爷是能做出一个人跑到空无一人的房子里伤春悲秋这种事的。

隔壁屋灯火温馨，这边则是孤零零一个人，换作是他，他估计也得哭。

“老爷子藏着掖着一堆秘密呢，但他不乐意说，我们也没办法。”黎远无奈地叹了一口气，“真的是‘老年叛逆期’。”

两个人随意吃了点儿东西，黎远的手机响起，提醒他爷爷的输液即将结束。

黎远和邵遥回了急诊室，爷爷躺在床上，面朝墙壁，奶奶则坐在床尾的椅子上，两个人离得不远，但中间似乎隔着道冰墙。

黎远和邵遥互看一眼，默契地没有开口。

刚好输完液，机器护士来拔针，同时通知他们可以进病房了。

床位紧张，老爷子住的是四人间，加上看护和家属，屋里已有六七个人，十几只眼睛齐刷刷地看过来。

纪霭停在了病房门口，没有再往里走。

她对孙女说：“小遥，我在这里等你，你放下东西后就出来吧。”

邵遥顿了顿，点头：“好。”

护工也来了，是个四十来岁的男人，长相憨厚，身材不高，但力气挺大，一下就撑起比他高出一个头的老爷子，态度热络殷勤。

黎彦刚才没睡着，情绪不大高，他的床位靠窗，拉起隔帘后他就完全看不见门外那个人了。

他轻唤：“Frank，你多跑一趟，送小遥和她奶奶先回去吧。”

邵遥把环保袋里的东西一样样地放到床柜上：“不用，不用，爷爷，让黎远在这里陪你，我和奶奶叫辆车回去就行了。”

黎彦不同意：“那怎么行？天这么热，一不小心就要中暑的。”

黎远正在跟护工交代注意事项，让对方先等等，问邵遥：“我送你们回去吧？”

“别了，你取车的时间我们都能回到家啦，叫车更方便。”

邵遥坚持黎远留下，黎远没辙，只好送她和奶奶到电梯前。

他微微颔首，再次对纪霭道谢：“辛苦你了奶奶，大中午的麻烦你跑一趟，耽误你午休了。”

纪霭笑了笑：“小事，晚点儿我再煲些陈皮茶，你如果没时间回春晖园的话，就让小遥给你送过来。”

“那太麻烦你了。”

“别这么客气，正好我要煮，就多煮一些。”

黎远不推拒了：“那先谢谢奶奶。”

邵遥噘着嘴，问黎远：“我可是跑腿小妹，你怎么没跟我讲多谢？”

在奶奶面前黎远不好太放肆，只能在她身后捏了捏她的指尖：“好的，我今晚再定做一面‘热心街坊’锦旗给你。”

邵遥皱起鼻尖一脸嫌弃的表情：“才不要！”

电梯快到了，黎远叮嘱邵遥：“上车了告诉我一声。”

邵遥：“知道啦。”

黎远看向纪霭：“奶奶再见。”

纪霭：“嗯，再见……”

但电梯停下开门的时候，纪霭没有走进去，站在原地，垂眸抿唇的神情像在思考什么事情。

邵遥有些疑惑：“奶奶？是落下什么东西了吗？”

纪霭回神：“没，没落下。”

她抬头看向黎远：“小远，我有件事情想拜托你。”

黎远和邵遥又对上了视线，两个人眼中都有许多不解之色。

他回答：“奶奶你别说拜托，尽管提。”

纪霭：“好，其实我就是想问问，现在找你定做那‘小房间’的话，需要多长时间？”

黎远愣了愣：“‘小房间’？ ROOM 吗？‘新世纪’里头的那种？”

“对，对，你们叫它‘M-Room’。”纪霭笑得有些难为情，“讲出来你们小年轻别笑话，我还没进过‘新世纪’。我只玩过很多年以前的那种 VR 游戏，很容易晕，后来就没再尝试过了。”

邵遥插嘴：“奶奶你现在想玩‘新世纪’了吗？是的话我借我的头显给你用，有防眩晕模式！”

“不，我现在这年纪，对虚拟世界没什么兴趣了，就只想定做一个‘M-Room’。”纪霭接着问，“我之前听对面屋的雄仔讲，你的档期都排到好久之后了对吗？如果你没时间的话，有没有什么朋友、同行也是能做这个的，你介绍给我可以吗？”

黎远连忙说道："不，不，我有时间的，奶奶你想做个什么类型的'M-Room'呢？"

纪霭略微低头，正午的阳光穿过她耳畔的银白发丝，很容易就让人心情平静。

两个年轻人都没讲话，把时间留给她去思索，去斟酌。

片刻后，纪霭抬起头，语气笃定地说："我想定做一场演唱会。"

黎彦在医院里住了三四天，直到检查报告显示身体没问题了，黎远才同意他出院。

纪霭只来过那一次。

那天在急诊室里，她说过的话一直印在黎彦的脑子里。

每一个字，都似咬在鲸鱼身上的藤壶。

纪霭说，她不会赶他走，而且相信就算她赶，他也会死皮赖脸地留下来，除非她搬走。

但她确实没有想要再走进一段感情的想法。

她和他是曾经赤裸相对的年轻恋人，是分道扬镳又重逢的老朋友，如今是见面时能点头问声好的邻居，这样的牵绊，这辈子已经足够多了。

但这几天邵遥常往医院跑，每次捎带的不是陈皮茶就是撇油炖汤。

黎彦不管这些东西是不是纪霭交代孙女带来的，反正他一律当作是。

他很擅长自欺欺人，也乐在其中。

至少目前的凉茶热汤和冷言冷语都是真实的，这样就足够了，比他只能在梦中见她好上百倍。

这几十年来他过得像苦行僧一样，并不是为了做给谁看，他只是被回忆困住了。

那些后知后觉的遗憾和后悔情绪，随着时间越来越汹涌，掀起的巨浪会在每一次夜深人静时淹没他。

如若他大学时不去澳大利亚，会怎么样？

如若他在那个十字路口，不顾一切地追上纪霭，会怎么样？

如若纪霭在两枚戒指盒中选择了他的，会怎么样？

如若那个小孩儿能顺利诞生到这个世界上，会怎么样？

那么多那么多的“如若”，到头来都是沉进湖底的石块，是被鱼叼走饵料后的空钩，是缺了许多块的破镜，是被泥土掩埋的夏蝉，是那条与他有缘无分的小生命。

…………

“爷爷，东西收拾好了，我们走吧。”

黎远的声音让黎彦回神，将目光从窗外茂密的树冠上收回，他拄着拐杖转身：“走吧。”

男看护阿勇十分负责，帮爷孙俩提行李，一直送他们到楼下：“黎先生，之后如果您需要住家看护了就提前联系我，要是我没空当，也会帮您安排这边好评率最高的看护。”

——像是惧怕被机器人抢走工作，阿勇这两天没少讲仿生人看护的弊端。

例如仿生人待机时间虽然长，但一旦进入低电量模式就需要一直在充电桩处充电，要是雇主正好在这个时候出了丁点儿意外，那可就得不偿失了。

都说“人心肉做”，那机器人可没有“心”，就靠那么一片电子芯片运作，说到底跟手机、电脑一样，给一个指令就做一件事，无法培养感情，哪有真人看护来得体贴用心？

可能觉得黎老爷子早晚得在家里请看护，阿勇给黎远递了自己的联系方式，送老爷子上车时不忘又提醒了一次。

老爷子眯着眼笑着应“好”，回头一上车立刻跟三岁小孩儿似的变了脸，等黎远把车开离住院大楼，才愤愤不平地说：“这看护看着老实，实际上做的事够下三烂的。”

黎远很久没听到爷爷吐槽了，有些意外：“怎么了？他对你做了什么事？”

“不是对我。我刚住院那天，对面床的老朱不是请了个仿生人看护吗？那仿生人看护被阿勇和另外两个护工联手欺负了。”

黎彦亲眼看见，那三个男看护总有意无意地挡住仿生人看护的路，伸脚绊倒“他”，甚至对“他”吐口水。

“他还敢说仿生人无‘心’，呵呵，再怎么无心，也比他们八百个心眼子好。”

这种事黎远早年看过太多了。

仿生人尚未上市普及，还只是雏形的时候，已经有激进反对者找到他家住址，往他家院子里丢屎尿和喷油漆，说他的母亲是仿生人的走狗。

“太阳要打西边出来了，你居然会替仿生人说话。”黎远轻提嘴角，“那之后如果要给你请看护，是要请仿生人还是请真人哪？”

黎老爷子白他一眼：“别趁机给我下套儿，我不找看护。”

要是以往，黎远肯定会跟他唇枪舌剑几个来回，但今天没有。

黎远只是低声说：“爷爷，我会担心你。”

老爷子妥协了，是没请看护，但同意戴生命监测手环。

这玩意儿除了能时刻留意佩戴者的生命体征，还有“平安钟”的功能，一旦佩戴者数据异常，它会直接通知家属和主治医师，危急时还能帮着叫救护车或救援机。

黎远稍微安心了一些。

一晃眼就到六月下旬了，再晚一些大学就要放暑假了，黎远和邵遥按计划准备去一趟港城，提前参观参观邵遥喜欢的大学。

当然，两个人会顺便玩几天。

列车直达西九龙，两个人出站后走向的士站，一出候车大厅，邵遥就被扑面而来的热浪打得眼前一白。

等车的人不少，排成蛇形队伍，天气太热了，就算遮阳棚下方有冷雾不停地喷出，邵遥仍出了一身汗。

她拈起领口扇了扇：“都湿了……”

黎远眉尾一跳，倾身凑近她耳边：“说什么呢？大庭广众的。”

邵遥瞥他：“是真的湿了嘛。”

女孩儿声音软又娇，像往他嘴里喂了颗糖，黎远抬手，手背蹭过她沁出汗珠的鼻头，声音微哑：“坚持一下，等会儿到酒店了先洗个澡。”

“哦——”

老牌星级酒店用的还是人工前台，工作人员笑脸相迎，跟面前的年轻男子确认入住信息："先生，您订的是海景套房，一张大床，无烟，含早。麻烦您确认信息，没问题的话您在平板电脑上签名就行了。"

黎远故意逗邵遥，凑在她耳边轻声问："你有没有问题啊？一张大床。"

邵遥给他一肘子，挑眉瞪他："要不然再订一间房？"

黎远提笔飞快地签下名字："哼，想都别想。"

工作人员把电子钥匙隔空投送到了两位客人的手机里，并提供温馨提醒一则：天文台刚刚发布消息，下午三点后或有雷雨天气。

上电梯时邵遥嘟嘟囔囔："太阳这么猛，两个小时后怎么有可能下雨？"

镜子里的女孩儿反戴着鸭舌帽，露出一双星眸，半翘睫毛的每次扇动都能看得一清二楚。

她嘟囔的时候水唇会微翘，小鸭崽似的，黎远盯着那小小的唇珠看，难免心猿意马，都忘了回答。

邵遥捏他的指节："喂，你发什么呆呀？"

黎远回神，答非所问："没事，下雨的话我们就待在房间里好了，反正明天才去看学校。"

邵遥好笑地看着他："我问的好像不是这个问题耶。"

黎远微怔："那你问了什么？"

电梯里只有他们两个人，但邵遥还是踮脚去咬他的耳朵，慢悠悠地用气音说："我是问你，等一下要不要一起洗澡啊？……"

潮热湿气从脚底往上蹿，黎远的整只耳朵都烫了。

他十分肯定，邵遥刚才问的一定不是这个问题。

但既然她提起了，他便就坡下驴。

"哦，那就是我刚才没听清。"他轻侧过脸就能吻上她温软的唇，"好啊，一起洗。"

这种小情侣间的玩笑话他们这段时间没少讲，邵遥是撩拨完就跑的主儿，就像此刻，黎远微眯起眼眸的表情看上去实在很危险，她立刻尿得打哈哈："哎，哎，我说笑的——"

电梯门一开，她就飞奔出去，仿佛跑得慢一点儿，黎远就要在电梯里把她"就地正法"了。

可她又能逃去哪里呢？

他们订的套房在寸土寸金的港岛绝对算得上奢侈，宽大通透的落地玻璃将碧海蓝天镶成画，但邵遥没机会欣赏维港美景，也没机会看看酒店入住礼送了什么好吃的东西，房门一被关上，她就被黎远抵在了墙上。

灰影笼下来，热吻落下来，就像提前来临的乌云暴雨，蓄不住的情愫倾盆而下，邵遥瞬间失去逃跑的能力，放任他肆意闯入，并与他共同搅乱这一池春水。

她喜欢黎远。

她喜欢和黎远牵手，喜欢和黎远接吻，喜欢和黎远拥抱，喜欢和黎远一起探索那些体内未知的愉悦感受，喜欢看到黎远只在她面前失去控制的模样。

黎远这个吻有些急了，像沙漠中渴了许久的行人，需要从绿洲汲取甜蜜水分。

他一手各箍住她的一只手腕压在两侧，手心都热出汗了。

体液似乎能够浸透薄薄的皮肤，沁入她的体内。

邵遥被他吻狠了，唇齿之间溢出娇软轻哼，一声接一声，像猫爪摁在黎远身上，有一下没一下地挠着他。

他不禁皱眉，放过她快喘不过气的唇，移到她白皙的颈侧烙下痕迹。

科技再发达，但在求偶这件事情上，人类从古至今都一样。

雄性总迫不及待地想在自己认准了的雌性身上染上自己的气味。

少女仰长了百合般的脖子，好似主动将自己献祭给恶魔的羔羊。

她无助又恼羞，身体里似有火苗四处乱窜："可是我很难受……"

黎远深呼吸一个来回，同样压不住身体里烧起来的火苗。

他托住邵遥的臀，抱小孩儿那样一把抱起她，大步走向浴室。

还不忘再在她颈侧咬了一口，闷声道："邵小遥，你就招惹我吧，等会儿别哭。"

第十一章

叮叮车

邵遥不知自己睡了多久，醒来时窗外已是大雨滂沱。

她四肢酸软无力，但皮肤清爽舒畅，像发了一场高烧，高温将骨头、血液煨熟，体内的杂质随着汗水一同被排出。

天色全黑，华灯初上，纱帘半拢，房间昏暗。

有淡淡的蓝光从眼角渗进来，邵遥缓缓抬起眼帘往上看，身旁的黎远正倚着床板坐着，胸膛赤裸，白被堆在腰间，头上戴着那副便携头显眼镜。

刚才在她身上四处点火的手指修长白皙，此刻在半空中时而划拉、时而点触、时而抓握。

邵遥知道他在帮奶奶做“M-Room”。

奶奶想做的是五十几年前一位天王级男歌手的演唱会。

具体的用意奶奶没讲，她提供了一张演唱会门票和两三张照片。

照片是当时奶奶和一起去看演唱会的老朋友们的合照，邵遥能认出有南风奶奶和陆鲸爷爷。

门票微皱，上面的字迹花了一部分，但还是能看清基本信息，黎远前些天翻查了不少资料，找到了当年的演唱会的官方视频，这两天已经开始搭建“舞台”雏形了。

——奶奶本来说要按委托顺序排单，黎远不依，说他有空出来的档期，可以帮奶奶加急做。

费用他也不愿意收的，但奶奶说如果黎远不收她就要去找别的“筑梦师”，黎远才勉为其难地报了个价格，自然和他平日的报价没的比，金额顶多只够买一个空白Room。

担心被奶奶怀疑报价太低，黎远还编了个“正好是第一百名顾客有福利价”的谎话。

见黎远完全沉浸在虚拟世界中，邵遥起了坏心，在被子里的手悄悄地探过去，很快摸到了结实的大腿。

下一秒黎远明显颤了一下，肌肉变得紧绷，邵遥急忙停住动作，闭眼假寐，控制呼吸，扮成是“睡着睡着不小心触到”的假象。

慢慢地，待感觉到黎远放松了些许，她才继续往前试探。

初体验超乎想象地愉悦，她从略有不适到快感迸发只不到一分钟。

身体像“刺啦刺啦”地过电，泪水是春夜里藏不住的月光，溃堤似的往外泄。

她坦然面对，没有羞耻，没有压抑，仿佛是一次又一次地从高空一跃而下，体内的每一个细胞都爽快得酣畅淋漓。

…………

邵遥刚醒，思绪本来就有些跳脱，想东想西，没留意到黎远的大腿越来越僵硬。

黎远忍了一会儿，原本想着她喜欢就好，可越来越不对劲。

他无声无息地把眼镜丢到枕头旁，另一只手似白鲨，猛扎进被子里，一口叼住那条还在作坏的“小鱼”。

“啊！”

邵遥这下清醒了，本能地想逃，手却被黎远紧紧摁着，动弹不得。

她恶人先告状：“你干吗呀？吵醒我了！”

黎远人也潜进被子里，没松开她的手，还要架一条腿在她的腿上，像小娃娃揽着喜欢的公仔那样，把她禁锢在身前。

他侧躺着，在昏暗的屋子中也能飞快寻到她的眼。

“哦？你边睡边摸我，还要耍赖？”黎远凑过去吻她的鼻尖，低声笑着，声音醇如美酒，“邵小遥，你是做了什么梦吗？”

邵遥装傻：“啊？你在说什么？我不懂啊——”

她一说完，手被压得更紧了。

黎远睨她："你说呢？"

瞧见女友一双黑眸睁得圆又大，十足十生理课上准备举手向老师提问的好奇少女模样，黎远没辙地叹气，自己是搬起石头砸自己的脚。

他先是松开她的手，再把她揽得更紧，闷声说道："不玩了，不玩了。"

他们再逗下去又得烧起火。

两个人收拾完出门时已经七点多了。

雨还在下，黎远本来怕邵遥饿，想在酒店餐厅里吃中餐，但邵遥说雨势小了许多，想照原定计划，去深水埗的一家餐厅打边炉。

他们消耗那么多体力，当然要吃顿好吃的补补才行。

入夜的港城与白天截然不同，白天的空气里总带着些颗粒，车来人往，嘈杂不已，连呼吸都觉得鼻子快烧起来。

现在经过一场大雨，空气被洗得干净，虽然路上仍是车水马龙，但人的体感清爽了许多。

雨丝如针绵延不绝，霓虹灯光五彩斑斓。

地上水洼映着另一个五光十色的世界，轻易被踩碎，也很快再重建。

港城弹丸之地，高楼大厦林立，人口密度极高，地下和地面的交通容量早就饱和甚至超载，只能不停地往空中发展。

鳞次栉比的摩天大楼之间，有一辆辆的悬浮双层巴士来回穿梭，从高空俯瞰，如一条条晶莹剔透的玻璃鱼，荧光红的鱼骨，在黑藻和礁石中灵活地钻来游去。

两个人出了酒店拐个弯，弥敦道上就有一个空中巴士站。

站台有六七层楼高，正好是下班时间，在海对面上班的不少人搭轮渡过来，再在这边转车回家。

人多，但站台上蛮安静的。

无论男女老少，每个人都顾着看自己的智能设备，变幻的光彩给他们戴上了千篇一律的面具，每个人的眼神或痴迷或空洞，都沉浸在自己的小世界里。

邵遥环视一圈，只有她和黎远两个人没有拿出手机或其他智能设备，着实显得有些格格不入。

黎远在这样逼仄的环境里还是觉得有些不自在，收紧扶在邵遥腰上的手，让她更靠近自己一些。

他低声调侃："眼珠子转来转去的，看什么？有靓仔啊？"

闻言，邵遥慢悠悠地回头，在看到男友的一张帅脸时蓦地倒抽一口气，语气惊讶："哇，这里有个无敌大靓仔啊！"

黎远"扑哧"一笑，低下头，鼻尖蹭过她的。

他笑得眉眼弯弯，学着她的口吻说道："哇，这里怎么有个口甜舌滑的靓妹？"

"叮叮！叮叮！"

清脆的响铃声打断了小情侣的对话，邵遥循声望过去，一辆悬浮叮叮车驶进站。

——空中交通是这几年才进入成熟期的技术，除了港城，世界上许多城市也纷纷增设了空中公共交通，不拥堵，没有红绿灯，大大缓解了城市交通压力。

空中交通正式运营是去年的事，港城道路狭窄，大街小巷密密麻麻的，车厢过长的列车在空中行不通，反而是这种已有一百六十年历史的叮叮车，行驶起来更加自如。这也成了独特的城市名片，除了当地居民，观光客也相当喜欢这种悬浮在半空中的交通方式。

偌大的数字挂在车头，邵遥确认了是他们要上的那趟车。

从海傍到深水埗不过三四个站，两个人没上二层，就在后门处的窗户旁站着。

乘客陆续上车，车厢渐渐站满了人，人一多起来，黎远又觉得浑身不大舒服，而且车厢高度一般，他得稍微低下头，以免被撞上。

他一手扶杆一手撑墙，挡在邵遥面前，给她圈出一块儿地方。

邵遥瞧见黎远微微皱起的眉心，有些不好意思，倾身凑近他说："我不知道会这么多人，待会儿回程我们打车吧？"

黎远轻摇头："没事，吃完饭了再陪你去游车河。"

他的小女友这趟出门前认真做了功课，列出了一张小清单，悬浮巴士游车河、生猛海鲜打边炉，还有热恋情侣都无法免俗的“三件套”——主题乐园、摩天巨轮、山顶夜景都在清单上。

黎远记下来了，准备帮她把一项项都打上钩。

他之前来过几次港城，多是有事在身或中途转机，很少专门抽出时间走走逛逛。

那些游客常去的景点从未进过他的计划清单内，但这次不同，只因身边多了一个她，他便觉得这些景点都显得格外有趣。

不是需要用音乐、视频、游戏，或繁杂无趣的资讯来填满每一秒钟才叫“充实”。

牵着手在雨中漫步，在人潮中紧依彼此，配合对方走路的速度，感受手心传来的温度，衣物来回摩擦的声响，颇为小孩子气地拌嘴，都像细沙，一点点填满黎远的胸膛。

连平时容易让他感到厌烦的那些巨型影像，和牛皮癣广告般的灯牌，他这会儿都觉得没那么难看了。

长街漫漫，灯火灿灿，巴士从五彩斑斓的光里穿过，女孩儿的脸庞流光溢彩，眼眸明耀动人。

黎远觉得赏心悦目，也不管左右和后方都有旁人，低下头就在邵遥的耳边说道：“小遥，我好喜欢你。”

突如其来的告白让心跳都漏了一拍，邵遥慌忙抬手去捂黎远的嘴，羞涩地说：“注意场合，好多人哪！”

她和黎远是自然而然地在一起的，虽然心意相通，但很少像现在这样，直白坦荡地将心声说出来，还是在这么拥挤的车厢中。

黎远还在沉声笑，嘴唇贴着她的手心一开一合，直截了当地问：“你呢？你喜欢我吗？”

“你在说什么废话啊？……”

手心肉被湿热气息挠得发痒，邵遥没好气地白了他一眼。

余光瞥向周围，确认没人留意他俩，她才仰头，飞快地吻了一下自己的手背，接着用气音将少女心事一字一顿说给他听：“很、喜、欢、你！”

女孩嘴型夸张，眉毛跟着飞扬起来，像雀鸟展翅，没有声音，但黎远听得格外清楚。

他轻吻还捂在他的唇上的温热手心，低声说道："知道啦。"

黎远未曾试过这样，左心房的袋子要么不打开，要么打开了就装得满满当当的，装的全是一个人的名字。

邵遥，邵遥，邵遥，每一颗都是不同口味的水果糖，他搁在嘴里细细咀嚼，怎么都尝不腻。

不知是因为巴士冷气不够，还是因为在大庭广众下告白，邵遥的耳垂红了一些。

黎远看在眼里，喉咙微痒。

老牌海鲜火锅店门庭若市，熙熙攘攘，但客人多是上了年纪的阿伯、阿婶，或是白发苍苍、拄着拐杖的老人家，也有一家大小，好热闹。

老式鱼缸摞成墙，有客人为了争最后一条野生东星斑，吵得几乎快打起来。

好在店里咨客和老板对这种事见得多，嘻哈几句就调解好了，没有东星斑，那就要老虎斑或龙趸嘛。

之前几年因为海洋"发烧"，深海野生鱼类少了大半，别说石斑鱼，连海鲈、鲳鱼之类的海鱼都很难打捞到。

现在不同了，野生鱼类明显增多，老饕们终于可以一饱口福。

两个小年轻左看看右看看，面对整墙琳琅满目的鱼无从下手，索性直接点了个五人份合家欢套餐。

虽然下午有一定的运动量，但黎远不仅丝毫不觉得累，反而像猛灌了几包营养液，浑身有劲儿，精神振奋。

肚子饿的不只是邵遥，他也饿得可以狂干三四碗米饭。

店老板一开始以为他们还有别的亲友未到，问他们用不用先叫起，等人齐了再上菜。

邵遥摇头："我们只有两个人。"

店老板惊讶："套餐的分量不少，你们吃得完吗？"

邵遥点头如捣蒜。

黎远在旁边笑着附和："她好能吃的，一人顶十人的量。"

本来很平常的一句戏谑话，可邵遥听进耳中却有了别样的意味。

她猛抓了一把黎远的腰侧，看似恶狠狠地警告他："别再叫我大食妹了啦！"

黎远打了个激灵，很快牵住腰上的那只手，牢握在手中。

他同样发出警告，只不过语气轻飘飘的："别挠我的腰。"

邵遥眼底有狡黠之色："怕痒啊？"

黎远当然不承认："没啊，你才怕痒。"

店老板性格豪爽，闻言哈哈大笑几声："怕痒好啊，妹妹，阿叔跟你讲，男人怕痒就是怕老婆，以后他肯定都听你的话。"

邵遥本来还想用另一只手去挠黎远，让店老板这么一讲，立刻收回了手，耳朵又烫起来了。

黎远笑得眉毛都要飞起来了，入座后在等汤水煮沸时还对邵遥说："原来如此，那我大方承认我怕痒咯。"

邵遥把烫好的碗筷递给他，翻了个白眼："这位先生，你好歹是麻省理工出身，请不要轻易相信这种毫无根据的民间传言，OK？"

海鲜易熟，但十分讲究火候，少一秒不熟，多一秒变老。

黎远从小吃西餐多，于是邵遥主动担起烫海鲜的重任，拿起漏勺的样子比做高考卷子时还认真。

帝王蟹先入锅，好让汤水更鲜。

片好的鱼肉薄如蝉翼，在奶白高汤中涮了几个来回，逐渐变色。

邵遥的动作干净利落，最后她还在锅沿重敲了两下漏勺，沥干水分再将东西倒进黎远的碗里，声音还很豪气："快吃！蘸豉油啊。"

鱼肉烫得刚好，软嫩且弹滑，又不失食材本身的清甜味道。

黎远毫不吝啬地夸奖她年纪轻轻但十足一个老饕，邵遥夹起冰盘上的鲍鱼片，语气里藏着骄傲之意："这些都是我奶奶教的啊。我家里人爱打边炉，无论是海鲜火锅还是牛肉火锅，食材都是我奶奶来准备，我在旁边打下手。"

她举高筷子，筷尖的鲍鱼肉在暖黄色灯光下抖了抖："我奶奶处理海鲜好厉害的，像这种鲍鱼片改花刀，我奶奶切得比这块还要漂亮。"

黎远边吃边问："奶奶以前是做什么工作的？厨师吗？"

"不是，奶奶是做会计的。"邵遥摇头，"我小时候听爷爷说起，奶奶的爸爸妈妈是卖海鲜的，所以她年纪很小的时候就在档口帮忙干活儿了。”

黎远想了一下，问：“奶奶的老家是水山市的？”

“对啊。”

“哦，我爷爷也是。”

“我知道啊，毕竟他们很年轻的时候就认识了，初中，还是高中？”

“初中。”

因为邵遥的奶奶的委托，黎远近期在私底下多做了不少“功课”。

邵遥把装着鲍鱼片的漏勺沉进滚汤中：“欸，你去过水山市吗？”

黎远摇头：“没有，你呢？”

“当然去过啦，但也是小时候的事了。”

“跟奶奶一起回去的吗？”

“对，爷爷奶奶以前会开车带我去海边玩。而且那边有个跳水基地，我去集训过一两次。”邵遥喝了两口可乐，有些讶异，“你居然没去过水山？黎爷爷没带你回去过吗？”

“爷爷自己也不常回去，听我爸讲，爷爷和家里人的关系一般。估计爷爷来羊城的次数，比回水山的次数更多吧。”黎远“嗯”了一声，拿起可乐瓶子往她杯子里添可乐，“他回国也是一个人回，不会带我的。”

邵遥笑：“哦？怎么你这句话听起来有点儿可怜哪？”

黎远撇嘴：“哪儿有？”

邵遥小声嘟囔：“嘴真硬……”

“哦？”黎远斜斜瞟过去，“只有嘴硬吗？”

“……”邵遥用摸过冰凉杯壁的手轻捂住一边脸颊，“喀——喀——喀……膝盖？我想……哥哥的膝盖应该也挺硬。”

说这句话的时候，女孩儿的脸颊上飘着淡淡的红晕，隐在袅袅上升的白雾中，好似刚出炉的小寿包。

桌布是白色的，有一定长度，遮住了黎远不大老实的手。

邵遥虽高，但骨架纤瘦，他一只手就能包裹住她一边的膝盖。

那处圆润温暖，薄薄一层皮肉裹着底下的骨头，他手指轻捏，就能摸到她的膝盖两侧浅浅的坑。

膝盖上的痒意飞快地往四肢百骸扩散，邵遥倒抽一口气，还没来得及开口，黎远已经倾身凑到她的耳畔。

他呢喃的声音好沉好低，像一条条小鱼不停地往她的耳朵里钻。

短短一句话，让邵遥的脸烫得惊人。

食指在邵遥的膝盖上画着圈，黎远戏谑道："脸皮这么薄，一逗就红透了。"

邵遥着急忙慌地去阻止他使坏的手："才不是，是火锅的热气太热了！"

黎远笑着反手牵住她的手，根根手指嵌进指缝，严丝合缝，牢牢紧握。

他是挺想这样牵着她吃饭的，可邵遥抗议说只用一只手很难烫菜，他才作罢。

海鲜一样样下锅再被捞起，两个人边吃边聊着奶奶委托的事。

和黎远做其他"M-Room"时一样，他会尽可能地去挖掘当年的资料和细节。

邵遥帮他联系上了当初和奶奶一起去看演唱会的那几位老朋友——南风奶奶和陆鲸爷爷。

黎远跟两位老人家表明了来意，对方都很乐意帮忙，除了提供资料，南风奶奶还尽可能地回忆了在那次演唱会上发生的事。

通过第三者的视角，一点一滴地填补那些当事人可能都没有留意到的回忆细节，就是黎远做"M-Room"的"独门配方"。

令黎远声名大噪的富豪陈百天的委托也是如此。

"那次的难度挺大，因为没有照片和影像辅助，单凭陈老先生口头描述，许多细节我是做不出来的。"黎远把蟹钳的外壳处理干净后，放进邵遥碗里，解释着，"后来我辗转找到了当年那出租屋的房东，哦，不对，那时候房东已经去世了，我找到的是房东的孙子。"

那老破小的房子拆迁的时候，房东的家人留下了详细的户型资料和全屋的照片以及视频。

邵遥没用筷子，直接用手拿起蟹钳，问："房东的孙子怎么同意提供资料给你的啊？"

“当然不是无偿的。”黎远笑了笑，“而且对已经拆得几套房的房东一家人来说，那些资料也没用了，不如再拿出来变现。”

邵遥好奇：“哇，那你花了多少钱啊？”

“没花多少，拿了一套‘人鱼衣’跟对方交换而已。”

“拆三代”整天游手好闲，最喜欢到处旅游和玩极限运动，刚刚推出的“人鱼衣”正好投其所好。

拿到了“装修”最需要的户型图和原始环境图，剩下的细节是黎远翻遍陈百天的所有访问记录，从里面挑出与其妻子相关的内容，再一点点推敲打磨的。

那一年网络终于落地，逐渐渗入人类的生活，黎远虽没经历过上网需要插网线这段时间，但网络博物馆里有许多资料可以翻阅，为此他还翻看了不少年代剧，用作 Room 的氛围和环境美学参考。

前前后后三个月，他才把制作好的“回忆”交付给陈百天。

“‘人鱼衣’？！”邵遥差点儿被口水呛到，双眸圆睁，“那东西好贵耶！”

“那是售价贵啦。”黎远语气轻飘飘地说。

“哦，听你这么说，你能拿到折扣价格对不对？多少钱哪？”

窥见女孩儿眼里的光，黎远扬起眉尾：“你想要吗？‘人鱼衣’。”

邵遥有些心动。从小就喜欢泡在水里的小孩儿，当然向往在大海里肆意遨游。

她轻轻地点了点头，想了想，又摇头：“就算你能拿到四五折又怎么样？对我来说那东西还是太贵了。”

“不用钱哪，你喜欢的话，我今晚就帮你量一下尺寸。”

还没说完，他已经圈住了小女友的纤细手腕，虎口紧贴的皮肤下是她的脉搏。

黎远抿了抿嘴说：“你这么瘦，XS 号都够了。”

听黎远说得轻松，邵遥更加好奇：“为什么不用钱哪？你和他们有合作关系？”

黎远清了清喉咙，坐直了身，板起脸的样子像煞有介事，仿佛是学校里最严厉的那位年级主任：“邵小遥，你有没有发现，你对你的男朋友其实真的很不上心哪？你除了知道你男朋友名字叫黎远，英文名叫 Frank，今年二十二岁，MIT 毕业，是个无敌大靓仔——”

听到他越说越不着调，邵遥赶紧掐一把他的腿肉：“认真回答！”

黎远帅不过两秒，憋不住笑出声：“‘人鱼衣’是我爸爸的公司的产品哪，而且……”

他刻意拉长声音，直到邵遥又要往他的大腿上掐，他才慢条斯理地说道：“它是我设计出来的。”

邵遥有点儿沮丧。

黎远设计出“人鱼衣”这件事对她造成的冲击并不大，他是个很优秀的人，就算有人跟她讲黎远设计了宇宙飞船，她都会觉得再合理不过。

她沮丧的是，她以为经过了一年，自己对黎远的认识应该算是加深了许多，但刚刚才发觉，她不过是掀开了一本书最前面的几页，连个楔子都没翻完。

黎远却对她的过去如数家珍，连她那些阴暗晦涩的心结他都清楚。

而她好像这么长时间了，也没为黎远做过什么事，甚至没有认真去了解过黎远的过去。

两个人走出火锅店时，雨几乎停了。

黎远问邵遥是不是现在回空中巴士站，邵遥摇头，说想先散散步。

黎远依她，但很快就察觉邵遥情绪异样。

老旧街区行人道路狭窄，在邵遥第三次差点儿撞上路人的时候，黎远一把把她揽到身侧，唇虚贴着她的发侧，问：“你这是怎么了？魂不守舍，傻傻的。还是说吃太饱了，饭气攻心哪？”

邵遥侧过脸看向他。

片刻后她叹了一口气，如实说道：“我只是觉得我口口声声说‘喜欢你’，但你的好多事情我都不清楚，感觉我的‘喜欢’好孩子气，好像小娃娃过家家啊。”

黎远愕然，随后语气变得好夸张：“你怎么会有这样的想法？过家家可没法儿做我们下午做的那件事。”

“我跟你讲认真的啦。”邵遥知道他又想用开玩笑的方式哄她开心，嘟囔道，“你有好多事情我都不知情，我也没主动问过你。”

黎远明白邵遥的意思，收紧手臂，把她揽得更紧：“你别急啊，没主动跟你说起这些事也是我的问题。”

邵遥喜欢他身上的气味和温度，左手绕到他身后，也揽住他的腰。

两个人贴得这么近，黎远的声音一直在她的耳畔环绕。

“嗯……应该从什么地方讲起呢？我爸妈离婚之后，我妈去了美国，那个时候我非常渴望得到母亲的关注，一点儿小事我都会给她发信息或打电话。但她可是个大忙人，每次我们聊不到两句，就被工作打断了。信息也常常要等上大半天才能收到回复。

“就算这样，我还是很积极，恨不得把一天发生过什么事情全列在信息里，还装过生病，希望她能回来看看我。”

黎远低笑一声，接着说：“而我得到的答复是‘嘿，Frank 你可是男孩子啊，你要坚强一点儿’。”

下过大雨，空气中还是潮湿的，连带着黎远的嗓音都像裹着一团水汽。

邵遥攥住他腰后的 T 恤衣摆，没打断他的诉说，只是脸颊贴在他的肩膀处，亲昵地蹭了蹭。

黎远在她的太阳穴处落了个吻，继续说道：“后来她再婚，还发来请帖，让我爸带着我去参加她的婚礼，希望能得到我的祝福。老实讲，我的性格真没有那么西方化……再后来，我就很少再告诉她关于我的事了。”

一个人没办法从最想沟通的那个人身上获得回应，就像往深渊里投进火炬，眼睁睁地看着它被黑暗吞噬。

倾诉欲逐日减弱，慢慢地，他便习惯了这种沟通模式。

别人问了，他要么不回答，要么挤牙膏式地回答。

要是别人不问，他就可以一直不说。

“所以你真的别乱想啊，你想知道我的什么事，直接问我，我一定认真回答。”

说了这么长一段话，女孩儿都没太大的反应，黎远有些焦急。

他以为邵遥不开心的原因是他没有告知她有关他的事。

他带着邵遥往旁边走了两步，站到一家店铺的橱窗旁。

“小遥，以后就算你不问，我也会主动和你说的。”黎远垂首对上她的眼，低声说，“我们还有好多时间，所以别急，除非……你没想跟我走远——”

邵遥连忙打断他的话：“说什么啊，我怎么可能没想过？”

黎远闻言，嘴角逐渐展开笑容：“哦，你想过？想到多远了？是不是连孩子的名字都想好了？”

邵遥瞬间感觉后脑一炸，脸颊又烫又麻。

环在黎远的后腰处的双手齐下，不客气地重掐了一把，她梗着脖子说：“倒也没有那么远，可能也就是想到一……一两年后吧。”

黎远前一秒笑意迎人，这一秒就虎着张脸，嘴角垮了下来：“给你个机会重讲。”声音里还带着些不常见的强势意味。

眼珠转了转，邵遥故意惹他生气：“嗯，那就……三四年？”

“古灵精怪你最厉害。”黎远“哼”了一声，顺势调侃她，“也行，四年后大学毕业了，你可以想孩子的名字了。”

轮到邵遥瞪他：“想得挺美。”

身旁人来人往，只有他们停了下来，像挡着湍急河流的两块小石头。

世界那么急，什么都追求飞速和高效，他们偏偏要慢下来，站在路边你一句我一句地说着没什么营养的话。

两个人互看片刻，不约而同地勾起嘴角笑起来。

他们都是第一次进入这么亲密的一段关系，是蒙着眼睛摸象，是摸着石头过河，是小娃娃蹒跚学步。

不会的事他们就慢慢学呗，恋爱又不是考试，没有应考攻略，没有标准答案，无须题海战术，无须红榜排名。

小小疙瘩被解开后，他们继续走在霓虹灯遍布的街头。

又有雨点滴落，他们没撑伞，淋着雨小跑到空中巴士站，随意上了一辆人少的叮叮车，也不看终点在哪里。

去哪里又有什么关系？只要他们身边是喜欢的那人就可以。

巨型影像广告不受雨水影响，继续在高楼大厦上方或旁侧兢兢业业地发着光。

巴士在通天高的建筑物中蜿蜒穿行，两个人这次坐在二层头排位子，视觉效果堪比在玩全息影像的赛车游戏，每“撞碎”一块荧光灯牌，都会惹得邵遥“吱哇”乱叫。

坐到终点站，两个人再搭末班车返程。

这么一趟来回将近两个钟头，两个人不知疲倦地聊了许多话。

从过去到现在，从黎远家里那只上了年纪的老狗，到邵遥第一次“炸鱼”的感受，事无巨细，两个人想到什么就说什么。

车外光影变幻，雨声淅沥，车内两人依偎，笑声阵阵。

两个人回到酒店已是晚上十一点，淋了雨，黎远进浴室放了一缸热水，招呼邵遥先来泡。

结果他一回头，邵遥已经脱了衣物，双手背在身后，也不说话，只用一双水汪汪的眼睛盯着他。

浴室这时只开了一盏灯，暖黄色的灯光蜂蜜般淌在女孩儿身上，白瓷花瓶似的曲线镀上金边，引诱着人探手去仔细摩挲。

白的白，粉的粉，玲珑剔透，灵巧明澈，谁说一定得“波涛汹涌”才诱人?

粉樱花瓣也能惹得人心口一阵阵发烫。

黎远眸色沉了下来，这次他没问她是不是要“一起洗”。

浴缸旁有一扇窗，和卧室一样面海，黎远关了浴室内的灯，把窗户模式调成隐私模式，这样外面无论如何打光，都窥不见室内的春色。

浴缸不算小了，可两个人都是高个儿，在里头伸不直腿。

窗外的雨不知何时停了，乌云散开，月亮冒尖。

溅起的水花越来越多，浴缸旁湿漉漉一片，浸了月光，像少女眼角滑下的泪，像少年湿透的胸膛。

这次他们将感官调整至同一个频道，一起倾泻出了满腔爱意。

翌日，两个人睡到临近中午才起。

其实两个人早就醒了，只不过醒来的时间不同。

黎远睁开眼的时候发现邵遥还闭着眼，便不舍得打破这份安宁气氛。

他将呼吸调整至同一个频率，用缱绻目光描绘对方的轮廓，看着看着，又浅浅地睡了过去。

邵遥醒来时也是如此。

窗帘遮光，房间昏暗得不知时间，空气安静似深海，最适合恋人依偎栖息。

直到像约好似的，两个人的肚子几乎同时响起“咕噜”声，两个人又几乎同时睁开眼，面面相觑几秒，笑作一团，这才恋恋不舍地离开被窝。

雨过天晴，打开窗帘时海面反射的光刺得邵遥微微眯眼。

洗漱后，两个人下楼找了家茶餐厅吃“早餐”，接着打车去了港科大。

学校知道这段时间会有不少家长带子女来探校，在学校大门就设置了咨询点，来访人员可以自助领取每个学院不同专业的资料。

未到暑假，又正值饭点儿，校园里人来人往，年轻的学生们边走边聊着课题或实验，脸上洋溢着青春的气息。

人工智能专业大热，有专属的教学楼和实验楼，环形建筑物线条冷艳，外观炫酷，处处充满未来科技感。

与之相比，环境保护和动物保育相关的专业所在的旧教学楼显得朴素许多。

但邵遥挺喜欢这边的环境，校道两侧绿树成荫，茂密得连阳光都只能洒下零星光斑。

让她讶异的是，教学楼旁除了有小型的垂直农场，还辟了一小块农田，用最原始的方式种了些蔬菜瓜果。

他们绕了一圈，看过图书馆、食堂、礼堂、体育场……最后来到了体育中心。

体育中心由港城一位富豪捐赠，冠的是富豪已去世的妻子的名字，前两年拆旧重建，弧形幕墙是银白色的，简约又不失大气，安静地坐落在海天一线之间。

中心分室内运动馆和游泳馆两个场馆，其中游泳馆还设有跳水台，这也是邵遥想报考这所大学的原因之一。

但因邵遥二人不是本校学生，没有进入中心的权限，所以他们只能在场馆外溜达参观。

邵遥一直很兴奋，小嘴叽叽喳喳不停，一会儿说要是真能考上这里的话，未来四年就要“锄禾日当午”了，一会儿说她在社交平台上查过，港科大有个跳水社团，除了在室内场馆跳水，偶尔社团还会组织社团成员一起去玩悬崖跳水。

邵遥想尝试很久了，但悬崖跳水对场所要求极高，羊城没有合适的场合，港城倒是有几个专业场地可以进行这项极限运动。

和女孩儿的愉悦心情相反，黎远虽然嘴里回应，但嘴角一直抿着。

又高又瘦的少女在人群里实在太突出，这一路走来，黎远瞧见不下十个男生，目光或直白或收敛地打量着邵遥。

有的臭崽子甚至直接盯着她的一双长腿看。

黎远只能宣示主权般越发紧牵她的手，试图用冷冷的目光逼退那些男生的目光。

就像现在，从离开体育中心之后，他们身后一直跟着两个男生，两个人“窸窸窣窣”，不知说着什么悄悄话。

黎远微侧过脸，甩了个眼刀过去。

但这没什么功效，其中一个男生还突然加快了步子，小跑上前，在他俩面前站住。

男生和邵遥差不多高，理着小平头，穿着运动T恤和短裤，斜背着运动书包，脚上趿拉着拖鞋。

他有些不好意思地挠着后脑勺儿，笑起来时露出一颗小虎牙：“那个……那个同学，不好意思，我想请教一个问题——”

黎远皱眉，同时把邵遥微挡在身后，语气不怎么和善：“请问有什么事？”

男生冲他点了点头，但很快还是看向邵遥：“请问你是小遥吗？粤省省队的……邵遥？”

邵遥愣住，黎远更甚。

黎远猛转过头，瞪大眼朝邵遥使眼色。

这个小平头是谁啊？！

邵遥冲他飞快地摇头，有些尴尬地蹭了蹭下颌，问“小平头”：“我是邵遥没错……不好意思，请问你是……？”

“你是不是不记得我了？不过也是，已经过去好多年了。”“小平头”的笑容更灿烂了，指着自己说，“我是港城跳水队的 Willson 啊，王凯轩！以前好多次比赛我们都见过面，我跳三米板的，现在你记起来了吗？”

“哦！王凯轩！我记得了！”邵遥大叫了一声。

她想起来了，这名字她记得的，他们毕竟是同期运动员，连续几年都在一起参加比赛。

但面前的男生和小时候相比，外貌有了变化，如果不是对方做了自我介绍，走在路上遇见她是真认不出来的。

她没记错的话，王凯轩也是初中之后就没怎么参加过跳水赛事了。

邵遥惊喜道：“你怎么会在这里？！”

王凯轩笑答：“我在这里读书啊。”

“哦，你年纪比我大，今年读大一还是大二？”

“暑假后上大二。你呢？你怎么会在这里？刚才我从游泳馆出来就看到你了，以为是我眼花认错了。”王凯轩瞄一眼少女身旁的男生，继续说，“不得不说，你和小时候一样啊，都没怎么变，就是整个人拉长了。”

他说话的时候，双手还做了个拉长的手势。

邵遥如实回答：“我要报港科大，先过来实地考察，哈哈。”

王凯轩眼睛亮了亮：“这么说，我们未来有机会做校友咯？！”

“嘿嘿，还得等分数出来后才能确定。”

“行哪，九月我在这里等你。”

黎远的心里“咯噔”一下，一手插在裤袋里，一手揽住邵遥的肩膀，声音淡淡的，但语气亲昵：“真没想到啊邵小遥，在这里都能遇到熟人。”

王凯轩往他的方向看过来，不过问的还是邵遥：“这位是……？”

肩膀上的那几根手指明显紧了紧。

邵遥咳了一声，正想开口，没想到黎远抢先开口：“幸会，我是小遥的男朋友。”

王凯轩还是笑了笑：“怎么称呼？”

黎远颔首：“叫我 Frank 就可以。”

本来和王凯轩走在一块儿的男生这时候才上前，王凯轩跟邵遥二人介绍："这位是许南，大我一级。"

许南同两个人打了招呼，态度热络："邵遥对吧？我看过你的比赛。"

邵遥这下更惊讶了，结结巴巴地说道："你……你好！不好意思啊……请问我们在哪场比赛上见过吗？"

王凯轩认得她她能理解，但许南她是真的一点儿印象都没有。

"我看过你，但你一定没看过我。"许南笑道，"我不是职业运动员，你比赛的时候我坐在观众席上。"

王凯轩帮他补充："许南一直在练跳水，虽然没有往职业方向发展，但在极限崖跳方面可是这个。"他竖了个大拇指，接着问，"小遥你还在跳水吗？"

邵遥微怔，一时没有回答。

黎远垂眸瞧了她一眼，替她答道："在的，她还在坚持。"

去年一整个夏天，除了泳池偶尔维修的那几天，只要去游泳，邵遥都会在那块被晒得褪色的一米板上一遍遍翻转入水。

学习再忙她也要每天拉筋伸腿，有了"M-Room"后整天跑来他家，一练就是两个小时起跳，而且坚持使用自己真实的身体数据……

她这么坚持为的是什么，其实显而易见。

邵遥蓦地鼻子泛酸，连带着眼眶都有些烫。

她眨了眨眼，语气肯定地回答王凯轩："对的，一逮到机会我就会上板子跳一下。"

"那太好啦，要是你来了我们学校，请一定、一定要考虑加入我们的协会啊！"王凯轩双手合掌，"拜托！一定要来啊！"

邵遥有点儿疑惑："协会？"

许南扯了扯T恤前襟："对，我们都是跳水协会的。"

邵遥这才看清面前的两个人穿的是同款T恤，纯白色T恤胸口和背面有蓝色水花的标志。

而且两个人都是明显的倒三角身材，宽厚肩膀和精壮手臂把衣服袖子撑得紧绷。

邵遥恍然："哦，所以你刚才从游泳馆出来……？"

王凯轩回道："对，早上有训练。我跟你说，我们协会——"

眼见姓王的小平头有滔滔不绝地介绍自家跳水协会的阵势，黎远忽地出声打断他的话："要不找个地方，坐下再谈话？"

烈日当空，虽有树荫，但从水泥地蒸腾起的热气仍不容小觑。

邵遥的额角和脖子上已经挂了汗，黎远不想她在太阳底下呆站，也不想扫她的兴。

很明显，这跳水协会已经勾起了她的兴趣。

王凯轩和许南是准备去餐厅吃饭的，便邀邵遥和黎远同行。

王凯轩还说，如果邵遥感兴趣的话，吃完饭他们能带她进游泳馆参观参观。

邵遥当然乐意，眼巴巴地征询黎远的意见："可以吗？可以吗？一起去餐厅吗？"

黎远能有什么意见？这次他们来港城本来就是为了让邵遥提前感受大学校园的气氛，能在这里碰上认识的人，也是一种缘分。

当然，他心里多少还是有些不是滋味。

黎远睇着身旁跟两个男生边走边聊的女孩儿，心想："自己担心的事情果然要发生。

餐厅冷气足够，邵遥和黎远没多久前才吃过饭，这会儿还没饿，点了份菠萝油、猪仔包和两杯咸柠七。

四个人围着一张圆桌坐着，王凯轩和许南边吃边跟邵遥介绍协会。

目前协会有专业练习场地，有基金会扶持，有专业教练指导，这两年吸纳了不少对跳水感兴趣的成员，但多数是零基础的初学者，或之前稍微接触过跳水的爱好者，像王凯轩这样经过专业训练的跳水运动员寥寥无几。

如今有不少针对业余爱好者开办的跳水比赛，协会在男选手方面有几个人选，但女选手至今没有合适的人选，所以每次比赛，与女子有关的项目他们协会都是空缺。

"所以小遥，我先'预定'了啊，要是你来了科大，一定要进我们协会。"王凯轩不停地游说，"你不是对崖跳、海跳感兴趣吗？我们每个月都会组织相关活动，许南玩这个很厉害的，全世界跑，在不少比赛上拿过名次的。"

“他讲话太夸张啦。”许南皮肤黝黑，笑时显得牙齿极白，“但邵同学，我和 Willson 的想法是一样的，如果你来了科大，务必联系我们啊。”

对方语气真诚，邵遥有些赧然：“可是分数还没出来，我还不确定能不能考上……”

“没事啊，如果你选择了其他高校，有空来港城玩也可以联系我的。”许南没有紧追不舍，“我带你去玩崖跳。”

黎远从刚才开始就默默喝水没有吭声，此时终于忍不住了，整个醋坛子都要掀翻了。

这人说带谁玩？带谁玩？

他们是完全把他当透明人了吗？！

忽然，黎远桌下的膝盖被人轻轻拍了一下。

只是一下而已，他胸腔里快爆炸的气球就这么松了口子，“刺刺”地泄着气。

邵遥安抚着男友，浅浅笑着回许南：“好啊！正好，我男朋友也对崖跳好感兴趣的，到时候还要麻烦你指导指导我们技巧。”

对面的两个人都有些惊讶：“原来你男朋友也是跳水运动员啊？”

“不，我不是运动员，”黎远被抚顺了毛，态度稍微和缓了一些，“但小遥喜欢的事情，我都会陪她一起尝试。”

第十二章

一束光

最后邵遥还是留了联络方式给王凯轩和许南。

她的声音很小，像是在自言自语："其实你们真的高看我了，虽然我这些年在跳水，可只上过一米板。现在在利用'M-Room'重新练习十米台的动作，但偏差还是有点儿大。"

许南说："这有什么关系？我们协会的口号就是'happy jump have fun（开心跳，开心玩）'，跳水就是要快乐啊。"

王凯轩接着说："不过我能理解，那时候我开始长高，肌肉记忆渐渐失效，好不容易调整好了，身高、体重又变了，又得重新调整力度和入水角度。"

邵遥赞同："对，对，对，一些动作还没做完，已经快入水了。"

"但如果跳台高度增加，这个问题也能解决了。"许南这时插了一句，"我们常去玩的那座悬崖高十五米，水很深，有足够的高度让你们做动作，只不过有个习惯得改，最好是脚先入水。"

"那年我先是没资格参加比赛，后来被淘汰，有很长一段时间走不出来，觉得自己只会跳水，没了跳水，自己就是个废柴。"王凯轩搅着手边的玻璃杯里的冰块，语速有点儿慢，"后来也是许南带我去玩崖跳和海跳，我才慢慢找回自信。"

邵遥插嘴问："你俩认识很长时间了啊？"

许南坦然地说："我和 Willson 从小认识，后来他进了港队，我没有。"

王凯轩一哂："有没有进队，现在也不重要了。"

许南挑眉，故意调侃："真看开了啊？"

王凯轩瞪他："当然啦。"

"不后悔没接受那基因公司的'改造'啊？"

"喊，当然不后悔！"

邵遥和黎远互看一眼，都有些困惑。

但很快黎远想到了什么，皱眉问："什么基因公司？"

王凯轩顿了顿，眼睛余光飘向邵遥："就是……就是'那个'基因公司啊，小遥没跟你讲过吗？"

邵遥不解，轻轻蹙眉："嗯？"

许南本就对这件事心有芥蒂，一时没留意几个人的微表情，心直口快道："那一年 Willson 刚进港队，有家基因公司的业务人员私底下找到他父母，说他们有个针对跳水运动员的'塑形计划'，可以通过推迟发育期，调整身材未来的发展方向。

"他们还说运动员年纪越小，效果越好，而且完全不违反各大赛事的规则。对方问 Willson 的父母有没有兴趣参与计划，他们可以给出很高的优惠折扣……"

邵遥滞住。

许南的话像坏掉的人工蝉鸣喇叭，声音尖锐刺耳，排山倒海地灌进她的耳内。

生物基因是近些年一直大热的行业，曾经与之相关的公司遍地开花，后来一一被淘汰，如今仅剩几家顶尖公司。

例如日本的 U 公司，从拥有再生能力的动植物身上提炼出基因，独家推出"再生肌肉""再生骨骼""再生皮肤"，给医疗行业带来了巨变。

当然，这些技术价格高昂，只有出得起钱的伤患才能得到"再生"的机会。

又例如美国的 Z 公司，因为研发了能改变人的肤色、发色、眸色的技术，加上能增高减重的塑形技术，深受人们追捧和喜爱。

邵遥猜想，许南提起的或许就是Z公司，只不过多数使用者是希望增高，没想到还能反过来抑制身高增长。

见女孩儿神情凝重，只默默聆听，没有开口，黎远瞄了一眼，收回视线，问王凯轩："所以你的家人当初没有接受这项计划，对吧？"

"嗯，其实我也是一年前准备上大学的时候，才被爸妈告知这件事。他们说是不想抑制我成长，想顺其自然，但主要原因还是，就算对方打了折扣，我家依然出不起那笔钱，实在太贵了。"王凯轩苦笑了一声，"而且他们不确定我这个屋邨仔能走多远，要是给了钱，抑制了生长，到头来还是取不到好名次，那这笔钱就是丢进海里了。"

他压低声音，问脸色有些泛白的邵遥："你没有听说过基因公司这件事吗？"

脖子好像被打了铁钉固定住，邵遥连摇头都有些困难："没有。"

基因公司的新闻她当然有耳闻，但她从未往运动员身上联想过。

王凯轩连忙说道："那你听过就算了，虽然我爸妈说过有这么一件事，但实际上是不是真的，我们也不清楚。"

许南也帮腔："对，你别放心上。"

黎远没说话，只在桌下牵起邵遥的手放在自己的腿上。

邵遥默了片刻，然后扬起笑容："嗯，我知道了。"

接下来的两天，邵遥有些心不在焉，连在迪士尼玩足一天、最刺激的机动项目都坐过三次，她仍觉得不太尽兴。

在港城的最后一晚，邵遥格外主动。

有一滴两滴汗珠凝在女孩儿锁骨中间的凹陷处，汇成一摊浅浅的湖泊，却足以让黎远把心脏抛进去，伴着吻，一直沉进湖底，和她的心脏贴在一块儿。

最后是在窗边，背脊和身后火热的胸膛贴在一起，邵遥已分不清谁出的汗更多。

窗玻璃上总有一层雾，时聚时散，和她的胸膛里萦绕的那团东西一样。

只有沉浸在黎远直白的索求和给予动作中，她才能暂时驱散脑子里的那些胡思乱想。

激情过后，沸腾的火山渐渐平息下来。

可邵遥的呼吸久久没有平复，她将头埋在黎远的胸膛前。

黎远声音暗哑，哄着她说：“没关系啊，你想哭就哭，我帮你遮着。”

邵遥嘟囔着“没什么好哭的”。

过了没一会儿，黎远感觉胸口有了湿意。

邵遥微微哽咽：“对不起……难得出来玩，我却总是想东想西……”

这几天和妈妈通电话或视频时，邵遥好几次有冲动想开口问她，以前有没有听说过基因公司的“塑形计划”这件事，可话到嘴边又咽了回去。

邵遥觉得自己太没意思了。

有又如何？没有又如何？

事情已经过去那么久了，她现在再过问又有什么意义？

还有一些可怕的阴暗想法会无声无息地冒出来，试图蚕食她心里的阳光。

如若……？

假如……？

要是……？

那些假设性问题，总会趁着她的防御力没那么强的时候肆意闯入她的脑海中。

就算她飞快地把它们赶跑，它们还是会潜在暗处，伺机而动。

“而且你那么辛苦造了个‘跳水馆’给我，我也和过去说‘再见’了，我却还是被这么一件小事弄乱了节奏……”邵遥没有号啕大哭，只是时不时吸一吸鼻涕，闷在黎远的怀抱中，“所以我觉得很对不住你……”

黎远拥着她，轻轻顺着她的背：“傻妹，这可不是小事，但我也不希望它变成一件‘大事’。”

他稍微后仰，托起她闷得通红的脸颊，也不怕脏，直接用手心抹走她鼻尖的鼻涕，轻提起嘴角笑了笑：“快缺氧了啊，快呼吸。”

邵遥眨了眨蓄水的眼，努着嘴说道："那你给我做人工呼吸就好。"

见她还有心情说笑，黎远的心稍微往下落了落。

黎远扶邵遥坐起身，帮她把濡湿的发丝拨到耳后。

"邵遥，我只问你一个问题，你认真思考后回答。"他微敛笑意，眼神认真了些许，"如果阿姨和叔叔在好多年前也接触过基因公司的人，那么这个'塑形计划'你会同意吗？"

清俊青年背对着落地窗，整个人逆在光中，可眼眸异常明亮，似锋利的弯钩，把邵遥压在深处的那些念头扯了出来，摊在月光下。

这本是很严肃的谈话内容，却因为两个人都赤条条的，显得有点儿奇怪。

但邵遥很需要这种直截了当的询问方式。

她从来就不是遮遮掩掩、拐弯抹角的性格，一件事憋在心里，迟早有一天得把自己噎死。

她慢慢泄了劲儿，盘起腿，眼帘半垂，呢喃道："我说实话啊，如果是七八岁的我，可能会接受的。一来那时候脑子还不大聪明——"

黎远"扑哧"笑出声来。

他怎么都没想到邵遥会这么形容自己，一时没忍住。

"喂，我很认真。"邵遥瞪他。

"抱歉，抱歉，你继续。"黎远的目光柔了几分。

"二来是那时候的我觉得跳水就是我的整个世界。而且我和别人有约定的，要一起站到世界第一的位置……所以若你问的是七八岁的'邵遥'，那她大概率会接受这个计划，因为她知道发育期对一个跳水运动员影响有多大。"邵遥深呼吸，慢慢抬眸与黎远对视，语气逐渐笃定，"但如果你问的是十八岁的'邵遥'，她肯定会拒绝啊。

"尽管她见过太多仅仅因为身材变化就被淘汰掉的运动员，经历过世界崩塌，可她还是会拒绝的。"

黎远不知不觉地扬起眉，再次提起嘴角："哦？为什么啊？"

邵遥想了一会儿，才说："大概是因为，十八岁的邵遥很喜欢她自己现在的样子吧。"

自然卷的短发她很喜欢，双颊上的雀斑她很喜欢，电线杆般的身材她很喜欢，"一马平川"她也很喜欢。

外貌是其次，更重要的是她喜欢勇敢自信的自己，喜欢接受遗憾的自己……

黎远深吸一口气，喉咙沁凉。

女孩儿的声音软绵娇甜，却铿锵有力，似铁杵一下下震着他的胸腔。

有些情愫似巨浪，迎面扑打过来。

他能听见自己震耳欲聋的心跳声。

而邵遥发现眼前一点点亮堂起来，如梦初醒。

只是简简单单的几句话，她就明白了自己的真实心意，将那些无谓的烦恼都切得粉碎，碎到风一吹就尸骨无存的地步。

她像只刚学会飞的雏鸟，蓦地张开双臂，扑过去抱住了黎远。

黎远一时不备，差点儿失去重心仰跌到床上，急忙换了个姿势接住她。

"多谢你啊，我的热心街坊黎先生。"邵遥"嘿嘿"笑，眉眼顿开，"你应该去做心理咨询师才对，这么快就让我不再继续钻牛角尖了。"

胸口被填得很满，黎远抬手紧拥住她。

鼻尖埋在她的颈侧，他闷声说道："大家都这么熟了，就别这么客气啦。"

他嘴上说得漫不经心，心里想的却是：我才要多谢你，我的邵小姐。

爱意姗姗来迟，但他遇到的是最好的她。

他何其有幸，可以拥住一束光。

从港城回来后，邵遥还是住在春晖园里。

周末父母来奶奶家吃饭时，邵遥把在港城带回来的手信，还有港科大的资料一并拿给了他们。

她提起了在港科大遇到王凯轩的事，也提起了跳水协会和极限运动，至于其他的事，她就当作从未听过。

六月底，高考分数放榜，邵遥果然成绩傲人。

同一时间，学校老师又给她打电话，恭喜她取得好成绩的同时，问她有没有更改志愿的想法。

邵遥目标明确，婉拒了老师的建议。

十分钟后，邵遥接到了母亲的电话。

唐菀啼笑皆非，说老师让她来劝劝孩子，让邵遥不要一时意气用事，未来后悔就来不及了。

“我直接跟老师说了，这个决定是我们一家人经过讨论最后做出的。而且，就算这次是你一个人做的决定，我们也会支持你的。”唐菀缓了缓，再开口时，声音里有几不可察的颤意，“小遥……你年纪还小的时候，爸爸妈妈私底下替你做了一些决定……这些年，妈妈常常怀疑自己，会想那样做真的是正确的吗？我们是不是应该先征求你的意见再决定？——”

“妈！”邵遥没让母亲继续往下说，有些着急地出声打断她的话，“没事的，你做的决定是正确的！”

电话那端的唐菀立刻沉默下来。

邵遥回神后懊恼。她这么说，岂不是此地无银三百两？

她急忙补充了一句：“嗯……嗯……我不知道妈妈你做过什么决定，但我现在过得很开心，所以那个决定肯定是正确的。”

最后她干脆破罐破摔，孩子气地撒娇又耍赖：“你啊！千万不要再胡思乱想！不可以，我不同意！”

过了几秒，她听见母亲叹了一口气。

唐菀释然一笑，缓缓说道：“我的乖女儿，真的已经长大了。”

虽然隔着电话，但邵遥似乎能想象出母亲说这句话时的表情：温柔但眼里噙着泪花。

邵遥捏着发酸的鼻梁，笑道：“那是！我十八岁了，你们还总当我是小孩子！”

她觉得自己最近特别眼浅，泪腺像年久失修的水龙头，关不紧，一直“滴滴答答”的……

七月一日，市内多处的人工蝉鸣装置再次启动，春晖园也是。

这也意味着夏天正式来了。

暑假开始前一天，邵遥提交志愿，同时将申请奖学金的资料送了出去。

——港城物价高，哪儿都要用钱，她家虽是小康水平，但远不及大富大贵的地步，她能给父母省点儿钱就省点儿。

杨楚雄的高考成绩比之前高出一截，虽然已被保送，但杨父、杨母还是开心得不行。

两个人知道黎远在这件事上出了不少力，加上杨父准备的那份结婚周年礼物深得杨母的心，所以杨母每次做了好吃好喝的东西，就叫杨楚雄给对面屋的“恩师”送去。

杨楚雄还没完全整理好心情，一开始看见黎远和邵遥十指紧扣时，心里难免有些酸涩。

但三家人住得太近，朝见口，晚见面，实在很难避开，杨楚雄也没想避开。

失恋而已，又不是世界末日，他和邵遥做不成恋人而已，又不代表他们就老死不相往来了。

所以当邵遥主动问他这个暑假的比赛还能不能拿到家属票时，杨楚雄点头如捣蒜。

由于八月有国际赛事，所以今年省队的集训提前了。

这一年“春晖园小蛟龙应援团”只剩下邵遥和黎远两个人。

金贵和女友去了东帝汶边做义工边旅游，准备在那边待足两个月，这个夏天暂时没有回来的计划；林芊云也没有回来，因为蔡超凡早就迫不及待，六月底就飞去澳大利亚找她了。

章思雅在大一时加入了学校的戏剧社，正巧有一出大型舞台剧之前来学校招募业余群众演员，章思雅和几个同学都被选上了，所以这个暑假得留在北城排练。

曾经沉底的发小儿群里，如今每天都有新的信息。

金贵发来了许多照片，湛蓝天空，清澈海水，风景美得宛如世界上的最后一处净土。

还有他和女友当义工时接触到的岛民，离岛虽落后，但岛民们一张张黝黑的脸上仍洋溢着幸福自足的笑容。

去了悉尼的蔡超凡和林芊云终于确定了恋爱关系，蔡超凡天天往群里发情侣合照，惹得杨楚雄破口大骂：“这个群里没有我这个单身佬的立足之地了！我要退群！”

金贵有心撮合杨楚雄和章思雅："群里不是还有另外一个人和你一样单身吗？"

不常参与闲聊的章思雅忽然语出惊人："这个暑假过后可能真的就剩杨楚雄一人单身了哟。"

轻飘飘的一句话，炸弹似的在杨楚雄的脑袋上炸开。

他想问的话由林芊云问出口："哇！是不是有人在追我们思雅？！"

章思雅只发了个"嘿嘿"笑的表情包，没有直接回答。

杨楚雄隔天就要集训了，手机得交上去。

他在睡前私信了章思雅，把林芊云问的那个问题又问了一遍。

章思雅回他了，可态度明显不佳："这和你没有关系吧？"

杨楚雄噎了噎，皱眉打字："怎么会没有关系？有关系好吗？！"

章思雅直接反问："哦？我们有什么关系？"

杨楚雄打了删删了打，确实说不清他和章思雅现在算什么关系。

章思雅发了句语音过来，声音淡淡的："杨楚雄，去年我要来北城读书的前一晚你来找我，你说你会永远当我是好朋友……所以，如果我接下来接受了别的男生，希望你能尊重我的选择。"

那一瞬间，杨楚雄的心脏像被卡车碾得血肉模糊，好痛，好痛。

这比他看到黎远和邵遥在路灯下拥抱要痛上百倍、千倍。

他连忙给章思雅打电话，但对方已经关机了。

这次集训杨楚雄像条疯狗，除了睡觉、吃饭和陆训，其他时间都在池子里泡着。

三周后的比赛，黎远戴着智能眼镜，把赛事同步直播到了群里，邵遥则做了一个应援横幅，款式和章思雅去年那个一样，帮未能到现场的她给杨楚雄加油打气。

最终杨楚雄勇夺二百米自由泳第一名，游出了近年来自己最好的成绩。

他飞快地摘下泳镜和泳帽，转头面向观众席，分辨出了邵遥和黎远大概坐的位置。

他高举双臂，大声呐喊："章思雅！你有没有看到？！"

他的声音很快被淹没在广播声和欢呼声中，邵遥急忙探头到黎远面前，冲着眼镜连连挥手，语无伦次："思雅，思雅，雄仔今年拿到第一名了！思雅你看到没有？"

群里炸开了锅，金贵等人纷纷发来"贺电"，祝"春晖园小蛟龙"重出江湖。

而半个小时前，找了个借口躲进洗手间里观看赛事直播的章思雅，这一刻坐在马桶盖上哭得像个孩子。

两天后的傍晚，章思雅结束一日排练，打开手机，发现杨楚雄给她打了很多个电话。

似是预感到什么，她心跳飞快，忙回拨过去。

电话刚被接起，章思雅立刻问："你现在在哪里啊？"

"在剧院门口，你出来。"

章思雅顾不上最近总对她献殷勤的社团师兄，抓起包就往外跑。

杨楚雄集训结束后没有回家，打车去机场的途中才买了最近一趟飞北城的航班机票。

他身上还穿着成套的运动服，斜背着鼓鼓囊囊的运动包，双手插兜，高壮背影融入火红夕阳里。

章思雅朝他跑去，明明接到他的电话时是兴奋的，可离他越来越近了，胸腔内又莫名其妙地涌起一股闷气。

一整年的情绪在这一刻爆发，向来斯文温柔的她生出猛力，狠推了杨楚雄一把，喘着气骂："你突然跑过来，想干吗啊？！"

杨楚雄往后踉跄了两步，目光则稳稳地落在思雅的脸上，丝毫不动。

他没掩去眼中的落寞神色，从兜里掏出一块红带奖牌递给章思雅："这个送给你。"

表演赛的奖牌是没刻字的基本款，只做鼓励用，它可能是杨楚雄的奖牌柜里最普通的一枚，分量却极重。

"给我干吗？我不要。"章思雅没接奖牌，气得胸口一起一伏的，也不知道是在气杨楚雄还是在气她自己。

金牌在面前晃悠，边缘折射着余晖的金光。

"我在比赛的时候没怎么想着输赢，满脑子都是'我得快点儿比完赛’‘比完赛了我就要去找章思雅’……”杨楚雄嗓子有点儿哑，站了太久，额头上都冒出了汗，“所以这枚奖牌应该属于你。”

章思雅鼻子一酸，奖牌上的金光和他眼里的伤感之色都让她眼眸发热。

她抿唇抑住哭意，但软下来的声音已经暴露她的真实情绪：“我不明白啊，你大老远地来找我干吗？明明是你——”

“对，之前我是说过，我会一直是你的好朋友，但现在我不想当你的好朋友了啊……”

杨楚雄打断她的话，又不管不顾地拉起她的手，硬把奖牌塞进她手中，坦诚地说道：“我之前一直没整理好自己的心情，总觉得如果我在那样的状态下接受了你的喜欢，对你来说是特别不公平的一件事。”

明明是大热天，杨楚雄却像被暴雨淋湿的可怜小狗，眉眼低垂：“思雅，你再等等我可以吗？还有一个月，我就来北城了。”

章思雅抽出手，用手背抹了一下眼睛。

手握成拳，她朝杨楚雄的胸膛猛捶了一拳，声音含糊地骂道：“你再来得晚一点儿，我就真的不要你了。”

她骂归骂，手里却紧紧攥着杨楚雄给她的奖牌。

它像块烧得发红的铁片，在她的手心上烙下了一圈滚烫的痕迹。

这就像小时候和杨楚雄玩过家家，他每次“下班回家”，都会给她捎来一颗糖果，水果味的，薄荷味的，牛奶味的。

他学着动画片里的对白说，这是今天“上班”的“工资”，回家了就应该交给“老婆”。

虽然材质、大小、形状都不同，但那些糖果就和手中的奖牌一样滚烫，让她这些年怎么忘都忘不了。

七月下旬，邵遥和家人一起搭游轮去北极旅游，前前后后加起来差不多两个星期。

奶奶也一起去了，正好四个人住两间舱。

黎老爷子本来也想偷偷报名同一趟游轮之旅，但因为身体问题被旅行社婉拒了。

因为这件事他还被孙子嘲笑了好几天，说他都一把年纪了，怎么做出的事还像个小学生似的。

黎老爷子反讽他五十步笑百步。

游轮上的卫星网络信号一般，经常卡顿，再加上有时差，黎远没办法时刻和邵遥保持联系。

这还是两个人正式谈恋爱之后第一次分开这么长的时间，黎远一开始觉得两个星期而已，眨眨眼就过去了，可邵遥出门才第三天而已，他已经觉得度日如年。

怎么时间过得这么慢？

邵遥倒是玩得挺开心。

这些年冰川融化、雪山崩塌的情况频繁出现，尤其是“发烧”那段时间，南、北极圈都限制游客进入，直到这两三年才逐步开放。

如今的游轮皆采用新能源动力系统，追求低污染、可循环的环保设计，力图最大限度地降低人类活动对极地的影响。

他们从朗伊尔城出发，穿越浮冰，直抵北极点，之后再原路返回。

冰上垂钓、皮艇探险、冰川远足，每张照片、每帧视频里的女孩儿都笑得没心没肺。

其中有一段视频黎远反反复复地看。

镜头里的邵遥准备尝试极地跳水，她身穿全黑色的潜水泳衣，纤腰后面牵着安全绳，在冰天雪地中神情自若地做着热身动作。

拍视频的是邵遥的奶奶，旁边有不少游客围观，邵叔叔、唐阿姨也在其中。

大家都穿着保暖冲锋衣，对比下更显得少女身形清瘦，脖颈细长。

天空和冰川的颜色都很淡，而她伫立在那里，似一朵在冻土上傲然绽放的黑玫瑰。

有工作人员走近跟她讲话，应该是问她准备好了没有，只见少女露出自信的笑容，点了点头。

下一秒，她回头看向奶奶的镜头，双臂弯到头顶，歪了歪脑袋，俏皮地比了个“爱心”。

接驳船的跳水点没有跳板，邵遥往后退了一段距离，几步助跑，蹬地跃起。

最近她利用“M-Room”练习得多，身姿越发轻盈，动作利落许多，在半空做了一个简单的翻腾动作，随后落进黑镜似的北冰洋中。

围观者纷纷发出惊呼和赞叹声，奶奶的镜头追过去，落进海里的女孩儿冒出头，像小狗一样甩了甩短发，仰起的一张白得发光的脸，最后她对着镜头比了个“耶”。

隔着七个小时的时差的黎远，自觉地把这段视频截取了下来，设成了动态屏保和桌面。

旅程接近尾声，邵遥回到朗伊尔城，准备在这儿过渡一夜，第二天启程回国。

正好，再过三天跳水世锦赛就要开幕，邵遥庆幸时间安排得刚刚好，可以无缝衔接，剩下的夏天就在春晖园里陪奶奶一起看比赛直播。

没想到她在奥斯陆机场等飞机时，接到了杨楚雄的电话。

杨楚雄的语气有些着急：“小遥！我刚才听队里的人在说，乔蕊被临时换下来了，不会参加今年的比赛。”

邵遥愣了几秒，连忙问：“什么原因？她受伤了？！”

乔蕊之前的春季选拔赛视频邵遥看过，乔蕊发挥得很稳定，动作细节打磨得几乎称得上完美，不出意外的话接下来一两年时间，她将在各大世界赛事上继续大放异彩，怎么会在这个节骨眼儿上被筛下来？

“有没有受伤不知道……”杨楚雄踌躇片刻，才低声说，“但你应该知道，她在这个时候被换下来，传出来的都没几句好话。”

最常见的情况像是，选手赛前体检、药检过不了。

整趟飞行邵遥都坐立难安。

她在飞机上搜不到官方新闻，便给乔蕊发了信息，问乔蕊是不是出了什么事，但直到飞机落地邵遥都没有收到回复。

世锦赛如期开幕，邵遥坐在电视机前，听着奶奶问“怎么运动员名单中没有小蕊”时，不知该如何回答。

许多网友有同样的疑问。

社交平台上讨论话题不断，“新世纪”里的赛事直播间里也有不少人在问乔蕊没有参赛的原因，乔蕊的粉丝后援会十分专业地在各大评论区呼吁大家不造谣不传谣，请大家相信小蕊。

一个小时后官方出了公告，乔蕊因突发意外受伤，遗憾缺席比赛，她的位置将由另一位候补选手补上。

但公告中并没有公布乔蕊受伤的具体原因，网友们也发现，这次比赛乔蕊只报了女子单人十米台，双人项目由陈霜和另外一名年轻选手一同参赛。

众说纷纭，有人猜乔蕊赛前药检没过，有人猜乔蕊应该是选拔赛结束后就出了意外，所以保险起见双人比赛没让她上。

还有人自称“知情人”，说乔蕊在春季选拔赛体检的时候，身高就已经比以前高出两厘米，连脸都肉眼可见地变圆了。

这人语气笃定，认为多半是因为成长期虽迟但到，乔蕊短时间内克服不了身体的变化，表现不如平常，才被临时换了下来。

最终在比赛里大放异彩的是陈霜。

她之前参加的都是青少年组别的比赛，今年是第一次跟随“梦之队”参赛。

作为年龄最小的选手，她的表现相当亮眼，从预赛开始她便圈粉无数。

最后陈霜夺得了十米台单人和双人冠军。

很快小姑娘就有了粉丝后援会，和当年的乔蕊一样，她也有了粉丝给她起的爱称，有了专属主题应援周边，连小时候参加比赛的视频都被粉丝们挖了出来，剪成一段段集锦视频。

又一颗“星”被造了出来。

与此同时，与乔蕊相关的话题虽然在平台上挂着，但讨论度明显降了下来。

而事件的主人公悄悄出现在了春晖园里。

接到乔蕊的电话之前，邵遥正和杨楚雄几个人在社交平台上举报那些恶意辱骂乔蕊的人。

“这些人嘴真够臭的！”邵遥趴在黎远的床上，戴着耳机，气得在群里“哼哧哼哧”地直骂，“运动员又不是机器人，一次两次不参赛很正常啊！浑身伤病他们看不到，日夜训练他们也看不到，整天只知道嘴上没把门儿地骂骂骂……谁药检不过啊？我看要是把他们一个个抓起来抽血验尿，指不定有一半呈阳性！”

杨楚雄也气。

这几年总有人嘲讽现今的运动员，说他们如果想赢过人工智能，只能靠装机械义肢或服用违禁药物。

他跟着骂：“我看以后所有体育比赛迟早要变成什么机器人‘世锦赛’，什么项目需要什么体形的仿生人，就专门定做那种体形的仿生人，输入程序代码，要翻腾多少圈就能有多少圈，什么高难度的动作都能做。要跑得快、游得快，那就在仿生人的脚底装火箭或螺旋桨！”

黎远半躺在邵遥身旁细化着“M-Room”，听见杨楚雄这么说，停了动作。

他等他们骂得差不多解气了，才慢悠悠地说：“科尼集团之前还真计划要推出体育型的仿生人，虽然他们说是用于服务体育培训行业。”

家政及陪伴型的仿生人仅仅是序曲，这个世界未来会往什么方向发展、会发展至什么程度，谁都无法预测。

邵遥听不得这种话，猛跳起来往黎远扑过去，龇牙咧嘴的，像只奓毛野猫：“不能！不能！运动员不能被替代！”

黎远立刻抱住她，讨好道：“对，对，对，肯定不能，一百年后都不能被替代。”

杨楚雄补充：“什么一百年？永远都不行！”

“哇，一百年，那可真是遥远。”在大洋彼岸的蔡超凡正帮林芊云擦着头发，感叹道，“也不知道我们能不能活到那个时候。”

林芊云窝在他的怀里刷着手机，嫌弃道：“要活那么长时间干吗？你是秦始皇啊，追求长生不老？差不多就行了，到时候老得牙齿都掉光了，满脸都皱巴巴的，连路都走不了了。”

蔡超凡捏她的颈肉一把，但声音宠溺：“没关系，如果到时候你真变成这样，我也会买最好最贵的轮椅，推着你去迪士尼。”

刚在一起的年轻小情侣每说一句话都甜得似能漏蜜。

他们不知遥远究竟有多远，但此时的他们满腔皆是爱意与热情，相信能白头偕老，一直到生命尽头。

杨楚雄听不下去了，大叫着“骗狗进来杀啦”，火速结束了群聊。

邵遥还在刷平台上的评论区，黎远摘下智能眼镜，伸手掩在她的手机屏幕上方："好啦，休息休息。这几天你没日没夜地刷，瞧，变成一只大熊猫了。"

邵遥按灭了手机，像没了电的玩具兔子般瘫在他身上，闷声嘟囔："就是看不惯那些人，站着说话不腰疼。"

黎远扶上她的腰背，有一下没一下地轻捏着，笑得促狭："哦？你腰痛吗？我帮你揉揉。"

邵遥甩了个没什么威慑力的眼刀："腰不痛，我是腰酸。"

黎远笑得更开心，故意问："为什么腰酸哪？"

邵遥不客气地掐他的腰肉："你说呢？"

她从挪威回来后，黎远就像月夜里红了眼的狼人，每晚都把她折腾得泪水涟涟。

明明都是运动，怎么这件事比跳水耗的体力还多？

每次结束运动后她都要昏睡过去，睡上一小会儿，才被黎远唤醒。

黎远还是怕痒，被邵遥挠了两下，浑身酸麻。

他正想翻身压住她，邵遥的手机响了。

邵遥抓起手机一看，是个陌生的电话号码打来电话。

黎远从后面抱住她，唇贴着她温热的后颈黏糊糊地吻着："这么晚了，谁打电话给你？"

"不知道啊。"

邵遥也奇怪，接通电话，问："你好？"

对方的声音有点儿小："小遥……"

乔蕊怎么都没想到，邵遥会从隔壁屋的院门里跑出来。

她惊讶得结巴："你……你……你怎么从隔壁屋……？"

邵遥一时没多想，直接回答她："我刚才在男朋友家里。"

乔蕊眼睛睁得更圆了："男朋友？！"

邵遥这才发现自己口快答了什么，挠着发烫的耳郭低声问："你怎么突然过来了啊？还换了个电话号码，以前的号码呢？你不用了吗？"

"我……我……"乔蕊将双手背在身后，吞吞吐吐，表情奇怪，眼神飘忽。

邵遥往下一瞥，看到了乔蕊脚边的小行李箱。

她心一沉，皱眉抿了抿唇，也不再问乔蕊忽然出现的缘由了，只柔声问："这么晚了，你吃过饭没有啊？"

只是简简单单的一句话，就把乔蕊本来缝起来的口袋扯开了，里头装着的好多的泪珠开始往外倒，乔蕊声音发颤："小遥……"

"别哭，你别哭！有什么事你慢慢讲！"邵遥被吓了一跳，忙问，"是不是身体哪里不舒服啊？"

乔蕊先摇头，接着又点头，晶莹的泪珠不停地往下掉，但就是不说话。

和乔蕊认识这么多年了，小时候训练再艰苦、再难熬，邵遥都没见她哭成这样过。

邵遥手足无措，慌里慌张地帮乔蕊擦着泪，小心翼翼地问："小蕊，到底发生什么事了？"

乔蕊哭得厉害，话说得颠三倒四、不清不楚，一会儿拼命地跟邵遥道歉，一会儿说自己不想再跳水了，一会儿又说膝盖、手肘的关节好痛好痛。

邵遥胸口一揪一揪地疼，不知该怎么安慰她，索性直接伸臂揽住她："好了，好了，没事的……想哭就哭，哭完我们进屋吃点儿东西。"

乔蕊肩膀猛颤，头埋得更低，哭得更厉害。

邵遥发现比起一年前，她确实长高了些许，不算多，但体形有了明显的变化。

可乔蕊这样好像才是正确的。

之前没太大感觉，有了对比，邵遥便觉得以前那个乔蕊，像被封在玻璃器皿里的蝴蝶，时间在她身上静止了。

已经八点了，头顶聒噪的人工蝉鸣声骤停，路灯下只剩女孩儿低泣的声音。

啜泣声惹得邵遥眼眶发酸发烫。

同时她又感到欢喜。

是有些不合时宜，可她很开心，乔蕊在这么难受的时刻选择了来找她。

隔在她们中间那堵墙，今晚被一个拥抱打破了。

屋里的纪霭听到动静，走出院子一看，被站在门口哭作一团的两个小孩儿吓了一跳：“小蕊？”

乔蕊稍微冷静了一些，脸上带着泪，还不忘跟老太太打招呼：“奶奶……”

纪霭也看见了地上的行李箱，没多问，对邵遥说：“别站在外面，快领小蕊进屋。”

“哦！”邵遥一手拉起行李箱，一手牵住乔蕊的手：“走吧，我们进去再说。”

乔蕊被带着走进院子里，垂眸盯着圈住她的手腕的纤长手指看。

邵遥的手温热，牵她牵得很紧，生怕她下一秒要逃跑似的。

那温度渗进皮肤，熨得她空落落的胸膛里重新蓄起暖意。

纪霭取了拖鞋给乔蕊，问了和孙女一样的问题：“小蕊吃过饭没有？”

“还没有……”

“那奶奶给你煮面。”纪霭想了想，柔声问，“你现在有没有什么忌口的啊？”

乔蕊穿上拖鞋，摇头说道：“没有……最近我什么都能吃。”

邵遥提议：“煮云吞吧，我们中午包多了云吞，还有奶奶熬的高汤，可以吗？”

乔蕊确实饿了，连连点头：“可以，当然可以。”

纪霭笑了笑：“行，你先坐一会儿，很快有的吃。”

乔蕊环顾四周。

她很多年没来邵遥家了，但装修和家具都让她感到熟悉。

“你家完全没变化啊，和小时候一模一样。”乔蕊走到摇椅旁，轻抚有些年岁的木头，“你还记得吗？小时候我们经常拿这把椅子当‘海盗船’玩。”

邵遥提了提嘴角：“当然记得，有一次我们晃得太用力了，椅子翻了，我俩都摔到地上，脑袋被撞出个大包。”

“对，对。”乔蕊看向楼梯，问，“奶奶书房里的书和 CD 还在吗？”

“还在！每次放假我回来奶奶这边都会重刷一遍。”

“啊，真好，我已经很久没看过小说了。”

“要是你想看，待会儿填饱肚子了我带你去书房。”邵遥试探地问道，“你今晚会在我家住下的吧？”

“应该是我问你能不能收留我一晚……”乔蕊眼神落寞，苦笑道，“要是我今晚去住酒店，估计半夜就要被我妈逮回北城了。”

邵遥瞪大眼：“别说一晚，一个星期都没问题啊！”

乔蕊眼里终于有了一丝笑意：“给你和奶奶添麻烦了。”

邵遥鼻子泛酸，别扭道：“客气什么。”

不一会儿工夫，老太太端了碗云吞走出厨房，招呼乔蕊快去吃。

奶白高汤热气腾腾，手工云吞饱满弹牙，乔蕊吃着吃着，泪珠子又“吧嗒吧嗒”地往下掉。

她吸着鼻子说，像这样简简单单的一碗云吞，她已经好多年没吃过了。

邵遥总算理解了乔蕊的烦恼，和她截然不同的烦恼。

她跑进厨房，从冰箱里拿了两罐可乐出来，将其中一罐“啪”一声放到乔蕊面前，干脆利落地打开另一罐。

“这个你肯定也很久没喝过了。”邵遥在餐桌旁坐下，豪迈道，“喝！别跟我客气！”

乔蕊怔了怔，很快破涕为笑。

她举起可乐，和邵遥手中的那罐轻轻碰了一下。

猛灌了两口被父母视为“垃圾”“毒药”的碳酸饮料，打了个响嗝后，乔蕊嘟囔道：“我还想吃炸鸡……”

邵遥比了个“OK”的手势：“没问题，明天我们就去吃，汉堡、薯条管够！”

第十三章

我们的结局

原本纪霭想给乔蕊收拾出客房，但乔蕊问邵遥能不能睡她的房间，就像小时候那样，两个人挤一张床。

邵遥当然没意见，她从衣柜里拿出枕头、枕套和凉被，把床让出一半给乔蕊。

乔蕊有些疲，洗完澡就上了床。

邵遥已经跟黎远打过电话，简单说了乔蕊今晚留宿的事，见乔蕊想睡，也赶紧脱鞋爬上床。

房间昏暗，乔蕊背对着邵遥侧躺着，目光落在斜前方的墙柜上，里面有不少她眼熟的奖杯和奖牌。

她幽幽地说道："小时候的奖杯、奖牌你都还留着啊。"

"好不容易拿了几个奖，人生高光耶，当然得留着啦。"邵遥没有睡意，躺着望向灰沉沉的天花板，"你的那些呢？还留着吗？"

乔蕊说："当然留着。一开始放在客厅的展示柜里，后来奖牌越来越多，就被我妈拿了出来，说不够地方放。我干脆拿回房间里，也放在书柜里。"

邵遥笑嘻嘻地说："哇，原来我们的默契一直都在。"

乔蕊也浅笑了一声："以前我在你家睡，觉得这张床好大，现在你伸直腿，脚尖都能碰到床尾咯。"

“是呀，过去好多年啦，我们都长大了。”

乔蕊沉默片刻，缓缓说道：“不，只有你们长大了。”

邵遥蓦地攥住薄被。

“我就像个马戏团的怪胎，永远长不大。”乔蕊今天决心坦白，声音很轻，语气却很坚定，“小遥，你应该听说过基因公司吧？……”

压了许久的秘密，像一点点穿破乌云缓慢往外渗的月光。

乔蕊进行“改造”的时候年龄很小，几乎没留下什么印象，反而父母偶尔会试探地问她记不记得小时候生了一场“病”，需要进“医院”“治疗”一周。

小时候她察觉不出明显差异，大家都是差不多高，但等到同龄人在青春期好似小麦般不停地拔高，她的身体却像停止了一样时，她才越来越觉得奇怪。

两年前，她终于等来初潮，第一时间兴奋地跟母亲提起这事，可怎么都没想到，竟听到母亲脱口而出“明明说的是十八岁之后才会来月事啊”。

后来她听说了基因公司的事，既惊又恐，恶心了好一段时间，自然也影响了练习和比赛。

她去质问母亲，乔母不但不以为意，反而觉得反应这么大的乔蕊才奇怪。

父母说这都是为了她着想，她可是难得一遇的天才型跳水选手，他们当父母的煞费苦心地栽培她，一心只想为她延长“花期”。

乔母最后稍微放软了语气，让乔蕊别担心。

因为她每隔一段时间就会将乔蕊的身体数据发给基因公司，在营养液和餐单上做出调整。

她的发育期一定会来的，只不过往后延了些而已。

“春季选拔会后的这几个月我忽然长高了接近十厘米，体重也涨了，我爸妈气坏了，这段时间一直去找基因公司理论，我才找到机会离家出走。”乔蕊自嘲地笑了一声，“我在他们眼里就像个坏了的芯片，或者程序出错的仿生人，需要重新进厂‘维修’。”

虽然已经知道“塑形计划”，但邵遥还是听得目瞪口呆：“这……这……这还能重新调？”

乔蕊耸了耸肩："具体的情况我不清楚，反正我不打算配合他们了。"

她现在可不是什么都不懂的小娃娃了，也不想再做提线公仔。

"其实去年我来找你的那晚，已经想跟你讲这件事了，但我实在太孬了，一直没能说出口。小遥，这事虽不是我自愿的，可我觉得自己好差劲、好卑劣。我也知道说出来之后你一定会觉得这一切不公平，知道你可能会怨我、恨我，但我还是想跟你坦白。"

突然猛长的身子像不停投进干柴的火炉，烧得哪儿都烫。

乔蕊揉着因为快速生长又酸又痛的膝盖和小腿，声音低哑地说："我这两个月状态很差，选拔赛候补的那个妹妹跳得都比我好，所以这次比赛我没有上……接下来估计很快我也没什么机会参加大赛了。"

喉咙里像塞了一大块盐渍柠檬，酸得邵遥说不出话。

倒不是因为怨怼或厌恶这样的负面情绪，而是她觉得此时面前的乔蕊和当年她被淘汰时一模一样——茫然迷惘，毫不自信，似漂在无垠大海中央，不知该游向何方。

她明明应该在高台上闪闪发光才对啊。

将事情和盘托出后，乔蕊终于松了一口气。

也不知自己是从哪一段开始眼眶里再次蓄满了泪，她眨一眨眼皮，泪水就淌到枕巾上。

委屈无助、身不由己、恐惧担忧……种种情绪堆积成了雪山，她跺跺脚就能造成雪崩。

她没敢转过身，不敢去看邵遥的表情，只无声地流泪。

半晌，她听见邵遥出声，没头没脑地问了一句："小蕊，咱们有多长时间没一起玩跳水了啊？"

她用的是"玩"这个词，像回到小时候，这件事对她们来说就是最好玩的一个游戏。

乔蕊哽咽道："六年？六年多了吧……"

邵遥翻了个身，隔着薄被轻轻拍了拍乔蕊哭得发颤的手臂："难得有机会，你要不要跟我再跳一次啊？"

乔蕊一时愣住，以为自己听错了："你说……你说什么？"

"我说，你要不要跟我再跳一次水？"

乔蕊飞快地坐起身，用力抹了把脸，鼻音很重："你还愿意……愿意跟这样的我一起跳？"

湿答答的碎发贴在女孩儿的下颌处，她哭得狼狈，却异常真实。

邵遥也坐起身，咧开嘴露出一口大白牙："走吧，我们现在就去跳！"

结束群聊后的杨楚雄一直在跟章思雅聊天儿。

最近两个人聊的话题越来越多，没营养的对话两个人都能聊上半天，像是想把去年一整年的空缺全填满。

杨楚雄晚上都会健身，做完有氧运动做无氧。

他把手机悬在半空，一边做着俯卧撑，一边跟章思雅全息视频聊天儿。

他的声音倒是没怎么喘："你有没有什么需要从家里带的东西？下周我去北城时一起带过去。"

章思雅这个暑假留校，宿舍里只有她一个人，她可以把视频影像直接投在寝室中央的过道上。

于是在夜深人静的女寝里，凭空多出一个正做着俯卧撑的体育生。

这家伙真不把她当外人，没穿上衣，一身腱子肉随着动作时松时紧，运动短裤被汗水打湿，布料半贴住紧实的大腿，汗水一颗颗往下滴。

章思雅脸红心跳，但最近她越来越放得开，小声嘟囔："把你自己带来就可以了……"

耳机里的声音像颗奶糖，甜得杨楚雄心脏"扑通"乱跳。

开窍后的他听不得这种话，血一下全涌上脑门儿，趁着手机提示有语音信息进来，匆忙先跟章思雅说了"拜拜"。

他们再聊下去怕是要往不大对劲的方向发展。

电话是黎远打来的，杨楚雄有些讶异，擦着汗接起电话，直接问："大半夜打电话给我干吗？"

"你在干吗呢？小遥说给你发了信息但你没回。"

"我刚才在做运动呢，怎么了？"

“我们打算现在去一趟游泳池，问你能不能一起去。”

杨楚雄顿了顿，瞄了一眼时间：“怎么这么突然？现在泳池早关门了啊。”

“对，所以得翻墙进去。”黎远拿出衣柜里的T恤准备换上，“小遥说这件事你比较擅长，小时候你没少做。”

杨楚雄“嘁”了一声：“少来，她才是带头翻墙的人，要是被人发现了跑得比兔子还快，把锅全推到我身上。”

黎远笑：“那你去不去啊？时间有点儿晚了，我开车送她们过去，你能去的话，五分钟后楼下见。”

“等等，等等，你还没说原因呢，怎么突然想这个时候去游泳池？”

黎远回想刚才和邵遥的通话内容，只跟杨楚雄简单地解释了一句：“乔蕊刚刚来找小遥了，小遥想跟她跳一次水。”

杨楚雄更讶异了，还想追问，但电话被无情地挂断了。

他只好赶紧跑去浴室淋了个一分钟的澡，套上背心、短裤往楼下跑去。

黎远的车已经停在他家门口，车灯明亮，他扯着裤腰带子跑过去，透过窗户看见两个女孩儿坐在后排座位上，于是拉开车门坐进了副驾驶位。

他还没坐稳，车子就已经开出去了。

杨楚雄赶紧系上安全带，回头跟乔蕊打了声招呼：“好啊你，一声不吭地跑过来，玩惊喜啊？”

乔蕊朝他点了点头：“不好意思啊，这么晚还麻烦你出来一趟，打扰到你休息了。”

“欸，这么客气就太见外了啊。”

杨楚雄瞄向邵遥：“不跟我讲讲发生什么事了？”

“哎呀，其实没什么事，就是小蕊过来找我玩，然后我一时心血来潮，想着好久没跟她一起跳水了，就提议去游泳池玩玩。”邵遥没把乔蕊离家出走的事说出来，“小时候我们不也常这样？你突然大半夜发疯说想游泳，就拉着我们一群人陪你去爬墙。”

“明明是你想玩跳板。”杨楚雄没好气地说道，“而且你也说那是小时候……现在都多大岁数了，被管理处逮住可是要全小区通报批评的。”

邵遥耸肩摊手：“没事啦，反正下周开学，你我都不在羊城啦。”

这时黎远不咸不淡地插了一句：“嗯，只有我还住在春晖园。”

第一次和邵遥的男友见面，乔蕊多少有些拘谨，以为惹他不悦，连忙说道：“要不……要不还是算了吧？给你们添麻烦就不好了。”

黎远看了一眼后视镜，语气温和了不少：“没事，我就是随口一说，你别放心上。”

“对的，对的，你千万别在意，他平时就爱这么讲话。”邵遥前倾身子，从前座的两张椅子中间探出头，故意掐着嗓子娇滴滴地夸他：“辛苦热心街坊小黎先生啦，明天请你吃汉堡呀好不好？”

训练基地的跳水馆进不去，附近没合适的场地，“M-Room”需要和体感设备磨合一段时间，邵遥想了想，干脆直接打起春晖园泳池的主意。

虽然那里只有两块被日晒雨淋的一米板，但总比没有好。

也不知道乔蕊能在她家住多久，指不定明天乔蕊的父母就要找上门了，邵遥决定打铁趁热，直接给黎远打了电话，问他能不能现在陪她们去“非法入侵”泳池。

黎远一个问题都没问，只让她俩准备好了就下楼，他开车送她们过去。

他还自备工具，捎带上了露台墙边的那架矮梯，开玩笑地说翻墙这件事他最近可没少干，是“熟练工”了。

杨楚雄又被他们塞了一嘴“狗粮”，大叫道：“我的老天爷啊，赶紧开学吧，我要离你们远远的，不然要被你们整天闪瞎狗眼。”

邵遥瞪他：“你刚刚没回信息，还不是在跟思雅视频？”

“思雅？”乔蕊吃惊，“那个很文静、不怎么爱讲话的女孩儿吗？楚雄和她在一起了？”

她不住春晖园，因为邵遥的关系和一群小孩都认识，虽不是特别熟，但名字和特征都记得。

邵遥说：“对的，是她！”

杨楚雄小声嘀咕：“她现在可不怎么文静……”

她总有办法惹得他心神不宁。

邵遥戏谑道："嗯？我听到了，明天我要跟思雅说你讲她的坏话。"

杨楚雄翻白眼，冲黎远叫："你别再宠她了，把她宠成'生骨大头菜'我看你以后怎么办！"

黎远勾唇笑道："'种'坏了也是我的'菜'，不劳你老人家费心。"

杨楚雄咧嘴装呕吐，回他："你才老人家，我们一群人里最老的就是你。"

他们三个人你一言我一语，幼稚地斗嘴，但他们都默契地没问乔蕊突然出现在春晖园的原因。

一颗心慢慢落下来，乔蕊泄了劲儿，肩膀松下来，倚靠在椅背上，任由车窗外的暖黄色灯光和他们的嬉笑声将她裹在其中。

一行人很快来到泳池旁，黎远停好车，从尾箱里取出折叠矮梯。

正如邵遥所说，杨楚雄知道哪堵墙最方便"潜入"，几个"小贼"在树影下越过了不算高的围墙。

过滤系统没开，四周安静，只有风穿过树叶的"沙沙"声，拖鞋踩在马赛克砖上的声音太响，几个人便赤足走向池畔。

照明大灯没亮，但环境并不昏暗，今夜无云，月明星稀，蓝色泳池水波微荡，像蓄起一池星光。

跳水板上日积月累的使用痕迹看不见了，板子像被月光重新漆了一遍，静静地等候着女孩子们登场。

乔蕊临时离家，没带泳衣。

邵遥借给了她一件黑色连体泳衣，自己则穿的去年那件墨绿色泳衣。

黎远后退几步，找到去年第一次看到邵遥跳水的那个位置，直接坐下，对着泳池旁的女孩儿说："小心点儿。"

邵遥做着热身动作，自信地点头："放心啦。"

杨楚雄打开手机照明灯，检查了跳板附近的池水，对她们比了个"OK"的手势："抓紧时间，过一会儿可能会有无人机来这边巡逻的。"

"知道啦。"邵遥回头问乔蕊："我 OK 了，你呢？"

乔蕊眼神认真了许多："我也可以了，你想做什么动作？"

“就我们以前的那一套吧？ 105B 开始。”

“行。”

杨楚雄走到黎远身边盘腿坐下，语气感慨地说：“得有好多年没见到她俩同时站在跳板上了。”

黎远很自觉，早就把手机悬浮到适合的高度，准备帮邵遥把两个人时隔多年的合作录下来。

两个女孩儿，一高一矮，身材不同，但在月光下同样白得发光。

她们最早接触的项目就是一米板，一个个小娃娃话都还不能说明白的时候，已经学会了走板起跳。

连口头提醒“准备”都不需要，两个人几乎同时抬臂，像齿轮精准嵌进卡槽内，接下来的每个动作都是刻在肌肉和血液里的记忆。

几近一致的走板动作后，两个人同时来到板子边缘，踏板而起，鱼跃而下。

两个人滞空感明显，动作流畅，但许是因为身高、体形的差别，两个人入水的时间有些差别。

而且对比之下，乔蕊落水的水花明显比邵遥的小一些。

杨楚雄忍不住吹了声口哨，兴奋道：“今晚真是赚到了，乔蕊这些年跳十米台，都不知道多久没见她上板子了。啧啧，你看那水花，跟没有似的。”

黎远撇了撇嘴，声音淡淡地说：“小遥也不差。”

杨楚雄竖起大拇指附和道：“对，对，对，你家的‘生骨大头菜’也厉害，春晖园里的跳水第一人。”

两个女孩儿从水里冒出头，黎远的目光一直锁在那像小狗一样甩头发、接着扬起明媚笑容的女孩儿脸上。

“春晖园第一就春晖园第一。”

他总能轻易地被邵遥的笑容感染，嘴角不知不觉已经提起好看的弧度。

他丝毫不掩饰心里满溢的欢喜之情，说：“她在我这里永远是世界第一。”

杨楚雄没忍住，倒抽一口气，直接把大拇指“转送”给黎远：“大佬，你这些口甜舌滑的话都是跟谁学的啊？”

黎远仰了仰下巴，戏谑道：“跟‘生骨大头菜’学的。”

他俩说话的这会儿工夫，泳池里的女孩儿已经上岸，再次上了跳板，准备进行第二跳。

乔蕊把毛巾丢到水池旁，主动报动作：“5335D？”

邵遥挑眉：“没错。”

两个人不多话，也不管有没有退板、起跳够不够高、动作精不精准、水花压得小不小，“炸鱼”都无所谓，只一遍遍地翻腾入水，敲碎水面上的月光。

“哗啦啦”的水声听得杨楚雄心痒痒，在女孩儿们跳完第一轮之后他跑到池边问：“嘿，让我也跳一次呗？”

刚从水中冒出头的邵遥和乔蕊异口同声道：“来啊！”

杨楚雄不是专练跳水的，但最简单的动作他还是能做几个。

他脱了上衣，留着速干短裤，甩了两下胳膊就往前跑，冲到跳板前端，往下重蹬，高高跳起。

他前两个翻腾动作倒是有模有样，一秒后就控制不住了，整个人扑进水里，摔了个“狗吃屎”。

池边的女孩儿哈哈大笑，而“小蛟龙”不认输，接连又跳了几次。

他们闹出的声响越来越大，黎远走过去提醒他们：“小点儿声啊，这么闹，待会儿引来巡逻机了。”

邵遥玩得上了头，朝他挥手：“你也下来啊！”

黎远撇了撇嘴，手还插在裤兜里：“不要，我的衣服可不是速干的。”

邵遥皱起鼻尖：“脱掉就行啦。”

黎远气乐了，这女朋友怎么没一点儿自觉？

要是只有他和邵遥两个人在，那他扒剩一条底裤都可以，可有别的女生在，他感觉这么做不大合适。

但他大意了，没防住杨楚雄这家伙，被杨楚雄从背后狠推了一把。

黎远重心不稳，直接往泳池里摔去，还很丢脸地发出“啊”一声惨叫。

“难得大家兴致这么高，你也舍命陪君子吧！”杨楚雄“嘿嘿”

笑，说完也跟着跳进了池里。

黎远差点儿喝了两口泳池水，游上来后抹了把脸，冲杨楚雄大骂英文脏字，掬一捧水往他那边泼去。

杨楚雄灵敏地避开，还反手回击，泼了黎远一脸水。

黎远气急，划水想追上去，但对方可是专业运动员，才几秒工夫就把他甩在身后。

两个男生像变回小学生玩起了幼稚的泼水游戏，邵遥见男友落后，也加入“战局”，帮黎远“攻击”杨楚雄。

乔蕊本来远离“战场”，但还是被波及，让杨楚雄泼了一脸水。

月光之下的他们嘻哈玩闹，藏在胸口的烦恼也在这一刻暂时被忘却。

过了没一会儿，一道强光从上空射过来，光束来回扫射。

“有无人机来了！”乔蕊惊呼。

“快撤！”杨楚雄还没说完就往泳池扶梯游去。

但四个人还是让无人机逮住了，弧形飞行器亮起黄灯，发出警告：“目前时间泳池不对外开放，请仍在使用泳池的住户尽快离开——温馨提示，如有拒不配合的行为，保安机将采取较为强硬的劝阻方式——”

说完警告词，无人机便开始倒数，机身的颜色也逐渐变红，一行人避着光束跑到墙边时，无人机的机身已经呈血橙色。

杨楚雄还是第一次见这玩意儿变成这颜色，吓了一跳，跳下墙时轮到他没站稳，整个人在地上滚了一圈，拖鞋掉了都不知道，上了车才发现两只脚丫都沾满了泥。

另外三个人都没比杨楚雄好多少，前后座椅全湿了。

车子往回驶，杨楚雄看着后视镜里那架无人机慢慢变回银蓝色，一边蹭着脚上的泥，一边小声嘀咕：“完了，完了，我的拖鞋会不会被它捡去当证据？”

“你当它是警犬？”黎远没好气，瞥他一眼，调侃道，“冠军不愧是冠军，跑得比谁都快。”

杨楚雄刚想还嘴，后排座位突然传来“扑哧”一声。

乔蕊笑得肩膀发颤，说话都在喘：“我刚才差点儿想不起来，楚雄你是练游泳的还是练田径的，你翻墙翻得实在太快了啊！”

女孩儿突如其来地开怀大笑，让邵遥悄悄松了一口气。

邵遥也跟着揶揄："杨楚雄，要是你上大学后想转换跑道，短跑和跨栏项目绝对欢迎你。"

杨楚雄佯怒，气势高昂："我生是游泳人，死也要死在泳道里！"

黎远笑出声："这么不吉利的话你都敢说？"

杨楚雄越说越离谱儿："这是春晖园小蛟龙！我！唯一的信仰！"

邵遥的嘴角高高扬起，趴在黎远的椅背上，不客气地继续拿杨楚雄开刀："雄仔，我现在好担心你的入学体检没法儿过。"

"啊？为什么？我这段时间那么多比赛，体检结果都很漂亮好吧。"

"身体是没什么问题，但感觉脑子不太好。"

两个人唇枪舌剑，还有黎远时不时"插"上一"刀"，小小车厢内吵闹得很，却无比温暖。

乔蕊一颗心被烘得好暖，笑得停不下来。

那些胡思乱想，那些糟糕情绪，都随着眼角偷偷溢出来的泪花，一起蒸发在这久违的夏夜中。

洗澡吹头，两个女孩儿重新躺进被窝里时已经是凌晨一点。

夜深人静，乔蕊仰躺着，双手搭在小腹上，开口问："你睡了吗？"

邵遥也仰躺着："还没呢，想等你睡了我再睡。"

"谢谢你。"

"说这些干吗？只要你好好的就行啦。"邵遥支肘撞了她一下，"今晚你跳一米板，感觉怎么样啊？"

"感觉不错啊，而且很久没在露天池子里玩了，训练和比赛都在馆内，连月亮有没有出来都不知道。"

乔蕊声音虽低，但不再像几个小时前那么迷惘："其实我最意想不到的是，你依然跳得那么好。"

邵遥像个很需要得到表扬的小孩儿，惊喜地问道："真的吗？我跳得好吗？"

"很好。"乔蕊给予充分肯定，"你不像我们一天百跳，还能保持这种水准，真的不容易。"

“嘿嘿，有些事情可是会一直刻在 DNA 里。”

话音刚落，邵遥已经后悔自己哪壶不开提哪壶，急忙解释：“我指的是肌肉记忆。”

“嗯，我知道。”乔蕊动了动手指，双手攥成拳，再松开，“我想未来很多年我应该也会这样，不再参赛也好，退役也好，这些动作都会伴随我一生。”

邵遥长吁了一口气，把今晚真正想说的那些话全倒了出来：“你的人生是属于你自己的，低至一米板，高至二十米悬崖，我都相信你能跳得很好。

“你的舞台不只是十米台，也不只是跳水馆和领奖台。明明是我们那么喜欢的运动，你不要反而被它缠住了手脚啊。”

人生从来不是被固住的泳池水，一眼就能望到底，它应该是无垠大海，触不到底也看不到边际，去往哪个方向都可以。

乔蕊笑笑，自嘲道：“我知道‘塑形计划’后，总觉得我自己就是个人工农场里的水果，想要多甜、想要什么形状，爸妈调一调数据就行了。”

这比喻挺形象，邵遥蛮认同：“你这么一说，确实有点儿像。”

她停了几秒，继续说：“那就先啃掉皮肉，剩下核，重新找块地种下去。”等它在新的土壤中慢慢生根，再次发芽。

邵遥右手握拳，举在半空中：“我认识的那个乔蕊，可不是这么容易放弃的人。”

乔蕊没给她笃定答案和口头承诺，只是抬手握拳，和邵遥的拳头碰了一下。

这是属于她们的约定方式。

小时候，两个女孩儿在每一场比赛前都会碰一次拳，约定要一起站上领奖台，要一起戴上金牌。

而这一刻她们碰拳，则是约定好了永不放弃。

隔天，乔蕊起床后就买了下午回北城的票。

几乎在同一时间，邵遥接到了乔母的电话。

对方开门见山地问乔蕊是不是来了羊城找她，邵遥支支吾吾，倒是乔蕊果断地接过电话，冷静地对母亲说，自己很快就会回去，让他们不用操心。

不等母亲开始狂轰滥炸，乔蕊已经挂了电话。

乔母又打来几次电话，乔蕊没有再接，只把机票信息发给了母亲，让邵遥可以通知 AI 直接拒听。

邵遥有些担心将来乔蕊的父母还会不顾乔蕊的意愿，逼迫她进行新一轮的“改造”。

乔蕊笑笑，说现在的她已经过了任人摆布的岁数了。

女孩儿说这句话的时候逆在晨光中，脸上的笑容却没什么温度。

邵遥甚少见她有这样的神情，感到有些陌生。

她问乔蕊，有没有什么事情她能帮忙。

乔蕊还是笑着答，说邵遥已经帮了她很大的一个忙了。

这会儿的女孩儿，又恢复了邵遥记忆里的模样。

乔蕊在邵遥家里吃的午饭。

奶奶做了一大桌子菜，其中有两个姑娘都喜欢的卤水鸡翅。

纪霭笑眯眯地跟乔蕊说这走地鸡是早上她开车去朋友的农场买来的，保证健康安全，让她放心吃，又让邵遥去问黎远和杨楚雄要不要过来吃，要的话就多添两副碗筷。

两个男生够不客气的，趿拉着拖鞋就跑过来了，帮奶奶添饭送菜。

坐下后，纪霭给他们看春晖园业主群，原来几个人昨晚偷偷潜入泳池的事已经让物业挂到公告栏上了。

公告中还贴了巡逻机拍到的照片，他们的身影挺清晰，但物业很“好心”地给他们的脸打上了一层马赛克，温馨提醒各位家长要管好自家小孩儿。

邵遥绘声绘色地跟奶奶讲昨晚差点儿被巡逻机“就地正法”的经过，还说了杨楚雄跑得鞋都丢了的事，奶奶听得直笑。

乔蕊很久没体验过一顿饭吃得如此热闹，不知不觉中多吃了一大碗饭。

吃完饭她得出发去机场了，黎远和邵遥开车送她。

杨楚雄替乔蕊把行李箱拎上车，乔蕊礼貌地向奶奶道谢：“奶奶，这两天给您添麻烦了。”

“哎呀，说这些……对了，小蕊你等等啊。”

纪霭回厨房一趟，再出来时手里拿了一个饭盒。

饭盒是透明的，乔蕊能瞧见里面装着一块块去皮切好的苹果。

“这个给你在飞机上吃啊。”奶奶把饭盒递给乔蕊，“我知道你们比赛期的运动员对水果也有要求，虽然奶奶这个是野生苹果，但你放心，没有打药，土壤也很健康，就是酸了点儿，没有人工农场里出来的那么甜，不知道你吃不吃得惯——”

“吃得惯的，”乔蕊急忙打断她的话，“去年集训时奶奶给我的苹果，我全吃完了！”

“那就好。”纪霭轻拍两下女孩儿的肩膀，笑容比午后阳光还温柔，“比赛虽然重要，但身体更重要，别太勉强自己。下次你来家里，奶奶再给你做卤水鸡翅啊。”

乔蕊咬住唇，重重地点了点头。

暑假的机场人来人往，蓝色的影像信息屏悬在半空中，航班动向不停跳动。

旅客步履匆匆，还有负责引导和安检的机器人来回穿梭。

乔蕊自助办完了登机和行李托运手续，准备只带奶奶给的那盒苹果登机。

她抬了抬鸭舌帽的帽檐，对邵遥和黎远说：“送到这儿就行啦，你们快回吧。”

有些伤感情绪姗姗来迟。

昨晚那么煽情邵遥都没有哭，这时候到却不住了，猛跨一步，蓦地抱住了乔蕊。

黎远喉结一动，往旁边走了几步，把空间留给两个女孩儿。

“无论发生了什么事，你都可以跟我讲，我一直都会在。”邵遥哽咽道，“你的下一场比赛，无论是在哪里，我都会去现场看你。”

乔蕊愣在原地。

刹那间，她好像回到了好多年前某场比赛的现场。

那是她和邵遥第一次搭档参加十米台项目，两个人预赛成绩第一，决赛在最后出场。

完成最后一跳后，分数还没出，但她们已有信心夺冠，从池子里出来时，邵遥直接扑过来给了她一个拥抱，对她说“辛苦啦”。

片刻后，她抬手回揽住了邵遥。

两个人有身高差，她的脸正好能埋在邵遥的肩膀处。

乔蕊的声音同样沙哑：“你得给我做个超大的应援牌子，用最显眼的颜色。”

“没问题，我做个全场最大的，让你一眼就能看到。”

“下次再见面，我说不定身高就能追上你了。”

邵遥想了想那画面，边哭边笑：“那提前欢迎你加入‘电线杆’行列。”

童年曾经断了线的风筝，在这个夏天她们都找回来了。

这一次邵遥希望能牢牢把线抓在手中。

在这个瞬息万变的年代里，谈“永远”很容易遭人笑话。

东西坏了不再维修，直接丢掉或被销毁，人们重新购买新的东西的成本更低。

人和人之间的关系也是如此，超过一年没有联系的朋友可以从列表中直接被删除，“新世纪”里交友很方便，用工具在“世界”摇一摇，就有许多人来填补上空缺。

邵遥不愿意那样，说她天真幼稚也好，她仍希望友谊能像小时候的语文课本上写的那样，天长地久。

八月最后一个星期，杨楚雄提前去北城，春晖园里只剩下邵遥和黎远。

每天傍晚他们都会踩着夕阳去泳池游泳，或者骑车去水库那边散步，看小孩儿戏水，看老人钓鱼，看落日残阳。

晚上邵遥会去黎远的房间里，帮他一起盖奶奶的那个“M-Room”。

不过她不擅长这个，只能做些复制粘贴的简单工作。

邵遥每次都从露台翻墙过去，黎远一直叫她走正门，但她还是觉得这样更方便。

“懒死你算了。”黎远每次都这么说，但每次都会牢牢抱住她。

“M-Room”赶在八月最后一天完成了，黎远邀请奶奶上线验收。

老人玩不来全身体感，黎远找了个尺寸合适的头显借她，和邵遥同时上线，两个人在“新世纪”里教奶奶如何操作和进入 Room。

明明只是一个小门，却犹如潘多拉魔盒，打开后是另一个截然不同的世界。

张学友 2012 年的巡回演唱会，羊城加场，在市中心的露天体育场举行。

台上的歌手热情唱跳，露天体育场荧光飞舞，音浪翻涌，灯光璀璨。

纪霭震惊于黎远能将场景复刻得如此精准细致，已经远远超过她的预期。

许多细节其实她自己都忘记了，像是那夜温度有些冷，大家都是穿着厚外套或毛衣去的；像是那夜天气很好，抬头能瞧见月亮在夜幕中微笑；像是在夜色中闪烁的荧光棒是黄绿色的……

座位在内场前方偏正中的位置，邵遥牵起她的手领着她走过去。

黎远把当年与纪霭一起看演出的几位朋友和长辈都复刻出来了，纪霭坐到自己的位子上，看向右边年轻的老友，心中感慨万千。

而她的左边，一个位子被空了出来。

当天晚上晚饭过后，家政阿姨还在收拾饭桌时，黎远让爷爷先回房间。

“干吗？神神秘秘的。”黎彦嘴里不情不愿，但还是拄着拐杖往卧室走去。

“你‘新世纪’的号还在的吧？”黎远问。

“在啊。”

“多久没上了？”

“有一段时间了吧。”

“哦，头显放哪里了？”

“那儿呢。”黎彦拿拐杖指向床柜，“你需要用就自己去拿。”

“不是我要用。”黎远把挂在脖子上的智能眼镜拿起来，如实说道，“是邵遥她奶奶想邀你看一场演唱会。”

老爷子在更衣间里磨蹭了大半个小时，黎远忍不住弹小窗，调侃他是不是要去参加“春晖园最帅老头儿”的比赛。

“这代表我对这场约会特别认真好吧？”

在“新世纪”里的黎彦不需要再拿拐杖了，不在体感模式下的话还能跑能跳。

他把衣柜里的衣服全试了一遍，最后还是穿了基础款的卫衣和牛仔裤，二十出头的年轻人最常见的打扮。

只不过他额外加了一条毛线围巾，纯黑色的，什么图案都没有，是“新世纪”服饰商店里最便宜的配件之一。

样貌他也按年龄调整了，走出更衣室时黎远对爷爷吹了声口哨：“哇，爷爷你这形象看起来比我还年轻耶。”

现实中的黎彦听见这话，挺直腰板说：“那是，小时候的我可是迷倒万千少女的靓仔，情书收不停的。”

“哦？其中也有邵遥的奶奶给你写的？”

“那没有，是我给她写的情书。”

老爷子说起往事，声音都不自觉地软了几分。

大脑真是奇怪的构造，年纪越大，他记得清的反而都是少年时期内发生的事情。

教室闷热，蝉鸣聒噪，后排的男生们打瞌睡、看漫画、玩掌机，只有他一直呆呆地盯着前排认真上课的少女，看她梳起马尾露出百合花茎般的天鹅颈，看她被午后阳光浸得奶白的耳垂，看她时不时低下头，把耳侧发丝别至耳后。

那时候的黎彦觉得，自己就是纪霭手里的那根圆珠笔，被转来又转去，逃不出她的指间。

和现在不同，那个年代用的还是纸质课本，他可以把想说的话写成小字条，夹在书中，借着同学的手传到她的手上。

他看她翻开书，看她拆字条，看她回过头来瞪他一眼。

…………

黎远用了一个传送门，带着爷爷来到“M-Room”前。

邵遥在门外等候，对黎远身边的高瘦青年感到惊讶，一时不知道还应不应该喊黎彦“爷爷”，因为这个虚拟形象看上去和她的同龄人没什么差别。

老爷子也觉得有些别扭："我这样是不是很奇怪？你奶奶用的什么形象？我调整一下再进去。"

要是纪霭用的是比较成熟的形象，他这样子就显得太幼稚了。

邵遥小声说："奶奶没有另外捏形象……"

老爷子愣了愣，很快明白，问："那她用的是现在的样子？"

邵遥点了点头。

纪霭在座位上坐着。

四周观众跟随着歌曲节奏挥舞着荧光棒，只有她安安静静的，过了不知多久，身边的座位有人坐下。

她侧脸看去，微微挑眉，不客气地上下打量了一个来回："哟，你这是偷了孙子的衣服穿？"

黎彦临时改了形象，用自己的照片生成了虚拟形象，但着装来不及改了。

他白了她一眼，闷声说道："是为了配合你才改的好吧，本来我用二十几岁的靓仔形象，帅得一塌糊涂、人神共愤。"

纪霭倏地笑出声来："那可真是委屈你了啊。"

老太太笑起来的时候眼尾堆起浅浅的皱褶，黎彦却仿佛看到了那年的白裙少女。

她笑得眉眼弯弯，站在阳光中喊她"阿彦"。

黎彦呼吸停了两三秒，接着心脏蹦得快坏掉了。

虽然他也记得，他们约好的，再没有"阿彦"和"霭霭"。

他不敢再看她，转过脸看向舞台，问："为什么会找小远做这个Room？"

四周那么嘈杂，可纪霭仍能清楚地听到他的声音。

但她没有立刻回答他的问题。

黎彦等不到回答，有些急躁，自嘲道："还是说你想借着这场演唱会了结我的一个念想？"

事出有因，他能大概猜到纪霭的动机。

台上的劲歌热舞进不了他的眼，他满脑子全是"纪霭又要赶他走了"的念头，语气逐渐咄咄逼人："是小远跟你讲了我生病的事？你想让我就算明天‘走’，也能‘走’得安安乐乐，是吗？”

自从被那台破机器算出了剩余寿命，黎彦就列了张遗愿清单，“和纪霭一起看演唱会”也在清单上。

可真的实现愿望的这一刻，他的心里装满了忐忑不安的感觉。

气氛有些凝滞。

待一曲结束，舞台灯光变暗，纪霭才缓缓开口：“一开始我确实这么想过，想着这样做的话，能不能缓解你的执着。”

她瞥一眼黎彦脖子上那条平平无奇的黑围巾，继续说：“甚至本来我也弄了个二十几岁的形象，穿的衣服也接近当年的款式。”

“那怎么——”

“因为我觉得我们需要的不是‘回到过去’。”纪霭回答得很快，语气果断。

她稍微侧身，抬手把黎彦脖子上那条黑围巾一圈圈地取了下来。

“早上我在这里待了很久，从头到尾地看了一遍演唱会。那年的安可曲唱的是《忘记你我做不到》，我边听边哭，把南风他们吓得够呛。

“但早上再看时我没有哭……应该说我以为我会哭，但我没有，也没有心脏被揉成一团的那种疼的感觉。”

纪霭把围巾叠成方形，再轻放到黎彦的腿上，缓缓说道：“黎彦，有些事情留在过去，才是它们最好的归宿。你啊，别总频频回头，该向前看了。”

所以她才没用年轻时的模样来听这场演唱会，因为回不去，也没必要回去。

但如今的他们是相识多年的老朋友，时隔多年坐在一起，同看一场许多年前的演唱会。

这是属于现在这一分这一秒的独家记忆。

接下来的好多首歌，黎彦都一声没吭。

纪霭清楚他的性格，在又一组组曲结束时，小心翼翼地问：“你在哭吗？”

不是实时体感，黎彦的脸上并没有特别外露的情感。

而现实里的老头儿因为戴着头显，不方便抹泪，还得梗着脖子嘟囔：“又不是十七八岁的小孩子了，怎么会动不动就哭？没有的事。”

纪霭撇了撇嘴，心想怎么这么多年了，这家伙嘴还这么硬。

过了一会儿，黎彦听见纪霭说："黎彦，那台机器说的话，你别放心上。"

黎彦清了清喉咙，说："嗯，我要长命百岁的，要活到看见小远和小遥结婚。"

纪霭低头笑："行啊。"

他俩没能坚持到最后，只愿这对小年轻能比他们走得更远一些。

演唱会结束后，黎彦让纪霭先下线。

他传送回自己的"家园"，偌大的别墅宽敞明亮，二楼、三楼环形的走廊里有许多"M-Room"。

这一个 Room 是高中时的教室，那一个 Room 是阳光普照的碧海银滩，还有学校门口卖盗版 CD 的音像店、有昏黄路灯的巷子口……

这些 Room 都是黎彦这些年找别的"筑梦师"一一搭建的，每一个都与纪霭有关。

他没好意思找孙子做，怕自己过分沉迷其中，会被孙子念叨。

每推开一扇门，他便能走进一段回忆。

每一间 Room 他都走过一遍，最后在藏了太多太多秘密的那间公寓里待了半刻。

出来后，黎彦把门紧紧关上，唤道："管家。"

半空中出现温柔男声："在的，请问有什么可以帮您？"

"格式化家园，把所有的'M-Room'都删除。"

"温馨提示，ROOM 格式化后是无法恢复的，请您慎重考虑。"

黎彦回头看一眼紧闭的房门，沉声命令："嗯，确认删除。"

同一时刻，把家留给两个老人的年轻小情侣，正沿着水库晒月光。

圆月挂空，夜风清凉，轻推出一池银光。

邵遥牵着黎远的手一晃一晃的，问："演唱会应该结束了吧？不知道两位老人家聊得怎么样呢？"

"其实没什么好操心的，有我们两个人，他们的关系就没法儿疏远到哪里去。"黎远由得她玩，地上的影子随着动作晃起来，像能飞到天际的秋千，“你想想，以后他俩还得坐同一张主桌呢。”

刚开始邵遥没反应过来，想明白黎远指的是什么后，脸“唰”地发烫。

她咧嘴笑道：“嗬！你想得倒是挺远啊！”

黎远斜睨她，神情自若道：“啊，也不看看我叫什么名字？我这人优点挺多，其中一个就是目光长远。”

“哥哥脸皮可真厚。”

“干吗？你不想要他俩坐一张主桌？”

说这句话的时候，黎远紧了紧手指，有些警告的意味。

邵遥笑得眉眼弯弯：“想是想，但那可是好遥远的事了，谁知道到那时候会变成什么样？”

“能变成什么样？哦，只会变得我更加喜欢你，你也更加喜欢我。”

“咦——好肉麻！”

黎远停下脚步，把她拢进怀里，垂眸看着她亮晶晶的眼睛，轻提嘴角笑道：“我就不信你没有想过那么遥远的事。”

邵遥努着嘴拒不承认：“真的没有呢——”

“那就从现在开始想，邵小遥。”

此时在温柔月光下的小情侣并不知道，在离他们数步远的一棵老树下，有一只沉睡多年的蝉，躲过了酷暑，姗姗而来。

未来似星辰遥遥万里，但可期也可及。

他和她及它的故事才刚刚开始，未完待续。

番外一

崖　跳

2064 年 9 月 11 日　周四　晴

今天是新生报到日！

我分到的是单人宿舍，有一点点不习惯呢，之前住的都是多人寝室，热热闹闹的，不像现在，说句话房间里都有回音。

黎远倒是挺开心，说这样更方便我和他进行全息视频。

哼，他整天想这些事情。

哦，对了，还有一件事。

这宿舍的床有点儿短了，我睡觉得屈着腿，不大舒服［难过］。

2064 年 9 月 12 日　周五　晴

原来不是床短了，是我又长高了……

今天安排新生体检，我已经一米八一了……

刚才和黎远视频，我说我高了，他不信，让我开全息视频。

我原以为他只是想用全息影像来跟我比一下身高，没想到他直接走过来，低头亲了我一下［脸红］！

虽然和全息影像接吻并没有实际触感，但我的心脏“怦怦”乱跳，就和第一次接吻时一模一样……

黎远说这样才能更清楚直观地感受到身高差。

好嘛，果然是诡计多端的男人！

P.S.（备注）：感觉全息视频很快要被他玩出新花样……

2064 年 9 月 13 日　周六　阴

好吧，单人宿舍确实很适合异地恋的小情侣……（太累了不想写日记了）。

2064 年 9 月 15 日　周一　晴

开学啦！

环境保育课的教授姓张，问有没有同学知道“Life finds a way（生活找到了出路）”这句话的出处。

我知道啊！我还举手踊跃发言！

结果全班只有我一个人举手……

哦，对了，我们这个班三十个人，但只有三个女生……

杨楚雄调侃说在我们班完全体现出当今社会“男女比例严重失衡”这个现状。唉，说到底还是专业不吃香，就业前景不明朗，选择这门学科的人本来就少，女生更是寥寥。

扯远啦。

那句话出自《侏罗纪公园》，一部七十年前的电影，翻译过来就是“生命终究会找到自己的出路”。

有同学提出疑问，那些灭绝的生物要重新找到“出路”，只能通过人工克隆，这和这门学科不是相悖吗？

张教授说，应该要相信自然，相信脚下这片土地。

一个人的寿命不过百年，哪有办法窥见遥远的未来？说不定千年万年之后，主宰地球的会是小猫或小狗，或是某一天重现的恐龙。

但地球还是那颗地球。

地球就是一个巨大的生命体，所以“Life finds a way”这句话也适用于它身上。

生命自有出路。

嗯，我很喜欢这句话。

2064年9月24日　周三　晴

今天社团招新，但我上个星期已经被王凯轩和许南拉进跳水社了，莫名其妙变成他们的“骨干成员”，要在摊位上帮忙招揽新成员。

不得不说，成员们都挺认真的，他们剪了一个新的宣传视频，有他们历年来社团组织的活动、参加的比赛、跳水馆的环境，等等。

我上周重上十米台跳水的片段也被他们放在视频里了。

黎远问我讨要视频，我没给，因为表情过分狰狞恐怖……

我还帮他们录了几个第一视角的视频。

新生们可以戴上头显，分别体验一下从三米板、五米台和十米台不同高度跳下是什么样的感觉。

来社团摊位咨询的人一开始挺多的，但很不幸，我们旁边就是学校里最火的人工智能社团，他们派出了自主研发的仿生人 idol（偶像）在摊位前帮忙做宣传。

几位元气少女又唱又跳，声音和笑容都好甜，还会比心飞吻，别说男生了，连我看着都有些心动。

本来还在我们摊位上体验跳水体感的同学，“哗”地全跑到隔壁摊位去了，还立刻登记入社！

我听王凯轩说，他们社团除了元气少女型偶像，还有性感御姐和帅气酷哥几种不同类型的仿生人。

这些偶像都有自己的粉丝专页，粉丝数量不少，定期出席商演，比一些艺人还要有人气。

我感觉这两年仿生人涉及的领域越来越多了，有许多以前并不觉得会被人工智能代替的行业，慢慢也有人工智能的身影了。

而且大众的接受度也越来越高了，大家对仿生人不再带着那么强的敌意。

尤其是陪伴型的仿生人，最近很多单身独居的年轻人买了，说是下班回家的时候家里能有个伴儿，也不用费心思去维系关系。

仿生人不需要感情回馈，反而会在感知到用户的情绪之后，自动计算出几种应对方法，再从中挑出成功率最高的。

现在的人类与仿生人之间的差别越来越小。

要是哪天仿生人的耳朵上不需要戴“耳环”了，估计走在路上，我是分不出来谁是谁啦……

2064 年 9 月 27 日　周六　阴

最后我们招了十二位新成员！

王凯轩他俩很开心，说没想过会有这么多人报名。

跳水社的特聘教练以前是港队的教练，一周来校一次，平时就是许南和另一个大四师兄负责指导助教。

他们都考了教练证，王凯轩也打算今年去考。

我要不要也试试？

因为包括特聘教练在内都是男生，指导女同学做动作时，有个女教练应该会比较方便。

今晚黎远来港城找我，到时候我问问他的意见！

2064 年 9 月 28 日　周日

今天天气应该是阴？窗帘还没拉开我也不知道……

昨晚黎远就跟疯了一样……

总结：没见面半个月的年轻男人不能惹啊！

“不能惹……嗯，你知道就好。”

身后突然冒出来的声音把邵遥吓了一跳，手机都要被甩飞出去。

双颊瞬间烧起来，她慌里慌张地把手机塞到枕头下：“你……你……什么时候醒的？”

“在你写我……昨天就跟疯了一样。”

黎远低笑，声音沙哑。

他从后面揽住邵遥，挪了挪身子，便紧贴住她的背脊。

“怎么办？邵小遥，我还想再疯一下。”

“你……你真是够啦！”邵遥乱扭腰肢，可挣不开。

“够？”黎远闭着眼，声音里有浓浓的倦意，“怎么可能够啊……”

他饿了半个月耶，当然要吃够本。

“等等，等等！我们等一下还要进西贡的！”邵遥知道他要做什么，赶紧阻止。

今天下午跳水社组织崖跳活动，昨晚的运动已经过量了，现在再来一回的话，下午她指不定要腿软的！

黎远在被子里沉声笑道：“嗯，我知道，我速战速决，不耽误你玩崖跳的时间。”

番外二

小　狗

车子往西贡方向行驶。

黎远不大熟悉港城的路，打开了半自动驾驶模式，只需要跟着车前玻璃上闪动的半透指示箭头开车就可以了。

他盯着前方道路，忽然开口：“我今晚不弄了。”

邵遥手肘支窗，“哼”了一声，斜睨一眼，显然不相信他的保证。

黎远表情和语气都有点儿严肃：“我说真的，这样显得我好像个变态。”

邵遥瞪圆眼，气乐了：“你就是啊！跟小狗似的！”

她一想到会被换床单的酒店服务员窥见她失控的那一面，就羞恼得双颊发烫，哪怕这家酒店的房间服务员基本是机器人。

少女吹胡子瞪眼的样子又恼又俏，杏眸里漾着光，还残存着些许不久前的娇媚感。

胸膛里被填得满满当当的，黎远伸手揉了一下她的短发，笑问：“腿还软不软啊？”

邵遥努嘴埋怨：“当然啊，都怪你，等一下还得爬山的，你得负责背我上去。”

黎远爽快答应：“行啊。”

结果腿软的是黎远。

连邵遥和“随行家属”，跳水社今天到了二十几个人，新人占了大多数。

一行人在西湾沙滩集合，想游泳跳水的同学在淋浴处先行换好了泳衣和沙滩裤。

一行人横越沙滩，沿小径溯溪而上，行走近半个钟头，便到了一处天然水潭。

山间绿树成荫，温度清凉不少，大伙儿直呼“舒服”。

火山石顺着地势，天然形成数个不同大小的池子，有深有浅。

最浅的池子水深不过膝盖，清澈见底，适合游客在池边戏水小憩。

最深那个池子面积最大，白瀑伴旁，溪水潺潺，池水碧绿如玉，越往深处颜色呈黑蓝色，望不见底。

四周石崖高低不同，崖上设置了几处跳水点，最低处两米左右，最高的接近九米。

两米处跳水点轮候的人最多，毕竟难度最低，就这么一会儿工夫，已有几个人接连跳入池中。

水花四溅，旁观的游客十分捧场地鼓掌给予鼓励。

越往高处人越少，九米处跳水点只有两三个男子在那儿站着。

“那几个人是我的朋友，玩极限运动的。”许南一边解释，一边朝高处挥手，大声喊：“喂！我来啦！”

那几个男子循声望过来，也挥手大喊：“阿南？快上来啊！今天只有我们几个人！”

许南：“等一下！你们先玩！”

“好！！”

洪亮的声音还在山谷里盘旋，其中一个男子已经甩甩手臂，助跑几步纵身一跃，在空中翻了两个跟头，头朝下地直臂入水。

潭边众人惊呼，在他入水后更是大声喝彩，助兴的口哨声此起彼伏。

“你们可别学他，有经验的老手才能这么做。未来你们有勇气尝试高空跳水的时候，一开始都得直立入水，双手要在身前做这样的保护动作……”

许南借着这个机会，给社团新人们认真讲解悬崖跳水的注意事项，不过这次新人们都不准备尝试，除了邵遥。而且她准备直接登上最高处。

旁边有石阶小径，黎远陪着她往上走，多少有些担心：“你真的不用从中间段开始尝试啊？”

邵遥自信满满：“不用啦，还没十米台高。”

“对啊，这高度对邵遥来说轻轻松松，甚至你也可以跳的。”王凯轩走在他俩前方，回过头语气轻松地问，“哦，我记得你之前说过也想体验一下崖跳，要不今天试试？我或者许南都可以带着你跳，还有上面那几个男生，他们都是专业的极限运动员。”

黎远的嘴唇蓦地抿成一条线。

他想起来了，和王凯轩他们第一次见面的那次，他说只要是小遥喜欢的事情他都会试试看，其中包括悬崖跳水。

邵遥知道黎远上次只是随意说说，笑着打哈哈：“他今天只是陪我来玩，没打算下水。”

王凯轩：“哦，这样啊，那下次呗，反正他常来港城找你，以后还有机会——”

黎远微眯眼眸，忽然打断他的话：“难得来一趟，我尝试看看好了。”

他一说完这话，邵遥和王凯轩都惊讶地看向他。

邵遥拉着黎远的手晃：“你想跳吗？九米会不会太高了啊？旁边有四五米的，我也可以陪你玩那个！”

她记得黎爷爷说过，黎远小时候是恐高的。

虽然现在他来港城住酒店都住高层，看着没什么问题，但她不想让他勉强自己。

男人怎么可以说“不行”？黎远梗着脖子上了高处跳水点。

他小时候确实恐高，长大后情况有所好转，而且在给邵遥做十米台“M-Room”时，上过跳台感受过高度，当时没感到害怕。

只不过他这时站在悬崖边上，感受截然不同。

落脚点只有那么一小片空地，几块矮石立在小径这边，他越往崖边走，越没有东西遮挡。

大脑能清楚分辨出孰真孰假，并自然而然地生出恐惧感。

黎远往前倾身，很快回正，手插在裤袋里，悄悄攥拳，竭力压住身体的不适感。

邵遥的注意力全在黎远身上，她自然发现他神情不如平时松弛。

趁着王凯轩跟朋友聊天儿，她拉着黎远走到一旁，压低声音嘟囔：“你不要勉强自己啦……”

女孩儿眉心紧皱，忧心忡忡，黎远稍微心安，深吸一口气，让绷紧的肌肉放松下来：“我没勉强，给我一点儿时间适应一下就行。”

他瞥了一眼王凯轩，再看回邵遥，有点儿无奈地挠了挠后脑勺儿，说：“我之前说，只要是你喜欢的事我都想去尝试，这不是场面话。我是挺想跳，但也确实控制不住地感到害怕……你们都怎么做到的啊？第一次高台跳水的时候会怕吗？”

“怎么可能不怕？你当我是超人？我那时候和乔蕊一直趴着，和毛毛虫一样慢慢挪到跳台边缘，超糗的。”眉眼慢慢弯成好看的弧度，邵遥继续说，“之前你做我的‘金牌家教’，要不这次轮到我来当你的‘王牌教练’，怎么样？”

今天阴天，太阳藏在云后，可女孩儿眼里蓄满了金灿灿的光，随着笑意抛进他的眼中。

那些笑意融成一颗奶糖，裹住了他心里所有的不安情绪。

“好啊。”黎远牵起她的手，握在手掌心里温柔地捻着，“那就拜托你了，Miss 邵（邵小姐）。”

以后都要拜托你了，“小”教练。

番外三

四十年前

纪霭再遇黎彦时，刚好距离两个人大四那年分手过去了十年。

那时候她的儿子邵杉杉念幼儿园小小班，学期过了一半，班主任拉了一位家长进班级微信群，介绍说接下来班里会进来一位插班生。

新进群的家长自我介绍，说他们一家三口从墨尔本回国定居。

班主任麻烦她将自己的群名改为小孩子的名字，很快对方把备注名改为了“黎耀妈妈”。

墨尔本，再加上孩子的名字，让纪霭的心跳快了一拍，她却又想着世界那么大，总不可能巧成这样。

纪霭重遇黎彦，是在幼儿园运动会上。

有个篮球传球的项目需要爸爸配合，邵滨海那天抽不出时间，所以纪霭和儿子没参加这个项目。

那时她牵着儿子站在班级队伍中，心跳失序，手心冒汗，心想：怎么这么多年没见他，他仍是人群中最显眼的存在？

眼前人影憧憧的画面似曝光过度的胶片，操场音响放出来的音乐自带延时混响效果，她想的东西倒是简单，只觉得她今日穿一身黑色运动服、头发随意盘起的模样，不是偶遇初恋的最佳状态。

而且，或许对方早已将她的容颜忘却，心脏跳得猛烈的只有她一个人。

直到儿子唤了她几声，纪霭才回过神来。

再抬眸时，她竟与黎彦四目相对。

时间似是停止流动了，整个世界只剩下自己的心跳声。

纪霭觉得自己要大方，要得体，就当是与多年未见的老朋友相见，要一笑而过。

她勾起嘴角，脸上挂上了有些僵硬的微笑。

可黎彦先于她移开了视线。

纪霭回家想了想。

也是，当年他们分手闹得不愉快，后来彼此铁了心没再联系过，现在他装作不认识自己也是正常的。

纪霭第二次遇见黎彦，是在家附近的马路上。

她踩着共享单车在安全岛处等红灯，鬼使神差地回头往车道那边看了一眼。

这一眼，她就看到黎彦坐在车里，直愣愣地看着她。

那天她没穿运动服，但正午猛烈的阳光晒得她满头大汗，单车篮子里装着环保购物袋，还有一截葱段从袋子里悄悄露了头。

她自认大度，依然是勾起嘴角笑了笑，再点了点头，接着回过头，不再看他。

绿灯亮起，她先踩了出去，随着沙丁鱼群一般的人潮游向对面马路。

眼角余光看着黎彦的车从她身边驶过，纪霭的心脏倏地往上提，才发现，内心深处隐约存着一种期待之情。

很快她自嘲一声，有什么好期待的呢？真可笑。

以前有七千五百公里的距离分开了他们，现在尽管只隔着一道隔离栏，她和黎彦依然是两个世界的人。

但再过了一个路口，纪霭看见那辆挂着新能源绿牌的SUV打了双闪停在路边。

在她经过车子身边时，车内传来一声“嘿”。

刹车声音有些刺耳，纪霭停在车旁，双脚稳稳踩住滚烫的水泥地。

副驾驶座位的车窗降下，纪霭清楚地听见黎彦问她，能不能问一下路，他对这附近不熟。

他不是用普通话问的，也不是粤语，而是他们故乡的方言。

她和黎彦都不是羊城人，他们所有的青春是在那个能看见海的小城里度过的。

她缓慢地点了点头，应了声“好”。

车内有沁凉冷气渗出，黎彦解开了安全带，半个身子越过副驾驶位，米色衬衣紧紧包裹着肩背肌肉。

纪霭克制着自己不去胡乱瞟其他地方，只看那部被骨节分明的手指夹住的手机。

“请问一下，这个地方要怎么去？”

男人的声音比以前低沉好多，纪霭耳朵发痒，心脏如一只野兔子乱跳。

手机屏幕有点儿反光，她看不清，只好伸长脖子，越过隔离栏，尽可能地靠近车窗。

然后她看清了，备忘录里打着小小的几个字。

“好久不见”。

纪霭抬眸，安静地看着他。

明媚阳光中有尘埃飘浮，两个人对望的视线中有些什么被时间抹杀的回忆在涌动。

纪霭先笑了笑：“确实是好久不见了。”

轮廓线条比当年硬朗不少的男人挤出一丝淡笑，问：“这些年过得好吗？”

顿了几秒，她才轻声说道：“无论好还是不好，都已经过去了。”

纪霭第三次见黎彦，还是在幼儿园的早晨接送时间里。

那时南方从早热到晚，有聒噪蝉声。

两个人没有视线交流，直到她走出大门一段距离，身后有人叫住她，叫她“杉杉妈妈”。

纪霭回头，见黎彦正弯着腰，从地上捡起个什么东西。

“你掉了东西。”黎彦将拾起的东西递给她，待她接过，便转身离去。

手里是一包纸巾，荷包式的那种，她一时愣怔，但又很快反应过来。

他们在课堂上也试过这样传小情书。

若干年后，纸巾里面没有情书了，却藏着一张黑色房卡。

卡套上印着酒店品牌和elite（精英）字样，边角标注着房间号和两个字，“聊聊”。

这下子意味就太明显了。

纪霭没有直接赴约，先回家换了身裙子，上了一点儿淡妆，把盘起的头发放下，才出的门。

房间在行政楼层，看着楼层数字递增，纪霭无意识地对着电梯里的镜子拨弄着发尾，却看见了自己无名指上的金色婚戒。

她没在相应楼层走出电梯，而是重新按下一楼大堂按钮，逃离了酒店。

当晚她的微信有个好友申请，头像是那位海归插班的小男孩儿，申请留言写着，“聊聊”。

她没通过。

纪霭逃过了第一次、第二次，却在第五次还是第六次时终于失去了冷静。

她在超市米粮货架旁对着一直跟着她的黎彦发火，压着嗓子问：“黎彦你到底要干吗？我已经结婚了！”

男人慢慢走近她，嘴角噙着让人琢磨不透的笑容，把她逼得后背撞上货架，酱油瓶碰得“当啷”作响。

纪霭咬紧唇，在他幽深的眸色中败下阵来。

似乎他们已经认识了好久，又好似从未认识过。

她被黑影和记忆里熟悉的气味笼得无法动弹，黎彦离她好近，近得她都快要能听见他的心跳声。

近得她觉得黎彦下一秒就要亲吻上她的额头，就和好多好多年前一样。

但黎彦什么都没做，只是伸手从她身后拿了瓶酱油。

他说：“你终于肯叫我的名字了。”

黎彦很快离开，只留下患得患失的她。

后来她的微信通讯录里还是添加了一位新好友，她把对方的微信名字改成了“黎耀妈”。

但时不时给她发信息的，并不是真正的黎耀的妈妈田美姿，而是黎彦。

从墨尔本回国的时候，黎彦没想过会那么轻易就和纪霭重遇。

因为家事，他回国的决定做得比较仓促，儿子插班的事是黎母帮忙处理的，颇有名气的公办幼儿园，离住处近，园长是黎母的朋友的亲妹妹。

妻子是不大满意的，她更倾向于送儿子去私立幼儿园，一嫌这幼儿园环境不够大气上档次，二嫌师资一般没有外语教学，三嫌和家长们没什么共同话题。

——应该说，田美姿对全家搬回国这件事有些意见，偶尔似是开玩笑地说，自己好不容易入了澳大利亚籍，兜兜转转还是搬回了国内。

黎彦倒是无所谓。他对名校没有执念，小孩子在哪里读书都可以，健康、快乐、自在就行。

他唯一害怕的，是回国后碰上旧人。

结果是怕什么来什么，还来得那么突然，一点儿防备都没有。

幼儿园运动会原本他和田美姿要一起参加的，但田美姿临时和友人有约，他自己带着儿子去了。

家长们在操场上集合时他就看见纪霭了。

他们中间隔着几位家长，她烫了头发，将头发染成了棕色，身材和五官都随着时间有了些变化。

但黎彦还是一眼就认出她了。

他看到的画面越来越亮，像电脑死机，直到周遭一切都变白，画面中央只残留着她的侧影。

心脏似脱轨狂奔的列车，横冲直撞，仿佛下一秒就要撞成一摊肉泥。

不知过了多久，身旁的爸爸们准备上场，他才动了动手指，牵着黎耀走上前。

他下意识地不敢看向纪霭，但目光还是忍不住游移过去。

她还记得他吗？

黎彦这么想着，一时分心，没接住儿子丢过来的篮球。

圆球骨碌碌地往旁边滚去，天旋地转，和他混乱的思绪一样。

他和纪霭相识于初中。

初一同班时，发育有些慢的少女黄黄瘦瘦的，身材干瘪，校服带着鱼腥味，有时下午返校时，衣袖和衣摆还会沾上星点血迹。

纪霭的父母在菜市场卖海鲜，纪霭好小时就要在档口帮忙。

同学会嘲笑她，装模作样的好像在她身上闻到了多臭的味道，在她经过身边时发出干呕声，会“卖鱼妹”“卖鱼妹”地喊她。

更恶毒的人，会说她死了要下地狱，因为杀了太多鱼。

流言蜚语架不住纪霭成绩好，老师总会指派她当班长或课代表，无论同学背地里怎么嘲讽她，她也总是能够一笑置之。

可黎彦觉得她假惺惺的。

她对别人总是面带着笑容，来催他交作业时却是另外一副表情，会有点儿凶，两道好看的眉毛紧皱着。

男孩子能干的混账事情也就那几种：扯头花、伸脚绊倒对方，以及弹内衣带。

可没料到纪霭的内衣质量那么差，黎彦只钩了一次，那带子就断了！

纪霭双手捂住胸口、眼角通红的样子看呆了黎彦。

回过神时，他已经站在女厕所门口，把自己身上的短袖脱下来，托人带给逃进厕所的纪霭。

后来黎彦不敢再搞纪霭的内衣带了，听见有人喊“卖鱼妹”，就要拿起课本往那人的脑瓜子上敲。

他比纪霭晚熟那么一点点，很快他也明白了，为什么纪霭对别人笑，对他总是有些凶。

初一结束的那个暑假，也不知纪霭是不是在家喝鱼汤进补了，初二开学时看见身材玲珑、皮肤变白的少女，男生们都看呆了。

黎彦从心里第一次涌起醋意时，就知道自己得先下手为强。

还是会有男生嘴贱地唤她“卖鱼妹”，还想弹她的内衣带，这次黎彦拿起的不是课本了，而是抡起了课桌椅子。

那男生命大，躲开了黎彦的椅子，但躲不过黎彦暴怒的拳头。

黎彦被叫家长，可他亲爹常年不在本地，亲妈也恰好外出，班主任气极，让黎彦在操场上罚跑到太阳下山才能离开。

南方小城九月还好热，胶道被晒得烫脚，少年哼着小曲跑得轻松自在，白衣被汗水浸得湿透。

一个人跑步的脚步声，慢慢变成了两个人的脚步声，一轻一重，一快一慢。

黎彦放慢了速度，等少女跑上来。

夕阳将两个人的影子拉得好长。

初三黎彦搬家了，他亲爹赚的钱越来越多，自己装修了一栋别墅说是要拿来养老。

但黎彦没转学，每天会陪着纪霭走回家，自己再踩车回家。

那些年流行拍大头贴，花里胡哨的卡通边框，曝光过度的镜头，在那小小的空间里，黎彦和纪霭留下了他们稚嫩青涩的模样。

初中毕业后，纪霭进了离家较近的市重点高中，黎彦分数差了一点儿，他便求着蔡小娟赞助他进那所高中。

蔡小娟没在意，还觉得儿子突然上进了，中考成绩也比想象中的好许多，便花了几万块钱把他送到了那所高中里。

学校旁边的小巷子里开着许多音像店，卖水货 CD 和盗版 CD，王菲、谢霆锋、四大天王等人的最新专辑，总会摆在最显眼的位置。

他们两个人会在音像店里用已经掉漆的试听 CD 机放张学友 1999 年的专辑，一人一只耳机，听见“若到某天尚可合照，头上多稀疏多美妙”时，相视一笑。

后来他们一起走过了许多时间和地方：高考后的夏天，对父母说的谎言，需要坐半个小时轮船才能到的海岛。

少女的草帽，少年的白衣，被咸涩海风吹响的海螺风铃，都是美好回忆。

最后是夕阳里的吻，一个接一个，或许比沙滩上的贝壳还要多。

他们牵着手在沙滩上留下成串的脚印，幻想着未来的生活。

黎彦说想每天下班后一到家就能吃上纪霭做的饭菜，纪霭说想与他生一男一女两个娃娃，男孩叫“黎耀”，女孩叫“黎姗”。

…………

自从纪霭结婚之后，黎彦刻意不去打听她的近况，刻意躲开她的一切消息，所以不知道她的儿子和黎耀同岁。

运动会结束后孩子们还要继续上课，家长们先行离开，黎彦开了车，车停在马路边的临时停车位上。

他坐在车上，启动了车但没驶离，直直地盯着后视镜里渐行渐远的身影。

坐了好一会儿，等身影再也看不见，他才启动车子。

似乎那天所有的事物，都有意提醒他那些故意被抹去的记忆，车内音乐自动播放着他的歌单，张学友的歌。

“也许相爱很难，就难在其实双方各有各寄望，怎么办……”

胸口里那辆列车脱轨行驶，黎彦有意去拉，却怎么都拉不回来。

他自认无比自私，自己沦陷还不够，得拉着纪霭一起沉沦。

他们像是找到了青春时那批还没点燃的烟火，扯掉标着“易燃易爆”的警示牌，将“违禁品”指示灯打烂，点燃了导火线。

升空的烟火璀璨又华丽，七彩夺目的色彩夺去了他们的视觉，震耳欲聋的声音盖住了他们的听觉。

他们不听，不看，不想。

市郊的小公寓是潘多拉魔盒，绝不能轻易让人瞧见。

这个城市的冬天格外寒冷，天空蒙着一层淡淡的灰。

纪霭在出地铁之前把婚戒戴上了，素金色的，缀着一颗细小钻石。

地铁站连接着崭新潮流的综合体商场，她找了家简餐吃了份意面，再去负二层超市买菜。

离家越近，纪霭的罪恶感越强烈。

她在生鲜区挑了块新鲜肥美的羊腿肉，让超市店员斩块，再买了马蹄和胡萝卜。

家里还有婆婆之前给的南乳，倒是炸腐竹吃完了，她便去米粮区挑了一包。

她把购物车里的东西拍了张相片，发给邵滨海。

“说好的今晚吃羊肉煲，你不要突然又跟我说要加班。”

纪霭正想推车去结账，突然眼睛余光看见某个货架上的一排商品。

她抿了抿唇，推车离开。

可没走远，她刹住脚步，停了几秒，推着车又回到刚刚的地方。

她挑了包低筋面粉，丢进购物车里，接着再折回冷柜处，选了块无盐黄油，这才推着车往收银台走去。

从地铁站走路回家得走十来分钟，东西沉，购物袋勒得她手上起了红痕，于是她干脆扫了辆共享单车，准备骑回家。

在斑马线处等红灯时，纪霭回头，仰望商场上盖的住宅楼。

商场建成至今就三年，这几栋住宅楼也很新，被一圈老区房子包围着，显得格外显眼，但并不影响它的叫价一路上涨。

目前楼盘二手房的售价比附近学区房的价格高出近一倍，且成交率极高。

没办法，怪这附近实在没能腾出什么地方盖得起这种高层小区，再加上有多家名校，这个楼盘的楼花一开卖，房子一夜之间就被抢购一空。

纪霭知道黎彦住在高层楼房里，却不知道他具体在哪栋哪户。

绿灯亮起，行人交通灯响起“嗒嗒嗒”的信号声。

她叹了一口气，丝丝白烟从口罩的缝隙中跑出，她收回视线，往家的方向骑去。

耳机里的歌曲还在继续。

“……也许相爱很难，就难在其实双方各有各寄望，怎么办……”

幼儿园就在地铁站到家里的路线中间，纪霭经过时下意识地看了一眼小操场。

今天下午邵杉杉的班级有体育课。

过了午睡时间的幼儿园已经热闹起来，操场上有老师正带着小朋友们玩球做游戏。

纪霭很快在一群圆圆胖胖的小娃娃中间找到邵杉杉，小男孩儿还戴着她亲手织的麋鹿毛线帽，两个鹿角尖尖的。

儿子估计午睡还没睡够，小脑袋摇摇晃晃的，圆脸蛋儿红扑扑的，纪霭忍不住嘴角上扬，却在看见儿子旁边的小男孩儿与他说话时，敛了笑容。

那是黎耀，黎彦的儿子。

邵杉杉长得像邵滨海，黎耀长得像黎彦，一个模子刻出来的似的。

而且黎耀也随他父亲，四岁娃娃已经比一年级的小学生还要高。

忽然想到什么，纪霭瞳孔骤颤，脚一蹬，仓皇离开幼儿园。

回家后纪霭把买来的东西先放进厨房，再去了阳台。

她伸手摸了摸晾着的衣服，衣角还有湿意。

这几天一点儿阳光都看不见，衣服难干得很。

阳台一角摆着衣柜式干衣机，她拉开塑料套，把衣服收下来，再一件件挂进干衣机里。

大功率发热主机的声音很吵，她把阳台玻璃门关紧，走回厨房开始处理肉、菜。

她从放调料的橱柜里找出那瓶南乳，拿出几块搅碎，将胡萝卜和马蹄去皮切块，羊肉洗净加姜片焯水，撇去血沫后再次洗净。

起油锅，爆香姜片后放入羊肉煸炒，再加入南乳翻炒均匀，加入热水和调味料，调至低火，得焖煮一个小时，羊肉才能软烂。

纪霭擦了擦手，点开菜谱 App（应用程序）找了个合适的曲奇方子。

——早上在家长群中，老师发了个视频，视频中，每个小朋友手中都拿着一个打了蝴蝶结的小礼盒，包括邵杉杉。

孩子们异口同声地说“谢谢黎耀妈妈的礼物”。

老师补充说明，黎耀的妈妈在家中做多了一些曲奇，拿来送给小朋友们当下午的点心。

所以刚才在超市里，纪霭鬼使神差地买了那些烘焙材料。

她不常做烘焙的东西，也就是怀孕那段时间宅在家里没事干，买了个家庭用小烤箱瞎折腾过一段时间，再后来烤箱就闲置下来，偶尔会买些半成品蛋挞回来烤给邵杉杉吃。

纪霭称好一样样材料，按照配料拌好面糊，预热烤箱，认真地挤出了一个个曲奇。

她调了十八分钟时间，再看了看烤箱内花纹明显的面糊，才满意地笑了笑。

嗯，看起来还不错嘛，杉杉应该会喜欢。

纪霭打了个哈欠，早上消耗了太多体力，这时困意上来了。

她去收了干衣机里的部分衣服，还没全干的继续烘烤，然后坐在沙发上整理着一件两件的衣服，眼皮子就掉下来了。

纪霭梦见了高三那一年，黎彦瞒着家里，偷偷用压岁钱买了辆摩托车。

晚上黎彦来找她，都不需要鬼鬼祟祟地躲在被子里接电话了，那排气管只要在街口轰一声，家在内街尽头的她就能听见了。

父母很早就睡下了，她踮着脚，极慢极轻地关上了两道门，再在门口穿上鞋，跑下昏暗狭长的楼梯，跑出月亮照不到的内街，跑向街口路灯下影子被拉得黑长的少年。

车子飞驰在沿海马路上，那时候的冬天似乎让人感觉不到冷。

海风缱绻，要是风里没有吹来哪家烧焦东西的味道，那就完美了……

烧焦……

纪霭猛地睁开眼，鼻腔里涌满焦味。

她心率骤然飙升，跳下沙发冲进厨房，“啪”一声把煤气炉关掉！

锅里的水几近烧干，丝丝烧焦的气味飘出，她拿筷子拨了一下，有三四块羊肉粘在锅底，焦了。

她反手抵额，闭上眼睛让自己清醒一些。

好在其他的肉块没受到波及，只是如果她再晚一分钟关火，今晚的羊肉煲就要泡汤了。

纪霭把烧焦的几块羊肉丢掉，倒掉汤水，重新倒进水，把胡萝卜和马蹄丢进去重新调味焖煮。

这时她才想起烤箱里的那盘曲奇。

她戴上防烫手套，想着，至少曲奇不会焦了吧。

可是，现实甩了她好重一个巴掌。

太久没磨合的小烤箱，许是因为受热不均匀，许是因为时间多了一两分钟，整盘曲奇都烤成黑色的了。

也因为黄油打发过头，裱花时还很明显的花纹全消失了。

她拈起一块曲奇，“咔”一声咬了一口。

嗯……好苦。

挑挑拣拣只选出三四块还像样的，她用一个小碗装了起来，其他的都丢进了垃圾桶。

她叹了一口气。

黎彦，其实我并不是很能干，或许，已经快要到极限了。

再多一点儿，再多一点儿，那份平衡就要崩塌了。

不拿手的曲奇被烤焦，连拿手的羊肉煲，她也顾及不上，都会坏掉。

幼儿园门口站满了接孩子的家长，保安还没放人，家长们三五成群地聊着天儿。

纪霭与几位相熟的妈妈站在一起。

她们几个的孩子都是从小小班直升上来的，家住得近，而且都是在家办公的半职太太，几个人私下不时会在周末相约。

“之前万圣节她已经送了那么贵的巧克力，这次是手工饼干，下次圣诞节，可不知道她又要送什么了。”

发牢骚的是陈诺的妈妈。

被吐槽对象，则是今日的“主角”，黎耀的妈妈。

张泰平的妈妈压低声音说：“都不用到圣诞节，你看，月底她家孩子过生日，现在已经开始邀请小朋友去参加生日派对了，还说什么，晚上可以留在她家睡觉，搞个睡衣派对。哎呀，哪里来那么多洋玩意儿。”

“那可不能比，她家是海归，来读我们这公立幼儿园也不知道图什么……”搭腔的是林舜的妈妈。

“那也不能比，我们这园，多少人想送孩子进来都还没办法呢。”

陈诺的妈妈突然打断张泰平的妈妈的话：“喀喀，白天不能讲人，夜晚不能讲鬼。”

张泰平的妈妈挑眉：“她今天怎么自己来了？平时都是阿姨接送啊。”

纪霭自从烧焦了羊肉煲后一直不在状态，刚才妈妈们聊天儿她没上心，这时才清醒了些。

她顺着几个妈妈的视线，转过头去。

一身粗花呢套装的田美姿朝她们走来，脚踩黑头小羊皮高跟鞋，肩挎鳄鱼皮皮包，身姿曼妙，步伐优雅，身后跟着平日来接黎耀的阿姨。

“哇，太后出巡……”林舜的妈妈用气音吐槽了一句，接着扬高音调，挥手笑唤：“黎耀妈妈！”

纪霭面无波澜，可内心无语。

暗念了林舜的妈妈一句唯恐天下不乱，纪霭迈脚往旁边走了两步，腾出位置给田美姿。

田美姿走过来，妆容精致，笑容可掬，跟每个妈妈都打了招呼，最后才对上纪霭：“杉杉妈。”

纪霭也挂上笑容：“今天怎么有空过来？”

“哦，我老公有个大学时的老同学从墨尔本回国，今晚约了吃饭，我来接黎耀直接过去酒店。”

“哦。”纪霭应了一声当是结束寒暄，准备退到一边，安静等幼儿园开门。

陈诺的妈妈接过话题：“对了，黎耀妈妈，你今日又送小朋友们礼物了，真是不好意思，又让你破费了啊。”

“千万别这么说，里面只是几块小饼干，昨日我在家没事干，就做了几盘曲奇。”田美姿将耳畔的发丝别到耳后，无名指上的钻戒闪着碎光，“我老公上个月去港城，回来带了一盒曲奇，说是那边近期很红的手工饼铺做的。黎耀喜欢吃，我就试着自己模仿了一下，没想到做出来还可以，希望小朋友们也会喜欢。”

妈妈们十分捧场，猛夸黎先生真是二十四孝好老公，出差都不忘给老婆带手信，再夸黎太太好能干，诸如此类。

纪霭移开视线，指着幼儿园大门：“啊，开门了。”

接着她快步往前走去。

她得快点儿逃开这令人窒息的对话，心里那块秤砣越来越重，钩子毫不留情地把她的心头肉扯得血肉模糊。

可再痛，再窒息，这一切她也只能怪自己。

见王老师带着一群孩子出了教学楼，纪霭比其他几位妈妈走快了几步。邵杉杉见到妈妈，像放飞的小鸟朝她小跑过来。

纪霭笑迎上去，蹲下身，将儿子身上的书包取下背到自己身上，说："走吧，我们回家咯。"

"好！"

"妈咪！"黎耀也跑了过来，扑到田美姿身上。

纪霭拉拉儿子的手，提醒他："跟黎耀说拜拜吧。"

邵杉杉乖巧道："黎耀，拜拜，明天见。"

黎耀把书包取下，对杉杉挥了挥手："明天见！"

走出大门，走到第一道斑马线处，邵杉杉就喊累了："妈妈，抱——"

抵不住儿子撒娇，纪霭蹲下身将他抱起，但还是与他商量道："抱到前面报纸爷爷那里，杉杉就下来自己走，好不好？"

"好——"杉杉拖着长音，贼兮兮地笑道。

他趴在妈妈的肩上，小鼻子嗅了嗅："妈妈，你好香啊。"

纪霭自己没察觉，低头闻了闻肩膀："有吗？可能是羊肉煲的味道，今晚有杉杉喜欢吃的马蹄哟。"

"耶！妈妈最好了！"

纪霭被杉杉奶声奶气的话逗乐，打趣问道："有多好啊？"

"是世界上最好的妈妈！"

邵杉杉捧着她的脸，用力亲了一下。

刚刚消退一点点的负罪感，再一次汹涌而出，就像天空里积着的灰厚密云，压得人透不过气。

夜晚的露天大排档坐满了人，一炉炉火炭烧着瓦煲，羊肉香味四溢。

彭建超咂着嘴："墨尔本可没有这好东西啊，兄弟，你回国真的值。"

"你别说，回来后我还是第一次吃这个，美姿不喜欢大排档啊，嫌脏。你觉得值，干脆也搬回来和我做伴儿？”

黎彦举起手里的啤酒瓶，彭建超会意，也举起瓶子和他的碰了一下。

彭建超调侃道：“我又没法儿继承老爷子的‘皇位’，也没有大公司需要我接管，老婆肯定不放人。”

他和黎彦最初认识，是因为家人在墨尔本给他们购置的CBD公寓正好是对门，后来两个人又都在墨大读商，年龄相近兴趣相同，很快便称兄道弟，他也常在黎彦的公寓里吃饭、玩游戏机、蹭空调。

黎彦有一点，是出乎彭建超意料的。

都是家里有几个钱的青春期男孩，外貌条件也不错，彭建超以为黎彦和他一样，是个百花丛中过、片叶不沾身的小纨绔。

但黎彦不是。

那个时候没有微信，没有Wi-Fi，即便他们拿着最新型号的诺基亚N95，也无用武之地。

黎彦几乎每晚都待在公寓里，哪儿都不去，等十二点到了，就和国内的女朋友QQ视频。

第一年他俩恩爱到不行，黎彦的生活费全用在打越洋电话上了，彭建超好好奇，问黎彦，就那么爱对方吗？那么年轻的爱他们能坚守住吗？

黎彦信誓旦旦，说哪里有那么难，他的霭霭会等他的。

可异国恋真的太累太难，再浓烈的感情也会被时差和距离消磨殆尽。

读大学约等于踏了一只脚进社会，黎彦有了更多新的同学和朋友，留学生的聚会也多了起来，他不会再每晚都乖乖地待在电脑前等辛德瑞拉敲门。

而最严重的分歧，是来自生活环境的不同。

他们从视频时间越来越短，到聊天儿话题聊不到一块儿，到偶尔会争吵，再到剧烈争吵，只用了一年时间。

再之后他们总是分分合合。

他们可以昨天吵架，今天又甜甜蜜蜜地讲电话，波动一多，黎彦的情绪也时好时坏，彭建超在旁边看着都觉得难受，当事人就更不用说了。

直到2011年刚跨完年没多久，有一晚彭建超在酒吧捡回喝得烂醉的黎彦。

黎彦边吐边哭，说他的霭霭不愿意再等他了。

…………

彭建超夹起块带皮羊腩，吹了两口就迫不及待地丢进嘴里，结果被烫得直哼哼，吞下后猛灌了两大口啤酒。

他声音含混："你和你那位……怎么样了？"

他说得不清不楚，但指向性很明显。

香烟伸进炭炉里，"刺"一声被点燃。

这是黎彦自坐下后抽的第三根烟。

他双腿交叠，沉默不语，衬衫袖子挽至手肘，露出的名贵腕表与这环境格格不入。

而从他嘴里呼出的白烟，却与瓦煲上漫起的烟混在一起。

今晚不见月亮，黑红色的云还是很厚，天空被城市灯光污染成一块混浊不堪的破抹布。

黎彦叼着烟，低声说道："没怎么样，也没法儿怎么样。"

风太大，很快将他嘴里的白烟吹散，声音也是。

彭建超没继续多问，默默地再吃了两块带皮羊肉后，声音闷闷地说："黎彦，你头脑清醒点儿，可别发疯。"

黎彦喉咙发堵，拿起酒瓶，仰脖猛喝了大半瓶酒。

他能怎么样呢？

那列火车已经超速行驶，轮子狠狠碾着地面，迸出火星，时刻都有坠毁的风险。

黎彦从浴室里出来时，田美姿正在梳妆台前往脸上拍拍打打。

田美姿看向镜中的男人，问："你们今晚吃什么啦？味道好大。"

"羊肉煲，炭炉烧的。"黎彦擦着头发回答。

"哦，怪不得。"

田美姿挖了一勺面霜，仔细在脸上每一处轻按抹匀："怎么突然想吃羊肉了？你以前不爱的呀，嫌有味道。”

“那家店做得蛮好，肉没什么膻味。”他把锅甩到老友身上，“阿超要吃的，难得他回来一趟，我自然得舍命陪君子。”

田美姿点了点头：“也是。西装明天让陈姨给你送干洗。”

今晚羊肉煲偏咸，黎彦常感到口渴，到儿童房看过熟睡的黎耀，再到厨房接水喝。

他按开手机，微信早已切换回大号，这个号没有加纪霭，他只能从家长群里找出纪霭的名字，按开她的资料名片。

纪霭的微信头像用的是邵杉杉的相片。

小孩长得与她不大像，更像父亲一些。

忽然想起什么，黎彦抬手拍了拍脑袋，苦笑着摇头。

怎么才几瓶啤酒他就醉了？

半夜下雨了，让这冬天更冷更湿。

邵滨海打着哈欠走出房间，循着香味来到餐桌边。

儿子坐在成长餐椅上手捧包子，妻子站在旁边替孩子的餐盘里添上金黄炒蛋，温馨的画面令邵滨海忽觉心里一暖。

“爸爸早。”邵杉杉嘴里咬着包子，奶声奶气道。

邵滨海用力揽住儿子，揉乱他自然卷的油亮黑发，在他的小圆脸蛋儿上亲了一下：“仔仔早！”

“咦，爸爸口臭，去刷牙……”儿子捂住鼻子嫌弃道。

“臭吗？”邵滨海佯装惊讶，走过去亲纪霭，赖皮赖脸地问，“老婆，你说臭吗？”

纪霭也皱着鼻子，推开他往厨房走去：“臭死了，快去洗脸刷牙，我给你煮面吃。”

昨晚的羊肉煲还吃剩一些，吸收所有香气精华的汤汁咸香浓郁，纪霭专门留下来给邵滨海做捞面吃。

邵滨海从后面一把抱住纪霭，抱着她“嗯嗯呜呜”的，好像树熊一样赖在她身上撒娇。

纪霭反手往他腰上掐了一把，小声笑斥：“你干吗？杉杉在这儿呢！”

“他还小，不懂。”邵滨海像块牛皮膏药一样，贴着老婆走进厨房。

纪霭由得他黏着。煤气炉上有她一早温好的羊肉汤汁和一锅滚水，她开了火，取出两个鸡蛋面饼丢进滚水里。

平底锅里还剩有不少炒蛋，纪霭问：“等一下鸡蛋要铺在面上面，还是另外装起？”

“铺在面上就好，能少洗一个盘子。”邵滨海嘻嘻笑，把纪霭抱得更紧，下巴抵在她的肩上。

妻子棕栗色的长发安静地盘在发顶，灰色高领毛衣遮不住她白皙纤长的脖颈，发根处的小绒毛好可爱，挠在邵滨海心上酥酥麻麻的。

闻着她身上淡淡的体香，他忍不住拉低她的衣领，张嘴吻住她的颈侧。

丈夫的嘴唇贴上来时，纪霭吓得手一抖，筷子都差点儿滑落。

柳眉蹙起，她呢喃道：“阿海，不要留下印子……”

闻言，邵滨海吻得更用力，在妻子的脖子上烙下一枚玫瑰色印痕，才松开她。

他亲了亲吻痕，哑声问：“为什么不要留下印子？哦，你是不是怕给谁看到？”

胸口被剧烈跳动的心脏撞得发疼。

纪霭庆幸，还好锅里沸腾的热水“咕噜”叫唤，遮掩住了她如擂鼓的心跳声。

她反手又掐了一下邵滨海的腰，喘着气骂：“怕被陈诺的妈妈看到！还有张泰平的妈妈和林舜的妈妈！哦，可能还会被王老师见到！”

邵滨海又笑得嬉皮笑脸：“那有什么关系？就让她们看看我们夫妻感情有多好咯。”

纪霭挥着筷子赶人：“去，去，去，不刷牙就乱亲……赶紧洗漱完出来吃面，要不然面要坨了。”

“好，遵命！”

等邵滨海离开厨房，纪霭才摸了摸被吮红的那一小块肌肤。

在锅中随着沸腾热水四散飞舞的面，就像她的心情一样纷乱。

她将煮熟的鸡蛋面捞起，放进瓦煲内搅匀，让汤汁裹上每一根面条，把剩余的炒蛋铺在面上，端上了桌。

邵滨海大口吃着面，问在鞋柜旁换鞋的妻子：“你送完杉杉去幼儿园后是回家，还是去哪里？”

纪霭有一个朋友开了个公司，帮客户做注册公司商标注册等业务，纪霭负责做代账，不用坐班，每个月的上半个月比较忙，下半个月就比较空闲。

她半蹲在地上，低头拉起短靴的拉链，没有抬头看邵滨海：“有一家超市今天店庆搞活动，我去看看有什么划算的东西买。”

“哦行，我约了客户十点半见，晚上我会早点儿回来。”

“好呀。”

果然是“熟能生巧”，纪霭以前从没想过，自己能像现在这样，熟练地说出一个接一个的谎话。

如果说，说谎话要吞一千根针，那她现在早就应该肠烂肚破了。

两个人下楼刚走出一段路，天空飘落细雨。

纪霭早有准备，一把抱起邵杉杉，撑开雨伞快步往幼儿园走去。

穿着棉衣的四岁男孩儿重量不轻，单手抱着很快手酸，背上还背着书包，纪霭每走几步就要掂一掂手臂上的娃娃。

邵杉杉趴在妈妈的肩头，乖巧道：“妈妈，我自己下去走吧。”

纪霭心头一暖，用鼻子蹭了蹭他的脸颊：“没事，就快到了。”

她刚说完，便听见身后传来跑步声。

“啊，是爸爸！”邵杉杉兴奋地大叫。

纪霭赶紧转身，看着在雨中朝自己跑来的男人，有些错愕。

邵滨海没打伞，穿着拖鞋就跑出来了，身上穿着薄薄的家居服，裤管被雨水溅湿了。

他朝母子俩挥了挥手，加快了速度，几秒跑到纪霭面前，伸手帮她抱过手中的儿子：“我来抱吧。”

纪霭高举起雨伞，往丈夫头顶遮：“你怎么下来了？也不多穿件衣服。”

“我看下雨了，猜你肯定是一手抱杉杉，一手拿雨伞。杉杉现在这么重，跟猪崽一样，你细胳膊细腿的，抱不动了。”邵滨海轻松说道，还伸手捏了捏儿子的脸蛋儿，“要自己走，不能老让妈妈抱，知道吗？”

邵杉杉满脸不高兴："啊，我不是猪崽！"

一家三口嘻嘻哈哈地到了幼儿园，一辆雾霾蓝的蔚来正好停在门口，邵滨海走过时眼睛一亮，小声说道："哇，老婆你看，我近期最爱之一。"

邵滨海这两年一直想换电动车，但无奈老城区安装充电桩不方便，买电动车不太实际，暂时只能过过眼瘾。

他继续问纪霭："好看吗？好看吗？它还有其他颜色我也觉得很好看，下次我们可以去4S店看看。"

纪霭自然知道这车是谁的。

她移开目光，附和了一声："嗯，一般般吧……"

她刚说完，驾驶座的门就被打开了。

仿佛在背后说猫坏话的小老鼠被逮了个正着，纪霭肩头一颤，汗毛竖起。

"杉杉！"

听见呼唤声，邵滨海停下了脚步，回头看见坐在蔚来的后排座位上的孩子朝他挥手。

他问邵杉杉："是你的同学吗？"

邵杉杉也对车内的人挥手："对的，是黎耀。"

因为丈夫停下，纪霭不得不也停下脚步。

她只敢用余光看着那西装笔挺的男人撑起黑色雨伞，将黎耀抱下车。

黎彦抱着孩子，走到他们面前，提醒怀里的孩子："黎耀，要有礼貌。"

孩子会意，乖巧地打招呼："哦，叔叔、阿姨早上好。"

"早上好啊黎耀。"邵滨海拍了拍儿子的腿："你呢？"

"叔叔好！"

黎彦笑了笑："你好。"

因为下雨，家长可以直接将孩子送到教学楼下。

两个孩子手牵着手上楼，邵滨海看看墙上的时钟，对纪霭说："那我回家了，晚了怕塞车。"

纪霭把雨伞递给他："你把伞带回家吧。"

“不用，跑回去一下子就到了，雨伞你拿着。”邵滨海抬手拉起妻子的衣领，拂去她肩头薄薄的水渍，“早知这么冷，刚才出门应该将你的围巾一齐拿来。”

“我……我不冷。”纪霭结结巴巴地说。

邵滨海向黎彦道别：“黎先生，我先走了，下次有机会再聊！”

黎彦脸上还是挂着笑：“好啊。”

纪霭看着邵滨海跑进雨中，叹了一口气。

身旁传来黎彦刻意压得很低的声音：“雨这么大，杉杉妈要坐我‘一般般’的车吗？”

她就知道他听见了……

纪霭斜瞟他一眼，没应他，撑起伞走进雨幕中。

黎彦看着那抹纤瘦又倔强的身影，不知在气什么，重重“啧”了一声。

如今心里泛起的醋意，可比当年他看着纪霭与其他男同学聊天酸太多了。

纪霭发现婚戒不见了。

她和丈夫说的有超市搞店庆活动其实是真的，就在从公寓地铁站往回坐的第一个中转站，今日全场生鲜七折。

她挑了三只大肉蟹，又要了条鳜鱼，想补偿给早出晚归的丈夫。

快结账的时候邵滨海打来了电话，纪霭还开心地跟他说，今晚吃姜葱炒蟹和蒸鳜鱼，超市打折，便宜了好多钱。

邵滨海很捧场地夸她真棒。

回到家，纪霭才想起自己还没把婚戒戴上。

她把购物袋放进厨房，手摸进大衣口袋，却没如预期那样摸到那枚戒指。

纪霭眉毛紧蹙，赶紧将大衣脱下，把两个口袋都翻了出来，没有戒指。

她将手伸进裤袋，也没有摸到戒指。

接着她打开斜挎包，把里面的东西全倒了出来，就是没有找到那素金色的戒指。

她顿觉眼前一黑，天要破洞，地要崩塌。

戒指没了。

她不知道是在哪里弄丢的，可能是落在那小公寓里，也可能是在超市弄丢的。

晚上吃饭时纪霭闷闷不乐，邵滨海问她怎么了，她如实回答婚戒不见了。

邵滨海问："啊？在哪儿丢的？"

"可能是在超市，我挑螃蟹的时候怕沾腥，拿下来放在口袋里了，回来却没找到……"纪霭越说越小声，头又埋了下去，桌上的蒸鱼炒蟹她都没吃，只扒拉着碗里的白米饭。

邵滨海"哦"了一声，笑着打趣道："你看，为了买打折的螃蟹，结果丢了戒指，这是不是因小失大了？"

纪霭看他一脸轻松的表情，心里越发难受，低声问："你不生气吗？"

"丢了戒指而已，又不是丢了老婆。"邵滨海将剥好的蟹钳丢到纪霭的碗里，"结婚的时候我没什么钱，买的不是多贵的戒指，早就想给你再买一个。现在有机会了，回头去逛逛有没有你喜欢的，重新买一个吧。"

蟹钳再肥美，纪霭也是味同嚼蜡。

夜深，孩子睡得熟透，次卧只亮了盏小夜灯，颜色像发霉橙皮。

纪霭内心带着愧疚感，今夜格外主动，惹得邵滨海气喘不停。

他拨开妻子的长发，见自己留下的印痕此时依然红得鲜艳，比早上更甚。

纪霭忐忑不安，偷偷看向邵滨海。

丈夫的眉眼融在半明半暗的光影中，令她有些看不清，摸不透。

纪霭是剖宫产，三年内都需要避孕，邵杉杉四岁了，他们还是习惯性做好措施。

只是今晚邵滨海有些不同。

纪霭见他把手里的小塑料片丢开，微微一怔："今晚不用吗？"

邵滨海低声说："不了……有了就生，再来一只肥猪崽都不怕。"

邵滨海不再说话。他在这方面向来少言寡语。

而纪霭怕吵醒儿子，也咬着唇。

光影安静地摇晃不到一刻钟，便静止住。

纪霭脚刚落地，一声孩童大哭声传来，她急急忙忙地抽了几张纸巾：“我去看看杉杉。”

接着她胡乱地套上睡裙，快步跑回主卧。

小男孩儿哭了那一声后倒是没继续哭，许是做噩梦了，嘴里胡乱地说着梦话。

纪霭摸了一下他的额头，没有发烧，但发现孩子用嘴呼吸，鼻子“呼哧呼哧”，像是有鼻涕轻微堵住。

邵滨海蹑手蹑脚地走进来，用气音问：“仔仔怎么样了？”

“下午我接他的时候，老师说他今天打了几个喷嚏，有些流鼻涕，可能是感冒了。”

纪霭把孩子踢开的被子拉回他身上盖好，拍了拍，再对打哈欠的邵滨海说：“没事，你先去休息吧，我看着他就行了。”

“好，辛苦你啦。”邵滨海搂住她，吻了吻她的唇。

纪霭先去淋了个身子。

擦身子时她看着镜子中的自己，脖子上的红痕明显刺眼。

她问自己：纪霭啊纪霭，看看你自己都干了些什么事啊？

从浴室出来，纪霭走去厨房接水喝，经过次卧时，里面已经传出鼾声。

回卧室后她睡到儿子身边，背对儿子打开。

手机里有一条未读消息，是半个小时前黎彦发来的，问：“杉杉妈睡了没有？”

纪霭没回他，删了聊天儿记录。

后半夜，邵杉杉因鼻塞反复醒来，是很不舒服了，一醒来就“呜呜嗯嗯”地哭。

他一哭，纪霭就爬起身哄他，抱着他在小小的卧室里来回走，反反复复，一夜未眠。

第二天早晨，纪霭跟王老师请了假，煲了白粥，让儿子吃一些之后又给他喂了药。

九点多邵滨海醒了，去亲儿子，说快点儿把感冒传染给他，仔仔就会好起来啦。

纪霭一整天都在家里陪儿子，等丈夫下午离家时，她给黎彦的小号发了短信，问他吃过饭没有。

过了一会儿黎彦回她“OK”，她再打电话过去。

“杉杉感冒了，可能这几天都会请假。”睡眠不足的纪霭今天哈欠连连。

“好，你自己也要注意身体。”黎彦在自己的办公室里，手指间转着钢笔。

“对了，能麻烦你一件事吗？”

“嗯？说麻烦这么客气？你讲。”

纪霭回头看看在沙发上睡着的小孩，才低声说：“我的戒指不见了，不知道是落在公寓，还是在超市丢了……如果你这两天有空，能不能抽空去公寓帮我找找看？”

钢笔停住两三秒，又转起来。

黎彦应承：“行，我今晚下班有时间了就过去看看。”

纪霭说：“嗯，谢谢。你忙吧，过几天见。”

“好。”

挂了电话，黎彦把钢笔放下，拉开办公桌右手边的第二个抽屉。

抽屉的角落躺着一枚素金色戒指，上面镶嵌的小钻在抽屉里显得暗淡无光。

昨天纪霭先走，他晚十分钟准备离开，在门口的墙角处拾到了她的婚戒。

黎彦拈起戒指，翻来覆去地看了看，再丢回抽屉里，把抽屉关了起来。

邵杉杉没有将感冒传染给爸爸，而是传染给了妈妈。

感冒的还有另外一个人。

在黎彦打第三个喷嚏时，田美姿忧心忡忡地问他要不要去看医生。

“不用，回家吃药就好了。”黎彦抽了张纸巾擦擦鼻涕。

“最近真是好多人感冒，耀仔班里就有好几个小朋友病了，上个星期是杉杉和泰平，这个星期又多了几个……这病毒在幼儿园里传染来传染去的，杉杉的妈妈和陈诺的妈妈才刚病好，这下又轮到你了。”

田美姿在中控智能面板上挑选着歌曲，没留意到丈夫的表情僵硬了一瞬间。

她选好歌，按了播放，又问了一次：“你真的不用去看看医生？吃药没那么快好吧，过两天就是耀仔的生日了。”

黎彦笑着打趣：“放心吧，今晚开始我睡客房，实行自我隔离，不把感冒传染给你和耀仔。”

“那我还是希望你快点儿好起来，生日那天才能拍出好看的全家福嘛。”

“嗯，知道啦。”

黎彦吸了吸鼻子，在错综复杂的分岔路口，找到往机场方向开的路牌。

彭建超一家今日回墨尔本，他们去送机。

“……如若我回头看你的脸，将我们回忆千百遍……忘掉距离时间与思念，两心走到终点，若爱恋能如境迁，最美好的已改变……”

田美姿挑的这首歌曲黎彦是第一次听。

前面的歌词他没留心，直到副歌，短短几句歌词便直击心脏。

他用余光去瞟中控大屏。

《如若我》。

手指把方向盘握得有些紧，许是座椅加热的温度太高了，他竟出了一脑袋薄汗，鸡皮疙瘩密密麻麻，针刺似的。

这首歌似乎是妻子的近期最爱，好不容易熬到结束，田美姿按了一下，歌曲便从头再唱一遍。

单曲循环了三遍后，黎彦开口提议：“换首歌吧。”

机场离境入口前依然像许多年前一样人来人往，黎彦陷在情绪里有些恍惚。

彭建超拍了拍他的肩，揽着他往最近的大门走去：“出去抽一根。”

点完烟，彭建超把银色火机丢给黎彦：“带不走，送你了。”

黎彦低头笑了笑：“那我还得谢谢你。”

彭建超吐了一口烟：“谢个鬼……但作为老友我还是要劝劝你。就像这火机，带不走就是带不走，你硬是瞒着所有人，非要带它走，如果它在飞机上爆……”说了一半，彭建超连忙念了好几声“大吉利市”才继续说，“唉，反正就是那意思，你明白的，玩火，无好结果的。”

黎彦把打火机收进裤袋里，拍了拍老友的肩：“再说吧。”

纪霭牵着邵杉杉的手，跟在几个妈妈爸爸和孩子身后走出电梯。

她本来已经准备好几个借口，用来拒绝田美姿的生日会邀请，但黎耀和邵杉杉两个孩子竟然私下拉钩做了约定。

于是邵杉杉回家后一直缠着她，说自己要去参加黎耀的生日会，因为会有火箭蛋糕，黎耀还会把遥控飞机借给他玩。

纪霭被缠得没辙，加上邵滨海帮腔，说原来之前买教育保险的大客户带来的太太群里，其中一个便是田美姿。

两家交好一些，混个脸熟没坏处。

纪霭听了这话之后更是心堵。

黎家住在顶层，将两套房子打成了一套，所以从电梯出来后只见一道大门。

陈诺的妈妈小声问：“她老公是做什么的呀，这么有钱？”

这道题纪霭会。

黎父年轻时是包工头，白手起家，公司以接政府工程为主，混得风生水起。

具体多有钱她是不清楚的，她只记得自己第一次到黎彦家老宅时，被雕龙雕凤、金碧辉煌的豪华别墅惊得小嘴没合起来过，因这事黎彦还笑了她一段时间。

但纪霭不能举手回答。

黎耀五岁的生日派对，搞的也是外国那一套，色彩缤纷的气球彩带，精致可爱的甜点桌，三层高的火箭造型翻糖蛋糕，还有白脸红鼻子小丑在现场搞热气氛。

玄关整了一面合照墙，有专业儿童摄影团队负责拍照，妆发精致的田美姿携丈夫和儿子迎接客人。

孩子们乖巧地排着队，手捧包装精美的礼物送给今日的寿星。

轮到邵杉杉了，礼物是纪霭陪他到玩具店里认真挑选的。

“黎耀，祝你生日快乐。”邵杉杉一字一顿念得认真。

“谢谢杉杉！”

巨大的礼物盒被陈姨接走摞在一旁，田美姿招呼道：“杉杉妈妈，来拍张照片！”

纪霭急忙推托：“不了，不了，小孩子拍就好，还戴着口罩……咯咯——”

她的感冒其实差不多好了，但她怕拍照的时候把她带进镜头。

今天她刻意没化妆，穿着最基础的牛仔裤加毛衣，头发梳成马尾，最后戴上口罩遮住了自己的半张脸。

大一那一年的农历新年，黎彦从澳大利亚回来，带她去见过家长。

所以，如果她的照片被黎母见到，指不定对方会认出她。

黎彦颇有主人家的样子，唤来陈姨，让她给客人倒杯热茶，再弯腰整理了一下儿子的领结，还替杉杉拨开自然卷的刘海儿，露出孩子的浓眉大眼。

他跟摄影师说：“那只帮小孩子拍就好。”

拍完照后，孩子们一溜烟儿跑进玩具房里，家长们便在客厅里聊天儿。

有人问黎彦他们为什么经济条件这么好，不将黎耀送去私立幼儿园。

黎彦坐在沙发主位上，修长的双腿交叠：“我们回国回得着急，正好家人认识这家幼儿园园长，就安排进来了，离家近也方便接送。而且在墨尔本，耀仔上的也是普通华人日托所。”

“为什么？”林舜的爸爸问。

黎彦余光看着坐着安静喝茶的纪霭，淡笑道：“我从小到大念的都是普通学校，也没觉得哪里差了，在学校里，同学的想法简单一些，感情也真挚许多。”

泰平的爸爸打趣道：“黎先生说的这感情，是指和女同学之间的感情吧。”

一口热茶含在嘴里，纪霭差点儿被呛到。

她双手捧着精致的金边茶杯，手指在陶瓷上被熨得发烫。

黎彦笑而不答，林舜的妈妈接腔：“哎呀，再怎么真挚，也比不上现在黎先生和黎太太恩爱啦。”

田美姿笑着倚到丈夫身上，手搭至他的手背上，五指缓缓插进他的指间，两枚婚戒轻轻相碰。

“是呀，谁都有 puppy love（青少年的初恋）嘛，我读书那时候也同当时的男朋友爱得死去活来，但现在连他长什么样子都要忘记了。所以如今感情好，才是最重要的。”

纪霭眼皮子一跳，快要放到桌上的茶杯突然之间变得滚烫，像烧红的烙铁那般，烫得她再也抓不住。

“锵”一声，茶杯落地。

“怎么这么不小心啊杉杉妈妈？来，纸巾。”

泰平的妈妈给纪霭递了几张纸巾。

纪霭边道谢边接过。

她的牛仔裤裤脚也溅上了一些茶水，但她没有第一时间去处理，而是弯腰去擦拭木地板上的茶水。

陈姨赶紧阻止她：“我来就好了！”

手里的纸团浸得湿透，纪霭哑声道歉，说：“不好意思，给你添麻烦了。”

她一直垂着头，没再看过对面的黎彦和田美姿一眼。

但她能感受到黎彦不时看过来的视线。

冬天的天黑得极快，地上银河游动。

众人吃过一些小点心，就到了切蛋糕环节。

纪霭站在人群的最外围，在生日歌歌声里跟着轻轻拍手，眼神飘忽，不知到底是要看蛋糕顶端的小糖人，还是要看蛋糕后一家三口的温馨笑脸。

最后她的视线落在前方不知哪位爸爸手中的手机屏幕上，手机正录着被父亲抱在怀里、嘟嘴吹灭蜡烛的小男孩儿的影像。

这所有的一切都是她咎由自取，是她抵不住年少旧梦，活该她难受，就算落入地狱，也是她自找的。

之前在脑海里一闪而过的念头，这段时间越来越清晰，像一块用鲜红油漆写上字的警示牌，提醒她，前面就是悬崖，她不能再往前走了。

她告诉自己，派对快要结束了。

还差一点点，她再坚持一下，等孩子们吃完蛋糕就可以回家了。

甜美蛋糕被一块块切开，分到小孩和家长手中。

纪霭拒绝了陈诺的妈妈递过来的蛋糕，指了指自己的喉咙，哑着嗓子说："我不吃了，怕咳得更厉害。"

这时门铃响起来，阿姨小跑着去开门。

黎彦疑惑，问妻子："还有人来吗？"

田美姿摇头："没了呀。"

"我去看看。"

黎彦把切蛋糕的刀子递给田美姿后往玄关走去。

他经过纪霭身边时，她不动声色地往旁边躲了躲。黎彦别过脸，从她身边走过。

陈姨已经把大门打开了，正弯腰把拖鞋放到来人脚边。

黎彦停下，瞳孔震颤，喉咙似乎被一团湿透的棉花堵死了，半天发不出一句话。

蔡小娟扶墙换着拖鞋，见儿子呆站着，调笑道："干吗，不认识你妈了啊？"

黎彦干咳了两声，迎上去挡在母亲身前："你怎么突然来了，也不提前跟我说一声？"

"啊？我宝贝孙子过生日，我想给他一个惊喜啊。"蔡小娟指了指身后捧着几大盒礼物的司机。

她正想往屋里走，黎彦下意识地挡住了她。

蔡小娟皱眉："怎么了？有事跟我说？"

黎彦没能想出一个合理理由阻止母亲进屋，停顿几秒后，摇了摇头："没事。"

蔡小娟盯着儿子看了一会儿，喃喃一声"奇奇怪怪的"，便往屋内走去。

黎彦转身，走快了几步回到派对中，很快寻到纪霭的位置，挡在母亲身旁，隔开母亲的视线。

他挂起笑容，唤正在吃蛋糕的黎耀："耀仔，看看是谁来了？"

“奶奶！”黎耀嘴边还带着奶油，跳下椅子就往奶奶那边跑。

田美姿也赶紧迎上去：“妈，怎么突然来啦？”

蔡小娟弯腰摸摸黎耀的头，笑容灿烂：“耀耀生日快乐啊！奶奶给你带礼物来啦！”

司机把一盒盒玩具放到地上，黎耀两眼发亮：“哇！谢谢奶奶！”

其他孩子看见玩具一下子都坐不住了，一窝蜂全拥到了黎耀身边，汽车、飞机、恐龙、奥特曼……应有尽有。

在看见黎母的时候，纪霭已经惊得没了魂。

她把脸上的口罩拉得好高，下意识地就想带着儿子立刻离开黎家，却看见邵杉杉坐在黎耀身边开始帮他拆礼物。

黎彦挡在母亲身边，问：“妈，你今晚在家里住吧？我让陈姨把客房收拾出来。”

蔡小娟往孙子那儿走去，摆了摆手，说：“不用，不用，我订好酒店了，而且明天要和王阿姨她们一起去泡温泉。”

她弯腰柔声问黎耀：“喜不喜欢奶奶的礼物啊？”

“喜欢！”黎耀欢喜地回答。

“给妈切块蛋糕吧。”黎彦对田美姿说。

“好啊！”田美姿去挽婆婆的臂弯，告诉她今天的蛋糕做得可好吃了。

孩子们的反应最直接，看中什么玩具他们已经开始征求主人意见，看能不能借来玩一会儿。

杉杉也看中栩栩如生的恐龙模型了，正想问黎耀，肩膀被拍了拍。

他回过头，见是妈妈。

纪霭用余光留意着黎母的身影，低声对儿子说：“我们要回家咯。”

杉杉浓眉紧蹙，十分不解：“啊……这么快啊？但妈妈，我还想跟黎耀再玩一下。”

“嗯，爸爸刚才打电话来，问我们什么时候回家，他要给你买薯条呢。”

“但我不想吃薯条了，我要和黎耀玩恐龙。”小男孩儿玩得不尽兴，而且今晚也吃了薯条，现在不稀罕。

“不行，我们要回家了。”

纪霭态度难得强硬，而且她不愿意再编更多的谎话去骗邵杉杉。

她说的谎话太多了，每说一个字都如针尖刺喉。

“杉杉乖，你要恐龙玩具的话妈妈回头给你买。”

纪霭飞快地记下了儿子看中的那款玩具的模样，握住儿子的手腕，直接带着他往玄关走去。

偏偏杉杉脾气也上来了，用力地从妈妈的手中挣脱，音量也高了起来：“我不！就不要回家！”

眼见已经有人循着声音看过来，纪霭着急了，低吼了一声：“杉杉！要听话！！”

妈妈向来温柔，平日就算调皮捣蛋，他也很少被大声呵斥，这下被当着众人呵斥，小孩儿难受了。

邵杉杉肩膀发颤，黑眸里迅速聚集起泪花，两排牙齿磕磕碰碰，小脸一片涨红。

纪霭见儿子豆大的泪水滑下，心脏像被狠割了好几刀，鼻子立刻酸楚难忍。

但此地着实没办法久留，她只好赶紧弯腰把儿子抱起，哑声哄着：“乖，杉杉乖啊，我们先回家……”

刚刚的动静已经引起了部分人的注意，林舜的妈妈走过来问：“怎么了？”

纪霭背对着主人家，解释道：“我家有点儿事，得先走了。”

林舜妈妈：“啊，没什么大事吧？”

“不用担心，不过要麻烦你跟大家解释一声可以吗？”

“行，那你们路上小心。”

“好的，多谢。”

纪霭在玄关处给邵杉杉穿好外套和鞋子，顾不上应有的礼节，匆匆离开了黎家。

妖风攀着擎天大楼往下乱冲，纪霭走得焦急且狼狈，仿佛再晚一点儿就要被后方的妖怪追上。

来到十字路口时纪霭已经气喘吁吁，等着斑马线对面变灯时，掂了掂怀里有些重量的儿子。

她知道邵杉杉一直在哭，他趴在她的肩膀上，好安静地哭着，驼色大衣被眼泪打湿了一小片。

心脏一揪一揪地疼，纪霭用脸颊蹭了蹭儿子的脸，哑声说："对不起。"

"杉杉妈妈她家里有点儿事，先走了，让我跟大家说一声。"林舜的妈妈转达道。

田美姿看了看桌上的纸盘："这么着急？杉杉的蛋糕才吃了一半呢。"

"嗯，感觉是蛮急的事情。"

田美姿见丈夫呆站着不说话，问他："你怎么啦？"

"没事。"黎彦摇了摇头。

喉咙酸涩得不像样，烟瘾如泡沫疯狂涌起，他探进裤袋摸到烟盒，往外掏出一半时，突然松了手，对妻子说："烟没了，我下楼去买一包。"

田美姿埋怨道："又没了？你最近是不是抽得太密了？少抽点儿吧。"

"知道了，辛苦你先照顾一下客人，我很快回来。"

黎彦噙着笑，跟在场的客人说明自己要走开一下，直到拐进玄关没人能看到他时，才敛起笑容。

大门一关，他飞跑过去按了电梯。

眼见另一部电梯已经落到地面，他焦急地不停猛按下行按钮。

过了一会儿，电梯到了，他一走进轿厢就狂按关门键。

电梯门关上，黎彦这时才从金属门里发现自己着急得把家居拖鞋都穿了出来。

高楼冷风从单薄的衬衣领口灌进，他觉得身上体温一点点消退。

好像还有其他什么东西，也在随着体温一点点地消失。

他跑到十字路口，对面交通灯已经跳至红灯。

车道上小车呼啸而过，黎彦想找机会冲红灯都没办法，眼睁睁地看着穿着驼色长大衣的身影消失在可视范围的尽头。

他觉得红灯倒数秒数实在太慢了，和那一次在等红灯时看见纪霭骑车停在安全岛处，心情截然不同。

那一次黎彦觉得，怎么红灯一晃而过，一眨眼便成了绿灯？

总算转绿灯了，他拔腿朝纪霭家的方向跑去，在快到幼儿园时，终于又见到她的背影。

可黎彦没有再往前追，就慢慢跟在她身后走着。

小男孩儿最近胃口明显不错，脸圆了不少，黎彦知道这年纪的小孩已经有些重量，所以纪霭每走一段路就要停住脚步，把下滑的孩子往上抱高一些。

黎彦太想上去替她接过孩子。

可他没有那个资格。

他什么身份都不是。

趴在妈妈的肩膀上的邵杉杉从听到妈妈道歉后就消气了。

妈妈教过他，在幼儿园和小朋友发生矛盾，如果对方先说了“对不起”，自己就要原谅对方。

他抽着鼻子喃喃道：“妈妈，我可以自己下去走了……”

纪霭眼眶湿润，喘着气笑问：“杉杉还生妈妈的气吗？”

“不生气了……”

纪霭又坚持走了一段路，才把儿子放落地。

她从斜挎包里拿出纸巾，抽一张给邵杉杉擦泪痕和鼻涕，柔声哄道：“妈妈刚刚记下你喜欢的那盒恐龙模型了，等一下回家，妈妈就上网给你买，好不好？”

邵杉杉皱着脸擤鼻涕，点头如捣蒜。

不知道为什么，纪霭这个瞬间特别想哭，想不顾一切地放声大哭。

昏黄路灯灯光映出她眼角泛起的水光，细碎而晶莹，似这座城市混浊夜空里那些看不见的星星。

她站直身，心里给自己打气，重新牵起儿子的手，打算继续往家里走。

察觉到视线，纪霭转过头去。

周末的吃饭时间街上路人不少，隔着许多道摇晃的人影，纪霭还是能一眼望见他。

只是隔得太远，她看不清黎彦的表情。

儿子的小手在她的掌心中好暖，焐热了她空落落的胸口。

她朝黎彦摇了摇头，示意他不要再跟了。

黎彦停住了，没有再往前走。

再一次，他看着那人的身影消失。

许久，许久，他才动了，轻飘飘的拖鞋踩在地上毫无实感。

他走进便利店买了包烟，在门口直接拆了包装，迫不及待地衔了根进嘴里，把原本还剩半包的香烟丢弃，而将刚买的那包塞进裤袋里。

火星猩红，白雾缥缈，黎彦无意识地顺手把玩着彭建超给他的打火机。

打火机盖开开合合，烧长的烟灰断裂落下，“窸窣”掉至他的手背上，烫得他心头一颤。

生日派对到八点多时结束，孩子们依依不舍地和黎耀道别。

黎耀平日作息正常，这时也困了，倚在爸爸的怀抱里跟同学们挥手。

蔡小娟也要回酒店了，一家三口送她到停车场。

她从铂金包里拿出个沉甸甸的大红利市放到黎耀的手里，对田美姿说：“刚刚同学家长都在，我就没拿出来，别让人说闲话了。哪，给耀仔的生日利市，去买糖吃哈。”

“耀仔，快谢谢奶奶。”田美姿摸了摸黎耀的脑袋。

“多谢奶奶……”小孩对金钱无感，反正红包向来都是妈咪拿走的。

蔡小娟继续说：“你和耀仔先上去吧，我和黎彦有些话要说。”

田美姿：“OK。”

黎耀也乖巧道：“奶奶拜拜——”

待母子俩进了电梯，蔡小娟把铂金包递给司机：“小张，你先上车。”

司机了解，接过包后往不远处的黑色轿车走去。

听到关门声，黎彦才开口：“妈，有什么……”

“啪！”

一声巴掌声干脆利落地斩断了黎彦的话语！

黎彦被打得微微别过脸。

但他没有太过诧异。

当母亲说要单独与他说话时，他就察觉出母亲应该是认出纪霭了。

“啪！”

第二个巴掌更响，直接打破了那些粉的甜的、悬在半空中的旧梦。

“这一巴掌，我是替美姿打你的！”

蔡小娟全然像是换了张脸，怒目圆瞪，嘴角的法令纹颤动。

可她还是压着声音，想给儿子留点儿面子：“那个卖鱼妹为什么会在这里？你们什么时候遇上的？！”

其实刚进儿子家门时，她已经开始习惯性地打量在场的家长和小孩，看他们的衣着，看他们的打扮。

唯独一位戴着口罩的妈妈总躲着她的视线，等她有空再扫视全场时，那位妈妈不知何时已经带着孩子离开了。

蔡小娟去问现场拍照的摄影师能不能看看今天的照片，往前翻了许多张照片，才从其中一张照片的背景里，看到那女人比较清楚的正脸。

而且这张照片里，女人刚好把口罩拉低了。

虽然五官长开了一些，比少女时期更漂亮、更成熟，但蔡小娟还是立刻认出，这是那个家里在菜市场开海鲜档口的卖鱼妹！

黎彦大学毕业后就留在墨尔本没再回过家，蔡小娟偶尔还是会亲自替儿子整理房间。

书柜里有一个铁皮盒子，装着那两个孩子穿着校服拍的大头贴，蔡小娟不时会把早已褪色的照片拿起来看看。

她好几次想把这些旧物处理了，但知道这是儿子的逆鳞。

好多年前黎彦还没出国时，家里有个新来的帮佣不知情，把这破铁盒丢去垃圾桶了，黎彦发了好大的火，差点儿要把他亲爹的清朝古董花樽砸烂。

眼见儿子后来收心成家，蔡小娟也当没了这回事。

但今夜看见黎彦的初恋对象出现在黎家，她双眼一黑，差点儿晕过去。

停车场很安静，只有黑色轿车低沉的引擎声，像蛰伏在夜色中的野兽在低鸣。

黎彦没被这两巴掌打蒙，保持着清醒，知道自己得干什么事。

他直视母亲愠怒的眼睛，声音平静如水："你想太多了，我也是回国时才遇上她，我压根儿不知道她嫁到羊城来了，更加不知道她家就住这附近。"

蔡小娟满眼狐疑之色，难以置信道："怎么会有这么巧的事？羊城那么大，她儿子就这么巧能和耀仔同班？"

黎彦半合眼皮，目光渐冷："骗你干吗？哦，这套房子是我自己要住的吗？不是你专门安排的吗？这幼儿园不是你找哪位阿姨托的关系吗？还有，说到底，我回国不也是你硬让我回来的吗？如果我现在还在墨尔本，能遇见她吗？你没见到她已经结婚生子了？"

"那……那是因为你爸突然心脏不好……我以为他时日不多……"蔡小娟被儿子一连串咄咄逼人的问句弄得一时结巴，但一想到黎家那些破事，又立刻怒火中烧，"你是他的亲生儿子！如果你不回来，难道要让那个不成器的私生子陪在病床边吗？！"

"对嘛，要我回来扮不计前嫌的孝顺乖仔，接管公司，带黎家长孙回来认亲，看老头子哭着悔恨当初，这不都是你自己想看到的画面吗？"

黎彦在"自己"二字上加重了音，接下来说的话越发不留情，"我也是够孝顺的了，要不是心里还挂念着阿妈你，我会丢下墨尔本的公司回来？那也是我拼了好几年才有的心血啊。"

话题被引到这来，蔡小娟就没了立场，差点儿忘记自己是为了什么甩了儿子两巴掌。

她放软了语气："阿彦，你别骗妈妈，你知道我最讨厌小三这些贱女人……你真的和卖鱼妹没有别的关系，只是孩子在同一个幼儿园而已？"

"啊，是啊。"黎彦将手插在裤袋里，在母亲看不见的地方，把拳头攥得死紧，语气却依然淡如水，"最多也就是见面时点点头、道声好的关系了。"

母亲不喜欢纪霭，黎彦在许多年前就已经知道了。

准确来说，母亲不喜欢纪霭的家庭。

去墨尔本第一年黎彦回国过年，带纪霭回家见了家长。

他那时还挺天真的，觉得父母肯定会支持他的恋情，因为他的女朋友长得漂亮，学习又好。

纪霭特别紧张，去之前总问他自己得买些什么见面礼，黎彦笑说他们什么都不缺，就缺个儿媳妇，纪霭笑着追着他打。

虽然打打闹闹，但到了见面那一天，纪霭还是提了盒包装精美的白酒和燕窝，穿上了黎彦说好看的毛呢裙，化了淡淡的妆，菱角嘴唇抹上了桃子味道的唇蜜。

黎彦开着家里的车来接纪霭，觉得他的女朋友今天好美，在车上就想把她的唇蜜全吃光。

他问纪霭买礼物花了多少钱，他补给她，纪霭摇头拒绝了，说这是她的一点儿薄薄的心意。

纪霭在的时候，父母的态度倒是没有多不妥，母亲问了些纪霭的基本资料，家庭组成、就读学校等。

晚上吃过饭后黎彦要送纪霭回家前，母亲还回了封利市给纪霭。

回家后，黎彦主动问起母亲对纪霭的感觉。

蔡小娟冲着功夫茶，脸上表情淡淡的，只说了一句，年轻时多交几个朋友没什么关系，至于两个人合不合适，要多过几年才知道。

黎彦那一刻瞬间敛了笑容。

而直到过完新年，黎彦准备回墨尔本，纪霭提来的礼物都还在储物间角落里摆着。

后来纪霭问过他，黎父黎母喜不喜欢她的礼物。

黎彦笑着骗她，说他们很喜欢。

…………

被母亲甩过巴掌的地方并不算疼，皮肤有些发烫，似乎还被戒指刮到了。

这些都没什么，让他真正难受的是，纪霭让他不要再跟，他就只能站在原地看着她离开。

这个冬天天气糟透了，不是阴冷就是下雨，纪霭家阳台上的干衣机每天都得开。

邵杉杉好喜欢他的新玩具，晚上都要抱着恐龙睡觉。

年底时的邵滨海格外忙碌，听说黎家签了份巨额的教育保险，还有其他重疾平安险，金额也不低。

纪霭没有主动问起，邵滨海也没有多提几句。

仿佛因为太阳风暴而脱轨的每一颗行星，一夜之间都重新回到了各自的轨道上。

圣诞节前一天，纪霭和黎彦见了一面。

餐桌上有热饭，有美肴，有鲜花，有低笑浅语的男女。

饭后黎彦说碗盘他来洗就行。

纪霭站在一旁看着，意外地发现他还挺会的，两三下就把碗盘洗得锃亮，再用干布抹去水渍。

小少爷从小家里就有帮佣，家务能力向来负分，去墨尔本时听他说厨房就没开伙，平日吃饭都是点外卖或者在餐馆里解决。

纪霭打趣道："没想到你现在家务能力可以啊。"

黎彦呵笑一声，语气淡然："也就洗碗能行，毕竟在餐馆里洗过几个月盘子。"

纪霭收了笑容："怎么没听你说起过？"

"那时候我们分开了啊，再说了，那时候的我那么要面子，怎么可能告诉你这种事情？"许是清楚知道这是最后一次见面了，黎彦也没再将往事藏着掖着，"那时候我家老头子出了些事，我跟家里大吵一顿，经济被断了。我们最后一次见面的那个国庆节，我偷跑回来的机票钱都是找朋友借的。"

他刷完锅，洗完手甩去水珠，继续说："所以，后面十一月放暑假，你问我能不能回来，我是真没钱了，得打工还朋友的钱，也没好意思告诉你这件事。"

别说纪霭了，这点儿破事，他连彭建超都没提起过。

见纪霭一直不说话，黎彦擦干手，低笑道："早知道卖惨有用，当年我就应该天天在你面前哭，让你心软，让你放不下我……我要一直在你耳边念叨，说'连你都不要我了，我真是个小可怜呀'……"

他语气轻松，这些话听在纪霭心里却是一记记重锤。

她努力克制着翻涌的情绪，许久才道了一句：“哎，我们怎么都是报喜不报忧的人哪？”

人在年纪尚轻的时候，总会有一些莫名其妙的自尊心。

黎彦有不想让纪霭知道的事情，如母亲的势利眼、他突然多了个同父异母的病秧子弟弟、父母之间的争吵、被锁的银行卡。

纪霭也有不想让黎彦知道的许多事情，那些事情可能很小很琐碎。

例如在大学时，每天晚上她在电脑前与黎彦聊天儿，总会被室友要求打字小声一点儿，电脑屏幕也要调至最暗，别影响她们睡觉。

那时她用的电脑是老款台式电脑，二手的，是大一开学时她从一位毕业师姐那里买下来的。

显示器很笨重，键盘按键声很大，调暗的屏幕在昏暗的寝室里看得她眼睛发酸。

昂贵的越洋电话费不是她能承担的，虽然接听电话不用钱，但她还是会心疼黎彦的生活费。

睡前电话也没办法在寝室里面打，她得躲到楼梯间里给黎彦说晚安。

黎彦问她与寝室室友相处得怎么样，她要笑笑回答，挺好的。

那些事情可能很难堪、很不解。

例如有挺多男生追求她，她一一拒绝，说自己已经有男朋友了。

但不知什么时候就会有传言，和男友异国恋的她不堪寂寞，与许多男生乱搞暧昧关系，撩拨得对方春心荡漾，又以有男朋友的借口拒绝对方。

纪霭回想起来只觉得好可笑。

还有些事情，是让人极度无力的，也根本不是那个年纪的她尽力就能够扭转的。

大二时，黎彦问纪霭要不要暑假时去澳大利亚过冬，机票、住宿费都不用愁，小少爷的卡里有钱，纪霭只需要办好护照和签证就行了。

办签证要保证金，纪霭没想太多，直接问母亲能不能借她十万放银行卡里，等她把签证办出来了就把钱还给家里。

那个时候，母亲眼里露出的破碎感，让纪霭至今都无法忘怀。

母亲苦笑着摇头，说哪里来那么多钱？五万块钱家里都拿不出来，真的想要的话，要去跟大姨家借一笔。

纪霭喉咙发涩，连连摆手，摇头拒绝。

她不需要了。

她只能骗黎彦，家里不同意她去那么远的地方。

两个人还因这件事小吵了一次。

“傻妹……那时候你要是告诉我了，我就给你找一笔钱……”

黎彦蓦地哽住，说不下去了。

一阵酸楚感从胸腔里直蹿至眉间。

他压根儿不知道当年纪霭受的种种委屈，而且还一直觉得，他们一定能熬过这几年的异地恋，一定能从校园走到婚纱。

他信心满满，在他们未来的婚礼视频里，要放许多他们的大头贴，要用上张学友的《有个人》做背景音乐。

至于纪家的经济情况，他略知一点儿，但是那时候的他吃米不知米多贵，没想过只是一个签证，都把纪霭难倒了。

而且那一次他没跟纪霭说，他甚至怀疑过她是不是在国内有了别的对象，才不愿意花时间飞过去找他。

两个人已经从厨房里出来，分坐在沙发两头。

纪霭垂首捏着微凉的指尖，淡笑道：“可是就算那时候你给我钱，以我当时的自尊心，估计我也不会要，而且我们可能又要因为这事吵一次。”

“那谣言那事呢？”黎彦好难得地骂了句粗口，再愤愤道，“追不到人就编派你的流言，怎么跟小学生一样？还有你那些室友，我当年还一直给你寄绵羊油和蜂蜜，早知道不分给她们了。”

纪霭笑得肩膀颤动：“所以我后来不是让你别寄了嘛，浪费钱。”

黎彦往后仰，后脑勺抵在沙发靠背上。

他用手背捂住双眼，不乐意让纪霭看见他眼角的湿润痕迹。

嘴角的弧度是苦涩的，他说：“还是小时候好啊，那时候我们的烦恼，只有想着每天放学回家的路上要喝奶茶好呢，还是喝果汁冰好。”

片刻后，纪霭哑声说道：“好可惜，我们都回不去了。”

黎彦不动声色地抹去泪水，把想问很久的话问出口：“以前的事，还有没有什么是瞒着我的？”

纪霭眼泛泪光，停顿了许久，才说：“没了。”

一颗心狠狠往下坠，但黎彦没有追问，蓦地站起身：“等我一下，我去拿点儿东西。”

门口的衣帽架上挂着黎彦的黑长大衣，他从口袋里摸出了两个戒指盒，一个红绒盒，一个蓝蛇纹双开盒。

他回到沙发旁，半跪在地，摊开双掌，一手一个盒子。

额前的黑碎刘海微晃，黎彦眉眼低垂，嘴角噙笑：“其中一个是你之前弄丢的戒指，另一个是我买给你的，你挑一个？”

纪霭鼻酸难忍，眼里的潮水控制不住了，漫起，溢出，流下。

她指了指平平无奇的红盒子，脸上挂着泪，语气却十分坚定：“要这个。”

黎彦僵着没动，纪霭直接伸手去拿那红戒指盒。

可黎彦一下猛握，把盒子紧紧抓在手中。

纪霭一只手掰不开盒子，又加了一只手去夺。

黎彦抽走盒子，破罐破摔似的将两个戒指盒都用力往墙角丢去。

他肘抵大腿，双手捂脸，声音沙哑得不行：“我们……就到这里了……是不是？连朋友都不能做了。”

水雾弥蒙的眼只能看见餐桌上那瓶新鲜美丽的花朵，纪霭的声音没有比黎彦好上多少。

“啊，就到这里吧。”

她又怎么会不懂黎彦的挣扎呢？

那年的少年成熟了许多，不再是那个一听见别人喊她卖鱼妹，就抡起椅子要与人拼命的小刺头了。

十年前的两个人还太年轻，自认为得不顾一切艰难险阻都要拥抱在一起，那才是成年人的爱情。

他们着急着长大，殊不知低头一看，两个人被扎得浑身是伤，血流不止。

“过完年后，我家会搬去另一个区住，美姿最近在看新房子。”

“好。”

“耀仔也会转学，很快，杉杉应该就会不记得他了。”

“好。”

黎彦还是没抬头。

他的视线已经模糊，泪水在眼眶里晃荡，他继续交代：“微信删了吧，但如果你真有什么事情着急需要我帮忙，打电话到公司找我就行。”

“好……”

他嘴唇微颤，最后又问了一次：“还有什么事情要告诉我吗？”

纪霭狠咬住嘴唇，拼尽全力，压下那些快涌到喉咙口的话语，摇了摇头。

“没了，冰箱里有我买的圣诞蛋糕，你吃一点儿，意思意思吧。”

黎彦顿时就明白了什么，头垂得更低了。

“吧嗒——”眼泪就这么落到大腿上。

“你快走吧。”

纪霭逃进楼梯间，往下跑了几层，没听见追来的声音，才倚着楼梯缓缓坐下。

努力强装的镇定样子在看见黎彦落泪时早已稀碎，她再不跑，就又要被拉扯进那见不到底的旋涡中。

一旦她再次陷入旋涡，只能转啊转，沉啊沉，而这次再没有人能脱离开。

就像她十年前在医院里那样，一颗颗眼泪不受控制地往下掉。

纪霭在黑暗里安静地哭了许久，声音小得连楼道的感应灯都亮不起来。

包里的手机突然连续振了好几下，她抹了泪打开包，是来自淘宝亲情账号的多条信息。

那是邵滨海的淘宝号发来的，连发了几款滚筒干衣机和洗烘一体机的链接，让她挑一个。

“一个两个的……怎么都这么傻……”

纪霭哆嗦着手擦干余泪，回复了丈夫，缓慢起身，离开了公寓。

走往地铁站的时候她经过花店，忽然想起黎彦买的花束——白玫瑰和黄郁金香。

她吸了吸鼻子，走进店里，问："请问有紫色风信子吗？"

下午四点半，等幼儿园开门时，妈妈们又见到了盛装出席的田美姿，她提着崭新的凯莉包，斑鸠灰，鳄鱼皮，脸上洋溢的幸福藏都藏不住。

纪霭没参与她们讨论今晚平安夜去哪里吃饭的话题，门开后就进去接走了邵杉杉，笑着与几位妈妈道别，牵上儿子的手往家走去。

"杉杉，妈妈做了蛋糕，上面全、部、都是巧克力！"

"哇！世界上最好的妈妈万岁！"

晚上七点半，黎彦到酒店餐厅时，田美姿和黎耀也刚到，正在餐厅门口与前台人员核对预订信息。

小男孩儿今天穿得像棵圣诞树，红红绿绿的好喜庆，大老远已经瞧见爸爸，张开双臂朝黎彦跑来。

黎彦站在原地等他跑来，一把把他捞进怀里并高高抱起。

小孩儿小狗鼻子嗅了嗅，睁圆了眼睛问："爸爸，你偷吃了什么呀？！"

"巧克力啊，"黎彦从衣袋里摸出块巧克力，笑问，"你要吗？"

"耶！要啊！"

小孩儿伸手去接，黎彦突然举高了巧克力，低声说："那你不能和妈妈说。"

黎耀认真做了个给嘴巴拉拉链的手势："好啊，耀仔不讲……"

晚上九点半，邵滨海轻轻关上防盗门，纪霭已经来到他面前接过他的公文包。

他举着手上的礼物袋，轻声问："杉杉睡了？"

"对，明天又不是假日，还要上学的嘛。"

"那我把礼物放到床头？"

"行呀，明早他就能看到啦。"

邵滨海轻手轻脚地进了主卧，趴在床围上看了一会儿脸蛋儿圆滚滚的小孩儿，嘴边挂着笑容。

把礼物放到床头柜上，他走出卧室，纪霭已经为他盛好汤。

他今晚与客户在外面吃了饭，只让老婆给他留口老火靓汤就行。

鸡汤上浮着薄薄几滴油，香气氤氲，鸡腿炖得软烂，筷子一夹便脱了骨头，滑嫩鸡腿肉连着皮掉进汤碗里，震荡着碗里的枸杞。

邵滨海嚼着鸡肉，看看桌上花瓶里插着的紫色风信子，再看看陪他坐在餐桌旁、手拈针线的妻子。

“在缝什么？”邵滨海问。

“原来大衣口袋的边边破了个小洞，之前说丢了的戒指，滑进大衣里层去了。”纪霭在线尾打了结，放下衣服，伸出左手给丈夫看，“你看，找回来啦。”

餐桌上光线明亮，映得那颗沙砾大小的碎钻也熠熠生辉。

邵滨海握住她的手，笑得好灿烂。

“那就好。老婆，圣诞快乐。”

纪霭被他的笑容感染，也跟着笑了笑。

“圣诞快乐。”

“你一个人在家真的可以吗？要不，还是等过完年后我再回家吧？”

纪霭一手拉着行李箱，一手牵着儿子的小手，有些担忧地看着额头上还贴着块退烧贴的丈夫。

邵滨海将车后盖压上，口罩外的眼睛带着笑意：“放心啦，你给我备了那么多菜，够我吃好些天了，而且晚上我也是回爸妈家吃饭。倒是你，辛苦你要一个人带杉杉回家啦，春运人多，你们一路小心。”

“坐高铁而已，几个小时就到啦。”纪霭松开行李箱，用手背探了探邵滨海的体温，“已经退烧了，今晚记得还要吃药。”

邵滨海应了老婆一声“好”，蹲下身子，在儿子微卷的发顶揉了几下：“一路上就靠你好好保护妈妈了。”

杉杉元气满满地应道：“知道啦！”

从羊城回纪霭的老家，接近四个小时高铁车程，纪霭抢到的是傍晚的车票，一路朝东，车子从夕阳开进了黑夜。

吃过列车便当后，小男孩儿躺在母亲的大腿上睡了过去，纪霭耳里听着歌，偶尔会轻声跟着和上一两个词。

自从那天之后，她避免再听到那些会引起海啸般的回忆的歌曲：张学友的，王菲的，周杰伦的，五月天的……

她想，或许未来能有一天，自己七老八十时，再听起这些歌，都不会再觉得心痛，那这件事情就算过去了。

上个月，幼儿园学期末最后一天放学，田美姿与家里的阿姨一起带来了许多手作小点心，说是饯别的礼物，他们家黎耀下个学期就不在这边读书了。

妈妈们围着田美姿问长问短，新房子在什么地段啊，哪一个楼盘啊，孩子读哪个幼儿园啊，私立幼儿园一年多少钱啊，田美姿笑眯眯地无所不答。

纪霭站在人群外，手里提着邵杉杉在幼儿园的被褥和枕头，视线落在被大人们忽略在一旁的黎耀身上。

她让邵杉杉去跟黎耀好好道个别。

小男孩儿年纪小，觉得只是不在一个幼儿园而已，但等到周末，他还是能去黎耀家玩，或者邀请黎耀来他家玩。

纪霭的笑容有些勉强，她告诉儿子，黎耀家要搬去好远的地方，他们应该没有机会再见面了。

邵杉杉的笑容像瞬间被乌云遮住的阳光。

纪霭揉了揉他的脑袋，说："去好好说声再见吧。"

入夜的高铁站台风好大，纪霭让邵杉杉坐在行李箱上，她推着他走。

只一个月时间，小孩儿似乎已经遗忘了曾经有过一个还挺要好的朋友。这段时间邵杉杉没再提起黎耀，就连和黎耀同款的那只恐龙，也被打入了冷宫。

现在行李箱里装着的玩具，是孩子近期迷上的奥特曼。

验票出站后，在接客区，纪霭一眼便看见站在人群最前方的父母。她低头对邵杉杉指了指两位老人，小男孩儿跳下行李箱，像颗小炮弹一样冲向了外公外婆。

纪父一手将小胖娃娃抱起，一手拉着女儿的行李箱，乐呵呵地往停车场走去。

纪霭跟在后面，忧心道："爸，你小心点儿，杉杉重了不少，别闪到腰了。"

纪母拍了拍女儿的肩膀，笑道："他想见孙子念叨大半年了，你就随他去吧。"

纪家的海鲜档口近几年生意越来越好，家里买了代步车，前几年买的楼花过年前也交楼了，老俩口打算年后慢慢搬进去，今年是最后一年在老房子里过新年。

回到家已经快十点，邵杉杉打哈欠打得眼泪都冒出来了，纪霭赶紧帮他洗了澡，小孩儿一沾床就呼呼大睡。

过年海鲜档难得休息，父母不用早睡，纪霭洗完澡出来，纪母摆了碗甜汤在餐桌上，笑唤道："来吃碗甜汤。"

白果剖半去苦芯，与冰糖雪耳一起煮得软糯清甜，纪霭安静地听着纪母聊着亲戚的琐碎近况，时不时应上几句。

大姨丈与人合伙做点儿小生意，血本无归，纪霭过年前接过大姨的电话，但她的大部分资金压在基金理财里，能借的金额有限，她尽力了。

"想想也是挺奇怪的……"纪母捧着茶杯，声音很轻，"以前你大姨丈总看不上我们家，你读大学那几年家里困难，你的学费、生活费都是大姨躲着他偷偷借给我们的。但你看看现在，我们家环境好了一点儿，却变成大姨丈来问我们借钱了。"

纪霭吹拂开甜汤上的热气，浅笑道："世事难料嘛。"

吃完甜汤，纪霭刚站起身，纪母比她快一步地把碗收走了。

"妈，我来吧。"

"坐着，坐着，你别沾手。"纪母扬了扬手让她回房休息，走进厨房前提醒了一句，"这几天你有空了就把房间自己小时候的东西整理一下，一些不要的东西提前处理掉，之后搬家你就不用专门跑回来一趟了。"

纪霭推好餐椅，许久后应了一声："好。"

深巷加装了不少路灯，即便房间里没有开灯，也能被窗外的昏黄灯光浸满。

棉被晒得香软，小孩儿的圆脸被烘得好似红苹果，纪霭帮他把被子拉下一些，在被褥上轻拍了几下。

她的房间在她结婚后翻新过，单人床换成了崭新大床，一些旧的家具也换了，包括书柜。

但书柜里摆的还是自己以前的书，连摆放顺序都没有变过。

在顶层有一个方形铁盒，她伸手拿下，上面带了把小锁，而钥匙被藏在第二层的一本杂志里。

小小的铁盒，藏了她好多的回忆和秘密。

有没了电的诺基亚 N95，是高三毕业的那个暑假黎彦送她的，两个人一样的机型，而手机绳是她亲手编的挂绳，她的是红的，黎彦的是蓝的。

有许多大头贴，有些已经卷边，有些褪了颜色，让两个人的面容变得好苍白。

有折成心形的纸条，有沾着闪粉的生日贺卡，有高一在海岛那次在沙滩上捡的小贝壳……

她用手指拨开细碎的小物品，在铁盒的底部有一根验孕棒，两条线的，一深，一浅。

这么多年了，颜色竟然一点儿都没变。

纪霭把这件事情藏得好深，深到连她最好的闺密都不知情。

黎彦最后一次回国，两个人整个假期几乎都是在酒店里度过的，青年似乎有用不完的体力，而她也索要得疯狂。

安全期不安全，纪霭在一个月后得到深刻教训。

当时她正在实习期，忙得没留意自己的经期推迟了许久，直到下腹突起一阵隐痛，她才觉得有异样。

趁着午休她跑到便利店买了验孕棒，在公司厕所里手忙脚乱地按照说明书操作，第二条线出现得很快，但颜色不深。

她头脑“嗡嗡”响，直到厕所门板被在外等候的同事敲响，她才回过神来。

纪霭没有立刻告诉黎彦这件事，想第二天请假去医院确认一下，但那天下午她的腹痛情况加剧。

她意识到了什么，再也无法专注在工作上，电脑网页的搜索历史均是与流产相关的关键词。正在她决定请假去医院挂号时，刚起身，就有一丝暖流从她的私处渗出。

瞬间她忍了许久的眼泪便直接落了下来。

打车到医院之后的过程，纪霭已经记不住了，画面跳跃且破碎，医生、护士让她去做什么，她就去做什么。

她每走一步，都犹如脚陷在泥沼中，毫无实感，浑浑噩噩。

那一晚她是在医院里过的，没告诉任何人，包括黎彦。

眼泪止不住，“吧嗒吧嗒”一直往下掉，她甚至顾不上越洋电话费有多昂贵，直接拨了电话给黎彦，问他能不能回来一趟。

黎彦说没办法，这个暑假他要开始工作了。

她没力气吵闹，没办法发脾气，丧子之痛夺去了她所有的力量。

年底的会计师事务所没办法让一个实习生请那么多天的病假，自然流产后的第三天，她回到了公司里，一直忙到元旦。

一个月来，不是她找不到黎彦，就是黎彦找不到她，时间与距离将两个人越拉越远。

可纪霭觉得自己还能坚持下去，凭着燃烧了好多年的爱意，不愿意就这么放弃。

真正压垮她的是那个元旦。

元旦假期她回了老家，瘦削青白的脸庞吓了纪母一大跳，连着两天纪母都炖鸡汤给她进补。

恰好那几天纪父外出，纪霭不忍母亲一个人劳累，还是到档口帮忙。

档口上方隔出了一个一床大小的小阁楼，用百叶窗一样的木板做隔挡，平日方便父母休息，中午纪母见客人不多，就让纪霭上阁楼休息一下。

昏昏沉沉快睡着的时候，纪霭听见楼下来了几个客人，母亲态度热络，介绍着今日最值得买的海鲜。

纪霭翻了个身，透过木板缝隙朝下方看去，竟瞧见了黎彦的母亲。

她顿时没了睡意，心跳得飞快，想着要不要下楼去帮母亲的忙。

可她今天穿的衣服太随意，如果黎母向她的太太朋友们介绍自己是黎彦的女朋友，会不会丢黎彦的脸？

还没等她想明白，事情的发展已经超出她的想象。

光鲜靓丽的太太们看不上菜市场的环境，随意挑了几样海鲜，黎母更是一直抱臂抿唇站在一旁，生怕哪里溅起的腥臭污水会沾上她的毛呢裙。

其中一位太太仿佛此时联想到什么，好奇地问黎母：“之前打牌时你不是说过，你家的阿彦和一个卖鱼妹谈恋爱，现在还在一起吗？”

女人刻意将声音放得很大，好像巴不得让整个菜市场的人都能听见。

“嗡——嗡嗡——”

纪霭瞬间有些耳鸣，开始颤抖，上下牙齿无法抑制地打着架。

她想伸手捂住自己的耳朵，却浑身无力。

“我儿子没说啊，每次我问他他都答得不清不楚，但他毕业后还要继续留在澳大利亚的，那个卖鱼妹不可能跟着去吧？”

“哎，放心啦，孩子不定性的，说不定在澳大利亚已经给你找了个新媳妇儿呢。”

“要是这样我就安心啦，我多怕那卖鱼妹哪一天来到我面前，说她怀了我儿子的孩子，呵，那可就麻烦了。”

太太们一阵笑，戏谑道，那就学电视剧里的恶婆婆，丢张支票给对方要她去打掉孩子就好啦。

“啪！”

菜刀大力斩上砧板的声音，让憋气许久的纪霭狠吐出一口气，泪水也“簌簌”往下掉。

耳鸣让她只能依稀听见太太们的埋怨声，什么血水溅到衣服啦，什么要不是哪位太太介绍的她们才不来这里。

泪水模糊了眼，纪霭看着母亲低头处理着海鲜，还得笑着跟她们赔罪道歉。

那一年她向母亲借钱想办签证，与母亲坦白过自己交往多年的男朋友在澳大利亚念书，家庭条件也不错。

她觉得，母亲也察觉出了太太们说的卖鱼妹指的是谁。

借钱那次，母亲眼里的破碎感，再一次在纪霭眼前浮现。

太太们离开后，纪霭看见母亲抬头看向阁楼的方向，赶紧吸了吸鼻涕，猛地转了个身。

她怕会再一次看见母亲受伤的表情。

那天下午她从阁楼上下来后，纪母没有问她任何事，也仿佛看不到她哭成核桃一样的眼睛。

临近几个档口的老板都听见了太太们的高调言论，闲时几个人凑在一起聊八卦，对面的猪肉佬愤愤不平地骂："瞧不起谁啊，卖鱼妹怎么了？看看我们市场的卖鱼妹，可是个品学兼优的大学生，多有本事啊。"

纪母笑嘻嘻地也跟着大家一起骂。

晚上吃完饭后，纪霭早早进了房间收拾好隔天的行李，想起下午黎母过分的言论，还是忍不住眼眶泛酸。

而这种事，她又不知道该如何向黎彦说起。

抑或说，就算她说了，也没办法有任何改变。

母亲进了她的房间，把半包鳘鱼胶放到她的行李箱里。

鱼胶呈蜜蜡黄色，色泽均匀漂亮，肉身厚实，纪霭自小在菜市场里出没，每个档口她都十分熟悉，上了年份的鱼胶价格她自然清楚。

什么情况下要吃炖鱼胶补身，她也清楚。

她低着头，视线又一次模糊，在内心里狂喊着：不许哭！不能在妈妈面前哭！

纪母交代道："鱼胶要怎么泡发你应该还记得，以前教过你的，如果不记得了，回头你给我打个电话，我再教你。"

"好。"

眼眶里漫起的潮水晃晃荡荡，这时她眼前又出现了一封红色的利市。

母亲把红包放到她手里，哑声说："其实妈妈和爸爸，我们自己怎么样都可以，被看不起也没关系，但妈妈……不想看到你受伤。"

…………

“咚咚咚——”

房间门被轻轻敲响，纪霭急忙拭去眼角的泪花，走去开门。

门外的是纪母，她探头看看熟睡的外孙子，用气音问：“你怎么还没睡啊？”

“准备刷个牙就睡了。”

“嗯，这个先给你。”纪母把一封利市塞到女儿手里，“杉杉的等明天早上我们再给他。”

纪霭赶紧把利市推回去：“给我干吗啊？我都三十好几的人了。”

“拿着，拿着，利利市市，顺顺心心，平平安安。”纪母力气大，又将利市塞了回去，随后扬了扬手走向自己的卧室，“睡啦。”

纪霭叹了一口气，无奈地笑着摇了摇头。

洗漱后她回到房间里，铁盒还敞开着。

曾经怀孕过的事情她不可能告诉黎彦，要是让他知道了，他可能又要陷在自责内疚情绪里许久无法逃脱。

她与那个孩子有缘无分，与黎彦也是。

隔天年初三，纪父、纪母带着外孙子去亲戚朋友家拜年串门，纪霭找了个借口没与他们一起去。

她找出家里烧纸钱的铁桶，起了火，将铁盒里的东西一样样慢慢放了进去。

蹿起的火苗烤得她的眼皮好酸，鼻子也是。

回忆和秘密被烧得七七八八，纪霭拾起铁盒里的一张心形字条。

手指顿了顿，她拆开了那个爱心。

白纸上只有几个字，桃红色荧光笔写着“霭 love you”。

回忆瞬间如潮水般涌来。

“欸，霭霭，你知不知道有什么办法能立刻让人记住你的名字怎么读？”

“什么办法？”

“霭 love you 呀。”

“油腔滑调！”

“哈哈哈——你脸红啦……”

铁桶里火星“噼啪”作响，纪霭用手背捂住湿润的眼，咬着牙将铁盒里剩余的东西一股脑儿地全倒进了铁桶内。

再见了。

“……分居满一年零一天，双方均同意离婚，就可以向法庭申请了……澳大利亚离婚我也只能给你口头意见啊，具体的情况你还得找那边的律师，知道吗？……嘿嘿嘿，你在听吗？”汪汕拎着钢笔往桌面上敲了敲。

黎彦经提醒，才发现自己走神了：“抱歉，我想别的事情了。”

汪汕继续说：“接着是你知道的，澳大利亚不存在过失婚姻，财产分割与抚养权是需要另外走法律程序的，孩子的抚养权归谁，会为对方多争取到 5% ~ 20% 的财产分配……”

黎彦打断他的话：“如果我把墨尔本的一切都给她，这样我能争取到孩子的抚养权吗？”

“以你孩子的这个岁数，法院会考虑双方的经济条件，看孩子以后与谁生活更有利于成长。”

黎彦眼神凝重，许久才回答：“好，我知道了。”

汪汕坐姿散漫没个正形，手里的钢笔快要转出残影：“如果你有需要，我可以介绍与我相熟的澳大利亚律师给你，不过他人在悉尼，你可以先让他给你建议。”

“行，你把联系方式给我，或者让他联系我也行。”黎彦看了看腕表，问，“你后面还有客户吗？去喝一杯？”

汪汕丢下钢笔站起身，摇了摇头：“没客户，但我要和我家宝贝去约会，干吗？你还有事和我聊？”

黎彦想了想，拿起汪汕丢下的钢笔，在他的桌角的空白便笺本上写上了一个年份和一个名字。

“你方法多，帮我查查看，这个人在这一年，有没有发生什么事。”

汪汕拿起纸看了看：2010 ~ 2011 年，纪霭。

他挑眉，戏谑着问道：“干吗？要查肯定是能查，你想知道哪方面的事？”

“医院的记录，或者派出所的，或者学校的……什么都行。”黎彦眼神认真坚定，又强调了一次，“所有的一切。”

离开律所后，黎彦与汪律在停车场分开。

黎彦回到自己的车上，但没启动车子，拿出手机摁亮。

田美姿半个小时前给他发了信息，说自己晚上与几位太太在外吃饭，要晚一些回家。

黎彦给家里的阿姨打了电话，阿姨说黎耀已经吃过饭了，洗完澡，正在玩具房里玩。

他让阿姨把手机递给黎耀。

“爸爸！你什么时候回家啊？！妈咪也不在家，我好无聊。”

“耀仔乖，爸爸吃完饭就回去了，明天我不用上班，在家陪你做模型飞机，做好了我们拿去公园试飞，好不好？”

“好啊！”

挂断电话，黎彦启动了车子。

他没有往家的方向开，而是往城郊方向开去。

过年的关系，黎彦也有好些天没有来公寓了，公寓管家每周会上门打扫三次，所以屋子干净整洁，但没有烟火气。

餐桌上的花瓶里插着花束，许是因为没有及时换水，有些花瓣已经凋谢，一片两片落在桌子上。

这是他交代管家的，上门打扫时顺便给家里带一束花。

黎彦捧起花瓶到厨房里把水换了。

厨房的料理台上还放着那一日剩下的调味料，酱油盐罐都是新开封的，没用多少。

他不怎么会下厨，但煮方便面的能力还是有的。

起了一锅冷水，他从冰箱冷藏室里取了几个冻鱼丸丢进去。

鱼丸也是那一天留下的。

热水沸腾，鱼丸上下漂浮，他将面饼下水，撒上调料，等面条软了，就熄了火。

黎彦也懒得另外拿碗，直接端起锅，回到餐桌边直接吃起来。

屋里安静得只能听见他“窸窸窣窣”嘲面的声音。

突然，他抬起头，视线穿过花束，看着桌子对面空荡荡的座位。

一口面条含在嘴里快坨了，他才埋下头继续吃面。

面汤涌起的热气烘得他眼眶发烫。

洗完碗后他走进卧室，房间没开灯，淌进了一地银白月光。

他打开衣柜。

衣柜里有一个纸袋，袋子里装着黑色的毛线球和棒针。

这也是纪霭留下的，连个头都没起。

他想，也好，这样就好。

他们本来就不应该开始。

蓝蛇纹戒指盒静静地躺在衣柜的保险箱里，黎彦输入了密码，取出戒指盒。

他走到落地窗旁，借着高挂在夜空中的皎洁月亮，仔细看着双开盒里的钻戒。

两克拉的钻石璀璨夺目，只可惜，他想送的那个人，连一眼都没瞧过它。

黎彦点了根烟，抽得很慢。

香烟燃到尽头时，他把戒指盒盖起，重新放回保险箱里。

他得回家了。